The Xmas Bet

Riley Flowers

ISBN: 9798870773889

Copyright and Disclaimer

INHALTSVERZEICHNIS

Copyright and Disclaimer

Kapitel 1

Kapitel 2

Kapitel 3

Kapitel 4

Kapitel 5

Kapitel 6

Kapitel 7

Kapitel 8

Kapitel 9

Kapitel 10

Kapitel 11

Kapitel 12

Kapitel 13

Kapitel 14

Kapitel 15

Kapitel 16

Kapitel 17

Kapitel 18

Kapitel 19
Kapitel 20
Kapitel 21
Kapitel 22
Kapitel 23
Kapitel 24
Kapitel 25
Kapitel 26
Kapitel 27
Kapitel 28
Kapitel 29
Kapitel 30
Kapitel 31
Kapitel 32
Kapitel 33
Kapitel 34
Kapitel 35
Kapitel 36
Kapitel 37
Kapitel 38

The Xmas Bet

Kapitel 39
Kapitel 40
Epilog
Über Riley

Kapitel 1

Tabby

„Wenn du nicht da bist, bring ich dich um!"

Ich rollte lediglich mit meinen Augen und riskierte einen flüchtigen Blick zur Tür. Millimetergenau stellte sich Grace in mein Blickfeld, ihre schmalen Hände dabei in ihre noch schmaleren Hüften gestemmt. In ihrem Blick? Der pure *Bridezilla* Wahnsinn.

„Ich werde da sein, versprochen!"

„Nein, ich mein es ernst, Tabby. Dein später Check Out hat mich schon 100 Dollar extra gekostet. Du *musst* da sein ..." Ihre Oberlippe begann zu zittern. „Und zwar pünktlich."

Ich nahm einen tiefen Atemzug. *Ich atme nur Hoffnung ein, ich atme allen Hass aus. Tschakka!*

„Entspann dich, ich werde da sein. Aber ich hätte noch genügend Zeit, um selbst meine Nägel zu machen. Wenn du da was sparen willst."

Ein Sturm zog auf und legte sich über Graces blaue, auf

einmal sehr schmale Augen.

„Willst du mich verarschen? Was kommt als nächstes, ein Dress von Walmart? Wie wärs am besten noch mit –"

Schnell hob ich eine Hand. „Okay, okay. Ich hab's ja kapiert. Morgen. Um 11 Uhr. Im Nagelstudio. Großes Indianerehrenwort!"

„Wehe, wenn nicht!" Meine Cousine war dermaßen furchteinflößend, wenn sie sauer war. „Wie gesagt, ich bring dich um, wenn du *nicht* kommst!"

„Du musst dich mal entspannen, Grace. Sollte das nicht der schönste Tag Deines Lebens werden?" fragte ich und versuchte, die Situation mit einem Lächeln zu entspannen.

Schnaufend warf sie ihren kastanienbraunen Kopf hin und her und blickte finster an die Decke.

„Das wäre er auch, wenn nicht jeder machen würde, was er wollte und stattdessen einfach mal auf mich hören würde! Nichts klappt und absolut niemanden interessiert das!" Fast wie in Zeitlupe drehte Grace ihren Kopf und nahm mich wieder in ihren kritischsten Blick, während sie ihre Arme streng kreuzte und die Nase fast unmerklich noch ein wenig weiter hoch wanderte.

„Du warst ja nie verlobt, deshalb würdest du das Alles gar

nicht verstehen."

Ich bündelte all meine Körperbeherrschung, um ja keine Miene zu verziehen. Es wäre für alle am besten, wenn ich auf diese verbale Ohrfeige einfach gar nicht reagierte.

Dabei hatte ich schon mehr als genug für die Hochzeit meiner privilegierten Cousine ertragen dürfen. Drei Wochen nachdem die Einladungen verschickt worden waren, sprang eine von Graces Freundinnen dank eines unerwartet positiven Schwangerschaftstests als Brautjungfer ab, und ich erhielt eine halbherzige Nachricht mit der Frage, ob ich den leeren Platz einnehmen würde. Zwei Gläser Wein und eine stundenlange Belehrung meiner Mutter über familiäre Verpflichtungen später hatte ich nachgegeben. Während die anderen Mädchen Papas Schecks einlösten, um ihre Designerkleider und Erste-Klasse-Flugtickets nach New Orleans zu bezahlen, musste ich drei zusätzliche Jobs annehmen, nur um mir das Kleid von Zac Posen leisten zu können und einen Economy-Sitz auf demselben Flug wie die anderen zu ergattern. Und dabei waren noch nicht einmal die sündhaft teuren Schuhe – Giuseppe Zanotti – und die Diamantohrringe – natürlich von Tiffany – berücksichtigt. Die ungeplanten und vor allem beängstigend hohen Kosten waren schon schlimm genug, aber der Umgang mit Graces panischen Anrufen um Mitternacht und neurotischen SMS-Fluten hatte Zahnabdrücke unter meinem Mund hinterlassen, weil ich mir so oft auf die Lippe beißen musste. Dank unserer gemeinsamen Kindheit mit Omas Bratkartoffeln und grasbefleckten Sneakern wurde ich zu ihrem ganz persönlichen Stressableiter.

Normalerweise hätte ich sie nach ihrem zweiten oder dritten Wutausbruch in die Wüste geschickt, aber ich zwang mich zu Verständnis und Nächstenliebe, schließlich war es ihr großer Tag. Dieser erneute Giftpfeil von wegen ich als Single könnte das ja alles nicht verstehen, war einer zu viel.

„Du hast recht, das könnte ich nicht." Schnell drehte ich mich um zur Tür.

Doch nicht mit Grace. „Wo willst Du denn schon wieder hin?", schrie es aus ihr heraus.

„Ich muss dringend mal an die frische Luft." Ich senkte meine Stimme zu einem Raunen und fügte hinzu: „Bevor hier noch jemand mit einem Walmart-Gürtel erwürgt wird."

Grace besaß tatsächlich die Frechheit, mit einem ihrer Jimmy Choo Schuh aufzustampfen. „Aber wir haben unser Dinner in einer Stunde!"

Ich erstarrte und hielt meine Hand über den Türgriff, bevor

ich mich langsam umdrehte und sie wieder ansah. „Du hast mir gesagt, dass das Probeessen morgen vor dem Junggesellinnenabschied stattfindet."

Theatralisch schloss sie gleichzeitig die Augen, lehnte sich leicht zurück und hielt sich eine Hand an ihre Stirn. „Tabby, das stimmt ja auch." Ihre Betonung klang müde und herablassend zugleich. Der Spruch *»Ich bin nicht wütend, nur enttäuscht«* kam mir unweigerlich in den Sinn. „Ich rede ja auch nur vom Abendessen heute. Enid hat einen Tisch im Restaurant R'evolution reserviert. Vor einem Monat schon."

„Ja gut, ich glaube, da müsst ihr ohne mich auskommen." Mein Kopf begann zu schmerzen. Während ich das Prachtexemplar einer Bridezilla nicht aus meinen Augen ließ, legte ich vorsichtig eine Hand um den Türknauf und öffnete die Tür einen Spalt. Der Geruch von viel belaufenen Teppichen und starken Reinigungsmitteln waberte sofort zu uns in den Raum.

Grace runzelte die Stirn, was ihren glatten korallenroten Lippenstift in Falten und Vertiefungen zersplittern ließ. „Gut. Vergiss nur nicht deine Maniküre mor–"

„Morgen um 11! Ich weiß, ich weiß." Und bevor Grace auch nur ein einziges weiteres Wort über die Lippen bringen konnte, stürzte ich in die Freiheit des Hotelflures.

In meiner beruflichen Laufbahn hatte ich schon viele Gelegenheiten gehabt, in Hotels im ganzen Land zu übernachten, aber das Harrah's of New Orleans, in dem Grace den Block für die Hochzeitsgesellschaft untergebracht hatte, war ein großes Update gegenüber meinen üblichen Unterkünften. Anstelle von langweiligen Teppichen und Bettdecken mit Mustern aus den siebziger Jahren waren die Zimmer schick und glamourös in satten Violett- und Champagnertönen gehalten. Das Bett war bequem, und von meinem Fenster aus hatte ich einen Blick auf den Mississippi. Mein Favorit war jedoch das Casino direkt vor Ort, aus offensichtlichen Gründen.

Diese Art von Unterhaltung anstelle von stundenlangen Reality-TV-Marathons war ein seltener Vorteil meiner Hotelaufenthalte, und, naja, ich hatte eine kleine Schwäche für Spielautomaten. Mit klimperndem Kleingeld in der Tasche und einem erleichterten Lächeln auf den Lippen verließ ich Graces Suite, voller spontaner Vorfreude auf einen einsamen Abend mit Glücksspiel, während meine angespannte Cousine und ihre arroganten Freundinnen sich gegenseitig runterziehen. *Perfekt!*

Das Geklimper von Spielautomaten und der Geruch von

abgestandenem Rauch schlugen mir entgegen, als ich das Casino betrat. Dennoch war ich erleichtert. Dies war der letzte Ort, an dem ich einem der seelenlosen Treuhandfondsmädchen begegnete, und selbst mit der Mischung aus Rentnern, Geschäftsleuten und Touristen, die vor den Spielautomaten saß, fühlte ich mich wohl in diesem Mikrokosmos, nach dem ich mich gesehnt hatte, seit mein Flugzeug im Louis Armstrong New Orleans Airport gelandet war. Mit der Schlüsselkarte in meiner Gesäßtasche und mehreren Zwanzigern in der Hand, schlängelte ich mich durch das Chaos auf der Suche nach einem Automaten, der mir die Million versprach.

Schon nach wenigen Schritten waren meine sich anbahnenden Kopfschmerzen wie weggeblasen und meine Schultern begannen sich zu entspannen. Endlich konnte ich den ganzen Hochzeitsstress vergessen, während um mich herum Maschinen gierig Münzen und Seelen auffraßen.

Kling – kling – kling – bling – bling – bli$%f*ck"!?!?*

Ich war gerade dabei, die Spielautomaten in der Nähe der Blackjack-Tische anzusteuern, als ich aus heiterem Himmel mit etwas kollidierte, was nach einer breiten Männerschulter in einem grauen Maßanzug aussah. Ein mir unbekannter Drink flog in hohem Bogen durch die Luft und entleerte sich punktgenau über mir, während sich ein spätsommerlicher

Sternenhimmel vor meinen Augen aufspannte. Alles begann zu funkeln.

Eine Hand, die höchstwahrscheinlich zu der besagten Schulter gehören durfte, griff geistesgegenwärtig nach mir und umschlang mein Handgelenk. Sie zerrte an mir, um mich aufzurichten und mir zu helfen, mein Gleichgewicht wiederzufinden. Aber ich war viel zu benommen, um dieser fremden Kraft zu vertrauen, und versuchte stattdessen, einen Ausgleich zu schaffen, indem ich mich zu weit nach vorne beugte. Eine andere Hand drückte daraufhin gegen mein Schlüsselbein, um zu verhindern, dass ich auf mein Gesicht stürzte. „Lassen Sie mich raten ... Sie sind diese weltbekannte Turnerin, die letztes Jahr drei Goldmedaillen gewonnen hat?"

„Sehr witz–", stotterte ich mit der wenigen Luft, die ich einatmen konnte nach diesem Auffahrunfall, „–ig". Als ich endlich wieder Kontrolle über meinen Körper erlangt hatte, war das Allererste, was ich tat, meinen Kopf so weit nach unten zu neigen, dass der mir Unbekannte meine vor Scham feuerrot brennenden Wangen nicht sehen konnte. „Sorry."

„Nichts passiert." Ich konnte ein amüsiertes Grinsen aus seiner tiefen Stimme hören. Um meinen Verdacht zu bestätigen, indem ich einen ersten Blickkontakt riskierte, war ich aber noch immer viel zu peinlich berührt. Doch in meinem Blickfeld, irgendwo zwischen Fußboden, diversen Schuhpaaren und ein paar Chipskrümeln, nahm ich seine Hand wahr, die nach wie vor beschützend um mein Handgelenk gelegt war. Seine Finger waren lang und sahen eher jung aus. Mit Neugier wagte ich noch einen Blick auf die andere Hand, die, an meine Brust gepresst, eine angenehme Wärme durch mein Oberteil ausstrahlte. Als ich fünf Jahre alt war, wollte ich die Lichterkette vom Weihnachtsbaum in die Steckdose stecken, und als ich das tat, wanderte ein elektrischer Funke meinen Arm hinauf und ließ mich für einige Augenblicke wie angewurzelt stehen, bevor der Schutzschalter durchbrannte. Genauso fühlte ich mich jetzt auch. Wie angewurzelt. Unter einem Bann von etwas mir völlig Unerwartetem und Unbekanntem.

Ich hätte alles dafür gegeben, um sein Gesicht zu sehen, aber ich war vor lauter Scham wie gelähmt und keiner meiner Muskeln schien auf mich zu hören. Stattdessen bemerkte ich nun den blühenden Fleck in seinem Schritt. Der graue Stoff verdunkelte sich zu einem satten, anthrazitfarbenen Farbton, während sich die Überreste seines überschwappenden Getränks von der Leiste bis zur Hüfte ausbreiteten.

Entsetzt darüber, dass ich möglicherweise einen Anzug zerstört hatte, der zweifellos mehr gekostet hatte als Graces Hochzeitskleid, schnappte ich mir den Saum meiner Bluse und stürzte nach vorne, entschlossen, den Fleck wegzuschrubben. „Oh Gott, es tut mir so leid.“ Die Wut über meine eigene Schusseligkeit vermischte sich mit der dumpfen Angst, dass man von mir erwarten würde, dass ich für den Schaden aufkommen würde. „Ich habe nicht aufgepasst“, stotterte ich, während sich meine nächsten sieben Sommerurlaube vor mir in Luft auflösten. Er wich nicht zurück oder streifte meine Hand beiseite, als ich versuchte, den Fleck wegzureiben. Selbst ohne ihn anzuschauen, konnte ich die Hitze seines Blicks schwer auf meinem Kopf fühlen, als ich meine Bewegungen beschleunigte, was meine Stimme ins Stocken brachte. Dass ich einem wildfremden Mann in aller Öffentlichkeit hier buchstäblich einen Handjob gab, kam mir tatsächlich erst in den Sinn, als ich eine leichte Versteifung unter meiner Berührung spürte und sein belustigtes Grunzen hörte. Ich hielt inne und schaute mich um. Auch andere beobachteten mich inzwischen. Ein Trio von Mädchen, die kaum einundzwanzig waren, kicherten untereinander, und ein älterer Mann mit einem geglätteten Toupet beäugte mich mit unangenehmem Interesse. Eine Frau lächelte mitfühlend, während sie so schnell auf die SPIN-Taste ihres Automaten drückte, dass ihre Hand fast verschwamm. Ich wollte nur noch weg von der Szenerie, die ich mir selbst eingebrockt hatte.

Mit brennenden Wangen richtete ich mich auf, riss mein

Handgelenk aus dem Griff meines Opfers und Retters und murmelte schnell: „Tut mir leid." Ohne ihm die Chance zu geben, etwas zu erwidern, hängte ich mir den Riemen meiner Handtasche wieder an die Schulter und eilte davon, wobei ich mich zwischen zwei elektronischen Spielautomaten mit Playboy-blonden Meerjungfrauen in leuchtenden LEDs hindurchduckte.

Es dauerte mindestens fünf Minuten, bis ich endlich das Gefühl hatte, dass mich niemand mehr anstarrte. Ich war noch nie jemand, der das Rampenlicht suchte, schon gar nicht für etwas so Peinliches wie das Zusammenstoßen mit einem unschuldigen Zuschauer in einem überfüllten Raum, und obwohl ich mich nicht für schüchtern hielt, mochte ich keine Aufmerksamkeit in exorbitanten Mengen. Bei zu viel Aufmerksamkeit fühlte ich mich wie nach einem Strandbesuch mit zu viel Sand: Alles juckte.

Als ich mich vor einem der abgelegeneren Automaten niederließ, kehrte ich allmählich in den Zustand der Entspannung zurück, nach dem ich gesucht hatte, als ich das Casino aufsuchte.

Beißender Zigarettenrauch gemischt mit dem sanften

Brennen meines Cocktails beruhigten mich, bis ich zwanzig Dollar im Spiel hatte und völlig darin vertieft war. Der Spielautomat unter meinen Fingerspitzen war keiner dieser hochmodernen, digitalen und leblosen Teile, sondern ratterte beinahe in liebevollem Verständnis, sobald ich auch nur den kleinsten Gewinn machen konnte. Vielleicht hatte er aber auch einfach nur etwas Mitleid mit mir. Wie dem auch sei, es gelang mir so weit im Spielwahn zu versinken, dass ich beinahe vergessen hätte, warum ich überhaupt in New Orleans war, bis ein unwillkommener Gast in mein Blickfeld trat und mich harsch wieder in die Realität zurückholte.

„Und dafür lässt du uns alle sitzen, hm?"

Grace hatte es geschafft, sich in der kurzen Zeit, seit ich ihr Zimmer verlassen hatte, von der lässigen, wenn auch teuer ausgestatteten zukünftigen Braut in ein schamlos glitzerndes Model zu verwandeln. Schichten von Bronzer hatten ihren Hautton vertieft, um besser zu ihrem rötlich-braunen Haar zu passen, dichte falsche Wimpern thronten auf ihren durchaus akzeptablen natürlichen, und ein glitzerndes lilafarbenes Kleid, das mehr aus aneinandergereihten Bändern als aus Stoff bestand, schmiegte sich an ihre schlanke Silhouette wie ein nasser Duschvorhang an einem Montagmorgen. Es war schwer, ihr ins Gesicht zu sehen, vor allem, wenn sie sich bewegte und die Lichtstrahlen von ihren Pailletten direkt in meine Augen zurückprallten.

„Wow", war alles, was ich zu meiner Verteidigung beisteuern konnte.

Sie schaute eine halbe Sekunde lang selbstgefällig drein, bevor ihr finsterer Blick zurückkehrte.

„Warum gehst Du nicht schnell auf dein Zimmer hoch, machst dich fertig und hast eine gute Zeit mit uns im Restaurant?"

Ich zuckte mit einer Schulter. „Das Einzige, was ich dabei hätte, um nicht so auszusehen, als würde ich in der Küche arbeiten, wäre mein Brautjungfernkleid."

„Ernsthaft? Du bist den ganzen weiten Weg nach New Orleans gekommen und hast nichts Nettes dabei?" Mir blieb nichts anderes übrig, als verlegen zu nicken. „Na gut, komm mit. Ich leih dir was von meinen Sachen. Komm!"

„Grace, ich hab wirklich keine Lust auszugehen", widersprach ich und drehte mich zurück in Richtung meines Spielautomaten in der Hoffnung, sie hätte mich dann in Ruhe gelassen.

Doch weit gefehlt. Theatralisch warf sie ihre Arme in die

Luft. „Das ist meine Hochzeit! Ist es dir eigentlich völlig egal, wie sehr du mich blamierst? Und was soll ich den anderen erzählen, warum meine Cousine lieber ihr Erspartes verzockt, als mit uns eine schöne Zeit zu haben?"

Ich war gefährlich kurz davor, zu explodieren und ihr zu sagen, dass die Aufgaben der stellvertretenden Brautjungfer nicht ganz so umfangreich sind, aber ich behielt einen kühlen Kopf und ließ mir zum x-ten Mal mein Mantra zur Friedenssicherung durch den Kopf gehen.

„Alles, was ich für die Hochzeit tun soll, mache ich gerne, aber ich wäre dir wirklich dankbar, wenn ich heute Abend etwas Zeit für mich hätte. Ich kann dir keine große Hilfe sein, wenn ich selbst ein Wrack bin, oder?"

Grace atmete sehr laut aus. Ich konnte sehen, wie es in ihr arbeitete und wie gerne sie widersprochen hätte, indem sie gesagt hätte, wie wenig Hilfe ich ohnehin war. Aber genau wie ich entschloss sie sich dazu, am Ende ihre Gefühle für sich zu behalten. Vielleicht waren wir uns in mancher Hinsicht ähnlicher, als wir uns eingestehen wollten.

„Wenn Du lieber hier passiv rauchend dein Geld verspielen willst, bitte. Ich werde dich nicht daran hindern. Aber denk dran, morgen –"

„Um 11 Uhr." Ich zwang mir ein Lächeln auf die Lippen. „Verstanden."

Ohne ein weiteres Wort drehte sie sich auf ihrem Plateauabsatz um und stolzierte von dannen, und ich konzentrierte mich wieder auf das Display vor mir. Ich war ziemlich stolz auf mich, dass ich so höflich und gefasst geblieben war, denn der letzte Faden Geduld, den ich für Graces hochnäsiges Verhalten und ihre lächerlichen Forderungen aufbrachte, war am Ausfransen. Ich drückte meinen Zeigefinger auf den blinkenden grünen Kreis, sah zu, wie sich die Walzen zu drehen begannen, und gratulierte mir im Geiste. Vielleicht würde ich dieses Wochenende doch noch überstehen, ohne zu implodieren.

Als kurz darauf jedoch wieder eine dunkle Gestalt in meinem Blickfeld auftauchte, war es jedoch vorbei mit all meiner Geduld. Ich wirbelte herum, Dampf strömte mir praktisch aus den Ohren, als ich losbellte: „Hey, ich sagte, ich gehe ni–!"

Es war nicht Grace. Ein großer, dunkelhaariger Mann stand dort, wo eben noch meine hochnäsige Cousine gestanden hatte, in einem grauen Maßanzug und mit einem amüsierten Grinsen auf den schön geschwungenen Lippen.

Kapitel 2

Owen

Sie war *anders.*

Das war der erste Eindruck, der mir in den Sinn kam, als ich auf der Suche nach dem Grund für die Kollision an mir hinunterblickte. Alles, von ihrem struppigen blonden Pferdeschwanz bis zu ihren zerkratzten Hello-Kitty-Turnschuhen, war seltsam, besonders in New Orleans, und ihr unkontrolliertes Rumgefuchtel ließ sie noch bizarrer erscheinen. Ich versuchte, ihr wieder auf die Beine zu helfen, bevor ich mich mit ihrem Aussehen auseinandersetzte.

„Lassen Sie mich raten ... Sie sind diese weltbekannte Turnerin, die letztes Jahr drei Goldmedaillen gewonnen hat?", scherzte ich in der Hoffnung, das Eis zu brechen. Ihre Wangen, die so rund wie Äpfel waren, glühten heiß und fleckig vor Verlegenheit.

„Sehr witzig", entgegnete sie genervt, noch immer unfähig, mir in die Augen zu sehen. Ob aus Scham oder wegen der unmittelbaren Folgen des Zusammenpralls, ließ sich dabei nicht erkennen. Ich ergriff jedenfalls sofort die Chance, sie mir genauer anzusehen.

Ich wurde aus ihr nicht schlau. Die Jeans, die sie trug, waren eindeutig keine Designer-Jeans und das fließende olivgrüne Tank-Top schrie nach der Clubszene des Mittleren Westens, aber die leicht schief sitzende schwarze Brille auf ihrer Nase deutete auf die künstlerische Ader einer Frau aus Brooklyn hin. Ihre Schuhe waren eindeutig von der Westküste, ebenso wie die kirschförmigen Ohrstecker, doch ihre Haut hatte den natürlichen Glanz von jemandem, der in der Sonne Miamis aufgewachsen ist. Nichts an ihr ergab einen Sinn. Nichts passte zusammen. Sie war der Inbegriff eines Widerspruchs und ich war fasziniert wie selten von einer Frau.

Halbherzig entschuldigte sie sich bei mir.

Ich spürte, wie wild ihr Puls unter meinen Fingern raste, und ich zögerte, meine Hand von ihrem Hals zu nehmen, weil ich befürchtete, dass diese unbeholfene Frau wieder umfallen würde wie ein schiefgewachsener Ficus – und, ehrlich gesagt, wollte ich ihr auch keinen Grund geben, wegzulaufen.

„Nichts passiert", versicherte ich ihr und lächelte gegen meinen Willen. Ich wollte nicht, dass sie dachte, ich würde sie auslachen, aber ich konnte mir nicht helfen. Sie war einfach so ungewöhnlich. Und als sie anfing, den unteren Teil ihrer Bluse an meinem Schwanz zu reiben, während sie weitere Entschuldigungen murmelte, wusste ich, dass ich sie wollte. Wenn sie das Blut in meinem Unterleib spüren konnte, wusste auch sie es. Kein Zweifel.

Noch immer war sie unfähig, mir in die Augen zu sehen, als sie ihren Arm aus meinem Griff löste, und ich versuchte, mich gerade so weit zu neigen, dass ich ihr ins Gesicht sehen konnte, als sie ein sich wiederholendes „Entschuldigung" murmelte. Sie war weg, bevor ich sie nach ihrem Namen fragen konnte.

Dabei konnte ich mich über meine Wirkung auf Frauen wahrlich nicht beschweren. Mein Bettpfosten hatte so viele Kerben, man hätte ihn nur zu leicht mit einem Zahnstocher verwechseln können. Doch oftmals war es nur genau das: Eine belanglose Bettgeschichte. Für mehr reichte es nur bei ein oder zwei Frauen, die mir in meinem Leben begegnet waren. Mein Interesse galt vornehmlich Frauen, die unendlich lange Beine hatten, schön und charismatisch waren. Jede hatte aber auch mindestens eine Fähigkeit oder ein Interesse, das sie von den anderen unterschied. Und nach diesem gewissen Etwas war ich nach wie vor auf der Suche.

Diese Frau vor mir, genauer gesagt unter mir, war genau das: anders. Aber auf eine natürliche Art und Weise, ohne es zu spielen. Es war authentisch. Sie war authentisch, das konnte ich spüren.

„Setzt du noch oder hast du schon genug?"

Langsam löste ich meinen Blick von den Spielautomaten, die die mysteriöse Kreatur verschluckt hatten, und fand Howie, der sich in seinem Sitz umdrehte und mich zahnlos angrinste. Ich kannte ihn, seit wir sieben Jahre alt waren, und dieses hämische Grinsen hatte sich zum Glück nie verändert. Mehr als einmal hatte ich mir vorgestellt, wie er mit achtzig Jahren aussehen würde, mit faltigen Augen und einem verzogenen Mund, der genau so aussah wie jetzt, nur dass nichts außer dem Zahnfleisch zu sehen war.

„Das hättest du wohl gern. Bin dabei" sagte ich und zwang mich zurück ins Hier und Jetzt.

Ich ließ mich auf den freien Sitz fallen und warf einfach die nächstbesten Chips auf den Tisch. Die anderen Spieler machten es mir nach und Alfred, unser Dealer, begann mit seiner streng eingeübten Routine und verteilte die Karten. Nein, das war nicht sein richtiger Name. Vielmehr war es ein Spitzname, den ich dem kräftigen Mann gab, als ich erfahren hatte, dass er eine Butler Akademie im Süden Englands besucht hatte. Er fixierte mich genau, während er jedem Spieler zwei Karten gekonnt zuwarf. Wie er ich ansah hatte ich das Gefühl, er würde besser wissen, was in meinem Kopf abging als ich Howie. Das mag aber auch daran gelegen haben, dass mein ach so toller Freund Besseres zu tun hatte, als sich um mich oder meine Befindlichkeiten zu kümmern, nämlich endlich sein Date mit Janine klarzumachen.

Große Lust zu spielen, hatte ich gar nicht. In meinen Gedanken spielte ich viel lieber das Aufeinander*treffen* mit dem blonden Irrwisch wieder und wieder nach. Ein Teil von mir wollte einfach aufstehen und das ganze Casino auf den Kopf stellen, um sie zu finden, bevor sie für alle Zeiten aus meinem Leben verschwand.

Es verlangte mir einiges ab, meinen Fokus zurück auf die Karten zu lenken, und nicht wie ein Wahnsinniger alle Frauen um mich herum anzuglotzen auf der Suche nach *ihr.* Aber ich machte einen Deal mit mir selbst, sozusagen: Wenn ich das nächste Spiel gewinne, muss ich sie suchen gehen!

Pik König, Karo Sieben.

Ich klopfte auf den Tisch. „Noch eine."

Howie atmete hörbar schwer aus. „Hast du nicht schon genug Kohle verloren? Du hast doch schon 17?"

Ich runzelte die Stirn. „Ich habe meinen zweiten Stapel

noch nicht einmal angerührt.“

Seine Lippen flatterten mit einem rauen Ausatmen. „Du musst viel Vertrauen in dein neuestes Restaurant haben, das du finanzierst.“ Sein Mund verzog sich zu einem schmalen, comicartigen Strich der Missbilligung und eine einzelne Schweißperle rann ihm von der Schläfe über den kahlen Kopf. Blackjack war eines der wenigen Dinge, die Howie wirklich ernst nahm. Sogar Alfred wirkte trotz seiner jahrelangen Erfahrung ein Stück weit erschrocken.

Ich blickte erst zu meinem Freund und dann zum Dealer, und tippte dann mit meinem Zeigefinger zweimal auf den warmen Filz der Tischoberfläche. Eine Karte bewegte sich wie von Zauberhand in meine Richtung.

Eine Karo Vier gesellte sich zum König und zur Sieben.

„Einundzwanzig.“ Ich drückte mich samt dem Stuhl, auf dem ich saß, zurück und sprang auf, ohne in die sprachlosen Gesichter um mich herum zu blicken. „Bin gleich wieder da!“

„Whoa, whoa, whoa.“ Howie streckte seinen Arm vor meiner Mitte aus, um mich aufzuhalten. „Du hattest Glück, dass dein Platz gehalten wurde, als du vor einer Minute pinkeln warst, aber du kannst nicht ständig kommen und gehen, wie es dir in den Kram passt. Selbst du bist nicht so wichtig, Driscoll.“

Er hatte nicht unrecht. Ich zuckte mit den Schultern, wandte mich wieder dem Tisch zu und nahm mir einen Stapel Chips. „Na gut", gab ich zu und gab Alfred einen Chip als Trinkgeld. „Dann bis später."

„Du bist scharf auf das Mädchen von eben, oder?"

Als Antwort schmiss ich einen Chip vor ihn. „Nächste Runde auf mich."

„Owen", sagte er und wandte sich dabei vom Tisch ab, um mir ins Gesicht zu schauen. Er meinte es ernst. „Sie ist nicht Teil des Clubs."

Meine Hände ballten sich zu Fäusten. „Ja, ich weiß."

Howies Augen wurden noch kleiner. „Du datest nur durch den Club."

Obwohl sich meine Brust fest zusammenzog, zwang ich mich zu einem Lächeln und wiederholte: „Ja, ich weiß."

Howie stützte sein Kinn auf seinen Daumen und betrachtete mich misstrauisch. „Ist das bloß ein Spiel für dich? Ist der ständig rotierende Strom an atemberaubenden Frauen, die dir zur Verfügung stehen, inzwischen etwa versiegt?"

Anstatt eine bissige Antwort zu geben, wie ich es normalerweise getan hätte, dachte ich ernsthaft über seine Frage nach. Er hatte nicht ganz unrecht. Über einen Mangel an weiblichen Partnern in meinem Leben konnte ich mich wahrhaftig nicht beschweren, und ich habe meine Eroberungen nie über diejenigen hinaus ausgedehnt, die in dem elitären Club verkehrten, in dem Howie und ich beide Mitglieder waren. Aber es war nicht aufregend. Die immer gleichen Frauen, die sich nur durch ihre Haarfarbe und ihr Kleidungsetikett voneinander unterschieden, schmissen sich an mich ran, während sie über Triathlon-Training oder Welpenrettungen sprachen, um zu zeigen, wie einzigartig sie im Vergleich zu den anderen waren. In der Routine liegt die Sicherheit, und deshalb verstand ich Howies Zögern, mich zu ermutigen, die ungeschickte Anomalie zu verfolgen, die mich anrempelte, meinen Drink verschüttete und meine Hose abwischte. Sie war das Gegenteil eines Club-Girls, und genau das machte sie so gefährlich.

„Da ist etwas an ihr", sagte ich zu Howie. „Und ich muss herausfinden, was das ist."

„Du warst doch noch nie ein Romantiker. Ich hab gesehen, wie du die atemberaubendsten Traumfrauen abserviert hast, ohne auch nur mit der Wimper zu zucken." Er lehnte sich ein Stück weiter nach vorne und senkte die Stimme. „Ich weiß, dass du keinen großen Wert auf dieses schnelle Leben legst, von dem wir beide genau wissen, dass du es haben könntest, aber wenn du etwas Dampf ablassen willst, können wir heute Abend noch in den Club gehen. Absolut kein Problem. Kein Risiko, großer Spaß."

Ich lächelte und schüttelte den Kopf. Meine Aufmerksamkeit wurde von einem Weihnachtsmann abgelenkt, der eine Frau über der Schulter durch das Casino trug. „Setz viel. Ich habe ein gutes Gefühl bei deiner nächsten Hand." Dann gab ich ihm ein verräterisches Zwinkern und ging weg.

Natürlich wusste ich nicht mal, ob die mysteriöse Frau überhaupt noch im Casino oder schon längst über alle Berge war. So bloßgestellt, wie sie sich wohl selbst wahrgenommen fühlte, würde ich auf letzteres tippen. Aber ich zwang mich dazu, positiv zu bleiben. Irgendetwas an ihr hatte mich gefesselt, und wenn sie in den Straßen der Nacht verschwunden war, war ich bereit, sie zu jagen. Aber zuerst wollte ich das Harrah's durchforsten.

Es stellte sich heraus, dass meine Zweifel unnötig waren. Nur ein paar Minuten später entdeckte ich sie, die Brille auf die Nasenspitze geklemmt und mit einem zwanghaft düsteren Gesichtsausdruck. Sie unterhielt sich mit einer schick gekleideten Brünetten, die den Frauen, mit denen ich normalerweise ausging, erschreckend ähnelte. Doch sie schien diese Frau mit einem harten, unnachgiebigen Blick wegzuwünschen. Ich hielt mich zurück, um nicht zu stören. Erst später kam mir der Gedanke, dass sie die Unterbrechung vielleicht zu schätzen gewusst hätte.

Die rausgeputzte Frau fuhr fort. „Wenn Du lieber hier passiv rauchend dein Geld verspielen willst, bitte. Ich werde dich nicht daran hindern. Aber denk dran, morgen –“

„Um 11 Uhr. Verstanden.“

Sie hatte Mumm. Ich grinste anerkennend und sah zu, wie sich die Frau in High Heels davonmachte. Dann hielt ich mich noch eine Minute zurück, um nicht den Eindruck zu erwecken, dass ich sie belauschte. Ich war nicht nervös, mich ihr zu nähern, aber das elektrische Kribbeln der Erregung schoss in Strömen durch meine Glieder. Sie war ein seltenes Exemplar.

Als hätte sie es geahnt, versteifte sich, gerade, als ich mich näherte, ihr ganzer Körper. Sie wandte sich auf ihrem Stuhl herum, loderndes Feuer in ihren Augen.

„Hey, ich sagte, ich gehe ni–!“

Es dauerte ein paar zeitlose Momente, ehe sie begriff, wer tatsächlich vor ihr stand. Blitzschnell kehrte die Röte auf ihre Wangen zurück. Sprachlos stierte sie mich an, mit noch immer offenem Mund und verzogenen Wimpern, die ihre Brauen umspielten. Dies sollte also der erste Moment sein, indem wir

Blickkontakt hatten. Ich konnte nicht anders, als mich wieder in ihren Zügen zu verlieren. Sie war atemberaubend schön, aber nicht in dieser belanglosen Instagram Art.

Ihr Gesicht war an den Wangenknochen gerundet und am Kinn weich und nicht chirurgisch scharf oder definiert wie bei den meisten Frauen, die ich kannte. Die Lippen, die sie in einem leisen Atemzug aufspreizte, waren schlank und ungeschminkt, mit einer Vertiefung über der Oberlippe, die im Schatten ihrer nach oben gebogenen Nase verborgen war. Ihre Augen waren jedoch das bezauberndste Merkmal. Sie waren moosgrün und mokkabraun marmoriert und groß genug, um mich ganz zu verschlingen, fast puppenhaft in ihren extremen Gesichtsproportionen. Ich war so sehr mit diesen Augen beschäftigt, dass ich es versäumte, ihre Figur richtig zu analysieren, wie ich es normalerweise getan hätte.

„Sorry...“, murmelte sie zum dritten Mal an diesem Abend. Irgendwie klang das Wort nicht mehr so wie vorher, als ich jetzt sehen konnte, wie es ihr über die Lippen kam. Es war sanfter, liebenswerter. „ ... Ich dachte, du wärst meine Cousine.“

„Nichts passiert.“

Sie erstarrte und wieder trennten sich ihre Wimpern in entgegengesetzte Richtungen, als ob die unteren und oberen verzweifelt versuchten, einander zu entkommen. „Oh, nein, bist du etwa der Typ, mit dem ich zusammengestoßen bin?“

„Das bin ich“, gab ich zu und bot ihr ein Lächeln und meine Hand an. „Owen Driscoll. Freut mich.“

Ihr Blick fiel auf meine Hand und schoss dann fragend zu mir zurück. Mein Lächeln wurde zu einem Grinsen und ich hätte sie fast damit aufgezogen, dass sie nicht weiß, was ein Händedruck ist, bevor sie ihre Handfläche in meine legte. „Tabby“, erwiderte sie vorsichtig.

Tabby also. Wie eine Katze. *Interessant.* „Bist du dir da sicher?“

Ihr Kinn hob sich ein Stück weit. „Das Einzige, wo ich mir nicht sicher bin, ist, was du von mir willst.“

Ein kleiner Hitzkopf also.

„Nun, ich dachte es wäre unhöflich von mir, mich nicht wenigstens bei dir vorzustellen – nachdem du mir vor dem gesamten Casino einen halben Handjob gegeben hast.“

Ich hatte erwartet, dass sie sauer sein würde, mir vielleicht eine Ohrfeige geben und weglaufen würde. Aber sie überraschte mich und kicherte, ein einzelner Ton tief hinten in der Kehle, und schlug ein Bein über das andere. Ich erlaubte mir einen kurzen Blick und war begeistert von dem, was ich erahnen konnte. „Wow, du bist wirklich eingebildet, weißt du das?"

„Eingebildet oder selbstbewusst?"

Ohne mit der Wimper zu zucken, beugte sie sich vor, verschränkte die Arme über den Knien und wiederholte: „Eingebildet".

Ich konnte einfach nicht aufhören, sie anzustarren, obwohl ich wusste, dass ich die Grenze zwischen unhöflich und unheimlich überschreiten würde. Aber ich konnte nicht anders. Ihre Augen waren absolut berauschend, ihre Haut war erfrischend natürlich und ungeschminkt und ihr Mund formte Worte, wie Mozart Sinfonien schrieb. Jedes einzelne ihrer Merkmale wäre für sich genommen eher unauffällig, vielleicht sogar verwirrend gewesen, aber zusammen bildeten sie eine Vision von unermesslicher Perfektion.

„Also gut", sagte sie. „Du bist also herübergekommen, um weiter über mich zu lachen, stimmt's? Oder mich anzumachen, weil ich deinen teuren Anzug ruiniert habe?"

Oder um dich an Ort und Stelle über den Stuhl zu drücken, deine Jeans herunterzureißen und tief in dich einzusinken ...

Bei dem Gedanken ließ ich meine Finger durch mein Haar fahren, während meine Eier sich schmerzlich zusammenzogen. „Keine Sorge", lachte ich.

Skeptisch sah sie mir in die Augen. „Du willst mir hoffentlich nichts verkaufen. Du weißt schon."

Wieder lachte ich, dieses Mal etwas lauter und schüttelte energisch meinen Kopf. „Nein, ich will dir nichts verkaufen. Aber wenn es etwas gibt, was du willst, kann ich es dir mit Sicherheit besorgen."

Tabby lehnte sich zurück und stützte ihren Ellbogen auf den Rand des Spielautomaten, an dem sie spielte. Ich bemerkte ein orangefarbenes Getränk – dem Glas nach zu urteilen wahrscheinlich ein Screwdriver Cocktail – ein paar Zentimeter hinter ihrem Arm und öffnete den Mund, um sie zu warnen, dass sie es gleich verschütten würde, aber sie sprach zuerst. „Okay, Owen Driscoll, ich beiße an... was kann ich heute für dich tun?"

Na also, geht doch.

Ein Mundwinkel von mir erhob sich eigensinnig, während meine Augen ihre vollen Lippen fixierten. „Da würden mir schon ein paar Sachen einfallen."

Ihre Lippen öffneten sich und ich konnte sehen, wie der Puls in ihrer Kehle pochte. Das war gut. Ich wirkte auf sie genauso wie sie auf mich. „Ich bin ganz Ohr."

Ihr Mut allein reichte aus, um die Entscheidung, den

Blackjack-Tisch zu verlassen, nicht zu bereuen. Meine Hose begann sich ungewöhnlich eng anzufühlen und ich machte einen Schritt auf sie zu. „Seien Sie vorsichtig, Miss Tabby", sagte ich und senkte meine Stimme zu einem leisen Murmeln. „Halten Sie mich nicht für einen höflicheren Gentleman, als ich bin."

Ich konnte es nicht mit Sicherheit sagen, aber ich hätte schwören können, dass ich förmlich hören konnte, wie ein kurzer Atemzug zwischen die, wie ich mir vorstellte, samtweichen Lippen glitt. Der Stoff meiner Hose spannte sich weiter an. Ich war versucht, mit der Fingerspitze die Stelle zu berühren, an der der Atem aufgetaucht war, aber stattdessen ballte ich meine Hand zu einer lockeren Faust und übte mich in der quälenden Kunst der Zurückhaltung.

Eine gefühlte Ewigkeit verschlug mein Kommentar ihr die Sprache.

„Was, ähm, was machst du denn so?"

Dieser unerwartete wie abrupte Themenwechsel brachte mich laut zum Auflachen. Das Eis war gebrochen. Ich fühlte mich unweigerlich wohl mit ihr. „Ich bin ein Investor", sagte ich mit einem achtlosen Achselzucken und lachte immer noch ein bisschen vor mich hin.

„Einer der coolen oder der langweiligen Sorte?“ sagte Tabby. Sie schien ihre Schlagfertigkeit wiedergefunden zu haben.

„Gibt es denn so etwas wie einen coolen Investor?“

Tabby nickte woraufhin ich ausführte, dass ich vornehmlich in Restaurants investierte.

„Meistens in der New Orleans Gegend. Und meistens aufstrebende, aufregende neue Köche, die gerade genug Anerkennung bekommen haben, um ein eigenes Lokal zu eröffnen.“

Zu meiner Überraschung leuchteten ihre marmorierten Augen auf und funkelten vor Begeisterung. „Wirklich? Das ist ja unglaublich!“ Ihr Enthusiasmus war unbestreitbar echt, und er war ansteckender, als ich erwartet hatte. Nicht unbedingt die Art von Reaktion, die mir normalerweise entgegengebracht wurde, wenn es um meinen Job ging.

„Es ist nicht ohne Vorteile“, räumte ich ein. „Kostenlose Drinks in der Bourbon Street sind allerdings nur eine gewisse Zeit lang interessant.“ Meine engen Beziehungen zu vielen Restaurant- und Barbesitzern in der Stadt wirkte auf viele Frauen wie der reinste Magnet. Getränke und Essen „auf Kosten des Hauses“ konnten die Wenigsten widerstehen.

„Oh, das meinte ich gar nicht“, sagte sie und schwang ihren Pferdeschwanz wie ein Metronom von einer Seite energisch zur anderen. „Ich meinte eher, dass du dann wahrscheinlich unendlich viel interessantes, außergewöhnliches Essen probieren kannst. Ich bin beruflich auch viel unterwegs und liebe es einfach, dann immer Neues auszuprobieren.“

Die Überraschungen kamen immer wieder. Ich hob einen Finger, um zu signalisieren, dass es nur einen Moment dauerte, drehte mich um und schnappte mir einen leeren Hocker vom nächsten Automaten hinter mir. Ich zog ihn nah genug heran, um ihren blumigen, süßlichen Duft zu genießen, hielt ihn aber weit genug entfernt, um ihren persönlichen Raum nicht zu verletzen, und ließ mich auf das rissige Lederkissen gleiten. Sie wartete geduldig darauf, dass ich mich setzte, und ich freute mich, dass sie nicht abgeneigt war, unser Gespräch fortzusetzen.

„Was also hat dich dann hier nach New Orleans verschlagen? fragte ich aus ehrlichem Interesse.

„Ich bin selbstständig. Als Fotografin“, sagte sie und lächelte dabei ein wenig verlegen und ich fragte mich unweigerlich, ob ihre Mimik darauf beruhte, üblicherweise dumme Reaktionen auf ihre Jobwahl zu bekommen. „Ich mache viele Aufträge für zum Beispiel Travelblogs. Wenn ich Glück habe, arbeite ich auch direkt mit einem Unternehmen zusammen und fotografiere für deren Marketingkampagnen."

Eine Glühbirne leuchtete in meinem Kopf auf, aber ich teilte sie noch nicht. Ich wollte erst das Wasser testen. „Und was hast du vor, in New Orleans zu fotografieren?"

„Nichts. Ich bin hier als Brautjungfer meiner Cousine." Sie winkte mit der Hand in Richtung Casinoeingang und fügte hinzu: „Sie hat mit mir gesprochen, bevor du aufgetaucht bist. Deshalb dachte ich, du wärst sie und hätte dir fast den Kopf abgerissen."

„Eine Hochzeit ist keine richtige Hochzeit ohne Familiendrama", meinte ich mit einem Augenzwinkern.

Tabby verdrehte die Augen und ein Lächeln umspielte ihren Mund. „Für Grace ist das Leben kein richtiges Leben ohne Familiendrama." Sie lachte, aber es schwang ein Hauch von Bitterkeit mit.

Sie war außergewöhnlich. Sie war schlagfertig und spritzig, ihre Kreativität war es aber, die mir in meinem Leben gefehlt hatte. Als ob das nicht schon genug wäre, um mich in ihren Bann zu ziehen, ließ mich ihr wildes Äußeres aufhorchen.

Es gelüstete mich nach mehr. Ich wollte mit ihr ausgehen, wollte herausfinden, wie es sich anfühlt, meinen Arm um ihre Taille zu legen und Seite an Seite in eines meiner vielen

Restaurants zu gehen. Ich wollte herausfinden, auf was sie im Bett abfuhr. Ich wollte ihr das Nachtleben von New Orleans zeigen und sehen, wie sie unter den Neonlichtern leuchtet. Ich wollte sie überall hin mitnehmen.

Auch in den Blackjack Club.

Kapitel 3

Tabby

Wieso war ich derart fasziniert von diesem unbekannten Mann? Wieso musste er so unverschämt attraktiv sein? Es hätte so viel einfacher sein können, den peinlichen Vorfall von vorher zu verdrängen, wenn er es nicht wäre. Dazu war er offensichtlich äußerst schlagfertig und ein exzellenter Schauspieler. Oder er interessierte sich wirklich mehr für mich als Person als für mich im Bett – eine seltene Eigenschaft bei attraktiven Männern, wie ich finde.

Apropos attraktive Männer ...

Erwähnte ich bereits, wie heiß ich ihn fand?

Das war er. Oh Gott, das war er. Als ich ihn vorhin getroffen hatte, war es mir zu peinlich gewesen, überhaupt einen Blick zu riskieren. Aber jetzt, wo er unmittelbar vor mir saß, konnte ich ihn aus nächster Nähe betrachten, und das war eine göttliche Sache. Sein glattes kastanienbraunes Haar fiel über eine noch glattere Stirn, die Augen von blassem Aquamarin umschattete. Sein Kiefer war endlos lang und mündete in einem aristokratischen Kinn. Der Mund oberhalb des Kiefers war dünn, aber wohlgeformt, und es entging mir nicht, dass seine glitzernde rosa Zunge jedes Mal, wenn ich sprach, herausglitt, um die Falte zwischen seinen Lippen zu streicheln. Dieser Investor hatte vielleicht unschuldige Absichten, als er sich mit mir unterhielt, aber er war völlig durchtränkt von roher, verruchter Sexualität, die meine Innenschenkel kribbeln ließ.

Moment mal, war ich etwa diejenige hier, die nur Lust auf eine Nummer hatte? Das passte zwar überhaupt nicht zu mir, aber gab es nicht für alles ein erstes Mal? Und Owen Driscoll hatte das Zeug dazu, meine Welt auf den Kopf zu stellen – sei es auch nur für diese eine Nacht!

„Also, Tabby ..." Seine Stimme war herausfordernd und gefährlich sinnlich zugleich. „Gehe ich recht in der Annahme, dass du eine Frau bist, die gerne mal wettet?"

Mein Blick schweifte zurück zum Automaten. Das Geld, das ich eingezahlt hatte, wartete geduldig in der Kontoleiste. Normalerweise hätte ich dem leuchtenden SPIN-Knopf nicht widerstehen können und mich weiter unterhalten, während ich die Zähne zusammenbiss und auf einen Jackpot-Treffer hoffte. Owen hatte es geschafft, meine fragwürdige Leidenschaft zum Spiel allein durch seine Anwesenheit zu brechen.

„Da liegst du richtig!"

„Oh, höre ich da etwa heraus, dass du dazu neigst, dich auch mal gehen zu lassen?" Er legte den Kopf schief und hob eine Augenbraue, während sich ein Winkel seines verführerischen Mundes nach oben neigte.

„Das sind die Gene", versuchte ich Gleichgültigkeit vorzutäuschen. „Mein Dad hatte eine wirklich schlimme Spielsucht. Er verzockte alles: Sein Auto, unser Haus ... Zum Glück war das Schlimmste, was ich je verspielt habe, mein Essensbudget für einen Auftrag. Ich schätze, ich habe mehr Willenskraft als er."

Augenblicklich veränderte sich etwas in Owens Gesicht. Ich kam nicht umher, mich zu fragen, ob meine Offenheit etwas zu viel war. Ich merkte nicht, dass er mich eher besorgt als verurteilend ansah, bis er fragte: „Und? Ist er wieder auf die Beine gekommen? Er ist doch nicht obdachlos, oder?"

Seine ehrliche Anteilnahme, zumindest wirkte sie so, bewegte mich tief.

„Ja, sozusagen. Er musste erst nahezu alles verlieren, bevor er sich seine Sucht eingestehen konnte. Meine Mom hat ihn rausgeschmissen und er verlor seinen Job. Das war für alle keine leichte Zeit ... aber irgendwoher hat er die Energie gefunden, eine Therapie anzufangen und von da an wurde alles Stück für Stück besser. Meine Eltern sind inzwischen wieder zusammen, auch, wenn sie jetzt in einem Haus leben, das nur halb so groß ist wie das Vorherige. Aber was sind schon Dinge." Ich bemerkte gar nicht, dass ich während meiner kurzen Familienanekdote meine Wange innen blutig biss. *Wer hätte gedacht, dass ein Abendessen mit Graces Freunden dazu führen würde, dass ich einem völlig Fremden von meinen Eltern und ihren Problemen erzähle?* Noch merkwürdiger war, dass es ihn tatsächlich zu interessieren schien. Was für ein ungewöhnlicher Mann. Um die Stimmung aufzulockern, schob ich meine Brille noch weiter die Nase hoch und scherzte: „Warum, willst du ihm ein Haus andrehen?"

Er zuckte mit der Schulter. „Ach, da wär ich nicht drauf angewiesen."

Daran bestand für mich kein Zweifel. Er war gekleidet wie ein Model auf dem Weg zur Vogue Aftershow Party und versprühte die Art von Kultiviertheit, die nur Geld kaufen kann. Sogar sein dezent aufgetragenes Parfüm versprühte Reichtum.

„Willst du eine Wette abschließen?", fuhr er fort. Er lächelte, als ein weiterer Weihnachtsmann vorbeikam, dessen Glöckchen bei jedem Schritt klingelten. „Eine kleine Weihnachtswette."

Die aufkeimende Erregung und die Andeutungen von Zuneigung, die an meinem Inneren zerrten, verstummten, und die Wolke, auf der ich bisher geschwebt hatte, sank einen Zentimeter. Dass er mich bat, eine Wette mit ihm einzugehen, nachdem ich ihm gerade von meinen Schwierigkeiten in dieser Hinsicht erzählt hatte, ließ mich aufhorchen. Vielleicht gehörte er zu den Männern, die die Schwächen von Frauen ausnutzen und sie ausbeuten. Wenn dem so war, hatte ich mich sehr angreifbar gemacht. Vielleicht wollte er aber auch nur unsere Unterhaltung etwas aufpeppen.

„Eine Weihnachtswette, hm? Woran dachtest du da?"

Er winkte nach rechts, in Richtung des Ortes, an dem ich nicht aufgepasst und mich zu Tode gedemütigt hatte. „Ich setze mich an einen Tisch. Blackjack. Ich bekomme eine Hand." Er beugte sich vor, stützte einen Ellbogen auf ein Knie und neigte den Kopf, bis seine Augen sinnlich auf mir ruhten. „Wenn ich verliere, bekommst du, was du willst."

„Das ist furchtbar vage." Ich lehnte mich ebenfalls vor und stützte meine Ellbogen auf mein Knie. „Was ist denn, wenn ich eine Yacht oder eine Weltreise oder die Hauptrolle im nächsten Di Caprio Film will?"

„Die Yacht und die Reise sind kein Problem, aber ich

fürchte, das Beste, was ich bei dem Film machen kann, ist eine Nebenrolle in einer schlechten Liebeskomödie. Sorry, aber Hollywood hat in meinem Portfolio keine Priorität."

Ich stieß einen langen Seufzer aus und lehnte mich zurück, wobei ich meinen Pferdeschwanz über meine Schulter zog und mit den Fingern darüberstrich. „Was für eine Schande. Und ich war schon fast beeindruckt."

Er grinste und seine harten, männlichen Züge verrieten eine Verspieltheit, die ich nicht für möglich gehalten hätte. „Na gut. Ich werde etwas genauer sein. Wie wäre es damit: wenn ich verliere, mache ich dich zum Fotografen für das gesamte Marketing meines neuesten Restaurants. Das ist ein dankbarer Job. Der Designer hat das Lokal erst letzte Woche in Szene gesetzt, also kannst du es machen, wann immer es dir passt, und ich schätze, es wird besser bezahlt als normale Jobs." Jetzt war er an der Reihe, sich nach vorne zu beugen, und die Energie zwischen uns wurde knisternder. „Und ich bezahle deinen verlängerten Hotelaufenthalt und deinen Rückflug nach Hause, wo immer du wohnst."

„Das wäre dann Chicago", murmelte ich. Ich war geschmeichelt von seinem Angebot, wer wäre das nicht. Nicht nur wegen der finanziellen Großzügigkeit, sondern auch, weil er meine Arbeit noch nie gesehen hatte. Andererseits war ich neugierig, wie hoch der Betrag war. Wenn er bereit war, mir so viel zu geben, wenn er verlor, konnte ich mir nur vorstellen, was er wollte, wenn er gewann. Ich hatte das Gefühl, dass sein wahres Gesicht zum Vorschein kommen würde, dunkel und lüstern.

„Chicago also", nickte Owen.

„Und was passiert also, wenn du wider Erwarten gewinnen solltest?"

Ein Blitz schlug vor mir in seinen Augen ein. Ich spürte die Bedeutsamkeit seiner folgenden Worte bereits, bevor sie seine Lippen verlassen hatten. „Dann nehm ich dich mit in den Blackjack Club."

„Was zur Hölle soll das sein?". Ich musste zugeben, ich hatte mir mehr von seiner Antwort versprochen. Hoffentlich konnte er meine Enttäuschung nicht bemerken.

„Das erfährst du erst, wenn du mitkommst." Damit stand er energisch auf und reichte mir seine kräftige Hand. Es war dieselbe Hand, die mein Handgelenk umklammert und mich in meinem Moment der Schwäche aufgefangen hatte, aber sie sah jetzt irgendwie anders aus. Stark. Kraftvoll. Verlockend. Die Handfläche war glatt, die Finger lang, und sein Daumen zuckte fast unmerklich vor unterdrückter Energie. „Sollen wir?"

Ich wollte seine angebotene Hand annehmen, aber etwas in mir weigerte sich, obwohl mein Herz danach schrie. Das Einzige, was ich über diesen Blackjack Club wusste, war sein Name, aber das reichte aus, um mir ein Bild von zwielichtigen, glamourösen Leuten in einem zwielichtigen, glamourösen Lokal zu machen. Ich wollte mehr wissen. Obwohl Owen ein körperlicher Adonis und ein oraler Charmeur war – Gott, ich wette, das war er! – wusste ich fast nichts über ihn, und mit ihm an einen Ort zu gehen, von dem ich noch nie gehört hatte und den er mir nicht erklären wollte, war keine gute Idee. Außerdem war ich immer noch ein wenig misstrauisch, als er mich zu einer Wette aufforderte, nachdem ich ihm meine Spielsucht gestanden hatte. Ich war mir nicht sicher, was das über seinen Charakter aussagte.

„Erzähl mir eine Sache über den Club und ich bin dabei", sagte ich.

Er ließ seine Hand schwer in der Luft hängen, die Situation glich einem kleinen Machtspiel. „Du bist ein temperamentvolles Ding, nicht wahr?" Es war keine Frage, und die Art, wie er es sagte, klang wie flüssige Schokolade. Ich starrte ihn einfach nur unverwandt an, anstatt zu antworten, obwohl mein Bauch eine Menge zu sagen hatte. Kribbelnde Hitze loderte in meinem Inneren auf.

„Ich kann es sein."

Sein Grinsen wurde breiter, und er willigte ein: „In Ordnung. Eine Sache, und die Wette gilt." Er ließ seinen Blick kurz zur Decke schweifen, bevor er ihn wieder auf mich richtete. Als er sich wieder auf mich konzentrierte, war sein Gesichtsausdruck wieder von freudiger Erregung durchdrungen. „Der Blackjack Club ist das größte Geheimnis, das du jemals bewahren musst." Mit diesen Worten nahm er meine Hand in die seine. „Es wird Zeit, dass du dein Wort einlöst, Schätzchen."

Die Art, wie er das sagte, ließ mich meine Beine fester zusammenpressen.

„Das sagt ja gar nichts!" protestierte ich, grub meine Schuhe in den Teppich und wehrte mich gegen sein Ziehen.

Er musterte mich mit zusammengekniffenen Augen und fuhr mit ihnen meinen Körper entlang, als würde er mich abtasten. „Das ist alles, was du bekommst, Süße. Wenn du mehr willst, musst du mir vertrauen. Jetzt kannst du allein gehen oder ich werfe dich über meine Schulter und trage dich zum Tisch. Du entscheidest."

Sofort überlief mich eine Gänsehaut und ich sog scharf die Luft ein. Er war so aufdringlich, aber ich empfand das nicht als anstößig. Ich fand es... heiß.

Ich schaute auf meinen Drink. Hatte er etwas hineingeschüttet? Keine KO-Tropfen, sondern eine Art Aphrodisiakum? Oder waren seine Pheromone einfach so stark?

„Ich habe noch Geld hier in dem Spielautomaten", sagte ich und schlug die Beine übereinander, während er mir auffallend interessiert dabei zusah.

„Das geb ich dir später wieder. Los, nimm deine Handtasche."

Der logische Teil meines Gehirns versetzte mir einen heftigen Schlag gegen die Schläfe, aber ich ignorierte ihn. Ich schnappte mir meine Handtasche, versuchte, mich trotz meines zitternden Unterleibs so gut wie möglich zu beherrschen und drehte mich wieder zu ihm um, wobei meine Hand immer noch fest in seiner lag. „Okay. Los geht's, Sugardaddy."

Er grinste und begann zu gehen. Ich hielt mit ihm Schritt, so gut ich konnte. All die Leute, die mich vorhin bemerkt hatten, waren gar nicht mehr in meinem Blickfeld. Ich war mir sehr bewusst, dass ich Seite an Seite und Hand in Hand mit dem wohl attraktivsten Mann ging, den ich je getroffen hatte. Mehr noch, ich hatte das Gefühl, dass jeder die anzüglichen Dinge, die er zu mir gesagt hatte, auf meiner Stirn sehen konnte. Ich hätte genauso gut ein Halsband mit der Aufschrift „Owen" um den Hals tragen können oder eine Kette um mein Handgelenk, die mit seinem verbunden war.

Ich mochte alles daran.

Sofort, als wir den Blackjack Tisch erreichten, war klar, dass es nicht sein erstes Spiel war.

„Willkommen zurück, Mr. Driscoll", begrüßte der Croupier ihn.

Ein Spieler, der am Tisch saß, war offensichtlich auch ein Freund oder Mitarbeiter von Owen, denn er zog die Augenbrauen hoch und lächelte wissend, aber er sagte kein Wort. Der Mann mit der Glatze schaute jedoch von Owen zu mir und wandte seinen Blick erst wieder ab, als Owen auf den leeren Platz neben ihn rutschte.

„Du bist heute ganz schön mutig, was?", murmelte er.

Owen warf ihm einen Seitenblick zu und schenkte ihm ein lässiges Lächeln. „Nicht mehr als sonst", antwortete er lässig. Er schaute über seine Schulter zu mir und griff hinter den Stuhl, auf dem er jetzt saß. Seine Finger schlangen sich um meinen Oberschenkel. Ich erschauderte und trat unwillkürlich einen Schritt vor, bis meine Hüfte gegen die Stuhllehne drückte.

Chips und Geld wurden ausgetauscht, dann wanderten die Karten vom Dealer zu den Spielern, aber ich war zu sehr von Owens sanftem Streichen über die Innennaht meiner Jeans abgelenkt, um auf die Szene zu achten, die sich vor mir abspielte. Es war mir sogar egal, dass die Wette, an der meine nahe berufliche Zukunft hing, gerade stattfand. Alles, was zählte, war, dass mein Körper auf eine sanfte Berührung reagierte, wie ich es nicht gewohnt war. Und der Mann, der dafür verantwortlich war.

„Sieht so aus, als wäre das Glück auf meiner Seite, Süße", murmelte er. Er hob die Ecken seiner ausgeteilten Karten an und deckte ein Paar Königinnen auf. „Die einzige Chance, die ich verliere, ist, wenn Alfred..."

„Einundzwanzig", sagte der Croupier mit einem leichten britischen Akzent.

Ich strahlte mit heiterer Selbstgefälligkeit. „Was hast du gesagt?"

„Du könntest noch viel mehr mit diesem Mundwerk machen, als nur anzugeben", erwiderte er mit sanfter Bosheit und jagte mir damit einen harten Schauer den Rücken hinunter.

Owen stand auf, legte eine Hand auf die Schulter seines vermeintlichen Freundes, nickte dem Dealer zu und nahm seine

Hand von meinem Bein, um seine Finger zwischen meinen zu verschränken. Im nächsten Moment gingen wir weiter, diesmal in Richtung Ausgang des Casinos.

„Wirst du jetzt die ganze Zeit sauer sein, nur weil du verloren hast?“, fragte ich halb im Scherz.

Er blieb kurz vor dem Ausgang stehen und sah mich eindringlich an. Eine seiner Augenbrauen zog sich bis zu seinem Haaransatz hoch. „Wer sagt denn, dass ich verloren habe?“, forderte er mich heraus.

„Die Regeln des Blackjack, glaube ich“, sagte ich, wobei der Sarkasmus aus meinen Worten tropfte.

„Oh nein“, korrigierte er, schüttelte den Kopf und schob sich eine Haarsträhne auf die Stirn. Seine Augen funkelten blitzartig. „Nein da irrst du dich gewaltig. Ich habe definitiv gewonnen.“

Kapitel 4

Owen

Schon bevor meine Limousine eintraf, erspähte ich Tabby. Sie stand am Straßenrand vor dem Salon, ihre Handtasche lässig über eine Schulter gehängt und eine schwarze Tasche zu ihren Füßen. Ihr Haar war genau wie am Tag zuvor zu einem simplen Pferdeschwanz zusammengebunden, doch ein Detail verwunderte mich sofort. Sie trug keine Brille. Dadurch wirkte sie deutlich jünger und sah aus, als könnte sie als Studentin oder sogar als Schülerin durchgehen, trotz ihrer blass lilafarbenen Augenringe. Ich fragte mich, ob sie überhaupt geschlafen hatte oder ob sie, wie ich, die ganze Nacht wach war und die Ereignisse unseres Treffens wieder und wieder im Kopf nachspielte.

Ich jedenfalls konnte an nichts anderes denken, seit wir uns verabschiedet hatten. Selbst als ich im Bett lag und versuchte, noch ein wenig Schlaf zu finden, ließen mich die Bilder von ihrem Lächeln einfach nicht mehr los. Das Casino war wie der erste Schuss einer süchtig machenden Designerdroge, und ich wollte mehr davon. Als ich sie jetzt sah, stellten sich die Haare in meinem Nacken auf und meine Arme kribbelten. Ich war so nah dran, so nah an meinem zweiten Kick...

„Guten Morgen, Sonnenschein", begrüßte ich sie, als ich aus der Limousine ausstieg noch bevor Stephan, mein Chauffeur, mir die Tür öffnen konnte.

Tabby lächelte und ihr Gesicht erhellte sich sofort. Sogar die schlaftrunkenen blauen Flecken unter ihren Augen verblassten leicht. „Schön, dich hier zu treffen", neckte sie mich.

Ich zeigte mit der Hand auf die schwarze Tasche auf dem Boden. „Ist das deine Ausrüstung?"

„Ja, in der Tat", sagte sie. „Du hast Glück, dass ich sie mitgebracht habe. Sonst wäre ich gezwungen gewesen, deine Fotos mit dem Handy zu machen, und ich bin mir nicht sicher, ob das dein Geld wert gewesen wäre."

Wenn sie nur wüsste, wie viel es mir wert war, unabhängig von ihrer Wahl der Kamera.

Stephan hatte es zu uns geschafft. Er fühlte sich sichtlich unwohl und wuchtete sein Gewicht von einem Fuß auf den anderen. Ich winkte dem gut gekleideten Mann mittleren Alters, um ihn vorzustellen. „Das ist Stephan, mein Fahrer. Wenn du etwas brauchst, zögere nicht, es ihm zu sagen."

„Hallo“, sagte sie strahlend, trat vor und streckte ihm die Hand entgegen. Ihr Lächeln strahlte immer noch und ich sah, wie Stephans steifes Auftreten ein wenig nachließ. „Ich bin Tabby. Eigentlich Tabitha, aber nenn mich Tabby.“

„Stephan“, antwortete mein Angestellter professionell. „Es ist mir eine Ehre, Sie kennenlernen zu dürfen, Miss Tabby.“

Genau beobachtete ich ihren Händedruck, bevor ich meinen Blick auf die Frau neben mir richtete. Es war das erste Mal, dass ich ihren vollen Namen hörte, und ich spürte einen unerwarteten Anflug von Eifersucht, dass sie ihn mir nicht zuerst verraten hatte, bevor sie es meinem Fahrer sagte. Während Stephan ihre Tasche in den Kofferraum trug, half ich ihr in den hinteren Teil der Limousine. Erst als er wieder auf dem Fahrersitz Platz genommen hatte und das Auto sich in Bewegung setzte, sprach ich die Sache mit dem Namen an.

„So, und ich verdiene also nur den Spitznamen, wie?“ versuchte ich, sie ein wenig aus der Reserve zu locken.

„Was?“ antwortete sie mit einiger Verwunderung in ihr Gesicht geschrieben. Erst jetzt bemerkte ich, wie unnatürlich gerade sie saß, ihre Hände verkrampft in ihrem Schoß. Scheinbar kannte sie exklusive Wagen wie diese Limousine nur vom Vorbeifahren.

„Na dein richtiger Name ist also Tabitha. Zu mir sagtest du gestern noch, er wäre Tabby."

Sie musste grinsen. „Naja, du hättest ja auch irgendein Psychopath sein können."

„So so, und woher willst du jetzt wissen, dass Stephan keiner ist?" fragte ich und nickte in Richtung meines treuen Begleiters.

„Ganz einfach. Er hat ein netteres Gesicht als du."

Ich streckte die Hand aus und drückte ihr Knie, wobei ich mit Zeigefinger und Daumen auf die empfindlichen Stellen auf beiden Seiten drückte, um sie zum Springen zu bringen. Sie quietschte, kicherte und schlug nach meiner Hand, aber ich ließ mich nicht abschrecken. Ich wiederholte den Druck und stichelte: „Du hältst dich für witzig, oder? Du denkst, du bist einfach ein Scherzkeks."

Sie kicherte weiter im Versuch, meine Attacke abzuwehren. „Du warst derjenige, der gesagt hat, ich solle dich nicht für einen höflicheren Mann halten, als du wirklich bist."

„Hmm." Ich ließ Gnade walten. „Das stimmt. Gutes Gedächtnis."

Sie nutzte die Gelegenheit und kreuzte ihre Beine in weiser

Voraussicht, falls ich es mir wieder anders überlegen würde.

„Außerdem bin ja wohl nicht ich der Einzige, der Informationen ausgelassen hat. Was ist mit deinem schwachsinnigen Detail über deinen Club?“, drängte sie.

Ich schmunzelte. „Das war ein ziemlich pikantes Detail, das du entdecken wirst, wenn ich dich dorthin bringen kann.“

Mein Gott, ich hoffte, dass ich sie dorthin bringen konnte.

„Nun, ich denke, das war eine Ausrede“, schoss sie zurück. Ihre Wangen hoben sich und schimmerten mit einem amüsierten Lächeln.

„Ja? Du hast mir nicht einmal deinen Nachnamen gesagt. Ist das nicht eine Ausrede?“ scherzte ich. „Soweit ich weiß, bist *du* hier der Psychopath.“

„Nur dienstags.“ Die Farben in ihren Augen leuchteten wie Batikfarben und sie wippte mit ihrem baumelnden Fuß in einem Tempo, das nur sie in ihrem Kopf hatte. Ich gönnte mir einen kurzen Blick auf ihre geschmeidige Wade, die sich unter der schwarzen Leggings verbarg, bevor ich mich wieder ihrem Gesicht zuwandte. Sie musterte mich aufmerksam. Dann fügte sie in einem beschwichtigenden Tonfall hinzu: „Rickard. Tabby Rickard.“

The Xmas Bet

***

Ich hatte selten jemanden gesehen, der so sehr in seine Arbeit vertieft war wie Tabby. Jeder Zentimeter ihres Körpers war unter ihrer Kontrolle, genau wie die Kamera, die sie liebevoll in ihren Händen hielt. Ihr zuzusehen war wie eine Cirque du Soleil-Show – atemberaubend, außergewöhnlich, unvorstellbar. Selbst wenn ihre Bilder Schrott gewesen wären, hätte es sich für mich gelohnt, ihr zuzusehen, aber die winzigen Vorschaubilder, die nach und nach auf ihrem Computerbildschirm erschienen, versprachen das Gegenteil. Sie waren so verführerisch und unverfälscht wie die akrobatischen Positionen, in die sie sich verbog. Das leise Wimmern und Stöhnen vor Anstrengung, das sie kurz vor dem Knipsen von sich gab, und die unvorstellbaren Winkel, die sie einnahm und die jedes Foto auf eine neue Ebene des Unglaublichen hievten, ließen meinen Atem schneller gehen.

„Was für ein atemberaubender Ort", sagte sie.

Sie befand sich in einer äußerst prekären Position. Sie stand auf einem Stuhl und hatte ein Bein flach über die Tischplatte gelegt, während das andere in den Knien angewinkelt war, so dass sie sich in einem seltsamen und unerwartet erotischen Halbspagat befand. Ihr Rücken war nach vorne gebeugt, damit sie über der vorbereiteten Vorspeise schweben konnte, und sie hob und senkte sich immer wieder, um den besten Abstand für die Beleuchtung zu ermitteln. Der lockere Pullover, den sie getragen hatte, als ich sie abholte, lag auf einem anderen Tisch in der Nähe, so dass sie nur noch ein enganliegendes marineblaues Tank-Top und diese schwarzen Leggings trug. So sehr ich mich auch bemühte, ich konnte meine Augen nicht davon abhalten, immer wieder die weichen Kurven ihres Bauches und ihrer Hüften nachzufahren.

„Danke. Hab ich selbst entworfen."

Ein Schmunzeln entwich ihren Lippen, aber sie riss ihren Blick nicht vom Sucher. „Lügner."

Natürlich hatte sie recht. Es war die Idee des Chefkochs, eines jungen aufstrebenden Stars mit weißem Haar, der sich nur Nikolai nannte.

Dass ich eigenständig eine Fotografin für die Werbekampagne engagierte, gehörte weiß Gott nicht zu meinen Aufgaben als Investor, aber ich war derjenige, mit der Kohle, also konnten mich Nikolai und seine Geschäftspartner gepflegt mal.

„Haben wir hier eigentlich Zeitdruck?“ fragte ich. Ich versuchte, nicht zu viel zu reden. Ob sie Ruhe brauchte, um sich zu konzentrieren, wusste ich nicht. Mein Fachgebiet waren schon immer Zahlen. Kreative Typen wie Tabby neigten dazu, launisch zu werden, wenn es zu viele Ablenkungen gab, während sie das taten, was sie taten, um die Welt zu beeindrucken.

„Nö“, antwortete sie schmallippig. Endlich blickte sie von ihrer Kamera auf und sah mich an. „Warum?“

„Weil ich sonst Nikolai sagen würde, dass er uns eine Kleinigkeit zum Mittagessen macht. Wenn du aber zurück zu deinen Verpflichtungen als Brautjungfer musst, lass ich Stephan den Wagen vorbereiten.“

Sie schwankte, als sie versuchte, ihr gestrecktes Bein auf das andere zu schieben, ohne den Teller mit dem demonstrativen Essen zu stören. Ich trat hinter sie, schloss meine Hände um ihre Taille und hob sie leicht an, um ihr zu helfen. Sie erstarrte kurz unter meiner Berührung, und ich spürte die Wärme ihrer Haut, die durch das dünne Baumwollhemd in meine Fingerspitzen floss. Wäre da nicht meine blöde Sex-Regel, hätte ich sie auf der Stelle auf den Tisch geworfen, um jede einzelne ihrer Kurven zu lecken.

Aber sie war noch nicht im Club gewesen. Bis dahin konnte ich nichts unternehmen. Das war das Einzige, was mir helfen konnte

„Machst du Witze?" schoss es aus ihr heraus, dann zog sie ihre Beine zusammen und stellte ihr Gleichgewicht auf dem Stuhl wieder her. Nur widerwillig ließ ich sie los, damit sie herunterhüpfen konnte. „Ich muss im Moment so weit wie möglich vom Hotel wegbleiben. Grace ist in einem totalen Nervenzusammenbruch-Modus. Sie trägt nicht einmal Wimpern und ich kann dir sagen, dass ich sie seit etwa zehn Jahren nicht mehr ohne falsche Wimpern gesehen habe. Kompletter Zusammenbruch. Außerdem soll der Junggesellinnenabschied um drei Uhr beginnen und die ganze Nacht dauern, und wenn ich so lange mit ihren Freundinnen festsitze, wirst du mich morgen früh in den Nachrichten sehen."

Laut lachte ich auf, wahrscheinlich, weil ich keine Zweifel daran hatte, wie ernst sie es meinte. Auch, wenn ich ihre Cousine selbst und das Aufeinandertreffen der beiden nur kurz mitbekam, hatte mir das gereicht, um mir ein Bild der Hochzeit machen zu können.

„Was ist denn mit deiner Familie? Kommt die nicht zur Trauung?"

„Meine Eltern fliegen erst morgen früh. Mehr als eine

Nacht in diesem Hotel können sie sich aktuell nicht leisten."

„Okay. Dann also Mittagessen, ja?"

„Oh ja, bitte!" erwiderte sie und nickte dabei so heftig, dass sich ihr Pferdeschwanz fast gelöst hätte.

Er war vielleicht ein arroganter Kerl, aber Nikolai wurde nicht umsonst von der lokalen Presse als „The Next Big Thing" gefeiert.

Das Menü, bestehend aus Entenmedaillons und Balsamico-Gemüse, war phänomenal, so sehr, dass Tabby und ich vergaßen, miteinander zu reden, bis unsere Teller fast leer waren. Ehrlich gesagt war ich nicht so sehr vom Geschmack des Essens gefesselt, sondern eher davon, dass ich mich von der chronischen Enge in meinem Schritt ablenken wollte, nachdem ich ein paar Stunden damit verbracht hatte, der agilen Nymphe zuzusehen, wie sie sich beugte, streckte und posierte und ihre Figur in dünnen Stoffen vor mir entblößte. Ich war froh, dass sie eine Fotografin und keine Yogalehrerin war, sonst hätte ich mich wahrscheinlich entschuldigen müssen.

„Wow", sagte auch Tabby, als sie schwer ausatmete und lautstark ihre Gabel auf den Teller vor ihr knallen ließ. Ihr Gesicht sah befriedigt aus, was nicht gerade dazu beitrug, das Zelt in meiner Hose abzubauen. Mir fielen mindestens tausend weitere Ideen – und Posen – ein, wie ich ihr diesen Ausdruck gerne aufs Gesicht gezaubert hätte. „Das war ... einfach nur wow. Gott sei Dank wohne ich nicht hier, sonst würde ich 300 Kilo wiegen. Mindestens."

„Nah, keine Sorge. Mir würde schon etwas einfallen, wie du die Kalorien wieder loswerden würdest", sagte ich ein wenig zu ernst. Dabei war es gar nicht so gemeint, aber ich bemerkte erst jetzt, dass ich ein wenig die Kontrolle über meinen Jagdtrieb verloren hatte. Wenn sie noch eine Sache tat oder sagte, die mich zum Pochen brachte, würde ich jede einzelne Regel, die ich je für mich aufgestellt hatte, über Bord werfen und sie in den Hungertod ficken.

Mit ihren großen Augen sah sie mich unverwandt an. „Ist jeder Mann aus Louisiana so direkt?", fragte sie und ihre Stimme brach fast unbemerkt am Ende ihrer Frage.

„Keine Ahnung." Ich lehnte mich zurück. „Ich bin nicht von hier."

„Was? Woher kommst du denn?"

Ich schenkte ihr ein strahlendes Grinsen. „Maine. Ich habe hier studiert, bin für ein paar Jahre nach Hause gegangen und dann zurückgekommen, um zu bleiben."

„Hm." Sie schürzte ihre Lippen und hob nachdenklich die

Brauen. Ich tat es ihr gleich und war neugierig, was sie dachte. „Ich würde dich nicht für einen Yankee halten."

Ich lachte, als ich fragte: „Warum nicht?"

Sie hob eine schlanke Schulter, die sich leider wieder unter dem dicken Pullover befand. „Du bist zu höflich. Ich dachte, das sei der Charme des Südens."

Diesmal hob ich nur eine Augenbraue und beugte mich vor, während mein Schwanz pulsierte. „Hast du schon vergessen, was ich dir über mich und meine Höflichkeit gesagt habe?"

Ein heiseres Keuchen entfuhr ihrem Mund, das irgendwo zwischen uns zur Ruhe kam und meinen Ständer in einen Rausch der Lust versetzte. Diese Frau war ein menschgewordenes Aphrodisiakum, und sie wusste es nicht einmal, was sie umso unwiderstehlicher machte. Doch bevor ich meine unzüchtigen Launen ausleben konnte, nahm sie ihre Serviette vom Schoß und tupfte sich den Mund ab. „Nun, danke. Für die Gelegenheit, dich zu fotografieren und für das Mittagessen."

Was hätte ich dafür gegeben, wenn sie mir für etwas anderes gedankt hätte...

„Natürlich." Ich legte meinen Kopf schief. „Deine Arbeit ist fantastisch und ich kann die finalen Ergebnisse kaum erwarten. Doch ich muss zugeben, dass ich schockiert bin, dass du nicht schon eine nationale Sensation bist."

Dankbar für diese kleine Schmeichelei, schenkte sie mir ein unschuldiges Lächeln, was meine Geilheit wieder in den Hintergrund treten und meinem ehrlichen Interesse an diesem faszinierenden Menschen, dem ich gegenübersitzen durfte, den Vortritt ließ. Das war wohl besser so, denn so konnte ich mich an die Spielregeln des Clubs halten.

Die Fahrt mit der Limousine zurück zu ihrem Hotel war viel unangenehmer als die Fahrt zum Restaurant. Ich war hin- und hergerissen, und zwar schmerzlich. Noch nie in meinem Leben war ich von einem Vertreter des schönen Geschlechts so angetan gewesen. Sie war nicht nur verführerisch, interessant oder bewundernswert, sie war von Anfang bis Ende absolut bezaubernd. Vor allem aber hatte sie Persönlichkeit – ganz im Gegenteil zu den Frauen, die ich sonst datete.

Dieses Exemplar war anders.

Sie hatte Tiefgang. Sie hatte eine Geschichte, und sie zu kennen war, als würde man zusehen, wie die Worte auf die Seite gekritzelt werden und mit angehaltenem Atem auf das nächste Kapitel warten. Vielleicht war sie für die meisten Männer nur

Tabby, die Fotografin aus Chicago. Für mich war sie Tabby, die ihren vollen Namen nicht mochte, Tabby, die sich in ihre Fotos stürzte, Tabby, die trug, was ihr gefiel, unabhängig von Etikett, Farbe oder Stil. Sie war eine Frau mit flotten Sprüchen, festen Zielen und ohne Bullshit. Und das war es, was mich so sehr für sie begeisterte.

Sie war ... gefährlich.

„Stephan, lass uns hier raus", rief ich meinem Fahrer zu als er aufs Harrah's zufuhr. „Gib uns ein paar Minuten, ich ruf Dich dann."

Wortlos nickte mir Stephans Gesicht im Spiegel zu, während ich mich aus der Rückbank drückte. Sie schien mich neugierig zu beobachten. Als ich mit der Tasche zurückkam, griff sie danach, aber ich schüttelte bloß den Kopf und hielt sie weiter in meiner Armbeuge fest. „Nein, Ma'am. Eine Lady trägt ihre Taschen nicht selbst, wenn ein Mann dabei ist."

„Das ist keine große Sache", sagte sie abweisend und griff wieder danach. Ich drehte mich weg, um sie abzuwehren, und sie stemmte dieselbe Hand in ihre Hüfte. „Was machst du da?"

„Wir müssen einen Zwischenstopp einlegen, bevor ich dich in dein Zimmer zurückbringe", verkündete ich.

Sie beäugte mich misstrauisch. „Wo?"

„Im Casino." Ich grinste. „Wir schließen noch eine Wette ab."

„Oh, ja? Was für eine Weihnachtswette hast du dieses Mal im Sack, Weihnachtsmann?"

Gott, sie war bezaubernd.

„Ich bekomme eine Hand, genau wie gestern."

Die Hüfte, die die Hand stützte, ragte nach außen und ich musste mich zwingen, meinen Blick auf ihr Gesicht zu richten, anstatt auf die sich darbietenden Kurven. „Wenn du also verlierst, gewinne ich. Aber ich habe den Job schon, wieso sollte ich also mitmachen?"

Jede Zelle in meinem Körper summte bei dieser Frage. Ich trat einen Schritt näher an sie heran. „Was willst du?"

Ich konnte sehen, wie es in ihr arbeitete, als sie trocken schlucken musste.

„Also... wenn ich gewinne, musst du mich zur Hochzeit morgen begleiten. Als mein Date."

Ich legte den Kopf schief. Ich war nicht im Geringsten abgeneigt von der Idee – alles, um mehr Zeit mit ihr zu verbringen, war großartig – aber ich glaubte nicht, dass es machbar war. „Steht die Gästeliste noch nicht fest? Deine

Cousine könnte einen Anfall bekommen, wenn du ihr in letzter Minute ankündigst, dass du ein Date mitbringst. Das bedeutet einen weiteren Teller mit Essen, einen weiteren Stuhl, eine neue Sitzordnung..."

„Klingt so, als wärst du schon mal verheiratet gewesen", erwiderte sie und der Verdacht kehrte zurück.

Ich gluckste. „Nein, ich war nur schon auf vielen offiziellen Veranstaltungen."

„Nun, ich weiß ganz sicher, dass es einen Platz für dich gibt. Grace hat sich letzte Woche mit ihrer Cousine väterlicherseits gestritten, weil Emily gesagt hat, dass Graces Hochzeitsfarben sie an ein billiges Wellnesscenter erinnern, du kannst also beruhigt sein. Ich hoffe, es macht dir nichts aus, einen Abend lang Vegetarier zu sein, denn ich garantiere dir, dass Emily den Salat dem Steak vorgezogen hat."

„Na gut", stimmte ich zu. „Wenn du gewinnst, bin ich morgen dein Date."

„Super." Dieser befriedigte Gesichtsausdruck von vorhin kehrte auf ihr Gesicht zurück und ich musste meine Pose ändern, um die Beule in meinem Schritt zu verheimlichen. „Und wenn du gewinnst?"

Endlich, das große Finale. Ich leckte mir über die Lippen.

„Wenn ich gewinne, darf ich dich in den Blackjack Club mitnehmen."

Sie blinzelte mich an und schüttelte ungläubig den Kopf. „Ich weiß nicht, was es mit dir und diesem Blackjack Club auf sich hat, aber du willst mich *wirklich* dorthin mitnehmen."

„Du hast ja keine Ahnung", murmelte ich. Etwas lauter fügte ich hinzu: „Haben wir einen Deal?"

„Ich weiß es nicht. Kannst du mir nicht doch noch etwas über den Club erzählen?"

Ich lehnte mich so nah heran, dass meine Nase das Haar über ihrem Ohr streichelte. „Netter Versuch. Nur wenn ich gewinne."

Tabby seufzte und nickte dann endlich nach einer halben Ewigkeit. „Ja, okay. Wir haben einen Deal."

Ich nahm ihre Hand, genau wie gestern, als wir unsere Wette abgeschlossen hatten, und führte sie hinein. Die Angestellten hinter dem Schalter grüßten uns beim Vorbeigehen, mich mit Namen, aber ich war zu aufgeregt, um den Ausgang unserer Wette zu erfahren, als dass ich ihr nur zustimmend zugenickt hätte. Nach der Art und Weise zu urteilen, wie sich ihre Finger in meinem Griff zusammenzogen, war Tabby selbst aufgeregt.

Alfred hatte keine Schicht, aber ich kannte die anderen Dealer fast genauso gut und wurde von Deborah, einer großmütterlichen Frau in den frühen Sechzigern, begeistert begrüßt, als ich meinen Platz einnahm. Am Tisch saßen keine anderen Spieler, aber das spielte keine Rolle. Ich tauschte Geld gegen Chips ein und versuchte, mich zu konzentrieren, während Deborah austeilte. Tabby lehnte sich über meine Schulter, offensichtlich genauso interessiert an den Ergebnissen wie ich, und ich spürte jedes Mal, wenn sie ausatmete, einen Hauch ihres warmen Atems an meinem Hals. Ich war froh, dass ich saß. Wenn ich gestanden hätte, hätte ich meine Erektion nicht verbergen können.

„Vierzehn", sagte Deborah als ich mein Blatt aufdeckte, eine Neun und eine Fünf.

Ich schaute über meine Schulter zu meiner Begleitung. Süß lächelte sie mich an und wackelte mit den Augenbrauen, als wolle sie mich herausfordern, und ich unterdrückte das Knurren, das in meiner Kehle aufstieg. Als ich mich wieder Deborah zuwandte, klopfte ich zweimal auf den Tisch und wünschte mir mit aller Kraft, dass meine nächste Karte eine Sieben sein würde.

„Bust!"

Riley Flowers

Shit!

Es war eine Acht, ein Diamant zu viel, der auf mich zurückblickte. Doch die Enttäuschung, die mich überkam, verflog schnell. Ich war ihr Date für die Hochzeit. Ich würde sie wiedersehen. Und das bedeutete, dass ich eine weitere Gelegenheit hatte, es noch einmal zu versuchen.

Kapitel 5

Tabby

Die Freiheit war so nahe, dass ich sie förmlich schmecken konnte. Das wirklich einzig Gute an dieser verdammten Hochzeit war, dass Grace nicht die Muße für eine ausgedehnte Zeremonie besaß. Das bedeutete, dass ich nur noch für etwa fünf weitere Minuten kerzengerade zu stehen – „Mach den Rücken gerade!" – und ein ultrafröhliches Lächeln aufzusetzen hatte. Danach gab es Fotos, den großen Empfang, Abendessen und dann war alles überstanden. Befreit aus dem Käfig der Brautjungfernpflichten, um ohne Einschränkungen zu schweben. Ich würde tanzen, essen und trinken können, ohne dass der harte Knoten in meiner Brust mich davor warnte, dass Grace im Umkreis von fünfzig Metern bereit war, über ihren letzten gescheiterten Hochzeitsplan zu schreien und zu schluchzen.

Und ich würde das alles mit Owen machen können.

Ich marschierte mit dem Brautstrauß in der Hand und dem

Trauzeugen am Arm den Gang entlang. Grace hatte mich bis zu dem Moment beschäftigt, als der Planer mich in die richtige Position schob und laut flüsterte: „Okay, los! Kinn hoch, lächeln und um Himmels willen, stolpere nicht!" Da es mir unangenehm war, in einer Menge von Menschen, die ich größtenteils nicht kannte, im Mittelpunkt zu stehen, versuchte ich, meinen Blick auf den Pfarrer am Altar zu richten, aber ein kastanienbrauner Haarschopf erregte meine Aufmerksamkeit. Ich ignorierte alles, was Grace, Tante Romy und die neurotische Hochzeitsplanerin mir während der Probe in den Kopf gesetzt hatten, und schaute hin. Da war er... Owen Driscoll, gekleidet in einen hellgrauen Anzug, der so teuer aussah, als ob man mit diesem den Caterer hätte bezahlen können, und er saß nur vier Plätze von meinen Eltern entfernt. Er war tatsächlich erschienen, wie versprochen.

Ja, ich hätte das Paar, das während der Zeremonie getraut wurde, für die Fotos anhimmeln sollen, aber öfter, als es angemessen war, wurden meine Augen in die Menge gezogen, direkt auf den rauchigen, starren Blick des Mannes, der für mich gekommen war. Sein Blick war wie ein Hitzestrahl. Ich spürte, wie er in mich eindrang, wo immer er landete, und mein Körper reagierte genauso, wie er reagiert hätte, wenn er mich mit den Händen berührt hätte. Ich spürte, wie er meine Brüste abtastete, über meine Taille strich, wo seine Hände bereits geruht hatten, und durch das weihnachtsbaumgrüne Kleid, das ich trug, über die äußeren und inneren Linien meiner Schenkel strich. Er hätte direkt dorthin gehen und seine Finger dorthin legen können, wo seine Augen waren, und ich hätte nicht mehr erregt sein können. Ein Regenwald, der in Wärme und Nässe erstickte, brach in meinem Inneren aus. Mit jeder Minute, die ich unter seinem prüfenden und glühenden Blick verbrachte, sehnte ich mich weniger nach meiner bevorstehenden Freiheit als nach seinen zweifellos geschickten Handgriffen.

Die letzten beiden Tage mit Owen waren unvergleichlich. Gemeinsam hatten wir beiden Spaß, konnten lachen, mussten uns nicht verstellen. Gleichzeitig fühlte es sich an wie ein quälend langes Vorspiel, das sich immer weiter hochschaukelte, jedoch ohne das Versprechen auf eine rauschende Erlösung am Ende. Fotos machen, gemeinsam zu Mittag essen und Wetten abschließen waren mehr oder minder scheinbar unschuldige Aktivitäten, aber unter seiner Oberfläche spürte ich ständig etwas Dunkleres, Tieferes und Fesselndes. Es zog mich an, ohne sich mir zu offenbaren. Eine hemmungslose Kraft, die mich näher heranzog, ohne den kleinsten Hinweis auf seine wahre Identität zu preiszugeben. Ich wollte die Maske abreißen. Ich wollte mehr wissen, ihn kennenlernen.

„Sie können die Braut jetzt küssen!“ schrie mich der Priester harsch zurück in die Realität. Jubel brannte auf und Tränen flossen, als sich das Brautpaar ein wenig zu feucht küsste und ihre Ehe damit beschloss. Höflich klatschte ich, so gut ich konnte, mit einem Strauß Anemonen und Rosen in der Hand, und blickte wieder in die Menge hinaus. Owen klatschte ebenfalls, aber er beobachtete nicht die Braut und den Bräutigam. Er starrte mich immer noch an, und seine Mundwinkel waren zu einem Grinsen verzogen, das ich schnell als typisch für ihn erkannte. Ich brauchte keine Worte oder Nähe, um zu wissen, was er dachte. Mein Körper deutete es perfekt.

Als ich mich den Gang zurückzog und meinen Arm in den Arm meines Trauzeugen einhakte, war ich überglücklich. Nicht nur, dass die Zeremonie vorbei war, ich hatte auch nicht mehr das Gefühl, dass jeder der Anwesenden sehen konnte, dass ich zu erregt war, um zu funktionieren. Als ich an Owens Reihe vorbeikam, stand meine Mutter auf und winkte wie eine Verrückte, während frische Tränenspuren ihr Make-up verunstalteten. Ich lächelte sie an und flüsterte zu Owen: *Wir treffen uns an der Bar.*

Grace war bereits mit Kenneth für den ersten Teil des Fotoshootings gegangen, was bedeutete, dass ich noch mindestens fünfzehn Minuten Zeit hatte, bevor ich zum

Mitmachen aufgefordert wurde. Die Räumlichkeiten, in denen die Hochzeit und der Empfang stattfanden, waren erstklassig, und Grace hatte keine Kosten gescheut. Kellner liefen mit Tabletts mit Getränken herum, von Cosmopolitans über Whiskey Sours bis hin zu importiertem Flaschenbier. Ich schnappte mir ein farbloses Getränk mit einer Limettenscheibe von einem Tablett und beobachtete die Türen, um Owen in der Gruppe der Gäste zu entdecken, die von der Zeremonie zum Ballsaal strömten. Er kam herein, als ich gerade das Glas an meine Lippen führte und einen tiefen Schluck Mut nahm.

„Igitt!" rief ich etwas zu laut, rümpfte die Nase und hielt das Getränk so weit von mir weg wie möglich.

Ein vertrautes Kichern vibrierte über meinen Rücken. „Du trinkst keinen Gin, nehme ich an?"

„Ist das etwa Gin?" Ich starrte den Drink an, als hätte er mich persönlich beleidigt, was auch gar nicht so falsch war, denn ich brauchte dringend etwas, um mich abzureagieren. Zwischen Grace und Owen war ich ein Wrack.

Owen nahm mir das Glas aus der Hand und nippte daran. Ich konnte nicht anders, als wahrzunehmen, dass er es genau an der Stelle, wo noch mein Lippenstift seine Spuren hinterlassen hatte, an seine vollen Lippen setzte. Zufall? „Ja. Das ist ein Gin

Rickey."

„Zu sauer", beschwerte ich mich. „Viel zu sauer. Und stark."

„Trinkst du normalerweise süßer? fragte er. Er nahm einen weiteren kleinen Schluck aus dem Glas. Offensichtlich waren Gin und Säure nicht unangenehm für seinen Gaumen.

Ich zuckte mit den Schultern. „Ja, aber ich dachte mir, im Moment ist alles recht. Ich schätze, ich war – hey! Wo willst du denn hin?"

Er drehte sich auf der Stelle und marschierte wortlos auf die Gruppe von Kellnern zu, die ihre Tabletts an der freistehenden Bar auf der anderen Seite des Raumes auffüllten. Ich starrte ihm hinterher und wollte ihm gerade folgen, als er den Kopf drehte, um mich über seine Schulter zu betrachten, und sein Mund das stumme Wort „Bleib" formte.

Vielleicht hätte ich mich wie ein Hund fühlen sollen, aber das Einzige, was ich spürte, war Hitze. Eine Menge Hitze. Die dicke, brütende, schweißtreibende Hitze, die die Muskeln zum Schmelzen bringt und die Gelenke gelieren lässt, bis nur noch eine Pfütze aus verzweifeltem Verlangen übrigbleibt. Außerdem brannte es in mir, ihm zu widersprechen. Das Funkeln in seinen Augen verriet mir, dass die Konsequenzen es wert gewesen wären.

„Hallo, Peanut!" Der Klang der Stimme meiner Mutter und meines Kosenamens war wie ein Eimer Wasser auf einem Lagerfeuer, obwohl die am meisten vergrabenen Kohlen unbeirrt weiter glühten. Ich hoffte, dass mein Gesicht nicht so rosa war, wie es sich anfühlte und drehte mich um, um meine Eltern zu begrüßen. Ich hatte mich noch nicht einmal vollständig umgedreht, als ich schon von den Armen meiner Mutter und ihrer erdrückenden Wolke aus blumigem Parfüm umgeben war. „Du siehst umwerfend aus!"

„Danke, Mom", antwortete ich und erwiderte ihre Umarmung vorsichtig. Hinter ihr erblickte ich meinen Vater, der konspirativ seine Augen verdrehte. Wir kannten beide Mamas übertriebene Gefühlsausbrüche nur allzu gut.

„Findest du nicht auch, dass Grace wie ein wahr gewordener Traum aussieht?", schwärmte sie. Ich ließ sie zuerst los und zählte die Sekunden, bis sie mich lange genug losließ, um zurückzutreten und meine Nasenlöcher von ihrem Gartenduft zu befreien. Meine Mutter war eine wunderbare Frau und ich liebte sie über alles, aber sie neigte dazu, mit Allem ein wenig zu übertreiben. Mein Vater und ich hingegen minimierten das Drama in unserem Leben so weit wie möglich und überließen die überschwänglichen Ausrufe und die liebestollen Episoden lieber meiner Mutter.

Ich zuckte halbherzig mit den Schultern, als ich sie umrundete, um Dad zu umarmen. „Hi, Dad!"

„Hey, Kleine", antwortete er knapp und gab mir eine seiner typischen Umarmungen mit lockeren Armen.

Ich wollte zurück zur Bar schauen, um zu sehen, ob Owen mit dem dringend benötigten Drink vorbeikam, aber ich wollte nicht mehr Aufmerksamkeit auf ihn lenken als nötig. Ihn als mein Date zur Hochzeit einzuladen, bedeutete natürlich, dass er mit großer Wahrscheinlichkeit meine Eltern kennenlernen würde, was mich im Grunde nicht störte, aber Mom in diesem glibberigen Zustand zu sehen, war schon peinlich genug für mich, während ich alleine dastand.

Ich konnte mir nur vorstellen, was Owen denken würde, wenn ich ihn vorstellte und Mom davon sprach, was für schöne Kinder wir haben würden, während Dad versuchte, ihn mit einem finsteren Blick zu töten. Und selbst wenn sie es schafften, sich zu benehmen, war es selbstverständlich, dass Mom eine Million Fragen über ihn stellen würde, sobald er außer Hörweite war.

„Romy war ein absolutes Wrack, weißt du, und ich sagte ihr: 'Romy, du hast das schon vier Mal gemacht. Du weißt, dass

Hochzeiten nicht nach Plan verlaufen!'

Aber sie wollte wie immer nicht auf mich hören, also habe ich gestern Nacht bis halb zwei mit ihr telefoniert, Tabby, und ihr zugehört, wie sie weinte, weil der Florist keine Zeit hatte, die Chrysantheme in ihrem Ansteckstrauß gegen eine... zu tauschen." Mom plapperte weiter und weiter, aber sie war nicht mehr als weißes Rauschen. Owen war auf dem Weg. Ich musste nicht einmal hinsehen, um es zu wissen, denn die Härchen auf meinen Armen stellten sich auf und mein Slip fühlte sich plötzlich zu eng an.

„Ich hoffe, ich störe nicht." Seine Stimme war sanft und makellos, und zum ersten Mal sah ich die Seite des einschüchternden Geschäftsmannes an ihm. Er sprach mit geschliffenen Silben und genau dem richtigen Maß an Intonation, und obwohl das, was er sagte, alles andere als beeindruckend war, fesselte er die Aufmerksamkeit meiner Eltern und mir – sowie einiger Umstehender – ohne Mühe. Er reichte mir ein Cocktailglas, in dem etwas schwappte, das wie wässrige Schokoladenmilch aussah. „Bitte."

„Was ist das?" Mom und Dad starrten mich an, aber ich versuchte, sie so gut es ging zu ignorieren, und hob das Glas an, um daran zu schnuppern.

Owens Mund verzog sich zu einem verhaltenen Lächeln, als er sich herunterbeugte.

Seine Lippen streichelten mein Ohr, als er leise säuselte: „Es ist ein Screaming Orgasm. Jetzt trink."

Alle meine Bemühungen, vor meinen Eltern die Wirkung Owens auf mich so gut es ging zu verstecken, lösten sich in Luft auf. Ohne mir die Mühe zu machen, zuerst einen Probeschluck zu nehmen, kippte ich das Glas, um mein Gesicht zu verbergen, und schluckte es halb herunter, während ich versuchte, meine Fassung wiederzugewinnen.

Als ich das Glas absetzte, starrten mich meine Eltern immer noch an, als ob ich ihnen gerade erzählt hätte, dass ich die Schule damals abgebrochen hätte, um lieber Autorin von Liebesromanen zu werden. Aber dieses Mal schienen sie besorgt zu sein.

„Tabitha Nell!", zischte meine Mutter und zog ihre gezeichneten Brauen in Falten. „Du bist auf einer *Hochzeit*! Das ist nicht der richtige Ort, um Cocktails zu trinken wie ein Pfadfinder!"

Papa nickte und legte Mama stützend die Hand auf die Schulter. „Ein bisschen früh, meinst du nicht, Tab?"

Da die Situation verloren genug schien, beschloss ich, dass

es an der Zeit war, Owen vorzustellen. „Mom, Dad, das ist mein Date, Owen Driscoll."

„Dein Date?" Mom schaute ungläubig von mir zu Owen und dann wieder zu mir zurück. „Ich wusste nicht, dass du dich mit jemandem triffst."

„Hmm", bemerkte Owen und seine Augen funkelten vor Belustigung. „Ich wusste auch nicht, dass wir uns daten."

Ich stieß ihn mit dem Ellbogen in die Rippen, woraufhin er leicht grunzte, bevor er anerkennend kicherte. „Tun wir auch nicht", stellte ich allen Gesprächsteilnehmern gegenüber klar.

„Also ... seid ihr nur Bekannte?" sagte meine Mutter und ich hörte die Enttäuschung aus ihrer Stimme.

„Ja. Wir sind nur Freunde." Keine Ahnung, wie glaubwürdig ich dabei klang.

„Und das nach nur drei Tagen", wagte Owen es, sich einzumischen.

Ich holte aus, um ihn erneut mit meinem spitzen Ellbogen bekanntzumachen, aber er wich mir aus und schwang stattdessen seinen Arm um mich. Seine Handfläche berührte meinen Hintern und ich musste mir den Schrei der Überraschung verkneifen, der mir fast aus dem Mund kam.

Zum Glück schienen meine Eltern nicht zu wissen, was hinter mir vor sich ging, aber meine Mutter war fest entschlossen, mehr herauszufinden.

„Drei Tage? Was soll das bitte heißen?" Ihr Kopf hüpfte so schnell zwischen Owen und mir hin und her, dass ihre gut gesprühten Locken um ihr Gesicht peitschten. „Ihr habt euch gerade erst kennengelernt?"

„Ja", gab ich zu. Ich schämte mich nicht für das, was in der Beziehung mit Owen passierte, aber ich mochte die Fragen nicht „Owen lebt hier in New Orleans. Ich habe erst gestern die Fotos für sein neues Restaurant gemacht."

„Sie arbeiten also als Koch?" fragte Mom ihn interessiert.

Owen lächelte nachsichtig. Er hatte seine Hand noch nicht von meinem Hintern gelöst, und der Druck seiner Handfläche auf einer so intimen Stelle war sowohl beruhigend als auch nervenaufreibend. „Nein, ich bin leider nicht so begabt in den kreativen Künsten wie Ihre Tochter hier", antwortete er. „Ich bin ein Investor."

„Taaabbbbbyyyyyyyy!" Der Schrei drang durch den belebten Raum und der harte Knoten in meiner Brust schwoll zu epischen Ausmaßen an.

Grace drängelte sich zwischen den Leuten durch, den

Blumenstrauß in der einen und die Schleppe in der anderen Hand. Es hätte mich nicht gewundert, wenn ihr Dampf aus den Ohren geschossen wäre, wenn ihr knurrender Gesichtsausdruck ein Hinweis auf ihr Temperament gewesen wäre. Meine Mutter ließ sich von Graces Verhalten jedoch nicht im Geringsten abschrecken. Sie fing meine Cousine mit einer Umarmung und einem quietschenden Hüpfer ab.

„Oh, Gracie, du siehst so wunderschön aus!“ Mama weinte. „Wie fühlst du dich?“

„Hi, Tante Maureen“, antwortete Grace pflichtbewusst. Sie riss sich von meiner Mutter los und stürzte sich auf mich, bevor die anderen Gäste sie mit Glückwünschen überhäufen konnten. „Wir brauchen dich für Fotos, so wie gestern.“

Ich hielt die schnippische Antwort zurück, die ich ihr für ihre rotzfreche Art entgegenschmettern wollte, und nickte. „Stimmt. Tut mir leid.“ Ich drehte mich zu Owen um und reichte ihm meinen halb ausgetrunkenen Cocktail. „Ich bin gleich wieder da, denke ich.“

Grace musterte ihn sogar noch, als sie mich am Unterarm packte und mich in Richtung der schönen Flügeltüren zog, die auf das gepflegte Grundstück führten. Als wir weit genug weg waren, fragte sie in einem leisen Ton: „Wer ist das?“

„Sein Name ist Owen. Er ist mein Date."

„Wie bist *du* denn an so jemanden rangekommen?", zischte sie.

Ich öffnete den Mund und war kurz davor, eine wütende Erwiderung zu brüllen, aber in diesem Moment faltete Grace ihren Schleier über ihr Gesicht und ich wurde wieder einmal daran erinnert, dass es ihr Tag war. Zum letzten Mal versiegelte ich meine Lippen und brachte mich selbst zum Schweigen. Sie konnte so fies sein, wie sie wollte – es war mein Arsch, den Owen in der Hand hatte.

Kapitel 6

Owen

Obwohl sie überheblich und auch unhöflich war, so musste ich Grace doch eines lassen: Sie hatte einen ausgezeichneten Geschmack. Das dunkelgrüne Brautjungfernkleid, das Tabby trug, war so verführerisch, dass ich mich sehr zusammenreißen musste. Es schmiegte sich an ihre Hüften und umschloss die Unterseite ihrer Brüste genau so, wie meine Hände es sich wünschten. Bei jedem Schritt, den sie machte, bauschte sich der Rock leicht auf und gab den Blick auf ihre glänzenden Schenkel frei. Es war die Hölle, mich auf ihr Gesicht zu konzentrieren, so schön es auch war, während jeder Muskel in mir danach schrie, sie in eine abgelegene Ecke zu bringen, ihr das Kleid vom Leib zu reißen und den süßen Geschmack von ihren Schenkeln zu lecken.

Zum Glück wurde ich ein wenig von meinen Qualen erlöst, als sie für die Fotos gebraucht wurde. Beim Abendessen darauf, saß sie weit weg am Haupttisch beim Brautpaar, während ich mit sechs Leuten zusammen Zeit verbringen durfte, die sich zu hassen schienen. Doch als mit vorgerückter Abendzeit die Tanzfläche eröffnet wurde, stieg sie von der erhöhten Plattform im vorderen Teil des Saals herab und ließ ihren Blick über mich schweifen, bis sie mich entdeckt hatte.

„Also", sagte sie mit einem schweren Seufzer und ließ sich auf den leeren Stuhl neben mir plumpsen, auf dem in einem Paralleluniversum das Date von Emily gesessen hätte. „Maine, hm?"

Meine Finger verkrampfte ich fest zu einer Faust, damit sie nicht über die Innenseite ihres Schenkels fahren konnten. „Ach, wird das ein Verhör?"

„Du sagtest doch, du wärest aus Maine", lachte sie. „Hummer. New England. Warst du einer der Typen in dreckigen Gummistiefeln, die im Schlamm stochern?"

Nun war ich es, der unweigerlich auflachen musste, und zwar aus vollem Herzen. „Diese Typen stechen nicht nur in den Schlamm, meine Liebe. Sie sind Muschelsucher. Und ja, ich habe es auch schon ein oder zwei Mal versucht."

„Ich stelle mir einen sündhaft teuren Anzug vor, der unter eine Gummihose gestopft wird. Ich muss zugeben, das ist ein sehr amüsantes Bild." Sie lachte ein leises, musikalisches Geräusch, das mir ein warmes Kribbeln auf der Haut bescherte.

„Genau richtig, bis auf den Zylinder. Du hast den Zylinder weggelassen." Ich lehnte mich in meinem Stuhl zurück und schlug einen Knöchel über mein Knie. „Ich nehme an, du würdest hysterisch werden, wenn ich dir sagen würde, dass ich in einer Blockhütte aufgewachsen bin."

Ihre Augen weiteten sich und sie lächelte von Ohr zu Ohr. „Wie Abraham Lincoln?"

„Genau wie er", antwortete ich feierlich. „Deshalb meide ich das Theater wie die Pest."

Sie rollte mit den Augen, lehnte sich in ihrem Stuhl nach vorne und nahm geschickt mein Champagner Glas in die Hand. Ich beobachtete, wie der durchsichtige Rand bündig an ihre Unterlippe fiel und die Flüssigkeit sich ihren Weg bahnte. Der Schein der Kerzen in der Mitte des Tisches bot gerade genug Licht, um die Zungenspitze zu erkennen, die über den sprudelnden Schaum leckte, bevor sie das Getränk absetzte und mich schüchtern anlächelte. Ich musste sie bald in den Club bringen, sonst würde ich wegen chronischen Blutmangels in meinem Gehirn katatonisch werden.

„Komm", sagte ich und stand ohne weitere Vorwarnung auf. Stattdessen reichte ich meiner schönen Begleitung die Hand.

„Wohin gehen wir?“, fragte sie und blinzelte ein wenig nervös.

„Ich dachte mir, wir gehen in die Bourbon Street und schauen, wie viele ahnungslose Touristen wir beklauen können. Wenn wir genug Geld haben, können wir uns einen dieser Margaritas teilen, der so viel Alkohol besitzt wie eine ganze Flasche Tequila.“

Sie knabberte an ihrer Unterlippe und ein Lächeln umspielte ihre Mundwinkel. „Ich bin eher geneigt, auf dein Angebot einzugehen, als ich sollte.“

Ich schmunzelte und hielt ihr meine Hand hin, um sie zu ermutigen, sie zu nehmen. „Wir werden tanzen, Sweetheart.“

„Oh.“ Anstatt ihre Handfläche auf meine zu legen und aufzustehen, schrumpfte sie ein oder zwei Zentimeter zurück und ein Blick der Zurückhaltung durchzog ihre schönen Züge. „Ich... tanze eigentlich nicht.“

„Ich glaube, du hast mich falsch verstanden“, murmelte ich, als ich mich zu ihr beugte und eine widerspenstige Haarsträhne zur Seite strich, um die sinnliche äußere Kurve ihres Ohrs zu enthüllen. Trotz der dröhnenden Musik und der vielen Gespräche, die in der Halle stattfanden, hielt ich meinen Tonfall weich, um ihn besser mit der ruhigen Eindringlichkeit zu füllen, die ich vermitteln wollte. „Da war kein Fragezeichen am Ende des Satzes. Ich werde mit Ihnen tanzen, Miss Rickard. Ob du mit mir tanzt, ist dann deine Entscheidung, aber ich versichere dir, dass das Einzige, was zwischen deinem Körper und meinen Händen sein wird, das Kleid ist, das du trägst, egal wie du dich entscheidest."

Der Anblick der Schockwellen, die sich von ihrem Ohrläppchen über ihre gesamte Haut ausschwärmten, steigerte meinen Anflug von Adrenalin ins Unermessliche. Sie konnte gar nicht anders, als meine Hand zu ergreifen. „Na gut", willigte sie endlich ein. „Aber wehe, du wirst sauer, wenn ich auf deine teuren Schuhe trample."

In dem Moment, als wir den glatten Holzboden betraten, schlang ich meine Arme um ihre Taille und zog sie fest an mich. Mit ihren Händen umschloss sie meine Schultern, woraufhin ich zusammenzuckte und ihre Hände stattdessen in meinen Nacken gleiten ließ. Das Gefühl ihrer nackten Haut auf meiner reichte aus, um mir eine Gänsehaut über die Kopfhaut und den Rücken zu jagen.

„Die Leute schauen uns an", murmelte sie selbstbewusst und ließ ihre Augen so subtil wie möglich nach links und rechts schweifen.

„Du machst dir zu viele Gedanken darüber, wie du tanzt", schimpfte ich.

Sie schüttelte den Kopf. „Sie schauen nicht wegen mir. Sie gucken wegen dir." Sie schüttelte ihr Kinn zur Seite. „Grace würde mich nicht so anstarren, wenn ich wie ein Idiot tanzen würde. Wenn überhaupt, würde sie sich wahrscheinlich freuen."

Ich erwiderte nichts, denn es war mir egal. Sollten die Leute doch starren so viel sie wollten. Und wenn sie eine Show wollten, dann war auch das mir recht. Das Einzige, was zählte, war die Frau in meinen Armen. Und, wie ich meine Hand nur ein paar Zentimeter nach Süden gleiten lassen musste, um die Wölbung ihres Hinterns zu spüren.

„Du solltest mal versuchen, in den Spiegel zu schauen", erwiderte sie mit einem Hauch von Spott in ihrer Stimme. „Vielleicht lernst du da noch etwas über dich."

Ein kleiner Hitzkopf, in der Tat.

Ich drückte meine Lippen tief in ihr Haar. „Und du, Süße, solltest dich daran erinnern, wie unhöflich ich sein kann."

„Nett von dir, dass du mich immer wieder daran erinnerst." Sie wurde immer selbstbewusster. „War das früher in Maine auch schon so?"

„Glaub mir, mein Vater hat vielleicht das Gerede von den

Bienchen und Blümchen übersprungen, aber er hat dafür gesorgt, dass ich meine Rolle als Mann kenne. Er hat mich einmal zu einem Date mit meiner Mutter mitgenommen und mich dazu gebracht, all die kleinen Handlungen der Etikette auszuführen: ihre Tür öffnen, ihren Stuhl herausziehen und so weiter.“ Tabby grinste breit und öffnete den Mund, wahrscheinlich um mich über das Date mit meiner Mutter zu necken, aber ich winkte ab, indem ich mich nah genug zu ihr lehnte, um meine Stirn an ihre zu drücken. „Leider wird das Dasein als Kavalier von einigen sehr, sehr unehrenhaften Wünschen begleitet.“

Sie senkte ihr Kinn, hob aber ihre Augen, bis sie mich durch ihre Wimpern hindurch ansah – ein Ausdruck, der so verführerisch war, dass ich spürte, wie das Blut zwischen meinen Beinen in Wallung geriet. Ihre Unterlippe zuckte, als wollte sie etwas sagen, aber sie überlegte es sich noch einmal. Dann hellten sich ihre Wangen auf und sie sagte mit fester Stimme: „Erzähl mir mehr.“

Trotz meiner Erregung wollte ich lachen. Sie hatte sich sichtlich zusammenreißen müssen für die knappe Antwort. Ich kannte sie zwar noch nicht lange, aber ich kannte sie gut genug, um zu wissen, dass sie nicht der Typ für offene sexuelle Anspielungen und Bitten war. Außerdem war die Verwegenheit, die sie sich angeeignet hatte, bereits aus ihrem Gesicht verschwunden, und an ihre Stelle trat die bezauberndste Schüchternheit, die ich je gesehen hatte.

Ich wollte sie.

„Zeigen macht viel mehr Spaß als Erzählen."

Ihr Zeh stieß gegen meinen, aber sie schien es nicht zu bemerken. Ihr Mund verengte sich und sie sah mich aufmerksam an, als ob sie versuchte, etwas sorgsam Verstecktes in meinen Augen zu entziffern.

„Hast du einen Vierteldollar?"

Ich kniff meine Augen zusammen. „Die sind wahrscheinlich einen ganzen Dollar wert. Warum?"

„Weil ich noch eine Weihnachtswette machen will. Ein Münzwurf dieses Mal."

Mein Schwanz pulsierte bei dem Versprechen in ihren Augen und ich wusste, dass ich eine Million Münzen umdrehen würde, um sicherzustellen, dass sie bekam, was sie wollte. Ich kramte in meiner Tasche, vorbei an meiner Härte, und zog ein silbernes Geldstück heraus und hielt es auf meine Handfläche.

„Worum wetten wir?"

Sie benetzte ihre Lippen und sagte einen Satz, den ich in

tausend Jahren nicht von ihr erwartet hätte.

„Wenn ich gewinne, dann gehe ich in den Blackjack Club mit dir."

Das langsame Wimmern eines Saxophons verblasste zu weißem Rauschen, während meine Ohren ihre Worte so deutlich wiedergaben, als ob sie sie noch einmal sagen würde. Alles außer ihr verschwamm und der Stoff, der sich zwischen meinen Fingern auf ihrem unteren Rücken verknäult hatte, wurde zu Luft. „Ist das so?"

Sie nickte. Ihre Röte war wieder da, leicht, aber spürbar, und sie schien sich unglaublich anzustrengen, um den Augenkontakt zu halten.

„Und warum, wenn ich fragen darf, bist du plötzlich bereit, in meine ach so geheimnisvolle Welt einzutauchen?"

„Genau deshalb. Weil sie so geheimnisvoll ist", antwortete sie schnell. Als ich eine Augenbraue hochzog, lächelte sie nachsichtig und zuckte mit den Schultern. „Ich bin einfach neugierig, denke ich. Du scheinst wirklich zu wollen, dass ich mit dir dorthin gehe, und du hast so oft davon gesprochen, dass mir die Idee ans Herz gewachsen ist." Sie schaute wieder auf, diesmal mit einem Anflug von Zweifel. „Du willst doch, dass ich mitkomme, oder?"

Ich konnte nicht mehr warten. Sie würde mit mir kommen – ich würde sie in den Club bringen. Das war genauso gut, wie wenn sie schon dort gewesen wäre.

„Oh, Schätzchen“, knurrte ich, „du hast ja keine Ahnung.“

Sie lächelte. „Dann mach deine Wette.“

Ich hielt den Vierteldollar in der Hand. „Wenn ich gewinne, gehst du mit mir in den Blackjack Club aber ich suche aus, was du trägst.“

Sie schluckte und biss sich auf die Unterlippe. „Zahl für mich. Kopf für dich.“ Ihre Lippen zuckten bei ihrem Wortspiel. Mein Kopf hämmerte in meiner Hose.

„Du bist kein Kätzchen. Du bist eine Tigerin.“

Ihr Lächeln wurde noch breiter. „Los, wirf!“

Ich tat es und die Münze durchschnitt die stickige Luft zwischen uns, bevor sie sauber in meine Handfläche zurückfiel. Ich klatschte sie auf meinen Arm und hob meine Hand. „Zahl.“

Sie lachte. „Ich habe gewonnen. Du solltest wirklich mit dem Glücksspiel aufhören, weißt du.“

„Niemals. Nicht, wenn das Verlieren gegen dich so viel Spaß macht.“

***

„Gott, endlich kann ich raus aus dem Teil“, stöhnte Tabby. Als ob dies einer besonderen Betonung bedurft hätte, knallte die Hotelzimmertür. Allein die Vorstellung daran, dass sie sich das verdammte Brautjungfernkleid ausziehen würde – oder besser noch, dass ich ihr die Kleider vom Leib reißen würde – bestärkte mich in meinem schwankenden Entschluss, meinem Drang nachzugeben, den ich schon die ganze Nacht hatte.

Zur Hölle, vergiss die ganze Nacht. Ein Drang, den ich verspürte, seit die temperamentvolle kleine Nymphe in mein Leben hineingestürzt war und meinen Drink über meine Leistengegend verschüttet hatte.

Leise wie ein Luchs schritt ich vorwärts und legte meine Hand flach auf ihren Rücken. Sie verharrte mit den Händen in ihren Haaren, eine Stecknadel halb aus der gelockten und gewundenen Hochsteckfrisur herausgezogen. Langsam zog ich den Reißverschluss am oberen Ende des Kleides nach unten. Eine aufgelockerte blonde Locke kitzelte meine Wange, als ich mit meiner Nase an ihre Schläfe stieß und murmelte: „Ich dachte, du könntest etwas Hilfe gebrauchen.“

Ein zartes „Ja“ entfuhr ihren lustvollen Lippen. Ihr Rücken, den ich Zentimeter für Zentimeter enthüllte, als ich den Reißverschluss immer weiter nach unten zog, wölbte sich. „Danke.“

„Mhm.“ Behutsam strich ich mit meinem Fingernagel über die nackte Haut ihrer Wirbelsäule und freute mich, als sie daraufhin zuckte. Ein Spaghettiträger rutschte von ihrer Schulter, dann folgte der andere. Sie verschränkte ihre Arme über der Brust, um das Kleid in der Luft zu halten. Ich biss sanft in die Stelle, an der sich ihr Hals mit ihrer Schulter traf und lauschte auf das geflüsterte Geräusch, das sie ausstieß, und als mir der Reißverschluss ausging, summte ich: „Sooo.“

„Danke“, wiederholte sie spürbar atemloser als zuvor.

Tabby drehte sich nicht um und löste auch nicht ihren Griff um das Oberteil des Kleides, aber sie drehte ihren Kopf ein wenig in meine Richtung. Ich wusste, dass es eine heimliche Einladung war, sie zu küssen, eine Einladung, die ich mit Begeisterung angenommen hätte, aber der verdammte Club und seine Regeln...

Sie war noch nicht dort gewesen.

Sie war nicht sicher.

Aber jetzt hatten wir einen Deal, und ich konnte einfach

nicht länger widerstehen. Zu lange habe ich mich beherrschen können, bis jetzt.

Ich drückte meine Lippen auf ihre, während ich sie noch enger an mich heranzerrte, bis meine in der Hose steckende Erektion ihren apfelrunden Hintern berühren konnte. Sie sollte spüren, wie scharf ich auf sie war, wie sehr mein Körper ihren begehrte. Sie stieß ein fast mädchenhaftes Stöhnen hervor, das von meinen Lippen gedämpft wurde, aber sie riss sich zurück, bevor ich die Chance hatte, meine Zunge zwischen ihre Zähne zu schieben und sie richtig zu schmecken.

„Owen, das bin nicht ich."

Ihre Worte waren zum Teil ein Wimmern und zum Teil ein Keuchen. Die Kombination rührte etwas tief in mir. Genauso wie der Blick in ihrem Gesicht. Ihre Augen waren mit unverfälschter Lust bedeckt.

Ich drehte sie so, dass sie mich direkt ansah, und sie klammerte sich noch fester an den Rest ihres Kleides, damit es nicht aufflatterte. „Ich weiß." Meine Lippen trafen wieder auf die ihren, dieses Mal intensiver.

Sie drückte gegen meine Brust, aber der Protest war unbeholfen, während sich ihre Lippen weiter an meine schmiegten. Ich wich ein Stück zurück, damit sie sprechen konnte, und ich konnte ihr Gesicht dabei beobachten. „Nein, wirklich. Ich bin nicht die Art von Frau, die man abschleppt und dann vergisst."

Ich nahm ihr zartes Gesicht in meine Hände und hob ihren Kopf an, bis sie mich direkt ansah. Ich wollte, dass sie sah, wie ernst ich es meinte, als ich wiederholte: „Ich weiß."

„Es liegt nicht an dir..."

„Tabby."

Mein Magen krampfte sich zusammen, als ich die nächste Frage stellte. „Willst du, dass ich gehe?"

Sie öffnete ihren Mund und schaute mir forschend in die Augen. Das ganze Universum schien den Atem anzuhalten, während ich auf ihre Antwort wartete. Schließlich flüsterte sie: „Nein."

Ich hob ihr Kinn einen Millimeter an. „Willst du, dass ich aufhöre?"

Sie schluckte. „Nein."

„Bist du sicher?"

Dieses Mal hielt sie inne. Ich nahm die Pause nicht als Beleidigung auf, sondern war froh darüber. Sie dachte wirklich über meine Frage nach, was bedeutete, dass ihre Antwort nicht impulsiv oder zwanghaft sein würde. Schließlich sagte sie: „Ja. Ich bin mir sicher."

„Dann, Sweetheart, will ich aus deinem süßen Mund nur noch den Klang deiner Lust hören."

Sie erschauderte und ich zog ihre Lippen wieder auf die meinen. Ich wartete nicht, bis ich mit meiner Zunge in ihren Mund eindrang, schon schmeckte ich eine einladende Komposition aus feuchtem Weißwein und trockener Hitze. Als ich ihr Kinn losließ, griff ich nach ihren Handgelenken, während ich sie weiter küsste, und zog sie von ihrem Kleid weg, bis ein grüner Wasserfall aus Stoff zu ihren Knöcheln fiel und ihre Brüste entblößt waren. Sie wölbte ihren Rücken, als die kühle Luft ihren befreiten Oberkörper berührte, und ich spürte, wie die härter werdenden Brustwarzen mein Hemd streiften. Ich ließ ein Handgelenk sinken und schob einen Finger zwischen ihre Beine. Das einzige Stück Stoff, das sie noch von mir trennte, war ein dünnes Baumwollhöschen. Warme, glitschige Feuchtigkeit überzog meinen Finger, als über ihre süße Blüte auf und ab fuhr. Ich stöhnte in ihren Mund.

„Fuck. Wie feucht du für mich bist."

Tabby keuchte, als ich sie gnadenlos weiter verwöhnte, gerade so viel, dass ich ein weiteres Stöhnen auslöste, ehe ich in

Kreisbewegungen wieder zum Epizentrum ihrer Lust zurückkehrte. Entschlossen drückte ich. Ihr Stöhnen wurde immer lauter und drängender, als ich den Griff verstärkte. Atem, stoßweise. Ihre Fingernägel. Meine Arme. Kratzer. Schmerz. Lust. So viel Lust. Ich knurrte, als ich mich tief fallen ließ, um sie hochzuheben. Noch bevor sie einen überraschten Schrei ausstoßen konnte, hatte ich sie auf dem Rücken auf dem Standard-Hotelbett.

„Hoch", befahl ich, und krallte meine Finger in die Seiten ihres Slips. Sie gehorchte und hob ihre Hüften, woraufhin ich die Unterwäsche über ihre Knie bis zu ihren Knöcheln zog. Sie wollte einen Fuß befreien, aber ich schüttelte den Kopf und packte ihren Knöchel. „Oh, nein. Nein, nein, nein. Du bewegst dich nicht, es sei denn, ich erlaube es dir."

„Aber das ist... ohhh..."

Ich umkreiste ihren Kitzler, bevor ich ihn zwischen meine Finger klemmte, was ihr ein luftiges, hohes Stöhnen entlockte.

„Das Einzige, was ich von dir hören will", sagte ich und stellte sicher, dass sie verstand, wie ernst ich es meinte, „ist dieses Stöhnen."

Mit ihren großen Augen und einem Ausdruck von Unschuld, der meinen Schwanz so sehr in Wallung brachte, schaute sie zu mir auf. Nach einem langen, langsamen Schlucken nickte sie wortlos.

Ich nahm ihren anderen Knöchel in die Hand und drückte ihre Füße nach oben in Richtung ihres Rumpfes. Ihre Knie streckten sich zu beiden Seiten aus, spreizten ihre Schenkel und enthüllten das rosafarbene, glitzernde Eden in ihrem Inneren. Ihre Pussy sah so süß aus, wie ihr Mund geschmeckt hatte, und ich war hungrig auf mehr.

So senkte ich meine ausgehungerten Lippen herunter und hauchte einen Kuss auf die durchnässte Haut. Vor lauter Zittern schlug sie ihre Knie zusammen, doch ich schob sie wieder zurück und drückte die flache Seite meiner Zunge auf ihre empfindliche Haut, bevor ich mich mühsam und langsam nach oben bewegte. Ihre Knie zuckten wieder, aber sie war aufmerksam genug, um zu verhindern, dass sie meinen Kopf umklammerten. Sie war jedoch nicht aufmerksam genug, um das Flehen zu unterdrücken, das wie ein Geysir aus ihr heraussprudelte.

„Gott, Owen, bitte! Nicht – nur – ich brauche mehr!“, jammerte sie.

Ich erstarrte, während meine Zunge noch immer an ihr brannte, und hob meine Augen, um ihre zu suchen. Ihre

Wangen färbten sich feuerrot und ihr Atem ging rasend schnell, aber ihre marmorierten Augen waren immer noch klar und funkelten vor Bewusstsein. Sie war noch nicht verzweifelt genug, und zur Strafe für ihren unterbrechenden Zwischenruf schnippte ich mit animalischer Genugtuung einen Kreis um ihren Tempel des Verlangens. Sie zuckte mit den Hüften und versuchte, meine Zunge mit ihrer begehrenden Klitoris abzufangen, aber so einfach wollte ich es ihr nicht machen. Ich packte ihr Becken und grub meine Daumen in die v-förmige Spalte auf beiden Seiten ihres Hügels. Sie kläffte auf, entweder weil sie kitzlig war oder weil sie erregt war, und ich nutzte den Moment, in dem sie ihre Konzentration verlor, um ihren Hintern tiefer in die Matratze zu drücken.

„Wehe, du bewegst dich", sagte ich leise mit vibrierender Stimme.

Tabby stöhnte erneut auf, nicht weil ich sie weiter leckte, sondern weil sie langsam merkte, wie wenig Kontrolle sie hatte und welche Macht ich über sie besaß. Der Schrei war ein akustisches Aphrodisiakum, und ich musste mich zurückziehen, um zu verhindern, dass mein Schwanz aus der Hose in sie eindrang. Ich leckte eifrig weiter an ihr, glitt zu ihrem Bauchnabel und zeichnete geometrische Formen mit meiner Zunge nach. Jede Bewegung brachte sie dazu, sich zu winden, aber dieses Mal machte ich mir nicht die Mühe, sie zu stoppen. Ich verschlang ihre Reaktionen genauso enthusiastisch, wie ich ihren Körper verschlang. Quietschende, lustgetränkte Schreie schallten durch den Raum, deren Oktave und Lautstärke mit jeder meiner winzigen Bewegungen zunahm. Als ich dann einen Finger tief in sie einführte, ihre weiche Stelle streichelte und mit meiner Zunge über ihren geschwollenen Kitzler fuhr, schossen ihre Hände nach unten, um meine Haare zu umklammern, und ich wusste, dass die Zeit reif war.

Mit einer schnellen Bewegung öffnete ich meine Gürtelschnalle und schob meine Hose nach unten, ohne mich darum zu kümmern, sie aufzuknöpfen oder den Reißverschluss zu öffnen. Mein Schwanz platzte heraus und ich holte ein Kondom aus meiner Tasche. Ich sah, wie sie mich aufmerksam dabei beobachtete, als ich es überzog... wie sie zusah, als ich ihre Mitte fand und meine pralle Lustspitze sie öffnete.

Das Warten war unerträglich. Quälend. Es war für uns beide notwendig.

Jetzt.

Ich stieß zu und Tabbys Wirbelsäule schien in der Mitte zu zersplittern, als ihr Oberkörper sich mir entgegenstreckte, während ihre Hüften und Schultern auf dem Bett liegen blieben.

Sie war so eng, so nass, so einladend, dass ich die Zähne zusammenbiss. Gut. *So verdammt gut.*

Tiefer und tiefer stieß ich, bis meine gesamte Länge von ihr verschlungen wurde. Ihr Stöhnen wurde zu einem wilden Brüllen, und dieselben Nägel, die mich zur Animalität getrieben hatten, bohrten sich in meine Schultern. Ich presste meinen Mund auf ihren, um ihre Euphorie zu genießen, während ich wieder und wieder vorwärts stieß, der Schweiß auf meiner Haut glänzend und die Oberschenkelmuskeln brennend.

Sie zog sich um meinen Griff zusammen und ich wusste wieder, dass es an der Zeit war. Wenn ich so weitermachte, würde sie explodieren, aber ich wollte sie noch einen Moment länger in Schach halten.

„Nicht", zischte ich gegen ihre Zähne. „Noch nicht."

„Ich muss!", protestierte sie mit einem erschöpften Keuchen.

Ich hielt an Ort und Stelle inne und wiederholte streng: „Noch nicht."

Tabby stöhnte frustriert auf und hob ihre Hüften, um mich zu ermutigen, weiterzumachen, aber ich hatte nicht vor, mich ihrer Laune zu beugen. Ich wollte, dass sie kommt, aber nur zu meinen Bedingungen. Um diese Botschaft zu übermitteln, schob ich eine Hand zwischen unsere Körper und drückte mit dem Handballen gegen ihren Kitzler. Ihr Atem ging stoßweise. Ich grinste, rieb einen verlockenden Kreis und spiegelte die Geste mit meinen Hüften wider. Sie jaulte auf und hob ihren Hintern wieder an, woraufhin ich sie wieder auf die Decke drückte.

„Frag mich", befahl ich, nachdem sie ihre Augen geöffnet hatte.

„Was?", keuchte sie verwirrt. Das Funkeln in ihren Augen, das ich am Anfang noch gesehen hatte, war verschwunden und durch die trübe Wolke des bevorstehenden Höhepunkts ersetzt worden. Sie war bereit, so sehr bereit, und es lag an mir, wann ich das Geschenk der Glückseligkeit verteilen würde.

„Frag mich", sagte ich noch einmal. Meine Stimme war leise, fast ein Flüstern, aber ich hielt meinen Blick auf ihren gerichtet, um sicherzugehen, dass sie jedes einzelne Wort hörte. „Frag mich um Erlaubnis, dich kommen zu lassen."

Sie würgte vor Verzweiflung und flüsterte dann fast unhörbar: „Bitte ... lass mich kommen."

Ich wirbelte den Kreis ein zweites Mal mit mehr Druck über ihre Klitoris und zog eine herausfordernde Augenbraue hoch.

„Bitte!", flehte sie.

„Lauter."

„Bitte, Owen, kann ich kommen?"

Ich lächelte, beugte mich hinunter, um sie zu küssen, und flüsterte dann gegen ihre Lippen. „Noch nicht."

Sie öffnete den Mund, um zu schreien oder mich zu verfluchen, aber ich ließ nicht zu, dass sie die Obszönitäten ausstieß, die sie mit Sicherheit von sich geben würde. Stattdessen stieß ich wieder tief in sie hinein und ließ unsere Körper mit einer Brutalität aufeinander prallen, die wir beide zu brauchen schienen. Sie stöhnte ein zuckersüßes Sündenlied, dann bog sie sich zurück, ihr Körper war ein gespannter Bogen. „Ich kann nicht – ich kann nicht – Gott, Owen, bitte, ich muss..."

Mein starkes Bedürfnis nach Kontrolle war dabei, sich im Rausch ihrer Lust in Luft aufzulösen. „Jetzt!" Ich konnte das Wort kaum mit zusammengebissenen Zähnen aussprechen, aber ich konnte nicht loslassen, bevor sie es tat, und ich war kurz davor, umzukippen. „Komm!"

Sie schrie, und hinter meinen Augen erhellte sich alles. Der Raum, die Stadt und die Welt um mich herum implodierten und das Einzige, was ich wahrnahm, war Tabby, als ich mich in ihre pulsierende, sprudelnde Pussy ergoss. Ihre Schreie waren die finale Arie in unserer gemeinsamen Symphonie.

Und dann waren wir nicht mehr als zwei nassgeschwitzte Körper, die sich in zerknitterten Laken verhedderten. Ihr Körper passte wie angegossen in meine Arme.

Kapitel 7

Tabby

Zum ersten Mal fühlte sich mein Bett an diesem Morgen viel zu groß und leer an, als ich aufwachte. Schlaftrunken und ausgelaugt brauchte ich ein paar Momente, um den Grund dafür zu begreifen. Ich blinzelte ein paar Sekunden lang an die Decke, bis mich unverwandt lose Erinnerungsfetzen an die letzte Nacht wie ein Blitz trafen. Ein Schauer jagte mir über den Rücken. Erst da merkte ich, dass meine Nerven kribbelten, meine Kleidung wie nach einem Wintersale bei Primark auf dem Boden verstreut lag und das Bett sich leer anfühlte, weil ich mit einem Mann eingeschlafen war, der nun nicht mehr da war.

Aber *spüren* konnte ich ihn sehr wohl noch.

Seine Fingerspitzen um meinen Bauchnabel. Seine Lippen zwischen meinen Oberschenkeln. Sein granitharter Schwanz in mir. Hitze, Feuersalven aus Atem und Schweiß ... und der aufregendste, elektrisierendste Orgasmus, den ich je hatte.

Ich schlug die Decke weg, tapste auf die noch immer

kraftlosen Beine und rieb mir den Schlaf aus den Augen. Die Uhr auf dem Nachttisch zeigte neun Uhr dreiundzwanzig in aufdringlich hellen roten Ziffern an, aber die Vorhänge waren vor das Fenster gezogen und blockierten das Tageslicht so gründlich, dass ich leicht hätte glauben können, es sei noch viel früher am Morgen. Trotzdem watschelte ich ins Bad. Wenn die Uhr die Wahrheit sagte, hatte ich nur noch anderthalb Stunden Zeit, um nach unten zu gehen und meinen Aufenthalt um eine weitere Nacht zu verlängern, damit ich meinen versprochenen Besuch im Blackjack Club mit Owen einlösen konnte.

Zwanzig Minuten und eine Katzendusche später, bewegte ich meinen Hintern in die Lobby. Unter meinen Augen waren immer noch Eyeliner-Flecken, weil ich gestern Abend besseres zu tun hatte, als mich abzuschminken. Immerhin hatte ich mich in eine Jeans und ein sauberes T-Shirt geschlängelt, das sollte reichen, um halbwegs vorzeigbar mit dem Empfangschef von Harrah's zu plaudern. Allerdings war ich nicht vorzeigbar genug, wenn ich einer von Graces anderen Brautjungfern begegnete, da sie wahrscheinlich Outfits von Neiman Marcus tragen würden, aber das war mir egal. Mein Körper brummte immer noch und mein Kopf war noch etwas benebelt von dem wilden Ritt mit Owen, und ich fragte mich, warum er sich wohl zu solch mysteriöser Zeit aus dem Bett und aus dem Zimmer geschlichen hatte.

Zum Glück waren nur wenige Gäste in der Lobby, so dass ich mich, ohne zu warten, an einen der beiden unbesetzten Concierges wenden konnte.

„Guten Morgen“, begrüßte sie mich mit einem Lächeln, das viel zu sonnig war, als dass ich mich in diesem nebligen Zustand hätte befinden können. Sie war eine zierliche Brünette mit einem dieser Duttfrisuren auf dem Kopf, die zerzaust aussehen sollten, obwohl sie offensichtlich sorgfältig gestylt waren. Ich fand, sie passte besser in ein professionelles Cheerleader-Team als in ein Hotel-Schrägstrich-Casino, aber ich wollte nicht urteilen. „Was kann ich für Sie tun?“

„Ich möchte bitte mein Zimmer für eine weitere Nacht buchen“, sagte ich ihr.

Sie drehte sich zu dem Computer vor ihr um. „Ja, natürlich. Kein Problem. Name?“

Ich gab die Informationen weiter, zusammen mit meiner aktuellen Zimmernummer und meiner Zugehörigkeit zur Hochzeitsgesellschaft, und stützte müde einen Ellbogen auf den Tresen, während ich wartete. Ein kurzer Blick in die Runde zeigte mir, dass ein älteres Paar mit Nikolausmützen hereinkam und ein halbes Dutzend junger Frauen, die alle dasselbe pinke

T-Shirt mit dem Aufdruck „Team Braut“ trugen. Zum Glück gab es keine bekannten Gesichter, aber ich war zugegebenermaßen überrascht, denn der Check-out rückte näher.

„Oh!“ Die gewachsten und wohlgeformten Augenbrauen der Frau schossen nach oben und sie lehnte sich näher an den Computerbildschirm, als würde sie nicht glauben, was sie da las. „Ihr Zimmer wurde bereits um eine weitere Nacht verlängert!“

„Ich ... es war ... ich meine ‚was‘?“ Mir fiel mein Ellbogen vom Tresen.

„Ihr Aufenthalt wurde um eine weitere Nacht verlängert. Ist auch schon bezahlt. Und ...“ Die junge Frau verstummte und beugte sich hinter den Tresen, während ich sie verständnislos anstarrte. Sie tauchte mit einem Umschlag in der Hand wieder auf. „Ihr Flug wurde, wie mir scheint, ebenfalls bereits umgebucht für Sie. Hier, bitte sehr.“

Verdutzt nahm ich den angebotenen Umschlag, warf ihr einen unsicheren Blick zu und klappte die Klappe auf. Darin befand sich ein Flugticket. Die Fluggesellschaft und die Flugzeit stimmten genau mit dem Ticket überein, das ich oben in meinem Zimmer hatte, aber das Datum war für morgen und nicht für heute. Ein kurzer Moment des ungläubigen Blinzelns verriet mir außerdem das kleine Detail, dass ich in der ersten Klasse nach Chicago zurückfliegen würde.

„Wer hat das alles veranlasst?“ fragte ich, obwohl ich mir die Antwort darauf denken konnte.

Sie strahlte. „Alles mit den besten Grüßen von einem Mr. Owen Driscoll.“

„Natürlich.“ Eine Mischung aus unterschiedlichen Gefühlen durchströmte mich, als ich den Umschlag wieder schloss. „Nun, danke.“

„Gern geschehen, Miss Rickard, und wenn wir noch etwas für Sie tun können, zögern Sie nicht zu fragen.“

Als ich mit dem Ticket in der Hand zurück in mein Zimmer ging, kam mir eine neue Sorge in den Sinn. Die letzte Nacht mit Owen war unglaublich und selbst die weniger persönliche Zeit, die wir miteinander verbracht hatten, war angenehmer als jede andere Dating-Erfahrung, die ich seit einiger Zeit gemacht hatte. Ich mochte ihn. Trotzdem war er so hartnäckig gewesen, mich in diesen unerklärlichen Blackjack Club zu bringen, und er war sogar so weit gegangen, für meine zusätzliche Nacht im Hotel zu bezahlen und die Kosten für meinen umgebuchten Flug zu übernehmen, dass ich mich fragen musste, warum.

Irgendetwas an mir und dem Blackjack Club zusammen war ihm sehr wichtig, aber was, wenn er zufrieden wäre und das Interesse an mir verlieren würde, wenn er mich erst einmal dorthin gebracht hatte, wie er es offensichtlich so dringend wollte? Was ist, wenn er endlich seinen Wunsch erfüllt bekommt und dann mit mir fertig ist?

Was kümmerte mich das überhaupt?

Allein die Voraussetzungen für eine mögliche Beziehung waren alles andere als optimal. Die Meilen, die zwischen unseren jeweiligen Wohnorten lagen, waren kaum geeignet für ein Abendessen am Freitagabend oder eine spontane Verabredung zum Mittagessen unter der Woche. Von unseren völlig anders gefüllten Bankkonten will ich gar nicht erst anfangen! Er, ein wohlhabender Investor irgendwo weit oben in der ‚Upper Class' mit ziemlich beeindruckenden Beziehungen, und ich, die Fotos von Imbissbuden an der Ecke machte, um die Miete zu bezahlen. Es war nicht so, dass wir auf dem Papier zusammenpassten, egal wie viel körperliche und geistige Elektrizität zwischen uns hin und her floss. Als die Fahrstuhltüren klingelten und sich öffneten und ich mechanisch einstieg, hatte ich dennoch ein wenig Angst, dass sein Interesse an mir seinen Höhepunkt erreichen würde, wenn ich heute Abend mit ihm in die Höhle des Unbekannten eintreten würde.

Riley Flowers

„Tabby, da bist du ja!"

Ich hatte gerade mein Zimmer erreicht, als die Stimme meiner Mutter durch den Flur hallte. Sie und mein Vater rollten mit ihrem Gepäck auf mich zu.

„Ich habe vor fünf Minuten schon an deine Tür geklopft, um mich zu vergewissern, dass du auch ja aufgestanden bist und gepackt hast", sagte meine Mutter und schob ihre große Handtasche auf der Schulter hin und her. Ihr Blick fiel auf meine leeren Hände. „Wo sind denn deine Taschen? Hast du nach einem Pagen gerufen?"

„Einen *Pagen*?" wiederholte ich amüsiert. Der Begriff klang so altmodisch und entsprach doch genau der Vorstellung meiner Mutter von schicken Hotels. „Nein, Mama, ich habe keinen *Pagen* bestellt."

„Der Check-out ist gleich um die Ecke, Kind", sagte Dad.

Ich schob die Schlüsselkarte in den Schlitz und sah zu, wie das Licht am Mechanismus grün aufleuchtete. Die Tür klickte, und ich drehte den Griff, um sie zu öffnen. „Ja, ich reise erst morgen ab."

„Nein, wirst du nicht", argumentierte Mom. Sie stellte ihr Gepäck auf den Boden, kramte in ihrer Handtasche und holte zwei Bordkarten heraus. „Unser Flug geht in drei Stunden. Siehst du?“

„Das sind deine Tickets, Mom.“

„Ja, aber wir haben denselben Flug gebucht, damit wir zusammen zurückfliegen können, weißt du noch?“ Sie hielt inne und beäugte mich mit einem Misstrauen, das eigentlich jemandem vorbehalten sein sollte, der nachts alleine am Bahnhof wartet. „Hast du etwa eine Änderung vorgenommen, ohne es mit mir zu besprechen?“

Es war komisch. Zu Hause in Chicago sah ich meine Eltern höchstens alle paar Wochen und führte in der Regel kurze fünfminütige Telefongespräche – drei Minuten mit meinem Vater – über unwichtiges Zeug wie Abendessen oder Nachbarn. Sie waren weit davon entfernt, mich zu kontrollieren und ließen mich mein Leben so leben, wie ich es für richtig hielt. Solange ich glücklich war, waren sie auch glücklich. Aber aus irgendeinem Grund hatte Graces Hochzeit meine Mutter zu einer anspruchsvollen Helikoptermutter gemacht, und ich war nicht gerade ein Fan davon.

„Irgendwie schon“, sagte ich ihr und schob meinen Fuß zwischen Tür und Pfosten, um zu verhindern, dass die Tür zufiel und wieder verschlossen wurde. „Ich habe beschlossen, einen Tag länger zu bleiben, um mit Owen auszugehen."

Dad steckte die Hände in die Taschen und schaute weg, während Mom die Stirn runzelte. „Aber er wohnt doch in New Orleans."

„Ja."

„Und du in Chicago."

„Korrekt."

Sie riss die Hände in die Luft, wodurch ihre Handtasche in Bewegung geriet. Ich hörte ein Poltern und Klirren und konnte nur erahnen, welche Annehmlichkeiten sie dort hineingeschoben hatte. „Was für eine Zukunft könntest du mit einem Mann haben, der am anderen Ende des Landes lebt?"

„Eine, in der wir beide in unseren grauen Jahren zurückblicken und sagen können: 'Ich hatte eine schöne Zeit an diesem einen Wochenende',„ erwiderte ich ironisch.

„Ich denke, wenn du siehst, wie deine Cousine heiratet, solltest du zumindest über deine Zukunft nachdenken. Du willst doch nicht alleine bleiben und Gott weiß, dass deine fruchtbaren Jahre eher zu Ende gehen als beginnen. Außerdem, wie kannst du es dir leisten, eine Nacht länger zu bleiben? Für das Fotografieren seines Restaurants kannst du nicht *so viel* Geld bekommen haben."

Tatsächlich lag zu diesem Zeitpunkt bereits Owens Scheck auf meinem Nachttisch und es war mehr als genug, um einen ganzen Monat im Harrah's zu bleiben.

Ich lehnte mich gegen die Tür, um das Gespräch zu beschleunigen, denn ich hatte mehr als genug von Moms plötzlichem Wunsch, mich zu verheiraten und, Gott bewahre, ihr erstes Enkelkind einzufordern. „Das bin ich ihm schuldig.", erklärte ich knapp.

Sie begann zu argumentieren, aber Dad unterbrach sie gnädig. „Wir sollten jetzt gehen. Viel Spaß heute Abend, Kleine." Er trat vor, um mich einarmig zu umarmen, und fügte dann streng hinzu: „Aber nicht *zu* viel Spaß."

„Ekelhaft, Dad." Ich stöhnte auf. Ich mochte Mitte zwanzig sein, aber mein Vater hatte eine Art, mir das Gefühl zu geben, fünfzehn zu sein, wenn das Thema Dating und Männer aufkam.

„Hey, was machst ...?"

Dad griff nach meiner Mutter. „Maureen, lass uns gehen."

Mom schnaufte, umarmte mich und hängte sich ihre Handtasche wieder um. „Ruf mich an, wenn du morgen nach Hause kommst", befahl sie.

„Das werde ich", versprach ich. „Ich wünsche Euch einen

guten Flug."

Dann gingen die beiden gemeinsam zum Aufzug, während ich mich in die Sicherheit meines noch dunklen Zimmers zurückzog. Der unverhoffte Zwischenfall mit meinen Eltern auf dem Hotelflur hatte meinen Gedankenfluss aus Ängsten und Zweifeln unterbrochen, aber jetzt konnte ich mich sorgen und hinterfragen, so viel ich wollte. Ich ließ mich auf das Bett fallen, um genau das zu tun.

***

Ich hatte gerade erst den Föhn im Zimmer ausgeschaltet, als ich ein Klopfen an der Tür hörte. Ich schaute auf die Uhr neben dem Bett. Es war zehn vor sieben. Owen hatte mir gesagt, dass es pünktlich sieben Uhr sein sollte, aber es überraschte mich nicht, dass er früher da war. Er wirkte auf mich wie ein pünktlicher Typ. Ich zupfte am Saum meines Cocktailkleides, um sicherzugehen, dass es glatt fiel, und prüfte mich ein letztes Mal vor dem Spiegel, bevor ich auf meinen Fersen zur Tür humpelte und sie öffnete.

„Was hast du denn an?"

Grace.

Ich war vorhin kurz zu ihrem Zimmer gegangen, um mich von ihr zu verabschieden und ihr alles Gute für die Flitterwochen zu wünschen, aber niemand hatte geantwortet und so hatte ich angenommen, dass sie bereits nach Bora Bora abgereist war. Es hätte mich nicht gewundert, wenn sie gegangen wäre, ohne sich zu verabschieden, aber es überraschte mich, dass sie jetzt da stand und mich ansah, als wäre ich ein Außerirdischer.

„Äh, ein Kleid." Um sicherzugehen, schaute ich flüchtig an mir herunter. „Wieso bist du denn noch hier?"

„Wir hatten den späten Check-out gebucht", sagte sie und betritt ohne Einladung mein Zimmer. Ich konnte sehen, wie sie alles absuchte mit der Hoffnung, mich oder vielmehr irgendwen hier zu ertappen.

Ich ließ die Tür zufallen und drehte mich zu ihr um. „Grace, der späte Check-out ist um etwa vier Uhr."

„Ja, ich weiß. Kenneth hat extra dafür bezahlt, dass wir hierbleiben können, bis wir zum Flughafen müssen." Sie schniefte. „Als ob ich von drei bis neun auf einem Flughafen abhängen würde."

Es war so unendlich hart, nicht meine Augen zu verdrehen. „Genau."

„Die Empfangsdame sagte, du hättest noch nicht ausgecheckt. Ich habe mich schon gefragt, was los ist", fuhr sie fort und schaute endlich wieder zu mir und nicht in den Raum.

Ich wollte die Arme über mir verschränken und mein Kleid verstecken, um zu behaupten, dass nichts passiert ist, aber der Schaden war schon angerichtet und mir blieb nichts anderes übrig, als es zu erklären. „Ich habe heute Abend ein Date mit Owen", gab ich zu. „Er hat mein Flugticket umgebucht und alles."

„Du meinst, er ist nicht nur ein Typ, den du als dein Date engagiert hast?", stichelte sie und lächelte, als ob sie scherzen würde, aber ich sah die Eifersucht in ihren Augen brennen. Ich konnte es ihr nicht verdenken. Kenneth war ein netter Kerl – viel netter, als jemand wie Grace es verdiente, ehrlich gesagt – und er sah mehr als nur gut aus, aber er spielte nicht in Owens Liga des Erscheinungsbildes, des Charmes oder des Geldes und ich wusste, dass das Grace auf die Nerven ging.

„Nein, Grace", sagte ich mit zusammengepressten Lippen und zusammengebissenen Zähnen. „Ich habe ihn nicht als mein Date engagiert. Und apropos Date: Er sollte in den nächsten Minuten hier sein, also sollten wir dieses Gespräch beenden."

Sie stützte eine Hand auf ihre formlose Hüfte und neigte ihren Kopf. „Er ist dir peinlich, stimmts?"

„Was?! Natürlich nicht!"

„Du scheinst es aber sehr eilig zu haben, mich loszuwerden. Und die Feier letzte Nacht hast du auch verdächtig früh verlassen. Beim Dinner hab ich dich ja kaum zu Gesicht bekommen!"

„Er ist mir nicht peinlich. Ganz im Gegenteil. Wieso sollte er auch?"

Sie kicherte und ihr hübsches Gesicht wurde hässlich, als sie mich angrinste. „Vielleicht hast du Angst, dass er mich sieht und es sich anders überlegt."

Ihre Arroganz war ekelerregend. „Er hat dich schon gesehen. Gestern? In deinem Hochzeitskleid? Als du so geschminkt und perfekt warst, wie du es nie wieder sein wirst?" Ich verzichtete auf die bissige Bemerkung, dass er sich trotz ihrer Perfektion dafür entschieden hatte, heute Abend mit mir auszugehen.

„Genau." Sie klang jetzt gelangweilt.

Ein Klopfen ertönte, und mein Magen machte einen Sprung. „Okay, du musst jetzt wirklich gehen", drängte ich und griff nach ihrem Arm, um sie zur Tür zu ziehen. Als ich sie öffnete, stand nicht Owen vor mir, sondern Stephan. Sein silbriges Haar passte zur Krawatte, die er unter einem wunderschönen Anzug trug, der definitiv nicht von der Stange war, und sein sanftes Lächeln löste den Knoten, der sich in meinem Bauch bildete, um einen Bruchteil.

„Guten Abend, Miss Rickard", begrüßte er mich seriös mit ein wenig ehrlicher Herzlichkeit.

„Hallo, Stephan. Es ist schön, Sie wiederzusehen."

Grace schaute mit geblähten Nasenlöchern zwischen uns hin und her und fragte: „Wiederzusehen? Was soll das denn heißen?"

„Die Ehre ist ganz meinerseits", sagte Owens Fahrer und ignorierte meine Cousine besser, als es mir gelingen wollte.

Ich spürte einen Anflug von Schadenfreude in mir, als er sich schuldbewusst an Grace wandte und bloß „Ma'am" sagte.

Sie sah mich böse an, aber ich ignorierte sie ebenfalls. „Hat Owen Sie geschickt?"

„Nur um Sie abzuholen, Miss", erklärte er. „Er wartet unten in der Limousine auf Sie."

Graces finsterer Blick vertiefte sich. Ich schob sie sanft aus dem Zimmer, schnappte mir meine Handtasche vom Tisch neben der Tür und verschwand im Flur. An sie gewandt, sagte ich: „Viel Spaß in deinen Flitterwochen. Ich muss jetzt wirklich los."

Stephan nahm meinen Ellbogen mit feiner Eleganz und nickte Grace zum Abschied einmal zu. Als er mich den Korridor hinunter zum Aufzug führte, warf ich einen Blick über meine Schulter und winkte meiner Cousine mit offenem Mund und großen Augen fröhlich zu.

Kapitel 8

Owen

Irgendwas lief hier falsch. Meine Eingeweide fühlten sich an, als würden sie taumeln und Purzelbäume schlagen. Die Limousine war geparkt, aber alles schien leicht zu zittern, auch meine Hände, als ich nach der gekühlten Champagnerflasche griff, um zwei Gläser einzuschenken. Alle meine Sinne waren in höchster Alarmbereitschaft. Ich hörte das Quietschen der Bremsen in der Ferne, sah die kleinsten Details in den strukturierten Ledersitzen und meine Finger reagierten empfindlich auf die glatte, kühle Oberfläche des Glases, das ich vorsichtig in der Hand hielt, als ich einen Strahl der blassen Flüssigkeit hineinkippte. Das war völlig abnormal.

Ich war nervös.

Und diese Art von Nervosität vor Dates hatte ich schon nicht mehr verspürt, seit ich auf der High School Tina Endisch fragte, ob sie mit mir zum Schulfest gehen würde. Ich hatte vergessen, wie es sich anfühlt, leicht feuchte Handflächen zu haben und eine Zunge, die zu dick für meinen Mund ist. Ehrlich gesagt war das kein Gefühl, das ich gerne wieder erleben wollte, aber es machte mir deutlich, wie sehr ich an Tabby interessiert war. Es war mir wichtig, dass sie sich auf unseren bevorstehenden Abend freute. Ja, ich hatte bekommen, was ich wollte – sie in den Blackjack Club mitzunehmen – aber dieses Mal hing meine Zufriedenheit nicht nur davon ab, wie ich mich am Ende des Abends fühlte. In gewisser Weise fand ich die anstehende Enthüllung meines Geheimnisses beunruhigend, aber vielleicht noch beunruhigender war, wie schön es sich anfühlte, sich um jemand anderen so sehr zu kümmern wie sonst um mich selbst.

Mit einem Male schwang die Tür des Wagens auf und ließ mich leicht in meinem Sitz aufhüpfen, wobei die beiden Champagnergläser zusammenstießen, als würde die eine Hand der anderen zuprosten wollen. In meiner Ablenkung hatte ich es versäumt, den Ausgang des Hotels zu beobachten, um zu sehen, ob Stephan mit Tabby herauskam, und jetzt... stand sie plötzlich vor mir. Wie von Zauberhand stieg sie zu mir ins Auto. Ihr wohlgeformtes, glattes Bein stieg als erstes ein und weckte das vertraute Gefühl der Begierde, das ich in ihrer Gegenwart ständig zu spüren schien, und dann wurde ihre ganze Gestalt sichtbar, als sie auf den feinen Ledersitz glitt. Sie trug ein weinrotes Cocktailkleid mit einem wallenden Rock, der ihr bis zu den Knien fiel, und ein strahlendes Lächeln.

„Hey du!“ Verdammt, sie roch so unendlich verführerisch. „Sorry, ich wollte dich nicht so lange warten lassen. Aber meine Cousine wollte mich gar nicht mehr gehen lassen. Ihr Flug geht erst später und sie wollte nicht am Flughafen so lange ... aber das ist ja eigentlich auch völlig egal!“

Ob auch sie so angespannt war wie ich? Ich konnte es nicht sagen. Ihre Augen funkelten, ihre Hände zitterten nicht, und sie sah perfekt und vor allem lässig aus. Mein Kopf dagegen wurde leicht vor lauter Vorfreude darauf, dass sie bald an dem Ort sein würde, an den ich sie seit unserem ersten Gespräch bringen wollte. Das hier war keine normale Nervosität vor Dates. Das war ein emotionales Monster, das seine Krallen in mein Inneres grub und mich blutleer harkte. Ich war noch nie so *verändert* gewesen, nur wegen einer Frau.

„Ich kann es ihr nicht verübeln, ehrlich gesagt“, war meine wenig imposante Begrüßung und damit reichte ich meinem Date ein Glas. „Du siehst hinreißend aus.“

„Vielen Dank“ huschte ihr ein Lächeln über die Lippen.

Wobei das Wort „hinreißend“ wenig zutreffend war, ehrlich gesagt. Sensationell, unglaublich, umwerfend... nicht einmal das war gut genug. Zum ersten Mal, seit ich sie kennengelernt hatte, waren ihre Haare offen und fielen in lockeren Wellen bis zu ihrem Schlüsselbein. Ihr Augen-Make-up hatte sie so aufgelegt, dass es die anmutigen Bögen ihrer Augenlider und die scharfen Spitzen in den Augenwinkeln betonte. Das Cocktailkleid war nichts, was ich als freizügig bezeichnen würde, aber es passte sich ihren Kurven genauso an, wie ihre Leggings es getan hatten, als sie im Restaurant Fotos gemacht hatte. Ich kannte diese Kurven jetzt nur zu gut. Ich hatte sie mit meinen Händen nachgezeichnet und beobachtet, wie sie sich unter meiner Berührung strafften und wogten. Sie hatten sich in meinen Handflächen geformt und sich zu meinem Mund gehoben und nach mehr verlangt. Sie unter dem seidigen Stoff versteckt zu sehen, machte mich nur noch schärfer, ihr diesen wieder vom Leib zu reißen. Aber alles zu seiner Zeit.

„Ein letztes Mal versuche ich es noch. Verrätst du mir nun etwas über den Ort, zu dem wir jetzt hingehen?" fragte Tabby, bevor sie den Champagner zu ihrem ungeschminkten Mund führte.

Ich grinste. „Und die Überraschung ruinieren? Wo wäre denn da der Spaß?"

„Aha! Ein Hinweis!", rief sie erfreut aus und schlug ein Bein über das andere. Ich überflog kurz den Anblick ihres schlanken Fußes in dem Riemchenabsatz, bevor ich meine

Aufmerksamkeit wieder auf ihr Gesicht richtete. „Du gibst zu, dass es Spaß macht."

„Du bist ein richtiger Sherlock", schmunzelte ich. Endlich beruhigten sich meine Nerven und ich bemerkte, dass meine Hände nicht mehr zitterten, als ich einen Schluck nahm. „Glaubst du, ich würde dich irgendwo hinbringen, wo es langweilig ist?"

„Nun, du hast mir keine Anhaltspunkte gegeben", warf sie mir gutmütig vor. „Soweit ich weiß, nimmst du mich mit in eine spießige Villa, in der uns ein Kongressabgeordneter seinen Stammbaum vorlesen wird."

Ich konnte gar nicht anders, als herzlich drauflos zu lachen und hätte dabei um ein Haar meiner Begleitung meinen Drink ins Gesicht gespuckt. Vielleicht wäre dies sogar romantisch gewesen, wer weiß, als Hommage an unsere erste Begegnung.

„Ich verspreche, dass es keine Reden geben wird", schwor ich und hob eine Hand, als würde ich ein feierliches Gelübde ablegen. „Aber es kann gut sein, dass du dich in der Gegenwart von ein oder zwei Kongressabgeordneten wiederfindest."

Sie zog die Augenbrauen hoch und schürzte spöttisch die Lippen, als sie gurrte: „Oh, wie schick. Vielleicht hätte ich doch das andere Kleid nehmen sollen, das ich in Betracht gezogen habe. Das war viel mehr Jackie O."

„Glaube mir..." Ich kniff die Augen zusammen, während sich meine Hose in meinem Schoß zusammenzog, „du solltest das Kleid, das du gewählt hast, nicht bereuen.

Ihre Wangen erröteten eine Nuance und sie versuchte, ihr Lächeln mit einem weiteren Drink zu verbergen.

„Und es wird perfekt passen", fügte ich hinzu.

„Zu was? Der Einrichtung?"

Ich antwortete nicht. Stattdessen griff ich in meine Jackentasche und holte ein Stück schwarzen Stoff heraus. Sie beäugte ihn kritisch und ich nahm beide Seiten in die Hand, um ihn ihr vollständig zu zeigen.

„Ist das...?" Ihre Augen flogen zu mir.

„Eine Augenbinde?" beendete ich. „Ja, das ist es."

Auf ihrem hübschen Gesicht zeichneten sich mehrere Antworten ab, aber die, die mir am meisten auffiel, war die Schattierung unter ihrer Stirn, die auf Erregung hindeutete. Mein Unterleib fühlte sich bei diesem Anblick in meiner Hose heiß an, und ich rutschte auf dem abgerundeten Sitz entlang, bis ich an ihrer Seite war. Ihre Unterlippe rollte zwischen ihren Zähnen.

„Bist du einverstanden?" Ich war mir sicher, dass ich die Antwort schon kannte, aber es gehörte nicht zum guten Ton, auf eine Vermutung hin einfach Menschen die Augen zu verbinden.

„Ich weiß es nicht", antwortete sie langsam und ließ ihren Blick zwischen der Augenbinde und mir hin- und herschweifen. „Wofür ist sie?"

Ich grinste und freute mich, dass sie mir die Gelegenheit gab, ein Klugscheißer zu sein. „Damit du nicht sehen kannst."

Sie rollte mit den Augen. „Schön, dass du das für mich aufklären konntest."

Ich zerriss den Satinstoff zwischen meinen Fingern. Tabby war das ultimative Rätsel. Sie saß auf dem Rücksitz einer Limousine mit einem Kerl, der ihr die Augen verband, auf dem Weg zu einem unbekannten Ort und sie hatte immer noch den Biss einer Kobra. Ich respektierte sie fast zu sehr, um mich nach ihr zu sehnen. Fast.

„Der Blackjack Club ist eine Versammlung der Elite von New Orleans, die sehr geheim und gut geschützt ist. Alle, die eintreten, müssen eine Verschwiegenheitserklärung unterschreiben. Da du dich zum ersten Mal in unserem feinen Etablissement unter unseren angesehenen Mitgliedern befindest, hast du noch keine solche Vereinbarung unterschrieben und giltst daher als ... *Risiko.* Im besten Interesse aller Beteiligten sollte sich dein Wissen über unseren Standort daher auf eine ungefähre Vermutung beschränken – mit anderen Worten, ich werde dir die Augen verbinden, damit du die Adresse oder die Umgebung nicht sehen kannst, bis deine Schweigepflicht gewährleistet ist."

„Ich bin beeindruckt. Hast du dir die offizielle Blackjack Club Powerpoint auf deinen Handrücken notiert oder so?" blinzelte sie.

Ich verengte meine Augen. „Wenn du so weitermachst, werde ich mir für dein freches Mundwerk auch noch etwas einfallen lassen. Versprochen."

Tabby atmete langsam aus und ich merkte deutlich, wie sie ihren Hintern in den Sitz drückte. „Okay." Sie senkte den Kopf. „Du kannst mir die Augen verbinden."

Ich verbreiterte das Gummiband und schob ihr die Augenbinde über den Kopf, wobei ich darauf achtete, dass ihre Frisur so gut wie möglich erhalten blieb. Als der Stoff ihre Augen verdeckte, zuckte die Erektion in meiner Hose, die zu epischen Ausmaßen anzuschwellen drohte. Ich wusste, wie es auf sie wirken würde, wenn ihre Augen verbunden wären. Alle anderen Sinne würden sich verstärken, selbst wenn eine leichte Paranoia einsetzte, und sie würde sich in einem ständigen Zustand der Vorfreude befinden, ohne dass sie vorhersehen konnte, was auf sie zukommen würde. Der angekündigte Einsatz der Augenbinde war keine Geschichte, die ich mir nur ausgedacht hatte, um sie in eine so prekäre Lage zu bringen. Es war eine strenge Regel des Clubs, selbst die kleinsten Details unserer Organisation vor denjenigen zu verbergen, die nicht überprüft worden waren. Es hätte aber genauso gut zu meinem eigenen Vergnügen sein können.

Ich konnte nicht anders und drückte meinen Fingernagel gegen die Innenseite ihres Oberschenkels, direkt über ihrem Knie, und zog ihn mühsam und langsam nach oben. Ein Schauer durchlief ihren Körper. Ich wagte mich weiter nach oben, schlich unter den Saum ihres Kleides und meine Hand wurde warm, als ich mich ihrem Inneren näherte. Ein dünnes, bereits feuchtes Höschen hinderte mich daran, das gelobte Land zu erreichen, aber ich ließ mich nicht abschrecken und ließ meinen Finger zwischen Stoff und Haut gleiten. Glitschige Feuchte überzog meinen Finger und ich nutzte sie, um ihre empfindliche Klitoris zu umkreisen. Sie wimmerte und streckte ihre Hand aus, um unter der Augenbinde hervorzuspähen, aber ich stürzte nach vorne und biss in ihren Kiefer, direkt unter ihrem Ohr.

„Nein“, raunte ich lustschwer. „Sehen darfst du nicht. Schon vergessen?“

Sie stieß ein langes, unterdrücktes Jammern aus, gehorchte aber wie befohlen. Ich belohnte sie mit einem Streicheln über ihre Klitoris. Sie war so verdammt feucht. Heiß. Bereit. Ihre Schenkel waren eng, aber sie spreizte sie ein wenig, was ich auch genüsslich auskostete. Ich nahm meinen Mittelfinger zur Hilfe, um ihre Schamlippen zu liebkosen, bevor ich mit beiden Fingern wieder nach oben wanderte, um ihre Klitoris zwischen ihnen leicht, aber bestimmt zu verwöhnen. Die ersten Anzeichen eines Stöhnens erhoben sich in ihrer Kehle.

„Weißt du noch? Letzte Nacht? Als ich dir sagte, dass der einzige Laut, den ich von dir vernehmen will, dein Stöhnen sei?“

„Ja.“

„Nun, Stephan ist heute Abend bei uns und ich würde mich schrecklich fühlen, wenn er sich unwohl fühlen würde, du nicht auch?“

Ihre Antwort kam nicht sofort, als sie verstand, was ich andeuten wollte. „Könntest du nicht einfach dieses Trennwand-Ding hochfahren?“

Wenn ich nicht so bereit gewesen wäre, sie in den Kampf gegen ihren eigenen Körper zu schicken, hätte ich stundenlang gelacht und mich über diese ominöse „Trennwand" lustig gemacht. So aber wollte ich sehen, wie sie sich windet.

„Könnte ich, ja. Werde ich aber nicht. Aus diesem Grund will ich nichts von dir hören. Kein Stöhnen, kein Ächzen, kein Keuchen, kein Flehen. Nichts."

„Aber ich kann nicht ande–"

„Wenn du meine Forderung missachtest", fuhr ich unbeirrt fort, als hätte sie kein Wort gesagt, „wirst du meine Unzufriedenheit zu spüren bekommen."

Damit drang ich mit beiden Fingern in sie ein. Ihr Mund sprang auf, aber ich war beeindruckt, als sie den heftigen Aufschrei unterdrückte, der ihr fast entwichen wäre. Ich drückte die Daumenkuppe gegen ihre Klitoris, während ich meine Finger um ihr Schambein legte und begann, beide Stellen zu streicheln. Sie erstarrte für eine Sekunde, dann hob sich ihr Hintern vom Sitz ab, um sich an meiner Hand zu reiben und ihr Kopf rollte zurück.

Insgeheim wollte ich nichts mehr, als ihre flehenden Lustschreie hören. Mein ganzer Körper war angespannt und wartete auf den ersten unkontrollierten Schrei, der aus ihrem Gefängnis entweichen sollte. Begierig und entschlossen schlängelte ich mich mit meiner Zunge an ihrem Ohr entlang und erhöhte sowohl die Geschwindigkeit als auch den Druck. Ihre Hüften zuckten und sie biss sich auf die Unterlippe, um ja keinen Laut von sich zu geben.

Diese kleine Bewegung machte mich so unglaublich scharf auf sie. Ganz nah führte ich meine Lippen an ihr Ohr und hauchte, ob sie etwas hätte sagen wollen.

Vehement schüttelte sie ihren Kopf.

Gut, ich hab noch mehr Tricks.

Ich küsste ihren Hals bis zu ihrer Schulter, dann ihr Schlüsselbein und zog mit meiner freien Hand ihr Kleid ein Stück weit runter. Sie trug keinen BH, und ihre Brüste wippten leicht, als sie mich begrüßten wie einen alten Bekannten. Innerhalb eines Wimpernschlages waren beide Brustwarzen sichtbar hart geworden. Ich verlor keine weitere Sekunde, also nahm ich eine zwischen meine Lippen und fuhr mit der Zunge über den Nippel. Ihre Selbstbeherrschung war kurz davor, zu zerbrechen, als ein heiseres Wimmern sich aus ihrem Mund befreite.

Wo meine Lippen kurz zuvor noch sanft gesaugt hatten, drückten meine Zähne nun nicht mehr allzu sanft zu. Tabby atmete reflexartig vor Schmerz ein, woraufhin ich ihre andere Brustwarze mit der gleichen Aggressivität beglückte. Die

Kombination aus Schmerz und Vergnügen schien sie zum Äußersten zu treiben, und sie explodierte mir entgegen. Ein Stöhnen drang in meine Ohren und ihre Brüste wölbten sich, um meine Wangen zu küssen. Inmitten ihres Orgasmus, der ihre Gliedmaßen schüttelte und ihre Finger umklammerte, hatte sie jegliche Vorsicht vergessen.

Ich ließ sie zu Ende zittern, bevor ich meine Hand zwischen ihren süßen Schenkeln zurückzog und ihr Kleid wieder zurechtrückte. Ihr ganzes Gesicht war scharlachrot, ihr Atem ging rasend schnell und sie schien nicht zu wissen, was sie in ihrem Zustand nach dem Höhepunkt mit ihren Händen machen sollte.

Ein Bild der Schönheit.

Ich küsste ihre Nasenspitze. „Ich hoffe, du weißt, wie leicht du davongekommen bist."

„Ist das eine Drohung?", lachte sie, wobei der Klang zittrig in der Luft lag.

Ich strich mit meiner Nase über ihren Kiefer und kicherte. „Wohl kaum, obwohl du nicht darum gebeten hast, kommen zu dürfen."

Sie zögerte. Es war schwierig, ihre Gedanken zu erraten, solange ihre Augen durch die Augenbinde verdeckt waren, also war ich gezwungen, zu warten, bis sie sprach. „Ich dachte, du wolltest das nur gestern Abend“, sagte sie zögerlich und unsicher.

„Da hast du falsch gedacht.“ Ich leckte über ihren Kiefer, wo ich ihn gerade berührt hatte. „Normalerweise würde ich dich für so ein schweres Vergehen bestrafen.“

„Normalerweise? Heißt das, dass du es dieses Mal nicht tun wirst?“

Ich grinste, obwohl sie es nicht sehen konnte, und lehnte mich zurück, als die Limousine langsam zum Stehen kam. „Nur wenn du willst, dass die Mitglieder des Clubs sehen und hören, wie ich einen Orgasmus nach dem anderen aus dir hervorlocke, bis du nicht mehr weißt, wo oben und unten ist. Ihr Atem stockte, während mein Grinsen breiter wurde. „Wir sind da.“

Kapitel 9

Tabby

Obwohl ich spürte, wie die Augenbinde von meinem Gesicht genommen wurde, hätte ich schwören können, dass ich sie noch trug. Ich stand in pechschwarzer Dunkelheit, genau wie zuvor, als mir der weiche Stoff die Sicht versperrt hatte. Owens Anwesenheit hinter mir war wie Elektrizität, heiß und prickelnd, aber es war kein Trost. Ich wollte mich umdrehen und ihn fragen, was los war und wo wir waren, aber ich wusste es besser.

Dann, wie aufs Stichwort, leuchtete ein Licht auf. Jetzt war ich auf eine ganz andere Art geblendet. Farbige Flecken schwebten vor mir und ich musste die Augen zusammenkneifen, um die plötzliche Helligkeit überhaupt ertragen zu können. Nach einigen Sekunden konnte ich zumindest Umrisse erkennen, und bemerkte, dass Owen sich neben mich gestellt und eine Hand auf ein Podium gelegt hatte, auf dem eine einzelne Lampe, ein Stift und ein Stück Papier lagen, bei dem es sich sicher um die Vertraulichkeitserklärung handelte, von der er mir erzählt hatte.

„Das ist jetzt aber nicht der Anfang irgendeines religiösen Rituals, oder?“ fragte ich und ließ das Papier nicht aus den Augen.

Er stieß ein leichtes Schnauben aus. Auch, wenn ich seine Gesichtszüge nicht sehen konnte, erahnte ich ein Grinsen, das sicher schon auf seinen Lippen lag. „Nein“, sagte er. „Das ist das Dokument zur Geheimhaltung. Nicht mehr und nicht weniger. Du unterschreibst das, du kommst rein und das war's.“

Ich trat zum Podium und nahm den Stift in die Hand, aber bevor ich die Minenspitze auf das Papier setzte, konzentrierte ich mich auf den winzigen Text. Es gab eine Menge Kleingedrucktes zu lesen, und obwohl das Dokument nur ein einziges Blatt war, enthielt es eine außergewöhnliche Menge an Informationen. Ich hielt mit dem Stift in der Luft inne.

„Normalerweise würde ich mir für sowas hier Zeit lassen“, sagte ich.

„Das wäre vernünftig, ja.“

Ich drückte meinen Zeigefinger auf die erste Zeile und begann mit der trockenen Lektüre. Es war wie jedes andere formelle Dokument geschrieben und las sich eher wie ein Mietvertrag als ein Aufnahmeformular für einen Geheimbund. Einfach wenig spektakulär. Nach einem Absatz ließ meine

Aufmerksamkeit nach und ich platzte fast vor Neugierde, also kritzelte ich meine Unterschrift zusammen mit dem Datum an den unteren Rand des Formulars und wandte mich an Owen.

„Da."

„Du kannst das doch nicht alles so schnell gelesen haben."

Ich zuckte mit den Schultern. „Nein, das habe ich nicht, aber ich vertraue dir."

Diesmal konnte ich sein Gesicht erkennen, als er eine Augenbraue hochzog und sein typisches Grinsen aufsetzte, das mich dazu brachte, mir zu wünschen, wir wären allein und nackt.

„Sehr mutig von dir." Mich überraschte, wie tief seine Stimme war. „Oder naiv."

„Ich schätze, das werden wir noch herausfinden." Ich zuckte mit den Schultern.

„Das werden wir. Ganz sicher sogar", sagte er. Er deutete mit dem Kopf auf eine Tür, die noch nicht bemerkt hatte. „Sollen wir?"

Ich nickte und machte einen Schritt auf die Tür zu. Seine Hand wanderte auf meinen Rücken und das nächste, was ich wusste, war, dass ich in das Paradies der Sünden blickte.

Überall war es schwarz, aber nicht die erstickende Dunkelheit, die eine Augenbinde bietet, sondern die luxuriöse, samtige Farblosigkeit des Glamours. An der Decke befestigte Vorhänge säumten die Wände von einem Ende zum anderen und flossen wie Wasserfälle zu Boden, der weniger an Teppich als an geschorene Rabenfedern erinnerte. Von allen Ecken aus zogen sich dunkle Stoffbahnen über die Decke und trafen sich in der Mitte bei einem großen Kronleuchter aus Gold und Kristall. Runde Tische mit unterschiedlichen Höhen und Durchmessern boten Platz für eine Reihe von Stühlen. Sessel mit Smokingbezügen, Barhocker aus gusseisernem Metall und hochlehnige Esszimmerstühle, die wie der Thron aus *Game of Thrones* aussahen. Die einzigen Farbtupfer, die ich sah, waren die Filzoberflächen der Blackjack-Tische und die Auswahl an erstklassigen Spirituosen, die hinter den Bars auf beiden Seiten des Raumes ausgestellt waren. Eigentlich hätte ich das Gefühl haben müssen, dass ich eine Art Geisterhaus der gehobenen Klasse betreten hatte, aber das war nicht der Fall. Es fühlte sich schick, teuer und mächtig an.

Im Hintergrund vibrierte monoton irgendein Bass und ein kurzes Recken meines Halses offenbarte einen zweiten Raum mit einem DJ und einer Tanzfläche, die in Neonlichter getaucht war. Diese Entdeckung stachelte meine Neugierde weiter an, in die andere Richtung zu schauen. Dort sah ich einen dritten Raum. Er war völlig unbeleuchtet, bis auf eine Bühne am hintersten Ende, auf der ein Dutzend Scheinwerfer in einer perfekten Linie leuchteten. Niemand schien sich dort aufzuhalten, aber die Doppeltüren, die in den Raum führten, waren weit geöffnet, als ob der Raum ausgestellt wäre.

Im Hauptraum, in dem ich mit Owen stand, waren jedoch viele Leute. Männer jeden Alters, jeder in einem kleinwagenteuren Anzug, tummelten sich an den Bars und an den Kartentischen. Es waren sicher mindestens 40 Personen, überschlug ich schnell, und war mir sicher, in dem nachtclubähnlichen Raum befänden sich noch mehr. Unter diese Männer mischten sich schlanke, aufgetakelte Frauen in Kleidern, die kürzer, und mit Absätzen, die höher waren, als ich hätte tragen können. Die meisten erinnerten mich mit ihren viel zu offensichtlich gefärbten Haaren und ihren gemachten Titten an Stripperinnen, aber einige sahen eher aus wie vornehme Damen, die wahrscheinlich wussten, wie man Hummer zu essen hatte und die als Mädchen an Reitwettbewerben teilnahmen. Sie alle waren nicht nur vom Aussehen her abstoßend, aber ich fühlte mich definitiv fehl am Platz.

„Driscoll!" schrie ein Mann, der nicht älter als 24 Jahre sein konnte, laut durch die Menge und kämpfte sich vor bis zu unserem Tisch. Im Schlepptau hatte er natürlich eine dieser Barbie-Püppchen, groß auf dünnen Beinchen und, selbstredend, blond. Ihre Augen wirkten jedoch erstaunlich freundlich. Als sie anhielten, lächelte sie mich höflich an, während ihr Verehrer Owen auf die Schulter klopfte. „Ich dachte schon, du hättest das Land verlassen. Du bist am Samstagabend nicht zur Auktion gekommen."

Ich unterdrückte ein Grinsen, als mir das Bild von Owen in den Sinn kam, wie er auf einer hochnäsigen Kunstauktion ein Paddel hochhält. Er hingegen schien nicht im Geringsten verwirrt zu sein.

„Am Samstag hatte ich etwas anderes vor der Brust." Er zwickte in meinen Rücken, zeigte dann auf mich und fügte hinzu: „Tripp, ich freue mich, dir Tabitha Rickard vorstellen zu können. Tabby, das ist Tripp Lubbock. Er ist ein Platin-Mitglied hier und einer der schlechtesten Kartenspieler, den du je treffen wirst."

„Außer, Owen sitzt am Tisch. Freut mich sehr, dich kennenzulernen, Tabitha."

„Hey! Aber *Tabby* reicht", antwortete ich und nahm die mir dargebotene Hand.

Er lächelte, aber es fühlte sich verhalten, wenn nicht sogar aufgesetzt an, als ob er etwas verbergen würde. Ziemlich schnell ließ ich seine Hand los. Gottseidank schien er es nicht zu bemerken; oder zumindest ließ er es sich nicht anmerken. Er griff nach seinem Date, um sie vorzustellen. „Das ist Marina. Sie war am Samstag zum ersten Mal hier.“

Owen beugte sich vor, um ihr die Hand zu reichen, und ich tat es ihm gleich. Zu erfahren, dass Marina praktisch genauso neu im Club war wie ich, beruhigte mich, denn so hatte ich jemanden, mit dem ich mich über das Unbehagen, die Neue zu sein, austauschen konnte. Sie hatte eine Wärme an sich, die mich ansprach, und ich hätte mich gerne mit ihr unterhalten, wenn Tripp sie nicht wieder an sich gezogen hätte, sobald sich ihre Hand von meiner löste. Ich fühlte mich etwas schuldig, sie so vorschnell in eine Schublade gesteckt zu haben.

„Wenn du etwas trinken willst, solltest du es bald tun. Ich glaube, in ein paar Minuten gehts los“, riet Tripp.

Owen nickte. „Das habe ich auch schon gedacht.“ Seine Finger wanderten an meine Seite und er drückte mich ein bisschen fester an sich. „Wirklich schön, dich zu sehen, Tripp.“

„Gleichfalls“, antwortete der jüngere Mann. Er richtete seinen Blick auf mich. „Dich auch, Süße.“

Als Owen mich in Richtung der nächsten Bar führte, murmelte ich: „Was ist denn ein Platin-Mitglied?"

„Das ist jemand, der aus einer Familie von Mitgliedern stammt", erklärte Owen. „In Tripps Fall ist sein Vater Mitglied, obwohl er sich seit sechs oder sieben Jahren nicht mehr hat blicken lassen. Als er die Bar erreichte, klopfte er auf die Theke wie jemand, der es gewohnt ist, zu bekommen, was er will.

„Und was ist das für ein Besitzanspruch?" fuhr ich fort.

Er schenkte mir ein verschleiertes Grinsen. „Welcher Besitzanspruch?"

„Ach, komm schon", blaffte ich. „Er hat sich Marina geschnappt, als wollten wir sie zur Limousine schleppen, und du hast mich immer noch im Griff als wär ich dein Golfschläger."

Owen leckte sich über die Lippen und ich hätte schwören können, dass ich ein leises Kichern unter seinem Atem hörte. Doch als er antwortete, war seine Stimme fest und sein Gesichtsausdruck klar. „Ich mag es, deinen Körper an meinem zu spüren." Er lehnte sich näher und die Elektrizität zwischen uns knisterte erneut. „Cosmopolitan?"

Ich brauchte zwei Sekunden, bis ich verstand, was er von mir wollte. „Klar", sagte ich gedankenverloren und runzelte leicht die Stirn. Irgendetwas stimmte nicht. Ich hatte nicht das

Gefühl, dass etwas Bedrohliches vor sich ging, aber es herrschte definitiv eine besondere, ja geheimnisvolle Atmosphäre, die ich nicht erwartet hatte. Und dann hatte ich auch noch ihr schickes kleines Geheimhaltungsdokument unterschrieben.

Er hatte gerade unsere Drinks bestellt, als ein vertrautes Gesicht zu uns herüberkam. Es war der glatzköpfige Mann aus dem Casino, als Owen und ich uns zum ersten Mal trafen. Der Typ, der am Blackjack-Tisch saß, an dem Owen unsere erste Weihnachtswette ausspielte und mir so den Auftrag im Restaurant verschaffte. Seine wachsamen Augen waren auf Owen gerichtet, obwohl sie zuckten, als wollten sie in meine Richtung schwenken, und ein Schweißfilm glitzerte auf seinem nicht vorhandenen Haaransatz.

„Ich wusste gar nicht, dass du heute kommen wolltest." Bei aller Freude über die Ankunft seines Freundes schwang in seiner Stimme etwas Misstrauen mit.

„Wahrscheinlich, weil ich dir nicht Bescheid gesagt habe", war Owens Konter.

Die brüderliche Verbundenheit zwischen den beiden war trotz ihres Wortwechsels offensichtlich und ich fragte mich, ob dieser Mann mit dem glänzenden Kopf mehr als nur ein reguläres Clubmitglied war. Ihre Körpersprache und ihre vorgetäuschte Aggression erinnerten mich an zwei Jungen im

Schulalter, die auf dem Spielplatz um die Vorherrschaft kämpfen. „Howie, das ist Tabby."

„Hey, was geht?" fragte Howie und zog eine einzelne Augenbraue hoch genug, um seine Stirn in Falten zu legen.

„Hi Howie, freut mich."

„Howie und ich kennen uns schon seit der Grundschule", verriet Owen und reichte mir dabei ein Martiniglas.

„Oh, du kommst also auch aus Maine?" fragte ich Howie und war sofort daran interessiert, mit ihm zu reden. Wenn sie sich schon so lange kannten, war er sicher eine hervorragende Quelle für lustige und peinliche Geschichten, die ich zu meinem Vorteil nutzen konnte – oder zumindest endlos darüber lachen.

Doch anstatt zu nicken oder meine Frage zu bestätigen, hob sich Howies andere Augenbraue zu der ersten und sein Nacken neigte sich in einem ungünstigen Winkel, als er Owen musterte. „Na, ihr zwei seid ja ganz schön eng geworden, was?" Er sprach so beiläufig, als ob er das Wetter kommentieren würde, aber seine Miene war starr und missbilligend.

Ich lehnte mich auf meinen Fersen zurück und nahm einen Schluck, weil ich mich unwohl fühlte. Entweder hatte ich etwas gesagt, das ich nicht hätte sagen sollen, oder Howie war einfach ein sehr seltsamer, ziemlich unhöflicher Mensch. Owen wich vor dem Blick seines Freundes jedoch nicht zurück. Im Gegenteil, er schien sogar noch ein Stück zu wachsen und setzte einen herausfordernden Blick auf.

„Das sind wir in der Tat, ja."

Seine Stimme hatte einen scharfen Klang. „Wir haben über viele Dinge gesprochen. Mit Tabby kann man gut reden. Sie ist sehr offen. Eigentlich war es ihre Idee, dass ich sie heute Abend hierher bringe. Ist das nicht interessant? Jetzt hat sie den Blackjack Club kennengelernt."

Ich hatte den Eindruck, dass Owen in einer Art Code sprach, denn seine Antwort an Howie schien nicht ganz schlüssig zu sein, aber Howie verstand offensichtlich mehr als ich. Seine Schultern entspannten sich ein wenig und als er sich mir wieder zuwandte, war er deutlich freundlicher. „Nun, ich bin froh, das zu hören. Und ich freue mich, dich kennenzulernen, Tabby." Er streckte seine Hand etwas unbeholfen aus und ich schüttelte sie. „Sag mir Bescheid, wenn dieser Idiot dich in irgendeiner Weise stört, ja? Er hat die Angewohnheit, jeden, mit dem er redet, zu nerven."

„Alles klar, danke!" Ich lachte leise und fühlte mich wohler, als Owen Howie einen Blick zuwarf.

„Gut." Er zwinkerte mir zu, tippte sich mit dem Finger an

den Kopf, um Owen zu grüßen, und schritt davon.

Owen schwenkte sein bernsteinfarbenes Getränk in seinem Glas, als er Howie hinterher sah. „Das tut mir leid“, murmelte er.

„Was denn?“

„Er war nicht gerade höflich.“

Ich zuckte mit den Schultern. „Offenbar hat er von den Besten gelernt.“

„Da ist wieder dieses Mundwerk“, sagte er und seine Augen blitzten.

Mein Unterleib pochte, was mich an unser Stelldichein in der Limousine erinnerte. Bevor mir eine witzige Erwiderung einfallen konnte, ertönte laut eine Frauenstimme durch den ganzen Raum.

„Bitte versammelt euch im Harrison Ballsaal. Die Auktion wird gleich beginnen.“

Kapitel 10

Owen

„Eine Auktion also?"

Sie hauchte diese Frage in mein Ohr, sanft wie eine Feder, und obwohl der Ballsaal kaum still war, hörte ich ihre amüsierte Neugier deutlich heraus. In meinem Augenwinkel sah ich, wie sie auf die Bühne starrte, auf der zwölf langbeinige Frauen im Scheinwerferlicht und in Kleidern mit minimalen Saumlängen standen.

„Ja. Eine Auktion." Ich fing ihr Augenrollen mit einem schelmischen Grinsen auf.

„Wow, danke für die ganzen Details." Sie wippte auf ihren Fersen zurück, ließ ihren Blick über die Gruppe gut gekleideter Männer schweifen, die Manhattans tranken und unterschwellig lüsterne Blicke auf die ausgestellten Frauen warfen, und lehnte sich gegen meine Schulter, um ihre Stimme weiter zu senken. „Ist das eines dieser Rituale, um der geheimen Gesellschaft beizutreten? Wie bei einer Studentenverbindung? Ich muss doch nicht als Nächste da hoch, oder?"

Plötzlich überkam mich ein heißer Anflug von Beschützerinstinkt, den ich in einer Million Jahren nicht erwartet hätte. Allein der Gedanke, dass Tabby dort stehen und der ganze Club sie angaffen und mustern könnte, machte mich wütend und ich musste mich zwingen, lange und tief durchzuatmen, bevor ich mich sammeln und ruhig antworten konnte. „Nein, das ist kein Aufnahmeritual. Die Mitgliedschaft ist nur Männern vorbehalten. Diese Frauen sind ... *Partnerinnen.*"

„Langsam glaube ich, du drückst dich mit Absicht immer so knapp aus", sagte sie. „Leider lasse ich mich nicht abschrecken und du hast mir gesagt, dass ich endlich alle großen Geheimnisse des Blackjack Clubs erfahren kann, sobald ich dort bin." Sie streckte ihre Arme aus, als würde sie den Heiligen Geist willkommen heißen. „Da wären wir."

Amanda Hahn, die Auktionatorin des Abends, schlenderte auf die Bühne und stolzierte vor die Damen, die am weitesten links in der Schlange standen, bis sie die Mitte erreichte, wo ein dreizehnter Scheinwerfer einen freien Platz andeutete. Ihre scharlachroten Lippen waren weit geöffnet und gaben den Blick auf ihre großen, schneeweißen Zähne frei. Ihr patentiertes Strahlen, von dem ich wusste, dass sie es sowohl für freundlich als auch für sinnlich hielt, wirkte allerdings eher wie ein Clown. Nach den Maßstäben der meisten Menschen war sie keine unattraktive Frau, aber sie entsprach bei weitem nicht meinem Geschmack und ich hielt sie für einen Puma. Ich war auch nicht der Einzige, der so dachte, weshalb ihre Verbindung zum Club im Wesentlichen davon abhing, dass sie die Rolle der Auktionatorin übernahm.

„Guten Abend!“ begrüßte Amanda voller Ektase die Menge.

Ein Chor aus Gemurmel und Gebrumme war die Antwort aus dem überwiegend männlichen Publikum, das im Ballsaal verstreut war. „Wenn Sie zu den registrierten Bietern gehören, stellen Sie bitte sicher, dass Sie Ihre Karten von Delilah erhalten haben. Anmeldungen für die nächste Auktion sind wie immer an der Bar im Empfangssaal möglich. Denken Sie daran... Sie können nicht auf eine der reizenden Frauen des Blackjack Clubs bieten, wenn Sie sich nicht registriert und den Eintrittspreis bezahlt haben.“

„Du bietest auf *Frauen*?“ zischte Tabby in mein Ohr.

Der fassungslose, missbilligende Ton in ihrer Stimme überraschte mich nicht – es war schon ein ziemlicher Schock, zu hören, dass es sich bei den angebotenen Gegenständen um Menschen handelte – aber ich war zugegebenermaßen erschrocken, als ich den Zorn in ihrem hübschen Gesicht sah. Giftige Pfeile schossen aus ihren Augen zu den Männern um uns herum, bohrten sich in ihre Hinterköpfe und zogen sogar einige unwillkommene Aufmerksamkeit auf sich. Und als sie mich wieder ansah, hatte sie einen Ausdruck, den ich nicht kannte. Sie starrte mich an, als wäre ich ein völlig Fremder.

„In gewisser Weise", antwortete ich unaufgeregt. „Aber nicht ganz."

Sie schoss nichts zurück, aber ihre Körpersprache sagte alles. Ihre Schultern hatten sich nach vorne gebeugt, als wollte sie mir buchstäblich den Rücken zuwenden, ihre Mundwinkel waren in tiefe Falten gelegt und ohne, dass ich es bemerkt hatte, hatte sie mindestens fünf Zentimeter Sicherheitsabstand zwischen uns gebracht. Gegen meinen Willen verspürte ich einen Anflug von leichter Panik, dass sie plötzlich ihre gesamte Meinung über mich geändert haben könnte, aber gleichzeitig verstand ich auch. Es war nur natürlich, dass sie sich über die Auktion empörte, ohne die Details und Feinheiten zu kennen. Ehrlich gesagt, hätte ich mir eher Sorgen gemacht, wenn sie nicht so reagiert hätte.

„Darf ich es dir erklären?" fragte ich mit betont leichter Stimme.

Tabby stemmte eine Hand in ihre Hüfte. Es entging mir nicht, wie köstlich ihre Rundungen durch den flatternden Stoff aussahen. „Bitte."

Ich schob meine Hand durch die Lücke zwischen ihrem Arm und ihrer Taille, um sie näher zu mir zu ziehen. Sie wich nicht zurück, obwohl ich einen gewissen Widerstand, vielleicht sogar Zweifel, spüren konnte. „Siehst du diese Frau?" murmelte ich leise und neigte mein Kinn in Richtung einer zierlichen Brünetten, die ein glitzerndes schwarzes Kleid trug, das an die wilden Zwanziger Jahre erinnerte.

„Welche Fra – oh, ja."

„Sie ist als Dealerin bekannt und gibt jedem Bieter zwei Karten. Genau wie beim Blackjack. Die Summe der beiden Karten entspricht der Spende in tausend Dollar, die jeder Mann an eine Wohltätigkeitsorganisation geben muss, die von einer der ersteigerten Frauen ausgewählt wurde."

Tabbys Augenbrauen flogen in die Höhe und die Bitterkeit in ihrem Gesicht schmolz so schnell wie ein Marshmallow über dem Lagerfeuer. „Wirklich?", fragte sie mit hörbarer Überraschung, aber es lag auch noch eine große Portion Vorsicht in dem Wort. Sie schaute sich um, und dieselben Männer, die sie eben noch wie welpenfressende Versicherungsvertreter angestarrt hatte, betrachtete sie jetzt etwas versöhnlicher. „Ich hätte nicht gedacht, dass es so etwas sein würde. Aber warum dann die ganze Geheimniskrämerei um den Club? Ich könnte mir vorstellen, dass ..."

„Das war noch nicht alles", unterbrach ich sie. Zum Glück war das Geplapper im Raum immer noch leise, während Delilah sich von Bieter zu Bieter vorarbeitete. Tabby wurde still und wartete. „Die Frauen werden in der Reihenfolge des Spendenwertes an die Mitglieder versteigert, vom höchsten zum niedrigsten. Das heißt, dass der Mann, der den höchsten Wert geboten hat, bekommt also das erste Wahlrecht und darf den Rest des Abends mit der Frau seiner Wahl verbringen."

„Und was passiert, wenn zwei oder mehr das gleiche bieten?" fragte sie.

„Dann entscheidet die Länge der Mitgliedschaft im Club." Ich ließ meinen Blick für den Bruchteil einer Sekunde von links nach rechts schweifen, um sicherzugehen, dass niemand uns beobachtete. Zwar hatte sie das Stillschweigeabkommen unterschrieben, sodass ich sie über die Versteigerung aufklären durfte, aber trotzdem musste das niemand mitkriegen. Noch nie zuvor hatte ich eine Frau in den Club gebracht, geschweige denn seine Geheimnisse verraten.

Sie zuckte mit den Schultern und einer der Träger, die ihre Schulter umschlossen, rutschte ihren Arm hinunter. „Ich verstehe immer noch nicht, warum du alles so geheim hältst", beharrte sie und zog den Trageriemen wieder hoch, bevor ich mich bücken und an ihrer Schulter knabbern konnte. „Das hört sich an wie eine dieser *‚Date für den guten Zweck'* Veranstaltungen. Viele Organisationen machen das, und es ist absolut seriös. Dabei bringen die meisten dieser Veranstaltungen bestimmt nicht so viel Geld, wie diese hier."

Ich krallte meine Nägel in ihre Hüfte und zerrte sie an mich heran. Sie zuckte zusammen, als ihr Hintern gegen meinen Unterleib rutschte, ihre Hände schnappten nach meinen Handgelenken. Ich zog sie noch näher an mich heran und verschränkte meine Finger um ihre Körpermitte. Mit einem langen Ausatmen pressten sich ihre Schulterblätter gegen meine Brust und ihr Kopf sank unter mein Kinn. Ich senkte meinen Mund auf ihr Ohr und flüsterte: „Anonymität."

Der Schauer, der ihr den Rücken hinunterlief, war so heftig, dass ich spürte, wie sie in meinem Griff zitterte. Das Blut schoss in meinen Schwanz, als wäre ein Staudamm zusammengebrochen. Sie roch so aufregend. So verführerisch. Allein der Gedanke, dass jedes anwesende Clubmitglied uns dabei beobachten würde, hielt mich davon ab, ihr an Ort und Stelle den Saum des Rocks über ihren Hintern zu schieben, ihren Slip zur Seite zu ziehen und mich auf der Stelle in sie zu stürzen.

„Siehst du..." Ich ließ meinen Atem an ihrem Ohrläppchen kitzeln, „es gibt mehr als nur Geld, das die Mitglieder des Blackjack Clubs verbindet. Wir sind eine einzigartige Gruppe von Männern mit einzigartigen Interessen. Interessen, die gleichzeitig aufregend und gefährlich sein können. Und in solche Geheimnisse können wir doch nicht einfach jeden einweihen, oder?"

„Was für Geheimnisse?" keuchte sie mehr, als dass sie sprach.

Ich löste meine Finger und schob eine Hand unter ihr Kleid. „Dunkle Geheimnisse", knurrte ich. Ich ließ einen Finger über ihre feuchte Falte gleiten.

„Schmutzige Geheimnisse. Unsere sexuellen Neigungen sind von einer Art, die den Ruf und die Karriere, die wir uns so sorgfältig aufgebaut haben, ruinieren kann. Hier, unter dem schützenden Dach des Clubs, mit anderen Gleichgesinnten und willigen Partnern, können wir uns austoben, wie es uns gefällt." Ich erhöhte den Druck meiner Hand, und ihre Knie gaben leicht nach.

„Das heißt ...", stöhnte sie fast ohne Stimme, „das heißt ... hast du gewisse Fantasien?"

Das Grinsen verfinsterte sich auf meinen Lippen, bevor ich

es stoppen konnte. Ich krümmte meinen Zeigefinger, um ihn tiefer in ihrer engen Lust zu vergraben, und das Quietschen eines kaum unterdrückten Stöhnens entglitt ihrer Kehle. „Das habe ich nicht gesagt."

Sie stieß ihre Hüften nach unten auf meine Hand und rollte ihren Kopf zurück gegen meine Schulter. Ich ließ sie mit meinem Finger noch einen Moment lang leiden, dann löste ich ihn aus ihrer bedürftigen Umklammerung und schob ihren Slip wieder zurück. Sie miaute und schaute mich mit sehnsüchtigen Augen an, aber ich lächelte nur zurück.

„Es geht um Kontrolle", sagte sie, ihre haselnussbraunen Augen waren glasig. „Dein Fetisch ist Kontrolle."

„Oh", antwortete ich lässig, „niemand hier lässt sich auf eine solche Verallgemeinerung reduzieren, Schätzchen. Es ist so viel mehr als das, und nicht jeder sucht, wie du so pauschal behauptest, nach Kontrolle. Wie ich schon sagte, haben wir alle einzigartige Interessen. Unsere Geschmäcker sind verschieden. Und ich kann dir versichern, dass sie viel komplexer sind, als ein einfaches Wort es beschreiben könnte."

Amanda klatschte in die Hände, das Geräusch wurde durch das drahtlose Mikrofon an ihrem Kragen verstärkt, und erklärte: „Die Auktion kann beginnen!"

Dabei war ich gar nicht sonderlich an der Auktion interessiert. Um ehrlich zu sein, war ich an diesem Abend an nichts im Blackjack Club interessiert. Der einzige Grund für unsere Anwesenheit, war, Tabby in den Club aufzunehmen und meine neurotischen Bedenken zu zerstreuen. Ich hatte mir schon vor langer Zeit in den Kopf gesetzt, dass die einzigen sicheren Frauen die Frauen des Clubs sind, und ich hatte die Grenze überschritten, indem ich mich außerhalb dieser schwarzen Mauern auf eine Romanze mit Tabby eingelassen hatte. Aber jetzt, wo sie hier bei mir war, fühlte sie sich so sehr wie ein Club-Mädchen an, dass ich die kribbelnde Angst in meinem Bauch nicht mehr spürte. Es war es wert, sie hier zu haben – ihr Gesicht zu sehen, wie sie neugierig zusah, wie die Männer mit ihren Karten nach vorne traten und eine Frau auswählten, war Preis genug. Aber jetzt, wo alle Bedenken ausgeräumt waren, wollte ich sie nur noch ausziehen und sie für mich beanspruchen.

Die Versteigerung über sprachen wir nicht besonders viel, dafür war Tabby viel zu sehr fasziniert von dem, was sich auf der Bühne alles abspielte. Eine wunderschöne Frau nach der anderen wurde von Amanda vorgestellt, bevor sie von einem gut gekleideten Mann mit zwei Karten und einem Scheck abgeholt wurde, mit einem erfreuten Lächeln auf den geschminkten Gesichtern und bemerkenswerter Eleganz in ihren Schritten. Auch nach dem Ende der Auktion verfolgte sie die Frauen weiter aufmerksam, beobachtete jede ihrer Bewegungen und untersuchte ihre Interaktionen mit den Männern, die sie ausgewählt hatten. Ich musste sie sanft schütteln, um sie von ihrem Blick abzulenken.

„Bist du bereit?“ fragte ich.

„Bereit für was?“ Ich konnte die Anspannung in ihrer Stimme förmlich greifen.

„Zu gehen.“

Ihre Wangen flackerten für einen Moment rot auf. „Oh, natürlich. Um, ja klar. Ja!“

Ich begann, sie zurück in den Empfangsraum zu führen, aber bevor wir die Tür erreichten, stürmten drei Mitglieder auf uns zu. Ich kannte sie alle. Bruno Giancola war ein berüchtigter Immobilienmogul. Gerard Cleft, ein internationaler Versicherungsberater mittleren Alters. Und Tim Van Wick hatte ein Vermögen gemacht mit seinen industriellen Reinigungsgeräten. Sie waren ein bunt gemischter Haufen, der nur selten an den Auktionen teilnahm: Gerard und Tim, weil sie eher sparsam waren, und Bruno, weil er eine Vorliebe dafür hatte, sich diejenigen Frauen zu schnappen, die bereits in Begleitung von anderen Männern waren. Es war vor allem seine Anwesenheit, die meinen Griff an Tabbys Taille fester werden ließ und sie näher an mich heranzog.

„Lange nicht gesehen, Driscoll", murmelte Bruno. Er stammte zwar aus New Jersey, hatte sich aber schnell einen südländisch klingenden Akzent antrainiert, um bei den Frauen hier mehr Erfolg zu haben.

„Dein Business nimmt sicher viel Zeit in Anspruch."

„Tun es das nicht bei jedem?" Ich versuchte, meine Antwort kurz zu halten, in der Hoffnung, schnell aus dem Gespräch herauszukommen. Es gefiel mir nicht, wie er Tabby anstarrte. „Schön, Sie zu sehen, meine Herren", begrüßte ich den Rest vom Trio Infernale.

„Wie ich sehe, hast du heute einen Gast mitgebracht", fuhr Bruno fort. Mit seinem intensiven Blick zog er Tabby so hemmungslos aus, dass ich mir sicher war, dass sie es mitbekommen musste.

Widerwillig nickte ich und deutete auf meine Begleitung. „Das ist Tabby."

Gerard und Tim grüßten höflich und freundlich, aber Bruno war im Jagdmodus. Es war offensichtlich, dass er darauf aus war, sie mir ausspannen zu können.

Er hielt ihr eine Hand hin, die sie auch ergriff. Dann, in einer fast intimen Geste, umschloss er Tabbys Handrücken mit seiner anderen Hand. „Es ist mir eine Freude, dich kennenzulernen, Tabby“, sagte er aalglatt. „Ich muss zugeben, ich war überrascht, dass du nicht auf der Bühne standest.“

Sie schaute verwirrt zu mir auf und dann wieder zu ihm. „Owen hat mir gerade erst den Club gezeigt“, erklärte sie ihm. Ich konnte das Unbehagen spüren, das von ihr ausging. „Ich bin noch nie hier gewesen.“

„Oh, das weiß ich doch.“ Sein dicker Mund verzog sich zu einem lüsternen Grinsen. „An dich hätte ich mich erinnert. Versprochen.“

Mein Blut begann zu kochen und ich zog Tabby so fest an mich, dass ihre Hand von seiner losgerissen wurde. „Leider müssen wir jetzt gehen“, sagte ich mit zusammengepressten Lippen. „Heute ist Tabbys letzter Abend in der Stadt und ihr Flug ist morgen sehr früh. Genießt den Abend, meine Herren.“

„Wie schade. Aber komm doch gerne wieder“, zischte Bruno und starrte Tabby unverhohlen weiter an.

Auf dem Weg zurück zum Wagen ließ ich Tabby keine Sekunde von meiner Seite. Selbst den armen Stephan würgte ich ab, als er ihr beim Einsteigen behilflich sein wollte. Als sich die Limousine träge in Bewegung setzte, reichte ich ihr ein Glas Champagner. Mir hingegen war nach einem starken Wodka on the Rocks.

Stillschweigend nippten wir die nächsten Minuten an unseren Drinks. Die Stille zwischen uns war mir nicht unangenehm, aber es lag doch eine gewisse Spannung in der Luft. Und ich wusste auch, woher sie kam. Der Zwischenfall mit Bruno zeigte mir, wie viel Tabby mir inzwischen bedeutete, und das machte mich nervös. Aber ich war mir nicht sicher, ob sie schwieg, weil sie sich unwohl fühlte oder einfach nur in Gedanken versunken war.

„Was denkst du?"

„Ich bin mir nicht sicher", kam ihre langsame Antwort. Sie fuhr sich nachdenklich mit der Zunge über die Unterlippe. „Ich habe das Gefühl, dass es eine Menge zu verdauen war, aber gleichzeitig ist es nicht annähernd so viel, wie ich erwartet hatte."

Ich legte den Kopf schief. „Ist das schlimm?"

„Nein", versicherte sie mir schnell. „Nur verwirrend. So wie du es geheim gehalten hast, habe ich erwartet, dass ... ach, ich weiß auch nicht. Verrückte Stunts, die das Gesetz brechen, einen Bären, der Latein spricht, oder eine Schießerei im Wilden Westen. Das einzige Geheimnis, das es zu geben scheint, ist eine seltsame Version eines Escortservices."

„Das ist keine Prostitution", warf ich streng ein.

„Ja, ich weiß", fügte sie hastig hinzu, als wollte sie meine Gefühle beschützen. „Ich sage nur, dass das das Einzige war, was diese Geheimniskrämerei rechtfertigen würde. Viel mehr war ja nicht."

Ihre Stimme verebbte, während sie auf die aufsteigenden Luftbläschen in ihrem Glas starrte. Da war noch mehr, das sie beschäftigte. Das konnte ich sehen. So lehnte ich mich mit den Ellbogen auf meinen Knien vor und fragte nach. „Aber?"

„Aber da ist noch etwas anderes." Sie hob ihre Augen, um meinem forschenden Blick zu begegnen. „Ich gehöre zum Club, aber ich bin es auch nicht."

Angespannt und aufmerksam musterte ich sie weiter, während ich meinen Drink schwenkte und das Eis gegen das Glas klirren ließ.

„Willst du das denn?" fragte ich.

Sie öffnete ihren Mund, um zu antworten, aber es kam nichts heraus. Ich drängte sie nicht. Wozu auch? Als die Limousine vor dem Hotel zum Stehen kam, wollte ich aussteigen, doch sie hielt mich mit einer Hand auf meinem Arm auf.

„Nein, ist schon okay", sagte sie. „Ich kann selbst auf mein Zimmer gehen. Außerdem, wie du schon sagtest, habe ich ja einen frühen Flug.

„Aber natürlich." Ich lehnte mich gegen den Sitz, bemüht, meine Enttäuschung zu verbergen.

„Darf ich dich noch etwas fragen, bevor ich gehe?"

„Natürlich", wiederholte ich.

Sie trank ihren Champagner aus, stellte das Glas ordentlich in den Becherhalter in der Konsole und leckte sich über die Lippen. Ich wünschte mir, dass es meine Zunge wäre, die sie leckt.

„Warum wolltest du unbedingt, dass ich mitkomme? Es schien ziemlich sinnlos zu sein?"

Ich überlegte, ob ich mir eine faule Ausrede ausdenken sollte, aber ich wusste, dass sie es durchschaut hatte und entschied mich für die Wahrheit.

„Ich wollte sehen, wie du da reinpasst", gab ich zu.

„Und denkst du, ich passe da rein?"

Ich schaute sie an. Blickte auf die anmutigen Rundungen ihrer Wangen und den Schwung ihrer Lippen. Ihre Brüste lugten mir aus ihrem Kleid entgegen und die Muskeln ihrer Waden waren angespannt, um sich auf ihren Heimweg vorzubereiten. Mein Schwanz schwoll an.

„Ja", knurrte ich. „Zu gut."

Kapitel 11

Tabby

Ich zoomte auf den Spielplatz und richtete den Fokus der Kamera auf die riesige Röhrenrutsche. Obwohl wie durch ein Wunder keine einzige Wolke am Himmel stand, war der Wind eiskalt und peitschte mir mit seinen frostigen Krallen ins Gesicht. Ich war zwar schon seit einer Woche wieder in Chicago, aber nach den wärmeren Temperaturen in New Orleans erinnerte der Dezember in meiner Heimatstadt im Mittleren Westen eher an einen Schneeball im Gesicht. Ich zog meinen Mantel enger und machte ein paar zusätzliche Fotos, um sicher zu gehen. Falls die ersten mein Zittern verraten würden.

„Hat Roy Sie schon ins Hallenbad gebracht? Wir brauchen unbedingt Bilder vom Schwimmbad. Ein großer Teil des Renovierungsbudgets ist in den Pool geflossen, und der Vorstand will sicherstellen, dass in den neuen Broschüren zumindest ein paar Poolbilder zu sehen sind. Außerdem wollen wir, dass der Pool auf der Startseite der Website zu sehen ist.

Müssen wir als nächstes zum Pool gehen?“

Misty Barnes war die Ansprechpartnerin meines neuesten Kunden, einem Hotel am Stadtrand, das seit kurzem einen neuen Besitzer hat. Im Lexikon war neben dem Begriff „*Neurotikerin*“ ihr Foto, kein Zweifel.

Dabei konnte sie nicht älter als zweiunddreißig sein, aber sie erinnerte mich mehr an die dauermeckernde, zynische Nachbarin, als an eine junge, dynamische Frau, die die Früchte eines hart verdienten College-Abschlusses erntete. Jedes Mal, wenn ich sie sah, war ihr rabenschwarzes Haar elegant hochgesteckt, ohne dass eine Strähne fehlte, ihre passende Blazer-Rock-Kombi war faltenfrei und ihr nudefarbener Lippenstift war makellos auf ihren zusammengepressten Lippen aufgetragen. Sie hörte nie auf, sich zu bewegen, hörte nie auf, sich Sorgen zu machen, und ein unschuldiges Gespräch mit ihr führte dazu, dass ich denselben Stressknoten im Rücken hatte, den ich in der Nähe von Grace bekam. Aber ich senkte meine Kamera und drehte mich um, um trotzdem zu antworten, denn ich hätte geschrien, wenn sie noch einmal das Wort *Pool* gesagt hätte.

„Keine Sorge, darum hatte ich mich schon zuallererst gekümmert“, versicherte ich ihr und versuchte, nicht mit den Zähnen zu klappern. „Tatsächlich ist dies der letzte Ort auf der

Liste und ich glaube, ich habe alles, was ich brauche."

„Sind Sie sicher? Was ist mit dem Bankettsaal? Oder die Executive Suite – haben Sie die Executive Suite schon?", fragte sie.

„Ich habe alles", sagte ich mit einem schärferen Tonfall.

Sie runzelte die Stirn und ich konnte sehen, wie sie sich den Kopf zerbrach, um etwas zu finden, auf das sie zeigen und behaupten konnte, ich hätte es vergessen. Ich machte mir nicht die Mühe, sie vom Gegenteil zu überzeugen, sondern holte lieber meine Tasche von der Bank nebenan und begann, meine Ausrüstung abzubauen. Normalerweise tat ich alles, was ich konnte, um meinen Kunden eine mehr als zufriedenstellende Erfahrung zu bieten, aber Misty gehörte zu den Leuten, die erst zufrieden waren, wenn ihre Vorgesetzten sie lobten. Ich hatte sowieso etwas auf dem Herzen. Oder besser gesagt, jemanden.

Mein verlängertes Wochenende mit Owen hatte mich von dem Moment an verfolgt, als mein Flugzeug in Chicago gelandet war. Zwei Duschen am Tag halfen nicht, das Gefühl seiner Finger von meiner Haut zu waschen. Jedes Reiben der Naht meiner Jeans an meinem Slip entlockte mir ein Keuchen. Ich träumte sogar von Wänden, die mit schwarzem Stoff drapiert waren, von hellen Scheinwerfern und einer tiefen

Stimme, die mir Befehle ins Ohr flüsterte. Er hatte es irgendwie geschafft, sich in meinem Kopf einzunisten und schlich sich immer wieder unaufgefordert in mein Bewusstsein.

Und doch war er nur eine Affäre. Das musste er auch sein. Ich war ein einfaches Mädchen, das in einer Studiowohnung am Logan Square lebte und sich als freiberufliche Fotografin über Wasser halten musste. Er war reich, gutaussehend, charmant und strahlte einen Sexappeal aus, der jede Frau im Umkreis von fünfzig Metern infizieren konnte. Es lagen tausend Meilen zwischen uns und dem Leben, das wir uns aufgebaut hatten – oder in meinem Fall aufzubauen versuchten. Wir hatten uns getroffen, waren zusammen ausgegangen, hatten miteinander geschlafen, und ich war nach Hause gegangen. Von der Logistik bis zu den Klischees gab es für mein Wochenende in New Orleans mit Owen Driscoll nur eine mögliche Klassifizierung – Seitensprung.

Der einzige Faktor, der meine Nachbetrachtung der Reise nach New Orleans durcheinanderbrachte, war die Sache mit meiner Telefonnummer. Owen hatte danach gefragt, bevor wir uns nach unserer speziellen Nacht im Blackjack Club verabschiedeten. Ich hatte sie ihm gegeben, aber ich hatte aus den naheliegenden Gründen (siehe oben) nicht wirklich mit einem Anruf gerechnet. Außerdem war Owen einfach ein

Gentleman und es lag nahe, dass er nur gefragt hatte, um nicht wie ein Mistkerl dazustehen. Ich war mir dessen sogar sicher. Und doch entsperrte ich wie eine Wahnsinnige immer und immer wieder mein Handy, um sicherzugehen, dass ich auch ja keinen Anruf von einer unbekannten Nummer übersehen hatte.

„Ich habe nichts früher, also hoffe ich, dass Ihnen Dienstag passt, aber wenn der Vorstand nicht rechtzeitig die Möglichkeit hat, sich die Fotos anzusehen, müssen wir den Termin vielleicht verschieben." Ich hatte gar nicht bemerkt, dass Misty sprach, aber das schien keine große Rolle zu spielen, denn einen Sekundenbruchteil später wedelte sie hektisch mit der Hand vor ihrem Gesicht und widerrief. „Nein, nein, schon gut. Lassen Sie uns noch keine Termine vereinbaren. Schicken Sie mir doch einfach die Fotos, ich leite sie an den Vorstand weiter und rufe Sie dann an, wenn ich etwas von ihnen höre."

„Das klingt gut", stimmte ich zu. Es waren genau dieselben Bedingungen, die wir besprochen hatten, als ich mir den Auftrag geschnappt hatte, aber ich hatte festgestellt, dass Misty der Typ war, der zwischen verschiedenen Ideen hin und her schwankte, bevor er sich am Ende für die erste entschied. Ich schloss den Reißverschluss meiner Tasche, legte mir den Gurt über die Schulter und hob das Gewicht an. „Ich gehe sie heute Abend durch, streiche alles, was nicht passt, und schicke das

Portfolio morgen per E-Mail."

„Großartig." Sie seufzte erleichtert, als sie das sagte, und zum ersten Mal, seit ich sie kenne, entspannte sich ihr Gesicht. Die fehlende Anspannung in ihrem Kiefer ließ sie um mindestens fünf Jahre jünger erscheinen, und sie hätte mich in diesem Moment möglicherweise doch davon überzeugen können, dass sie tatsächlich zweiunddreißig war. „Großartig."

Auch auf der Fahrt nach Hause ging mein Kopfkino pausenlos weiter. Es war zwar erst Nachmittag, aber Aufträge gab es zu jeder Tages- und Nachtzeit und es war nicht ungewöhnlich, dass ich einen großen Teil des Tages frei hatte. Normalerweise wäre ich froh gewesen, Zeit zu haben, aber heute nicht. Es schien, als würde die Zeit allein in dieser Woche bedeuten, dass ich über Owen nachdenken musste, und das war das Letzte, was ich wollte.

„Lass gut sein", murmelte ich laut, als ich an einer Ampelschlange anhielt. Die grauhaarige Frau im Auto neben mir blinzelte mich misstrauisch an, als wäre ich eine Verrückte, die aus der Anstalt ausgebrochen war.

Hinzu kam, dass, sobald ich Owen für eine Sekunde erfolgreich aus meinen Gedanken verdrängen konnte, mein tolles Gehirn sofort auf die „einzigartigen Interessen“ umschwenkte, die er mir über die Mitglieder des Clubs erzählt hatte.

Ihm zufolge waren sie düster und gefährlich und hatten genug Sprengstoff, ihren Ruf zu ruinieren, aber das war die einzige Information, die ich hatte. Der Rest blieb meiner Fantasie überlassen, und meine Fantasie war lebhaft. Alles war möglich. Von Männern, die von unschuldigen Fesselspielchen angetörnt wurden, bis hin zu unaussprechlichen Fetischen an der Grenze zum Kriminellen. Ich wollte mehr wissen. Ich *musste* mehr wissen! Und ich musste herausfinden, wie weit das Spektrum in die Extreme reichte. Wie ich den Club und seine Mitglieder – und ehrlich gesagt auch Owen – wahrnahm, hing nur noch davon ab, ob ich mit Leuten zu tun hatte, die nur beim Schnüffeln an Turnschuhen einen Steifen bekamen, oder ob sie finstere Macken hatten, die ihre Partner verängstigten, traumatisierten oder sogar verletzten. Es hätte auch sein können, dass ich mit einem Kerl geschlafen hätte, dem es Spaß machte, Frauen zu entführen und sie als Sklaven in Käfige zu sperren. Andererseits war die Nacht mit Owen ja bereits passiert. Was geschehen war, war geschehen. Und wer kannte schon wirklich jemanden? Man konnte zwanzig Jahre lang verheiratet sein und nichts ahnen, bis man eines Tages herausfand, dass der Ehepartner die Hunde der Nachbarschaft zerstückelt hatte. Aber es war nicht egal. Ich hatte das Gefühl, in einem moralischen Geheimnis gefangen zu sein und konnte die Besessenheit nicht loslassen, bis es gelöst war.

Als ich auf den Parkplatz meines Wohnhauses fuhr, fragte ich mich, ob ich die beschissene Dating-App wieder installieren sollte. Vielleicht würde mir ein gottloser One-Night-Stand dabei helfen, einen bestimmten Jemand zu vergessen. Andererseits hatte ich meine Zweifel. Owen war perfekt gewesen, zu perfekt. Ich konnte mir nicht vorstellen, einen anderen Mann zu treffen, der an die Mess*latte* heranreicht, die der smarte Mr. Driscoll gelegt hatte.

Bevor ich mich auf den Weg zu meinem Atelier machte, schaute ich an meinem Briefkasten vorbei. Sonst war zum Glück niemand von meinen viel zu neugierigen Nachbarn in Sichtweite. Um unbemerkt nach oben zu kommen, schnappte ich mir den Stapel Briefumschläge, Flyer und Zeitschriften aus dem engen Fach, schloss die Box wieder ab und huschte zum Treppenhaus.

Ich hatte nicht ganz so viel Glück, wie ich dachte. Als ich den Schlüssel in meine Tür steckte, hörte ich ein „Huhu!“

„Hallo, Ms. Marcheski“, sagte ich, ohne mich umzusehen. Man konnte sie leicht an ihrer Stimme erkennen, die so hoch wie eine Puppe war und so rau, wie man es nur nach jahrzehntelangem Rauchen von zwei Schachteln am Tag sein konnte.

„Oh, ich sehe, du hast deine Post bekommen." Sie stapfte in ihren zerlumpten Hausschuhen den Flur entlang und schob ihre Nase neugierig nach vorne. „Ich wollte dir sagen, dass ich heute Morgen einen Mann gesehen habe, der einen Umschlag in deinen Briefkasten gesteckt hat."

„Aha. Lass mich raten, er hatte dabei auch noch eine Uniform des *United States Postal Service* an?" fragte ich mit so viel Sarkasmus, wie ich in mir finden konnte. Ich fühlte mich auf einmal richtig müde.

Sie schüttelte den Kopf und ihre Augen weiteten sich zu Käferaugen. Ihre gekräuselten Ponyfransen fielen ihr schlaff in die Stirn. „Nein", antwortete sie feierlich. „Er trug einen Smoking. Du weißt schon, so einen, den Schauspieler bei Preisverleihungen tragen?" Ich hielt inne, legte meine Hand um den Türknauf und starrte sie an. „Er hatte natürlich keinen Schlüssel, aber er hat den Umschlag unten reingeschoben und ist dann gegangen. Ich schaute zur Tür hinaus, um mir sein Nummernschild zu merken. Man weiß ja nie! Er fuhr so ein Spionageauto."

„Ein Spionageauto?“

„Du weißt schon, so wie die in den Filmen fahren?“ Sie breitete ihre Arme aus, als wollte sie in der Luft einen Aston Martin aus James Bond nachzeichnen. „Es war schwarz und glänzend und sah teuer aus.“

„Ach so, ja. Danke, dass du die Augen offengehalten hast.“

Sie stellte sich auf die Zehenspitzen, wobei die Absätze ihrer Hausschuhe gegen den abgenutzten Teppich im Flur knallten, und versuchte, die Post in meiner Hand zu betrachten. „Soll ich sie für dich öffnen?“ bot sie an.

Ich setzte mein freundlichstes Lächeln auf und antwortete ganz lieb: „Nein, danke, aber ich sage dir Bescheid, wenn ich etwas Schreckliches darin finde.“

„Oh.“ Die Enttäuschung in ihrem Gesicht war offensichtlich. „Na gut, in Ordnung. Dann ruf einfach, wenn du mich brauchst, Liebes.“

Ich bedankte mich bei ihr und zog mich in die Sicherheit meiner Wohnung zurück, wobei ich darauf achtete, die Tür und den Riegel hinter mir abzuschließen.

Der ominöse Umschlag lag ganz unten im Stapel, den Rest der Post warf ich routiniert auf den Küchentisch. Verschlungene Ornamente aus Blattgold zogen sich an den

Seiten hoch und das Papier selbst schimmerte im Sonnenlicht, das durch mein einziges Fenster fiel. Mein Name und meine Adresse waren handgeschrieben, eine Briefmarke fehlte. Es gab jedoch einen unbenannten Absender.

P.O. Box 74

New Orleans, LA 70119

Mein Magen drehte sich um. *Eine anonyme Paketstation.*

Kapitel 12

Owen

Mein Leben war das reinste Chaos.

Halb ausgetrunkene Kaffeetassen stapelten sich auf meinem Tisch. Akten, die normalerweise sorgsam in beschrifteten Ordnern aufbewahrt und in den dafür vorgesehenen Schränken abgelegt wurden, lagen verstreut auf den gepolsterten Stühlen, die eigentlich für Kunden reserviert waren. Die meisten meiner Bleistifte trugen frische Zahnabdrücke an ihren Enden, und zerknitterte Haftnotizen zierten den Boden meines Büros wie städtisches Unkraut. Sogar mein gerahmter Abschluss, der an der Westwand hing, seit ich den Raum vor drei Jahren gemietet hatte, war schief. Zum Glück hatte ich keine Termine hier, sonst wäre ich Gefahr gelaufen, neue investitionsfähige Kunden zu vergraulen.

Grimmig blickte und blinkte mich die Uhrzeit meines Bildschirmschoners an und führte mir die bereits verschwendeten Stunden des Tages schonungslos vor Augen. Und ich? Ich starrte leer zurück. Dabei war mir meine Karriere immer leichtgefallen und glich weniger Arbeit als vielmehr einem unterhaltsamen, manchmal stressigen Puzzle, das ich zehn bis zwölf Stunden am Tag zusammensetzen musste. Ich jonglierte mit Anrufen, Besprechungen, Präsentationen, Vorführungen, Recherchen und Überprüfungen, ohne dabei ins Schwitzen zu kommen oder meinen Elan zu verlieren. In dieser Woche jedoch war es mir egal, und ich hasste es, dass es mir egal war. Schlimmer noch, ich musste immer wieder an die Zeit mit Tabby denken und fand es toll und hasste es, dass ich es toll fand.

Was war nur mit mir los?

Ich war nicht der Typ, der sein Herz an eine Frau hängte. Und schon gar nicht war ich der Typ, der deswegen andere Gelegenheiten verstreichen ließ. Aber seit ich Tabby begegnet war, interessierten mich andere Frauen nicht mehr. An einem Abend wurde ich von zwei Frauen heftig in einer Bar angeflirtet, doch selbst die Aussicht auf einen heißen Dreier ließ mich kalt, weil ...

Weil warum? Weil sie nicht Tabby waren?

Das war krank. *Ich* war krank.

Das letzte Mal, dass ich so auf das andere Geschlecht reagiert hatte, war im College gewesen. Sie war lebhaft, sportlich und laut – sogar ihr Haar war laut mit seiner orangefarbenen Knalligkeit – und obwohl ihr Name Darla war, bestand sie darauf, dass alle sie Holly nannten. Wir waren zwei Jahre lang zusammen. Meine Anziehungskraft auf sie war dieselbe wie immer... schwierig. Sie war eine wahre Legende in der Softball-Mannschaft, der Mittelpunkt jeder Party auf dem Campus und sah dazu noch entwaffnend attraktiv aus. Derjenige zu sein, der sie in einem Meer von willigen Jungs abschleppte, war ein großer Schub für mein Ego. Natürlich war mein Ego zu einem Klumpen geschrumpft, als ich sie in der Abschlusswoche mit geschwollenen Lippen und Ray Collins aus der Toilette kommen sah, und als mein Junior-Jahr zu Ende ging, verschwand auch mein Wunsch nach einer Freundin. Seitdem bin ich den Regeln für Gelegenheitssex treu geblieben. Der Blackjack Club war in dieser Hinsicht meine Rettung, denn er bot mir genau das, wonach ich suchte: geschlossene Anonymität und eine Reihe von Frauen, die Gefühle außen vor und nur körperliche Befriedigung übrig ließen.

Doch jetzt hatte ich mit meinen eigenen Regeln gebrochen. Nicht nur, dass ich jede erdenkliche Ausrede gelten ließ, um Zeit mit Tabby zu verbringen, ich hatte auch noch mit ihr geschlafen, ohne sie vorher in den Blackjack Club zu bringen. Und obwohl ich mich nicht auf die Verhaltensweisen eingelassen hatte, vor denen mich das Stillschweigeabkommen schützte, hatte ich sie zu nah an mich herangelassen. Jetzt litt ich unter den Folgen, denn mein Gehirn war vernebelt von der Erinnerung an ihren Geruch, an die Art, wie sich ihr Körper zu sehr an meinen schmiegte, und an die Verlockung ihrer schlagfertigen Zunge. Seit meinem Ausflug mit Tabby war ich nicht einmal mehr in den Club gegangen, was für mich ungewöhnlich war.

Diese Frau ist buchstäblich aus dem Nichts in mein Leben gestolpert und ich Idiot habe es zugelassen.

Mit einem Knall donnerte die Bürotür auf und ein haarloser Kopf begrüßte mich.

„Oh wow! Ist Nadia im Urlaub, oder wie?" sagte Howie, als er das Chaos im Büro sah.

„Was? Nein. Wieso?"

„Dann solltest du vielleicht darüber nachdenken, sie zu feuern", fuhr er fort. Die Türe ließ er einfach offen. Ich hoffte, seine Worte würden trotzdem nicht ihren Weg zu Nadia finden. „Deine Assistentin soll dir dein Leben erleichtern. Das schafft sie ja scheinbar eher so semi-gut."

Ich verdrehte die Augen und schnappte mir notgedrungen einige der weggeworfenen Klebezettel vom Boden. Ich warf sie in den fast überquellenden Mülleimer in der Ecke und sagte ihm: „Hinter mir herzuräumen, gehört nicht zu ihren Aufgaben. Das ist mein Job."

„Nun, dann solltest du dich wohl selbst feuern, hm?"

Ich war überhaupt nicht in der Stimmung, Howies schlechte Witze und Sprüche zu ertragen. Ihn ignorierend schaufelte ich einen Haufen ungeordneter Papiere auf einen ordentlichen Stapel. Doch er ließ sich davon nicht beeindrucken. Er trat einen Schritt an den Tisch, lehnte sich gegen einen meiner Kundenstühle und stützte seine Ellbogen auf die geschwungene Rückenlehne. „Du warst schon lange nicht mehr im Club."

„Aha."

„Ich hörte, dein letztes Mal war doch tatsächlich mit dem Mädchen aus dem Casino", bohrte er weiter. „Es gibt viel Getuschel über sie, weißt du?"

Na also, jetzt hatte er meine Aufmerksamkeit. „Was willst du mir damit sagen?"

„Viele Mitglieder, die euch gesehen haben, fragen, ob du sie zurückbringen würdest", erklärte er.

Zu meinem Entsetzen sah ich in seinen Augen ein Interesse, das weit über Neugierde hinausging. „Sie hoffen, dass sie bei einer Auktion mitmacht. Natürlich ist niemand sicher, ob sie dir gehört oder nicht, also hoffen sie vielleicht vergebens, aber es ist so."

Ich spürte, wie sich ein Knurren in meiner Kehle ausbreitete. Ich wollte ihm sagen, dass sie mir gehörte – alles an ihr gehörte mir und niemand, auch kein Clubmitglied, würde sie in die Finger bekommen. Aber das stimmte nicht. Sie gehörte mir nicht, egal wie sehr mein Verstand versuchte, mir das einzureden, und es war gut möglich, dass ich sie sowieso nie wiedersehen würde. Früher wäre ich eingebildet gewesen, wenn ich erfahren hätte, dass jeder die Frau in meinen Armen begehrte. Aber dieses Mal war ich... eifersüchtig.

Ehrlich gesagt, eingebildet war ich auch jetzt. Warum denn auch nicht? Tabby war ein guter Fang, aber nicht so eine Trophäenfrau wie die Frauen, die die Clubmitglieder mit sich herumtrugen. Ich genoss es zu wissen, dass die meisten von ihnen keine Ahnung hatten, wie sie mit ihrer messerscharfen Zunge, ihrem breiten Intellekt und ihren kreativen Gedankengängen mithalten konnten. Sogar der Gedanke, dass Howie sie mit seinen üblichen Methoden zu bezaubern versuchte, amüsierte mich.

„Also?"

„Also was?"

„Bringst du sie zurück?"

„Nicht als Teil der Auktion", knurrte ich.

Howies Gesichtszüge rutschten ein wenig außer Form, aber er schaffte es gerade noch, bestätigend zu nicken. Ich kannte ihn zu gut. Das Nicken sollte nur zeigen, dass er trotz seines offensichtlichen Verlangens, Tabby für einen Abend zu haben, an unserer Freundschaft festhielt.

„Ich habe ihr aber eine Einladung für diesen Samstag geschickt", fuhr ich fort.

Er wurde rot vor Überraschung und seine Augen weiteten sich zu epischen Ausmaßen. „Sie kommt in den Club?"

„Ja." Ich räumte weiter meinen Schreibtisch auf, schüttete den Inhalt einiger Kaffeetassen in andere um und stapelte die leeren unter die vollen.

„Ich glaube, Amanda hat noch ein paar Plätze frei...", meinte er.

Dünnes Eis. *Sehr* dünn.

Ich musste meine Emotionen im Griff behalten, auch wenn ich ihm liebend gerne ins Gesicht geschrien hätte, dass Tabby mir gehörte, und zwar nur mir! Aber damit hätte ich nicht nur zugegeben, dass ich Gefühle für sie hatte, sondern ich hätte diese Gefühle auch einem Mann gegenüber offenbart, der, obwohl er mein bester Freund war, die emotionale Kapazität eines Sechzehnjährigen hatte. Und das hätte nur zu einem krampfigen Gespräch geführt, an dessen Ende wir uns beide schlecht gefühlt und uns wochenlang ignoriert hätten, ehe wir zu unkomplizierteren Themen wie NFTs oder Fantasy Football hätten zurückkehren können.

„Ich muss dir sagen, dass ich das für keine gute Idee halte mit der Auktion", betrat ich nun vorsichtig eben dieses Eis und hörte bereits förmlich die ersten Risse. Um gespielte Gleichgültigkeit bemüht, beschäftigte ich mich weiter mit dem Aktienchaos um mich herum. „Am Ende könnte sie jeder ersteigern. Wir beide wissen ganz genau, dass es im Club zumindest ein paar Gestalten gibt, mit denen selbst wir beide nicht allein sein wollten. Es wäre unverantwortlich, Tabby so einer Gefahr auszusetzen."

„Wenn du Bruno meinst, der ist in Seattle bis Sonntag", ließ Howie nicht locker.

Die Nachricht war zwar nicht gerade enttäuschend, aber sie machte es trotzdem nicht wahrscheinlicher, dass ich Tabby vorschlug, an der Auktion teilzunehmen. „Nicht nur er", sagte ich vage.

Ich sah, wie Howie in meinem Blickfeld die Stirn runzelte, und dann stieß er einen langsamen Pfiff aus. Ich blickte auf und sah, wie er mich wieder angrinste. „Oh hey, warte mal kurz. Hier geht es nicht um bestimmte Mitglieder. Du willst nur nicht, dass sie mit jemand anderem zusammen ist."

Mein Herz schien für den Bruchteil einer Sekunde in meiner Brust zu erstarren. War er wirklich emotional intelligenter, als ich es ihm zugetraut hatte?

„Ich kann nicht sagen, dass ich überrascht wäre. Jeder Mann, der bei Verstand ist, würde die erste Probefahrt machen wollen, bevor er jemand anderen hinter das Steuer lässt."

Die Anspannung zwischen meinen Rippen ließ nach, aber sein Vergleich amüsierte mich nicht sonderlich. Ich hatte ihm nicht gesagt, dass ich bereits mit ihr geschlafen hatte, dass ich mir überlegt hatte, welche Knöpfe ich drücken musste, um sie in den Wahnsinn zu treiben. Das wollte ich auch nicht. Aber der Vorschlag, dass sich jemand anderes „hinter das Steuer setzen" würde, brachte meine Zähne zum Vorschein.

„Ich werde sie ganz sicher nicht *probefahren*, nur um sie dann an den Höchstbietenden weiterzureichen", brach es aus mir heraus, bevor ich mich beherrschen konnte. *Fuck*.

Er zog beide Augenbrauen hoch, wodurch sich drei Falten auf seiner Stirn bildeten, doch das Grinsen verschwand nicht ganz von seinem Mund. Ich drehte mich auf meinem Drehstuhl weg, um noch mehr Papiere in die entsprechenden Ordner zu stecken, aber in Wirklichkeit wollte ich nicht, dass er den Frust auf meinem Gesicht sehen konnte.

Nach einer Weile hörte ich ihn fragen, ob ich eine Antwort von ihr bekommen hätte.

„Nein." Ich sagte ihm nicht, dass ich weder eine Nummer noch eine E-Mail-Adresse angegeben hatte, um mich zu erreichen. Ich hoffte, dass das Fehlen einer Kontaktmöglichkeit sie dazu bringen würde, die Einladung anzunehmen und am Samstagnachmittag zu kommen, und an dieser Hoffnung wollte ich festhalten.

Kapitel 13

Tabby

In meinen Händen hielt ich eine Einladung und ein Flugticket.

Keine Telefonnummer. Keine E-Mail. Keine Adresse. Einfach nichts, um auf die Einladung zu antworten. Es wirkte fast eher wie ein Befehl zu erscheinen. Ich starrte mindestens zehn Minuten lang auf das Ticket, bevor mir endlich klar wurde, dass ich die Chance hatte, diesen Samstag nach New Orleans zurückzukehren, Owen wiederzusehen und vielleicht mehr über den geheimnisvollen Blackjack Club zu erfahren. Ich war so verblüfft, aufgeregt und unsicher, dass ich mich erstaunt auf die Couch setzen musste und den Umschlag samt Inhalt einfach auf den Küchentisch fallen ließ.

Tage später lagen sie noch immer unangetastet dort. Ihre Präsenz quälte mich. Sie bedrängten mich. Sie wisperten mir süße Versprechungen ins Ohr und forderten mich auf, endlich meine Sachen zu packen.

Am Donnerstag waren meine Taschen immer noch nicht

gepackt und ich war immer noch unentschlossen. Ich hatte viel zu viele Fragen, um blindlings zum Flughafen zu fahren. Meine Neugierde auf den Club war zwar noch nicht ganz verflogen, aber ich war auch keine spontane Frau, die zu impulsiven Entscheidungen neigt. Tatsächlich war mein Wochenende mit Owen eines der impulsivsten Dinge, die ich je getan hatte. Der Gedanke, in ein Flugzeug zu steigen und den Mann zu treffen, der es immer noch schaffte, mein Höschen feucht zu machen, obwohl uns tausende von Meilen trennten, hatte etwas Aufregendes. Es gab aber auch Bedenken. Ich war nicht naiv. Ich wusste, dass es gefährlich war, sich mit einem Mann zu treffen, den ich nicht wirklich kannte, um an einen Ort zu gehen, den ich wirklich nicht verstand. Ich hätte mich selbst belogen, wenn ich gesagt hätte, dass ich die Einladung nicht annehmen wollte, aber meine Fragen brannten ein Loch in meine Entscheidungsfindung.

Ich fragte mich vor allem, ob es eine Einladung zur Teilnahme an einer dieser skurrilen Versteigerungen war oder einfach, um Owen zu begleiten. Das war ein wichtiger Faktor. Ich fand die Auktion faszinierend und sogar ein bisschen verlockend, aber ich fühlte mich nicht wohl bei dem Gedanken, dass irgendjemand in diesem Raum die Chance hatte, mich zu besitzen. Ich wollte, dass Owen mich besitzt, mich nimmt...

immer und immer wieder.

Weitere Stunden vergingen – es war bereits fortgeschrittener Donnerstagnachmittag – ehe ich endlich fähig war, zu handeln. Sofort griff ich nach meinem Laptop und klappte ihn auf. Owen hatte mir vielleicht kaum Informationen geben wollen, aber es gab ja noch das Internet. Es musste doch möglich sein, zumindest eine Kontaktadresse oder eine Telefonnummer irgendwo zu finden. Ich tippte:

O-W-E-N

D-R-I-S-C-O-L-L

Die Suchmaschine spuckte unzählige Seiten aus, darunter Profile in den sozialen Medien, Zeitungsartikel, und eine Reihe von Webseiten zu Wohltätigkeitsveranstaltungen. Ich sah Bilder, auf denen er jedem die Hand schüttelte, vom Schuldirektor bis hin zu älteren Menschen, die sich einarmig auf einen Rollator stützen. Nichts von dem, was ich anklickte, verriet mir jedoch mehr als einen Ort, eine kurze Geschichte über die Teile seines Lebens, von denen er mir erzählt hatte, oder großspurige Danksagungen für seine Großzügigkeit. Ich konnte nicht einmal den Namen seiner Investmentfirma finden.

Als nächstes suchte ich nach „The Blackjack Club", „Driscoll Investor", „Maine Driscoll" und auch nach dem Restaurant, für das ich die Fotos geschossen hatte. Und dennoch bekam ich nicht eine einzige Kontaktmöglichkeit für den mysteriösen Mr. Driscoll.

Das Flugticket lachte mich von der Küchentheke aus an. Entweder hatte ich den Verstand verloren, oder Owens Geld hatte ihm die Fähigkeit verliehen, Flugtickets mit eingebauten Lautsprechern zu verschicken.

Es gab nur noch eine Möglichkeit.

Eine halbe Stunde später klopfte es plötzlich an meiner Tür. Vor mir stand meine beste Freundin, Heather. Ihre schokoladenbraunen Haare waren zu einem unordentlichen Dutt hochgesteckt und die Lululemon Leggings, die sie trug, verrieten, dass sie gerade aus dem Fitnessstudio kam. Kein Wunder, denn sie lebte dort sozusagen.

„Ich hoffe, du weißt, dass ich extra das Training abgebrochen habe", beschwerte sie sich, als sie über die Schwelle trat und ein starker Windstoß sie fast ins Innere stieß.

„Ich weiß ... sorry." Ich zitterte und drückte die Tür mit aller Kraft zu. „Ich muss aber ganz dringend mit dir reden."

„Wenn's noch immer um das Photoshooting geht, schlag dir das direkt aus dem Kopf", sagte sie, während sie sich aus ihrem schweren Mantel kämpfte. Sie trat ihre Uggs in zwei komplett unterschiedliche Ecken und schmiss sich in einem halben Purzelbaum auf die Couch, ehe ihr Blick kopfüber und erwartungsvoll auf mir zu Ruhe kam. „Hab dir gesagt, ich bin nicht in Form. Noch nicht."

Wenn Heather sagte, sie sei nicht in Form, war das so, als würde Einstein behaupten, er sei ein Idiot. Sie hatte die Art von durchtrainiertem Körper, der Prominente ihre Personal Trainer unverzüglich feuern ließ. Ihre Arme waren schlank, aber straff, ihre Beine durchtrainiert und geschmeidig, und trotz ihres häufigen, fieberhaften Trainings und der immensen Kalorienverbrennung hatte ihre Brust immer noch eine Größe, die mich an die Gemüseabteilung im Supermarkt erinnerte. Ich war mit meinem Körper alles andere als unzufrieden, aber wenn ich mich Heather näherte, wurden mir meine Schwachstellen bewusst. Ich beschloss, sie nicht für ihre Selbstironie zu tadeln, wie ich es sonst getan hätte.

„Nee, darum geht's nicht." Ich schlenderte zu dem Weinregal, das ich neben dem Kühlschrank an der Wand befestigt hatte – ein Atelier erfordert solche platzsparenden Techniken – und nahm einen süßen Weißwein aus der Auswahl.

Als ich nach zwei Gläsern suchte, streifte ich versehentlich den Umschlag, die Einladung und das Ticket. Sie flogen auf den Boden und Heather setzte sich auf und beäugte sie misstrauisch.

„Was ist das denn?“ Heather war nicht ganz so neugierig wie Frau Marcheski, aber sie empfand es als persönliche Beleidigung, wenn sie etwas über mein Leben nicht wusste. Sie meinte, dass sie bloß eine besorgte Freundin sei.

„Das ist ein Flugticket“, sagte ich. „Und deshalb bist du hier.“

„Du brauchst meinen Rat für deinen nächsten Urlaub?“ Eine Augenbraue schoss in Richtung ihres Haaransatzes hoch. Ich war mir sicher, dass die Frau nicht schwitzte, denn sie trug ein komplettes Make-up, das so makellos aussah, als hätte sie es erst fünf Minuten zuvor aufgetragen. „Und bist du nicht gerade erst in den Urlaub gefahren? Für die Hochzeit deiner versnobten Cousine?“

Ich schnaubte. „Wenn Grace dabei ist, kann es doch wohl kaum so etwas wie Urlaub sein.“

„Stimmt auch wieder. Die Bitch.“

Heather war schon immer eifersüchtig auf meine anderen Freunde gewesen, und obwohl ich Grace nicht als Freundin, sondern eher als unausstehliches Familienmitglied betrachtete, mit dem ich aufgewachsen war, hatte ich bei der Hochzeit trotzdem Zeit mit jemand anderem verbracht. Ich habe mich oft gefragt, ob Heather bei ihren anderen Freunden genauso eifersüchtig war wie bei mir.

„Also, wofür ist das Flugticket dann? Beziehungsweise wohin soll's gehen?"

„New Orleans." Heather wollte schon etwas sagen, aber ich war schneller. „Ich weiß, ich weiß. Ich war gerade erst da. Aber ich hab das Ticket gar nicht gekauft. Sondern ein Mann."

Jetzt weiteten sich ihre perfekt gezeichneten Augen und ihre Kinnlade fiel ein ganzes Stück nach unten. „Ein Mann? Aber du datest doch gar nicht."

„Ja ... ich glaube, Date trifft's auch nicht genau, was zwischen uns passiert ist", sagte ich. Ein verräterisches Funkeln leuchtete in ihren Augen auf. „Ich dachte, es wäre nur eine Affäre, aber ich glaube, er will mich wiedersehen. Ich hielt das Flugticket hoch. „Offensichtlich."

„Stopp, stopp, stopp. Du willst mir erzählen, dass du in New Orleans einen One-Night-Stand hattest? Du bist seit über einer Woche wieder hier und erzählst mir erst jetzt davon?" Sie hätte nicht aufrichtig beleidigter aussehen können, selbst, wenn sie es versucht hätte.

„Wie ich gesagt hab, ich dachte, das wär nix Ernstes", versuchte ich mich rauszureden. „Und es war so ... irgendwie merkwürdig, dass ich das Alles am liebsten einfach vergessen hätte."

Sie richtete sich auf und streckte eine Hand aus, als ich durch den kleinen Wohnraum ging, um ihr ein Glas Wein zu geben. „Inwiefern merkwürdig? War er schlecht im Bett oder so?"

„Nein." Das Wort schoss aus mir heraus wie eine Kugel aus einer Pistole. „Er war ein Gott. Es war unglaublich."

Sie legte ihre Stirn in Falten. „Nun, dann bin ich mir nicht sicher, wo das Seltsame herkommt."

Ich wollte ihr vom Blackjack Club erzählen. Sie hätte sicher einiges dazu zu sagen gehabt und mich hätte ihre Meinung brennend interessiert. Aber ich war mir auch bewusst, dass ich ein Stillschweigeabkommen unterzeichnet hatte und weder mit ihr noch mit jemand anderem, der nicht zu den Beteiligten gehörte, darüber sprechen durfte. Aber ich brauchte Rat, also musste ich vorsichtig vorgehen.

„Owen ist perfekt", hauchte ich, ließ mich neben sie auf die Couch gleiten und schlürfte meinen Wein. „Er sieht gut aus, ist witzig und klug. Und er ist reich, nicht dass das wichtig wäre. Er investiert in Restaurants.“

„Ja, nichts Merkwürdiges bisher“, sagte sie mit ein wenig Sarkasmus.

„Das Seltsame ist, dass er zugegeben hat, dass er auf bestimmte Dinge steht“, sagte ich vorsichtig. „Er sagte, sie seien dunkel und irgendwie gefährlich. Und frag mich nicht, was das für Dinge sind, denn ehrlich gesagt, ich weiß es nicht.“

Sie blinzelte mich an, ihre Augenbrauen verdeckten ihre Augen und ich konnte sehen, dass sie über das, was ich gesagt hatte, nachdachte. „Meint er Kriminelles oder so etwas?“

„Nein ...“ Ich stotterte und musste sehr vorsichtig sein. „Ich glaube nicht.“

„Er hat also etwas Geheimnisvolles an sich“, sagte sie und zuckte mit den Schultern. „Jede Frau will einen gut aussehenden, klugen, reichen und geheimnisvollen Mann. Wo ist das Problem?“

„Ich habe das Gefühl, dass es viele Fragen gibt, auf die ich keine Antworten habe, und ich bin mir nicht sicher, ob es eine gute Idee ist, quer durchs Land zu fliegen, um ihn zu treffen, ohne diese Antworten zu haben.“ Heather rollte mit den Augen, aber ich gestand ihr weiter meine Sorgen. „Ich meine, was ist, wenn er ein Verrückter ist? Das ist doch möglich, oder?

Menschen treffen sich mit anderen Leuten, die sie online kennengelernt haben, und dann gibt es drei Jahre später eine Netflix True Crime Serie über ihren Mord."

„Ja, aber du hast ihn nicht online kennengelernt", erinnerte sie mich. „Ihr ward schon miteinander essen. Ihr habt schon miteinander *geschlafen*."

Bei dem Kommentar fingen meine Oberschenkel sofort an, zu kribbeln. „Ich weiß. Aber wie dumm wäre es, wenn ich jetzt ginge und dann passierte mir etwas? Etwas Schlimmes?"

„Wie dumm wäre es, wenn du nicht gingest und die Chance auf deinen Traummann wegwirfst?"

Ich war nicht überrascht von Heathers Reaktion auf das, was ich ihr erzählte. Sie war definitiv die Art von Frau, die ein Flugticket mit der Post bekam, noch am selben Abend eine Tasche packte und quer durchs Land reiste, um einen Mann zu treffen, über den sie nicht viel wusste. Sie war auch die Art von Frau, die ihre Freunde dazu ermutigte, das Gleiche zu tun.

Dagegen war ich langweilig. Mein Leben war einfach, strukturiert und vorhersehbar.

Kurz gesagt, ich war gelangweilt. Und Owen war aufregend.

„Hm, okay", stimmte ich nach einer kurzen Denkpause zu.

„Ich schätze, ich fliege mal wieder nach New Orleans.“

Heather hüpfte von der Couch, wobei der Wein fast über den Rand des Glases schwappte, und reichte mir die Hand. Ich ergriff sie und sie zog mich mühelos auf die Beine. „Geht doch! Ich helfe dir auch beim Packen, Süße. Aber nur, wenn du mir jedes Detail über den Sex erzählst, während wir das tun.“

Kapitel 14

Owen

Die Leute waren überall. In Schwärmen überfluteten sie den Bordstein und versuchten vergeblich, ein verfügbares Taxi zu ergattern. Ein ständiger Strom strömte aus den automatischen Türen, ohne dass sich der breite Durchgang schließen ließ. Einige lungerten um Bänke und Rauchtonnen herum, mit Zigaretten im Mund, ihr Gepäck achtlos zu ihren Füßen. Doch unter all diesen Menschen sah ich nicht das eine Gesicht, das ich zu sehen gehofft hatte.

„Wie spät ist es, Stephan?"

Normalerweise hätte ich natürlich einfach einen schnellen Blick auf mein Handy oder auf meine Luxus-Armbanduhr werfen können. Aber ich konnte den Ausgang des Flughafens keine einzige Sekunde aus den Augen lassen. Zu viel hing davon ab.

Ich konnte die Nervosität und Zurückhaltung meines Chauffeurs trotz einer solch einfachen Frage spüren, und ich wusste auch, warum. „Halb vier, Sir", war die simple wie gnadenlose Antwort.

„Ihr Flug sollte um halb landen“, murmelte ich. Auch wenn Stephan mich gehört hatte, wagte er nicht, etwas zu erwidern.

Dabei hatte ich versucht, realistisch zu bleiben. Die Einladung war genau das gewesen: eine Einladung. Ob sie sie annehmen würde oder nicht, war eine ganz andere Sache, und lag außerhalb meiner Macht. Und diese Machtlosigkeit gefiel mir ganz und gar nicht. Mein Körper sehnte sich nach ihr genau wie meine Seele.

Unzählige Pärchen drängten sich auf dem Bürgersteig und schoben buntes Gepäck hinter sich her. Ich stöhnte innerlich auf. Es schien, als ob jeder – aufgeregte Touristen, reisende Geschäftsleute, heimatverbundene Einheimische, gestresste Familien, verliebte Paare, adrenalinsüchtige College-Kids – beschlossen hatte, an diesem Samstag nach New Orleans zu kommen. Alle außer Tabby.

„Stephan, steig bitte aus und warte am Bürgersteig da vorne. Ich will, dass sie ein bekanntes Gesicht empfängt, falls ich sie verpasse.“

Prompt stieg mein treuer Fahrer aus und tat, worum ich ihn bat. „Natürlich, Mr. Driscoll.“

Ich war kein Idiot. Dass Tabby durch diese verdammten

Türen auftauchen würde, wurde von Sekunde zu Sekunde unwahrscheinlicher. Sie hatte Louisiana erst vor knapp zwei Wochen verlassen, und warum um alles in der Welt sollte sie so schnell zurückkommen? Ich? Das war ein netter Gedanke, der mir ein mulmiges Gefühl gab, aber er war unrealistisch. Es kommt nicht oft vor, dass jemand quer durchs Land reist, um Zeit mit jemandem zu verbringen, den er nur ein paar Mal getroffen hat. Auch ihr Job spielte eine Rolle. Als Freiberuflerin hatte sie natürlich den Luxus eines flexibleren Zeitplans als andere, aber ich hatte den Eindruck, dass sie einen ständigen Strom von Aufträgen brauchte, um finanziell stabil zu sein. Ich hatte sie natürlich sehr anständig für die Fotos im Restaurant bezahlt, aber man weiß ja nie.

„Wenn du dich so sehr um ihre Zeit und ihre Finanzen sorgst, solltest du sie einfach selbst einstellen", sagte ich im Selbstgespräch vor mich hin.

Stephan, der jetzt vor meiner Tür stand, drehte sich um und beugte sich vor, um mit einem verwirrten Gesicht durch das Fenster zu schauen. Ich ließ es herunter und die kühle Dezemberluft strömte hinein.

„Haben Sie etwas gesagt, Mr. Driscoll?"

„Nein", sagte ich, bevor ich merkte, dass das nicht ganz

stimmte. „Ja, aber ich habe mit mir selbst geredet."

„Ah. Dann entschuldigen Sie bitte meine Unterbrechung." Er neigte leicht den Kopf, und ich sah ein sanftes Lächeln auf seinen Lippen. Ich habe zwar noch nie mit ihm über mein Leben auf einer tieferen Ebene als der seines Jobs gesprochen, aber er hatte immer ein Händchen dafür, zu wissen, womit ich es gerade zu tun hatte.

Aus einer Laune heraus beschloss ich, dass jetzt ein guter Zeitpunkt war, um mich einem Mitarbeiter gegenüber ein wenig zu öffnen.

„Sie wird wahrscheinlich nicht kommen", sagte ich. Ich versuchte, lässig zu klingen, aber selbst ich hörte die Enttäuschung, die aus dem Kern meines Tons drang, und die Äußerung meiner Sorge brachte eine noch nie dagewesene Hohlheit mit sich, die in meinem Bauch anschwoll.

„Nun, wenn sie es tut, dann werden wir bereit sein", redete Stephan mir gut zu.

Seinen Optimismus hätte ich gerne.

„Hast du die Bestätigung vom Hotel?"

„Ja, Sir."

Still nickte ich.

„Mr. Driscoll, ich bin wahrlich kein Experte in Liebesdingen, aber ich kann mit ziemlicher Sicherheit sagen, dass die junge Dame von Ihnen sehr angetan war“, sagte er.

Er hatte Recht. Wenn sie mich wiedersehen wollte, würde sie jeden Moment mit einer Tasche oder zwei im Schlepptau durch diese Türen kommen. Wenn nicht... Nun, darüber wollte ich nicht nachdenken. Weder mein Ego noch meine Nerven waren bereit, sich in dieses Gebiet der falsch verstandenen Signale zu wagen.

Ich verstummte und Stephan stellte sich wieder mit kerzengerader Haltung neben die Tür, mit Blick auf den Flughafen. Meine Gedanken schweiften zurück zu der Idee, sie selbst einzustellen. Vielleicht war an dieser Idee etwas dran, vorausgesetzt, sie würde tatsächlich auftauchen. Ein paar Reisen in kurzer Folge waren eine Sache, aber ob sie sich häufige Reisen nach New Orleans leisten konnte, wenn wir uns weiterhin sehen würden, war zweifelhaft. Ich hatte zwar die Möglichkeit, zu ihr zu reisen, aber mein Terminkalender war meistens voll und bis zur letzten Minute dicht, ohne viel Spielraum für Änderungen. Wenn ich sie zu einer meiner Angestellten machen würde, zu einer Art Inhouse-Fotografin für alle meine Investitionsobjekte, wäre sie vielleicht erreichbar und finanziell stabil.

Meine Augenwinkel verengten sich, als mir klar wurde, was passiert war. Ich dachte über eine Zukunft mit diesem Mädchen nach. Ich kalkulierte die Effizienz der Besuche und dachte über die Möglichkeit nach, sie zu einem relativ festen Bestandteil meines Lebens zu machen, sei es beruflich oder anderweitig.

„Reiß dich zusammen", ermahnte ich mich.

Das war alles falsch. Ich hatte meine Regeln gebrochen, und jetzt war ich in einem Netz aus chaotischen Gefühlen, unrealistischen Hoffnungen und idealistischen Ergebnissen verheddert. Meine gesamte Karriere basierte auf der Bestimmung von Erfolgsstufen und proportionalen Einsätzen, um meinen Gewinn zu maximieren, aber hier wartete ich auf eine Frau, von der ich nicht einmal wusste, dass sie auftauchen würde. Ich stellte mich darauf ein, zu scheitern.

Und es fühlte sich gut an.

Genauso erschütternd wie die Zukunftsplanung war die Entdeckung, dass ich so leicht wie eine Wolke war. Selbst als mein Magen purzelte und meine Enttäuschung in den Startlöchern stand, fühlte ich mich wie eine Feder. Diese Art von Romantik hatte mich seit Jahren nicht mehr beschäftigt, und ich hatte vergessen, was ich verpasst hatte. Seit der Trennung von Darla auf dem College hatte ich sie nicht mehr vermisst, nicht einmal den fantastischen Endorphinrausch einer neuen Liebe, aber jetzt genoss ich ihre Gegenwart.

Ich drehte mich um und richtete meinen Blick wieder auf die Türen.

Ein Trio von Frauen in den späten Zwanzigern schlenderte heraus, Designer-Taschen über die Schultern geworfen, während zwei Männer hinter ihnen herliefen, die so viel Gepäck trugen, dass sie eine kleine Boutique einrichten konnten. Sie waren braungebrannt, gepflegt und selbstbewusst, und sie waren genau die Art von Frauen, die ich noch vor ein paar Wochen gesucht hätte. Wäre es vor ein paar Wochen gewesen und ich hätte aus irgendeinem Grund vor dem Flughafen gesessen, wäre ich wahrscheinlich aus der Limousine geklettert, hätte sie kurz angequatscht und hätte sie schließlich nackt gesehen, nachdem ich sie im Club überprüft hatte.

Jetzt nicht mehr. Ich war ohne Vorwarnung zu einem *Eine-Frau-Mann* geworden, und ich hatte nicht einmal die Frau. Das war eine Situation, die sofort korrigiert werden musste. Ich musste die Emotionen abschalten, bis mein Kopf wieder klar war und mein Verstand zurückkehrte.

Und wie aufs Stichwort trat eine attraktive Blondine aus dem Flughafen auf den Bürgersteig und schob ihre schwarze Brille auf die Nase.

Kapitel 15

Tabby

Die Horde von Menschen im Flughafen war nichts, womit ich gerechnet hatte, und mehrere Ellbogen stießen mir in die Rippen, als ich mein Gepäck vom Band nahm. In dem Versuch, dem Gedränge zu entkommen, eilte ich zum Ausgang und überlegte, wie ich ein Taxi nehmen könnte.

Das Erste, was mir draußen sofort in die Augen fiel, war allerdings eine mir bekannte Limousine. Zuerst erkannte ich nicht einmal den Mann, der danebenstand. Allein der Anblick des Fahrzeugs reichte aus, um mich ins Schleudern zu bringen. War es Owen? Dann sah ich das Gesicht des Fahrers, der am Bordstein wartete, und mein ganzes Wesen wurde zu Gelee.

„Guten Tag, Miss Tabby", begrüßte mich Stephan gewohnt professionell.

Bevor ich antworten konnte, öffnete sich die Autotür und der Mann, der seit ein paar Wochen meinen Kopf belagerte, stieg aus. Mit absichtlich zerzaustem Haar, sinnlichen Augen und einem unausgesprochenen, drohenden Lächeln auf den

Lippen stand Owen vor mir und ich bekam keinen Sauerstoff mehr.

„Hey du“, sagte er und stieg aus.

„Woher zum Teufel wusstest du, dass ...?“

Natürlich wusste er, wann er mich abholen würde, schließlich hatte er den Flug organisiert. Mein Herz hämmerte gegen meinen Brustkorb, aber ich schwor, dass es in unregelmäßigen Abständen einen Schlag aussetzte. Er war einfach so verdammt attraktiv.

„Ob ich Ihnen wohl Ihre Taschen abnehmen dürfte, Miss?“ fragte Stephan zögerlich, als ob er befürchtete, einen privaten Moment zu stören.

Ich schaute auf mein Gepäck hinunter. In meiner Überraschung hatte ich völlig vergessen, dass ich so etwas überhaupt bei mir hatte. Verdammt, ich hatte vergessen, wo ich war. Ich wäre wahrscheinlich nicht einmal in der Lage gewesen, jemandem meinen Namen zu sagen, ohne vorher darüber nachzudenken.

„Oh ja, danke“, sagte ich ihm und reichte ihm meinen Mantel. Das Dezemberwetter mit 16 Grad in Louisiana fühlte sich nach der gefrorenen Tundra in Chicago wie ein lauwarmer Strand an.

Er lächelte, als er erst nach meinem Handgepäck und dann nach meinem Koffer griff. Hinter dem Lächeln steckte echte Freude, als ob es ihm wirklich wichtig war, dass ich gekommen bin. Ich spürte, wie sich bei seinem Anblick Wärme in meiner Brust ausbreitete. Stephan war zwar Owens Fahrer, aber seine Freundlichkeit glich die Zweifel aus, die ich immer noch hatte, ob ich mich richtig entschieden hatte, nach Louisiana zu fliegen.

Während Stephan sich mit meinen Sachen am Kofferraum zu schaffen machte, zeigte der Traum meiner schlaflosen Nächte auf den Innenraum des Wagens. „Nach Ihnen", sagte er gespielt förmlich.

Vorsichtig und mit Vorfreude kroch ich in die Limousine. So wie ich mich verhielt, würden die Leute denken, ich würde auf Zehenspitzen durch ein Geisterhaus schleichen, aber ich konnte nicht anders. Meine Nerven waren überreizt und ich war eine beunruhigende Mischung aus paranoid, ängstlich, aufgeregt und unheimlich erregt. Dass ich mich auf dem Sitz niederließ, trug auch nicht dazu bei, denn das Leder erinnerte mich an Owens Fingerakrobatik auf dem Weg zum Blackjack Club. Ich schlug meine Beine übereinander und versuchte, nicht daran zu denken, wie der Druck meine Klitoris zusammenpresste. Wenig später parkte Stephan aus und die schwere Limousine setzte sich in Bewegung durch den Dezembertag, der jetzt erst so richtig anbrechen sollte.

Ich wusste nicht, was ich sagen sollte. Ich hatte Owen nicht einmal richtig begrüßt. Jetzt schien es zu spät zu sein, aber ich wollte nicht, dass er mich für unhöflich hält. Doch gerade als ich mich entschlossen hatte, ihm ‚Hallo' zu sagen, drückte er einen Knopf und der Sichtschutz fuhr hoch, um uns etwas Privatsphäre zu gönnen.

„Ich war mir unsicher, ob du tatsächlich kommen würdest."

Seine Stimme war tief, seine Augen brannten wie Laser auf mich ein und sein würzig-holziges Parfüm erfüllte mich bis zum Rand. Die Luft zwischen uns knisterte bereits wieder förmlich vor Elektrizität. Er saß auf dem hintersten Sitz und war mindestens einen Meter von mir entfernt, aber ich hatte das Gefühl, dass er direkt neben mir saß. Meine Vagina schien zwischen meinen gekreuzten Beinen zu zittern, während es mir immer schwerer fiel, zu atmen.

Um Lockerheit bemüht, hob ich eine Schulter. „Tja, ich bin gekommen."

Sein Gesicht verfinsterte sich und sein linker Mundwinkel hob sich zu einem prophezeienden Grinsen. „Noch nicht."

Das war's mit meiner Selbstkontrolle.

Seine Nägel streiften meine Seiten, während sich seine Finger um meine Mitte krallten und zu den Knöpfen meines Hemdes und dann zu meinem BH-Verschluss kletterten. Zähne stießen an Zähne und Zungen wirbelten wild durcheinander. Meine Brustwarzen spürten die Klimaanlage und versteiften sich, und mein Slip wanderte zusammen mit seiner Jacke auf den Boden. Meine Schultern drückten gegen das Leder und meine Knie schlossen sich um seine Hüften.

Er war in mir. Tief, stürmisch, kraftvoll. Schlag auf Schlag, während mein Schädel gegen die gepolsterte Rückenlehne knallte, erfüllte mich seine Länge mit Leidenschaft. Der Bund seiner aufgeknöpften Hose streifte bei jedem Stoß meine Pobacken, und die Spitze seiner Seidenkrawatte strich über den Raum zwischen meinen entblößten Brüsten. Sein Mund war auf meinem, heiß und feucht. Alles schwirrte und glitzerte. Meine Klitoris, meine Falten, meine Haut, mein Gehirn. Er stieß immer wieder in mich hinein, und als ein Stöhnen von meinem Mund zu seinem gelangte, schluckte er es wie ein ausgehungerter Mann.

„Nein", raunte er an meiner Wange. „Noch nicht."

Ich versuchte schwach zu widersprechen, seine Zungenspitze aber erwürgte jedes Widerwort in mir. Am seidenen Faden hängend, wollte ich seinem Befehl gehorchen, aber ebenso verzweifelt wollte ich mich losreißen. Er bewegte sich schneller. Die Speerspitze seines dicken Schwanzes penetrierte unerbittlich meinen süßen Punkt, der Druck seines Beckens schwer auf mir. Ich war seine Marionette, die er benutzte und manipulierte, wie es ihm gefiel, aber ich war mir sicher, dass es mir viel mehr Spaß machte als ihm. Unmöglich, dass er es geiler fand als ich. Wieder, und wieder, und wieder, mit jedem Stoß tiefer, nahm er mich, während er meinen Mund und mein Stöhnen verschlang.

Meine Beine zogen sich um ihn zusammen. Die Stelle, an der meine Knöchel gegeneinanderdrückten, war durch den Schweiß so rutschig geworden, dass ich langsam den Halt verlor, aber ich drückte meine Knie an seine Seiten und hob meine Hüften an. Dann sah ich ihn, den Abgrund, in all seiner ganzen Pracht, und ich war bereit, zu springen.

Doch ein Griff riss mich wieder zurück. Plötzlich lag ich mit meinem Gesicht in die Ledersitze gepresst unten, mein Arsch dafür in der Luft. Ich spürte sein ganzes Gewicht, wie es gegen meinen Rücken drückte. Unter uns hörte ich die Fahrbahn vorbeirauschen. Eine Handfläche, scharf und abweisend, fiel hart gegen meinen Hintern und ließ süße Schmerzensschübe bis zu der Stelle schießen, an der er sich mit mir vereinigte.

„Nein!“, bellte er über meinen erschrockenen Aufschrei hinweg.

Ich war verblüfft, nicht nur von seiner Schnelligkeit, sondern auch von seiner offensichtlichen Vorhersehung. „Woher wusstest du das?“ keuchte ich. Ein Speicheltropfen verirrte sich über meine Wange auf das Leder unter mir.

„Du bist gerade nicht besonders unauffällig, Süße“, knurrte er. Ich entdeckte einen Hauch von Vergnügen in seinem Tonfall. „Dein Körper verrät dich jedes Mal.“

Seine Hände legten sich um meine Hüften, seine Finger griffen in den Bereich, in dem mein Bauch aufhörte und mein Venushügel begann, und er stieß zu. Aus diesem Winkel spürte ich alles viel intensiver und ich könnte schwören, dass ich spürte, wie seine Spitze in meinen Hals eindrang. Er fühlte sich riesig an und jedes Quäntchen Gelassenheit, das ich besaß, schrumpfte, als er mich aufspießte. Das Geräusch, das aus meinem Zwerchfell kam, war so wild, dass es kaum noch menschlich war, und meine Nägel hinterließen tiefe Narben in der teuren Lederpolsterung, als ich nach etwas zum Festhalten suchte. Ich hörte, wie er hinter mir seine Erlaubnis ausatmete.

„Ja“, zischte er schlangengleich.

„Bitte! Bitte lass mich kommen!", flehte ich.

„Oh, nein", sagte er mit seidener Boshaftigkeit. „Du bist noch nicht bereit."

Ich stöhnte auf und schlug eine Handfläche gegen den Sitz. „Doch, bin ich!"

Ein zweiter Klaps auf meinem nassen Hintern hallte durch den stickigen Innenraum des Luxuswagens und entlockte mir einen Aufschrei. „Mach weiter so, Süße. Meine Hand ist noch lange nicht müde." Das war fast wie eine Herausforderung.

Dabei spielte es keine Rolle. Er konnte mir den Hintern versohlen, bis ich aussah wie ein Pavian, aber die Tatsache blieb, dass die Wellen des Orgasmus auf mich zu stürzten, und wenn das einmal passiert war, gab es kein Zurück mehr. Verzweifelt versuchte ich, das Unausweichliche noch ein oder zwei kostbare Augenblicke hinauszuzögern, und rammte meine Zähne tiefer in das teure Leder. Ich ließ nicht locker, bis entweder er oder ich nachgaben.

Dann, mit einer grausamen Wendung, ließ er eine Hüfte los. Seine Stöße wurden langsamer und flacher, und sein Atem stockte. Ich spürte, wie die Hand an meinem Bauch entlang glitt und seine Finger mit kitzelnder Absicht leicht über meinen Bauch kratzten. In der Sekunde, in der ein unaufgefordertes

Kichern aus meiner Kehle drang, schoss diese verfluchte Hand hinunter zu meiner Pussy und erhob Anspruch auf meine Klit. Seine Finger bewegten sich in Kreisen und Linien über die aufgeladene Oberfläche und mir wurde klar, dass er wollte, dass ich breche, weil er einen Grund wollte, mich zu bestrafen. Das hatte er schon einmal gesagt, als ich das letzte Mal kam, ohne ihn vorher zu fragen. Ohne seine Erlaubnis.

Was auch immer er wollte, er sollte es bekommen.

Ich zitterte von Kopf bis Fuß und mein Kopf schnellte zurück, als ein lautes, klagendes Stöhnen durch meine Zähne drang. Er beugte sich über mich, bis sein Mund an mein Ohr gepresst war.

„Jetzt", befahl er.

Sein Becken schoss wieder nach vorne und ich stürzte kopfüber in einen so starken Orgasmus, dass ich blind, taub und stumm wurde. Meine Welt bestand aus Milliarden von Nervenenden, die alle auf einmal stimuliert wurden. Ich hatte keine Ahnung, ob er gleichzeitig kommen würde, und es war mir auch egal. Es war mir alles egal. Es war mir unmöglich, mich zu kümmern, denn ich war nicht mehr am Leben. Ich war nicht einmal ein Ding. Ich *war* einfach nur.

Als die ersten Wogen allmählich abebbten und ich wieder in

die Normalität zurückkehren konnte, bemerkte ich, dass sein Mund immer noch an meinem Ohr lag. „Ich hoffe, du bist nicht müde“, flüsterte er. „Wir haben eine lange Nacht vor uns.“

Unfähig, zu antworten, fragte ich mich, was wohl noch größer sein könnte als das, was gerade passiert war.

Kapitel 16

Owen

Ich wollte das gar nicht. Ich wollte sie gar nicht im Rückraum der Limo ficken, aber ich konnte nicht widerstehen. Zu umwerfend sah sie aus, obwohl sie nur eine Jeans, ein dünnes Hemd und Turnschuhe trug, und meine Willenskraft war zu gebrochen. Sie war unmenschlich. Dieses Mädchen aus dem Mittleren Westen hatte die Fähigkeit, mich in ein wildes Tier zu verwandeln, dabei war der Plan, sie lediglich zum Ritz-Carlton Hotel zu begleiten und sie dort unterzubringen.

Wenigstens hatte sie das Stillschweigeabkommen unterschrieben. Ich hatte sie in meine *„Interessen"* mit ihr immer noch nicht vollständig eingeweiht, aber unser spontaner Abstecher hatte mich näher als je zuvor an sie herangeführt. Und im Namen von allem, was heilig war, war es das Schönste, was ich in meinem Leben erlebt hatte.

Mein Schlafzimmer fühlte sich irgendwie nicht *richtig* an. Ich stand in der Mitte und sah mir das Kingsize Bett, die passenden Möbel und die obligatorischen Kunstwerke von nicht unbekannten Künstlern aus aller Welt an den Wänden an und hatte das Gefühl, dass ich hier nicht hingehörte. Oder nicht *mehr*. Nachdem Tabby nach Chicago zurückgekehrt war, war ich stundenlang in diesem Zimmer herumgelaufen, um herauszufinden, warum ich sie nicht loslassen konnte, aber selbst dann fühlte es sich noch wie *mein* Schlafzimmer an. In diesem Moment aber wirkte es kalt, wenn nicht sogar fremd. Ich hätte genauso gut im Schlafzimmer eines Hotels stehen können, es hätte keinen Unterschied gemacht.

Ich wusste, was das Problem war. In Chicago war sie unerreichbar, die schiere Entfernung brachte ein Gefühl der Unnahbarkeit mit sich. Jetzt war sie nicht mehr in Chicago, sondern sie war hier in New Orleans, und das Einzige, was uns trennte, waren ein paar Meilen und eine Hotelzimmertür. Nichts könnte mich davon abhalten, zu ihr zu gehen und sie auf ihren ägyptischen Baumwolllaken zu nehmen. Zurückhaltung war angesagt. Ich wollte nicht spielen, und meine Beherrschung ließ nach.

Es waren über zwei Stunden vergangen, seit wir sie am Hotel abgesetzt hatten, aber mein Schwanz war noch immer in absoluter Alarmbereitschaft. Wer war diese Hexe? Welchen Zauber hatte sie über mich verhängt? Ich richtete mich zum hundertsten Mal auf, fuhr mir mit den Fingern durchs Haar und stöhnte laut vor Frustration. Die Uhr, ein exquisites Stück aus Deutschland, musste sich irren, denn sie behauptete, dass ich noch eine Stunde Zeit hätte, bevor ich Tabby abholen sollte. Wir waren zum Abendessen verabredet und würden anschließend in den Club gehen. Aber mein Telefon und mein Wecker erzählten mir dieselben Lügen, also musste ich ihr glauben. Wann hatte die Zeit einen Sinn für Humor entwickelt? Ich wurde gefoltert. Jede Sekunde dauerte Minuten, und jede Minute dauerte Stunden.

Sie musste eine Hexe sein.

Ich ließ mich auf das Fußende des Bettes fallen und warf mein Handy auf die Bettdecke hinter mir. Das Grübeln brachte mich nicht weiter. Ich hatte zwar nicht vor, Tabby auf der Fahrt zum Ritz-Carlton zu vernaschen, aber ich hätte zumindest erwartet, dass ich mich danach ein wenig gesättigt fühlen würde. Das tat ich aber nicht. Mein Verlangen war so stark wie immer. Vielleicht sogar noch stärker, weil ich Blut geleckt hatte. Meine Vernunft hatte mich völlig im Stich gelassen und ich dachte kurz darüber nach, meinen Ständer an meinen Oberschenkel zu binden, um ihn ruhig zu halten.

Ein lautes Klingeln ertönte im Raum und ließ mich zusammenzucken. Ich drehte mich um und griff nach meinem

Handy. Tabby hatte meine Nummer nicht – das war das erste Mal, dass mir das auffiel und ich hoffte, dass ich sie ihr später geben würde, falls sie etwas brauchte, während sie im Hotel war. Ich konnte mich des Eindrucks nicht erwehren, dass sie es war. Ich ging ran, ohne auf den Namen oder die Nummer auf dem Display zu schauen. „Owen Driscoll."

„Hey Süßer." Die Stimme war weiblich und anzüglich, aber sie gehörte definitiv nicht Tabbys Stimmbändern. „Was machst du so?"

Ich nahm das Telefon vom Ohr und schaute auf den Bildschirm. Pippa. „Hallo, Pippa." Ich gab mir keine Mühe, meine Enttäuschung zu verbergen. Ich ignorierte ihre Frage und wartete darauf, dass sie wieder sprach.

„Hab da so ein klitzekleines Gerücht gehört, dass ein gewisser Jemand heute Abend im Club aufschlagen wird. Vielleicht kennst du ihn ja. Er ist jung und hinreißend und viel zu charmant für sein eigenes Wohl." Sie kicherte. „Ich hoffe, das Gerücht ist wahr."

Pippa war eine Frau aus dem Club, die ich vor etwa zwei Jahren kennengelernt hatte. Sie war im zarten Alter von zweiundzwanzig Jahren von einem langjährigen Mitglied in unseren Geheimbund eingeführt worden und nahm regelmäßig an der Auktion teil. Sie hatte zwar einen College-Abschluss, eine angesehene Familie und einen knackigen Hintern, aber zwischen ihren Ohren war mehr heiße Luft als in einer handelsüblichen Dunstabzugshaube. Ich habe ein paar Mal auf sie geboten und wir hatten unsere Dates, aber das war's für mich auch. Ihr einfaches Wesen hat mich immer gelangweilt, bevor wir überhaupt fertig waren.

„Hm ja, das ist es wohl", sagte ich beiläufig.

„Perfekt! Weil ich bin später auch da!"

Leider hatte Pippa eine sehr exklusive Interpretation unserer „Beziehung". Während ich der Meinung war, dass unsere Chemie rein körperlich war, manchmal sogar bloß minimal, schien sie den Eindruck zu haben, dass wir uns auf eine Art und Weise verbunden hatten, wie es nur bei Pärchen in ihren Soaps vorkam. Bei den Versteigerungen, wo ich auf jemand anderen geboten habe als sie, hat sie sich so zickig aufgeführt, als ob ich sie mit ihrer Schwester betrogen hätte. Es war nicht ungewöhnlich, dass sie mir eine Vorwarnung gab, wenn sie an einer Auktion teilnahm. Seit Tabby in mein Leben getreten ist, habe ich aber vergessen, dass Pippa überhaupt existierte.

„Das ist doch toll. Wirklich. Ich hoffe, du findest einen würdigen Bieter."

„Den finde ich ganz sicher, vor allem wenn du da bist!" Meine Anspielung war völlig an ihr vorbeigegangen. Das war nicht wirklich überraschend, aber dennoch nervig.

„Ich nehme an, es hängt davon ab, wer heute Abend noch kommt", beharrte ich.

Diesmal war es ganz still, und ich hoffte, dass ich mit meiner Absicht richtig lag. Ich hatte die Möglichkeit, ihr direkt zu sagen, dass ich kein Interesse habe, dass ich einen eigenen Gast mitbringe, aber ich hatte Bedenken dabei. Wenn ich ihr sagte, dass ich für den Abend vergeben war, hatte sie Zeit, sich einzumischen, und Pippa war genau die Art von Frau, die so etwas tun würde. Dem Risiko wollte ich Tabby nicht aussetzen. Wer weiß, wozu die Frau fähig wäre. Außerdem waren die weiblichen Mitglieder des Blackjack Clubs die einzige wirkliche Gefahr, die wir hatten. Kein Mitglied würde uns jemals verraten, aber eine eifersüchtige Frau – nun, das war eine andere Geschichte. Es war noch nie passiert und natürlich gab es die Verträge, aber jemand wie Pippa war entweder zu dumm oder zu gleichgültig, um über Konsequenzen und rechtliche Aspekte nachzudenken, wenn sie auf Rache aus war.

Und Pippa wusste Bescheid. Sie wusste alles über mich.

„Ich trag auch das rote Höschen, auf das du so stehst",

sagte sie endlich, mit einem Unterton aus Samt und Glitter. „Oder ich könnte es vergessen, überhaupt etwas drunter zu tragen. Aber das ist ein Geheimnis zwischen dir und mir."

Ich fuhr mir mit einer Hand durch die Haare. „Howie geht heute Abend hin und du weißt, wie gerne er deinen Arsch berührt, indem er so tut, als ob er in dich hineingestoßen wurde. Ich würde empfehlen, Unterwäsche zu tragen. Ist nur ein gutgemeinter Tipp."

Meine Augen waren auf die Wanduhr gerichtet, in der Hoffnung, dass sich der große Zeiger dann schneller bewegen würde. Das würde nicht nur bedeuten, dass ich gleich Tabby sehen würde, sondern auch, dass ich eine Ausrede hätte, dieses bescheuerte Gespräch zu beenden. Andererseits war ich schon dafür bekannt, mich bei ihr herauszureden, und so wenig Interesse an einem Gespräch mit ihr hatte ich noch nie gezeigt.

„Weißt du was, Pippa?", sagte ich laut und unterbrach ihr Gefasel über Tangas und G-Strings, „ich habe gleich eine Telefonkonferenz. Total last minute, ich weiß ... ist aber leider wichtig. Die warten schon alle auf mich. Also ..." *Wow, das ging auch schon mal besser, Owen.*

„Eine Telefonkonferenz? Aber in den Club kommst du doch wohl trotzdem, oder?", fragte sie mit spürbarer Sorge.

„Na klar. Du wir sehen uns, ja?“ unterdrückte ich ein Stöhnen.

Sie stieß einen Atemzug aus und ich war mir sicher, dass sie am anderen Ende der Leitung schmollte. „Na schön“, jammerte sie gespielt. „Aber sieh zu, dass du auch wirklich kommst, sonst muss ich heute mitten in der Nacht einen Überraschungsbesuch bei dir machen.“

Allein der Gedanke daran, dass Pippa zu irgendeiner Zeit bei mir vorbeischneien könnte, war mir zuwider, aber mit Tabby im Kopf war das noch viel schlimmer. Ich schnitt eine Grimasse und wiederholte: „Ich werde da sein. Auf Wiedersehen, Pippa.“

Ich beendete den Anruf, bevor sie antworten konnte, und warf das Telefon zurück auf das Bett. Ich hasste Pippa keineswegs, aber sie war unreif und geistig anstrengend, wenn ich mit ihr zusammen war. Außerdem würde sie wütend sein, dass ich Tabby mitbrachte. Der Abend sah so aus, als würde er interessanter werden, als ich ursprünglich erwartet hatte.

Kapitel 17

Tabby

Der Dampf, der vom Coq au Vin auf meinem Teller hochstieg, war so dicht, dass ich froh war, keine Brille zu tragen. Ich atmete tief und genüsslich ein und seufzte, als der Duft meine Sinne betörte.

„Wow, das riecht wie aus einer Zeitschrift."

Owen zog eine Augenbraue hoch und gluckste. „Ich kenn den Chef de Cuisine hier, und wenn er dir etwas serviert, das nach Papier riecht, schicken wir es zurück."

„Was?" Ich schaute kurz verwirrt zu ihm auf und verfluchte mich dann, als ich begriff, was er meinte. Ich hasste es, von einem Witz überrascht zu werden, aber die Speise war so verlockend, dass ich nicht darauf geachtet hatte. „Nein, ich meine nur, dass es so riecht, wie die Bilder in den Kochzeitschriften aussehen. Erstaunlich, perfekt, zum Anbeißen."

„Danke, dass du es für mich erklärt hast. Deine Metapher

ging nämlich weit über mein Verständnis hinaus", stichelte er.

Während ich ihm einen spöttischen Blick zuwarf, nahm ich meine Gabel in die Hand. Er beobachtete mich und wartete offensichtlich darauf, dass ich den ersten Bissen nahm, aber ich zögerte, zu essen. Als die Zacken meiner Gabel mehrere lange Sekunden über dem Fleisch schwebten, beugte er sich zu mir und flüsterte: „Ich glaube, es ist tot. Er wird dich nicht beißen."

„Ich mach mir nur Sorgen um mein Kleid", gab ich zu. Denn es gehörte mir gar nicht. Wobei, wahrscheinlich tat es das nun, aber es gehörte nicht zu der Auswahl, die ich von zu Hause mitgebracht hatte. Nachdem Owen mich an meinem Hotel abgesetzt hatte – dem Ritz-Carlton, um Himmels willen – wurde ich von einem Mann namens Lorenzo auf mein Zimmer gebracht, der behauptete, mein persönlicher Butler zu sein. Er führte mich in meine Suite, die so schön war, dass mir für einen Moment der Atem stockte. Das Interieur erinnerte an das Frankreich des neunzehnten Jahrhunderts, mit kunstvollen Mustern, satten Farben und luxuriösen Annehmlichkeiten, und ich war mir sicher, dass er mich mit einem anderen Gast verwechselt hatte. Als ich ihn darauf ansprach, versicherte er mir, dass dieses Zimmer tatsächlich für eine Miss Tabitha Rickard reserviert war, und ich solle ihm bitte Bescheid sagen, wenn ich irgendetwas brauche. Nachdem er gegangen war, ging ich ins Schlafzimmer und entdeckte eine weitere Überraschung. Auf dem Bett lag ein sündhaft teures Kostüm aus fließendem schwarzem Stoff.

Es war unglaublich. Die Ärmel hatten Schlüssellochöffnungen mit durchgehenden Bändern, die weit über die Ärmelenden hinausgingen. Der Rock schien etwa halbhoch zu sein, und das Mieder war körpernah, ohne freizügig zu sein. Am Fuß des Kleides befand sich ein Paar High Heels mit Peeptoe aus einem schimmernden Material, das sich wie Seide anfühlte. Schmuck im Wert eines Semesters als Jurastudent an Harvard wartete in einem edlen Kästchen, daneben lagen zwei einfache schwarze Slips. Sie waren wahrscheinlich das Faszinierendste auf dem Bett, denn sie wirkten alles in allem ziemlich unspektakulär.

Und genau diese Unterwäsche war es nun, die sich, wohl behütet wie ein großes Geheimnis, an mich schmiegte und mich bei jeder Bewegung daran erinnerte, dass Owen es war, der sie für mich ausgesucht hatte.

„Dein Kleid ist eh schwarz", sagte er voller Sarkasmus und wieder ertappte ich seine Augen dabei, wie sie sich an dem Stoff *zu viel* auf meiner Haut störten.

„Ja-ha! Trotzdem war es teuer und auch schwarz ist machtlos gegen Rotwein. Ich weiß, es ist wahrscheinlich

Jahrhunderte her, dass du das letzte Mal deine Wäsche selbst gewaschen hast, also glaub mir da einfach."

„Touché. Aber weißt du was?"

„Was denn?"

„Dann holen wir dir einfach ein neues!"

Ich schmunzelte und stach in ein Stück des Hähnchens. Der Saft tropfte aus den Einstichlöchern und meine Gedanken waren bei diesem Anblick sofort woanders als beim Abendessen. Eilig schob ich mir den Bissen in den Mund und kaute mit Bedacht. Als ich schluckte, sagte ich: „Und du weißt hoffentlich, dass du kein Geld ausgeben musst, um mich zu beeindrucken."

Die Pause in seinen Bewegungen war unverkennbar, sodass ich mich sofort fragte, ob ich versehentlich etwas Falsches gesagt hatte. Als er seine Gabel auf den Rand des Tellers legte und die Hände unter seinem Kinn wie einen Kirchturm faltete, zog sich mein Magen zusammen. Er hatte denselben bedrohlichen Blick aufgesetzt wie damals, als er vorhatte, meinen Körper in seinen persönlichen Spielplatz zu verwandeln.

„Ich gebe kein Geld aus, um dich zu beeindrucken." Er sprach jedes Wort sorgfältig aus und betonte jede Silbe, um keinen Raum für Fehlinterpretationen zu lassen. „Wenn ich glauben würde, dass du diese Art von Frau bist, dann säßen wir beiden erst gar nicht hier über diesem wundervollen Essen zusammen."

Meine Augen weiteten sich vor Panik. „Nein, ich weiß. Das habe ich nicht gemeint. I-"

Er hob eine Hand, und ich verstummte. „Wenn ich mit kleineren Gefälligkeiten ein Lächeln auf deine Lippen zaubern kann, betrachte ich das als Bonus. Du bist mir nichts schuldig und hast hoffentlich kein schlechtes Gewissen. Seine Krawatte baumelte gefährlich nah am Rand des Tellers vor ihm, als er sich vorbeugte. Mit blitzenden Augen fügte er hinzu: „Ich mache das für mich. Ich weiß, was ich mag, und ich weiß, wie ich es mag."

Mir schien, als ob es beim letzten Satz nicht nur ums Geld ging.

Meine Kehle schnürte sich kurz zusammen und ich drückte meine Oberschenkel unter dem Tisch zusammen.

„Okay", hauchte ich.

Er nahm seine Gabel in die Hand und die Gewitterwolke, die sich plötzlich über ihm aufgetürmt hatte, löste sich wieder auf. Einfach so kehrte die Stimmung zu der lustigen, fröhlichen

Art zurück, die wir seit Beginn unseres Dates geteilt hatten. Der einzige Unterschied war, dass meine Unterwäsche deutlich feuchter war, als sie es war, als er mich abholte. Ich versuchte, es auf die leichte Schulter zu nehmen.

„Auch wenn du das für dich selbst tust, machst du es richtig gut“, meinte ich. „Ich kann nicht behaupten, dass ich jemals einen Mann hatte, der meine Klamotten ausgesucht hat, bevor er mit mir ausging.“

„Gut. Ich mag es, der Erste zu sein.“

„Ist aber ganz schön mutig. Einer Frau die Unterwäsche zu kaufen, mein ich“, scherzte ich und versteckte mein Lächeln hinter einem ziemlich großen Stück Huhn.

Er grinste, aber ich sah die Gewitterwolke zurückkehren. „Ich weiß, was ich mag und ich weiß, wie ich es mag“, wiederholte er sanft.

Es war offiziell. Ich war klatschnass.

Den Rest des Essens verbrachten wir damit, uns wie alte Freunde zu unterhalten. Es gab kein peinliches Schweigen und auch keine weiteren erregenden Blicke von ihm, und ich war satt und zufrieden, als er die Rechnung bezahlte. Ich fühlte mich wohl in seiner Gegenwart. Owen war zwar in vielen Bereichen eine Nummer zu groß für mich und ich war in vielerlei Hinsicht eine Anomalie für ihn, aber wir passten gut zusammen. Es war erstaunlich. Ich war neugierig darauf, so viel wie möglich über ihn zu erfahren, und ich konnte es kaum abwarten, ihm von mir zu erzählen, wenn er interessiert nachfragte. Er konnte mit meinem Geplänkel mithalten, ich traf seinen Witz auf Anhieb und zu allem Überfluss brachte er mich in einen erotisch bedürftigen Zustand, von dem man nur in kitschigen Liebesromanen liest. Wie hatte ich es geschafft, über diese Person zu stolpern?

Beziehungsweise *in* diese Person zu stolpern.

Anschließend begleitete er mich wie ein Gentleman zurück zur Limousine und legte dabei seine Hand auf den perfekt dafür geschnitzten Platz in meinem Rücken. Ich bemerkte die Blicke der Frauen im ganzen Restaurant, Frauen jeden Alters, einige von ihnen in Begleitung ihres Partners, und ich spürte, wie mich eine Woge des Stolzes überrollte. Ja, dieser Mann war mit mir zusammen. Ja, wir hatten gerade ein tolles Date gehabt. Und ja, er hatte mich vorhin vernascht und hatte wahrscheinlich die Absicht, es später wieder zu tun. Was für ein glückliches Leben das doch war.

„Werde ich also Zeuge einer weiteren fesselnden Auktion,

die ihresgleichen sucht?" scherzte ich, als wir in der Limousine saßen.

Owen warf mir einen Seitenblick zu, als er mir zwei Gläser Champagner einschenkte. Eines der seltsamen Dinge, die ich in seiner Gesellschaft lernte, war, dass ich das Gefühl hatte, ständig zu trinken, obwohl ich nie genug hatte, um betrunken zu werden. Ich war mir nicht sicher, wie das funktionierte, ob er insgeheim meine Getränke dosierte oder ob er einfach wusste, wie man sie verteilt und wann man aufhören sollte, aber es war verwirrender, als ich gedacht hätte. „Ich kann keinen hohen Unterhaltungswert versprechen", sagte er und reichte mir ein sprudelndes Glas, „aber wenn du eine Auktion willst, sollst du eine bekommen."

Meine Augen wurden groß. „So viel Macht!"

Seine Augenbrauen hoben sich über sein eigenes Glas. „Du wagst es, mich zu verspotten, du hilfloses Kätzchen?"

Ich rutschte auf dem Sitz hin und her und strich mit der Rückseite meines Arms über eine Vertiefung im Leder. Ich erkannte, dass es sich um einen der Nagelabdrücke handelte, die ich am Nachmittag hinterlassen hatte. Meine Wangen glühten und ich nahm einen langen Schluck aus meinem Glas in der Hoffnung, mich abzukühlen und mich von der sinnlichen

Erinnerung abzulenken.

„Ach komm, du hältst das schon aus", antwortete ich, nachdem ich eine ausreichende Menge Alkohol geschluckt hatte, um wieder etwas Mut zu fassen.

Er lächelte, aber es war die unheimliche Art von Lächeln, die eher an einen Dämon erinnerte als an ein angenehmes Date. Als er antwortete, tat er das mit einer zuckersüßen Art, die mir die Nackenhaare aufstellen ließ. „Oh, Süße, das wird ein sehr großer, sehr *enthüllender* Reality-Check für dich."

„Was meinst du?" fragte ich misstrauisch. Sofort überkam mich der Gedanke, dass Owen mir mitten im Club das Kleid vom Leib reißen würde, und mein Gesicht wurde genauso heiß wie eben noch.

Anstatt mir zu antworten, nahm er einen Schluck Champagner und schaute gemächlich aus dem Fenster auf die Lichter der Straßenlaternen und die vorbeifahrenden Geschäfte. Ich wollte weiter nachhaken, aber ich war nicht so naiv zu glauben, dass das zu etwas führen würde. Stattdessen vergewisserte ich mich, dass die Träger des Kleides fest und sicher auf meinen Schultern saßen, und überprüfte den langen Reißverschluss an der Seite, um sicherzustellen, dass er richtig geschlossen war. Das Wort *„enthüllend"* hatte mich aufhorchen lassen

Als die Limousine zum Stehen kam, kletterte Stephan heraus und umrundete das Auto. Er öffnete die Tür und Owen glitt mit der Eleganz eines Staatsmannes heraus. Ich nahm seine Hand an und erlaubte ihm, mir ebenfalls aus dem Wagen zu helfen, dann verabschiedeten wir uns von Stephan. Es war das erste Mal, dass ich das Gebäude, in dem sich der berüchtigte Club befand, sehen durfte, aber ich war zu sehr von dem abgelenkt, was Owen sicherlich vorhatte, um der durchaus beeindruckenden Architektur viel Aufmerksamkeit zu schenken.

„Bist du soweit?“ fragte er aufgeregt.

Nervös biss ich mir auf die Unterlippe. „Ich denke schon.“

Er grinste, schlang einen Arm um meine Taille und zog mich an sich heran. Im Flüsterton, der durch den entfernten Straßenlärm kaum zu hören war, sagte er: „Nein, bist du nicht“.

Kapitel 18

Owen

Der Club war voller als in den letzten Wochen mit kaum genug Platz, um sich zwischen den Leuten durchzuquetschen, dafür aber guten Chancen, fremde Ellenbogen mit den Rippen zu fangen. Eine nervige Stimme in meinem Hinterkopf fragte mich, ob es nicht daran lag, dass es sich herumgesprochen hatte, dass ich Tabby mitbringen würde. Ich verwarf den Gedanken aber schnell wieder. Natürlich kannte ich alle Anwesenden, aber bei einigen Gesichtern tat ich mich schwer, da sie längere Zeit nicht mehr da waren. Ich fragte mich, ob diese Auktion etwas Besonderes war, von dem ich noch nichts erfahren hatte, oder ob es einfach nur Zufall war, dass ausgerechnet heute Abend so viele Leute kamen.

An der nächsten Bar sah ich Howie. Mit einem Arm stützte er sich auf der Theke, und seine Augen schwenkten so schnell von links nach rechts, als ob er sich ein Tennismatch in 300-facher Geschwindigkeit anschauen würde. Ich hatte ihn schon öfter dabei beobachtet, wie er die Frauen musterte. Keine

Ahnung, ob er sich für die Auktion angemeldet hatte oder nicht, aber selbst wenn nicht, hätte ihn das nicht abgeschreckt. Viele Frauen hingen im Club herum, ohne versteigert zu werden, was ihm reichlich Gelegenheit gab, jemanden mit nach Hause zu nehmen, und Howies Ziel war es am Ende des Tages immer, jemanden abzuschleppen. Anstatt zu ihm hinüberzugehen, um ihn zu begrüßen und Kontakte zu knüpfen, legte ich jedoch meine Hand um Tabbys Taille und führte sie in die entgegengesetzte Richtung. Es war vielleicht unhöflich, aber ich hatte Howies Gesichtsausdruck nicht vergessen, als ich erwähnte, dass Tabby heute Abend auftauchen könnte, und seine skrupellose Geilheit war nichts, was ich Tabby zumuten wollte – nicht zuletzt, weil es meine Nackenhaare aufstellte.

„Wow", murmelte meine wundervolle Begleitung, als wir uns durch die Menschenmasse drängten. Ich grüßte still jedes mir bekannte Gesicht im Vorbeigehen. „Letztes Mal war ja tote Hose verglichen mit heute."

„Letztes Mal war aber die Regel", sagte ich. „Heute ist besonders viel los."

„Findet heute irgendetwas Besonderes statt oder so?"

Wieder fragte ich mich, ob die Leute nur wegen Tabby gekommen waren, aber ich behielt diese Theorie besser für mich.

„Nicht, dass ich wüsste", war meine einfache Antwort.

Wir erreichten die zweite Bar und warteten darauf, dass wir mit der Bestellung an der Reihe waren. Ich nutzte die Zeit, um einen kurzen Scan des Raumes durchzuführen. Bruno war gottseidank nirgends zu sehen, aber ich entdeckte Tripp Lubbock unter den Leuten. Auch er hatte besonderes Interesse an Tabby gezeigt, als ich sie das letzte Mal mitgebracht hatte. Mein Beschützerinstinkt erwachte zum Leben, und ich stellte meinen breiten Körper zwischen sie und seinem scharfen Blick.

Mittlerweile brauchte ich dringend einen Drink. Ich bestellte und beobachtete mit Interesse, wie Tabby sich jetzt umsah. Ihre Augen sagten das, was ihr Mund nicht sagte. Sie fand Hugo Ivanovs wackelndes Kinn amüsant. Tyrone Warwicks diamantbesetzte Zähne stießen sie ab. Die gleitende Art, wie Delilah, die Dealerin, ging, machte sie neidisch. Es fiel mir nicht auf, dass ich lernte, sie wortlos zu lesen, bis sie für den Bruchteil einer Sekunde zu mir aufblickte und ich antwortete, als hätte sie gesprochen.

„Japp, John Lennon, ich weiß. Er hat diese Frisur, seit ich ihn kenne.", sagte ich und bezog mich auf die struppige, ungepflegte Frisur eines eher exzentrischen Mitglieds.

Ein Lächeln huschte über ihre sinnlichen Lippen. „Sag mal kannst du Gedanken lesen?"

„Vielleicht! Aber nein, das ist das, was alle denken", lachte ich.

Endlich reichte uns der Barkeeper unsere beiden Drinks. Dann schaute ich mich um nach einem nächsten Opfer, über das wir lästern konnten. Als ich das tat, bemerkte ich jedoch ein vertrautes Profil im Raum, und es war die Art von Vertrautheit, die ich ganz und gar nicht mochte.

Pippa.

Noch hatte sie mich nicht entdeckt, aber das war nur eine Frage der Zeit. Der Gedanke daran, wie sich Tabby und Pippa begegneten, machte mir noch nicht mal besonders Sorgen. Wenn es sich jedoch wider Erwarten doch irgendwie vermeiden ließe, umso besser. Ehrlich gesagt wäre es mir peinlich gewesen, Tabby gegenüber zuzugeben, dass ich bei mehr als einer Gelegenheit auf Pippa geboten hatte, denn die beiden Frauen waren einfach völlig gegensätzlich. Meine Verbindung zu Pippa ließ mich schlecht aussehen, nicht in den Augen meiner Clubkameraden, aber sicherlich bei jemandem, der mir beim Abendessen erklärt hatte, dass sie nicht mit Reichtümern überhäuft werden musste, um umworben zu werden.

„Komm mit“, sagte ich und nahm Tabbys freie Hand in meine. „Lass uns die Hände schmutzig machen.“

Ich begann zu gehen, bevor sie antworten konnte, aber als wir uns einem freien Blackjack-Tisch näherten, zögerte sie. „Oh, das meintest du.“

„Ja, wieso?“ fragte ich schmunzelnd. „An was dachtest du denn?“

Sie rollte mit den Augen. „Ach, bei dir weiß man ja nie.“

Mit einem frechen Augenzwinkern wies ich auf einen der freien Stühle. „Nach Ihnen.“

Sie rutschte auf den Stuhl, ihr Kleid glitt über ihre Schenkel und tauchte in den Spalt zwischen ihnen, aber sie sah mich mit leichter Besorgnis an und gab zu: „Ich weiß nicht, wie man spielt.“

„Du weißt nicht, wie man Blackjack spielt?“ fragte ich mit einigem Erstaunen.

Sie schüttelte mit dem Kopf.

Ein Schauer durchlief mich, und ich sank neben ihr auf den Sitz. „Dann werde ich es dir wohl beibringen müssen.“

Eigentlich war diese Nachricht besser, als ich es mir erhoffen konnte. Ich hatte mir einen Plan zurechtgelegt, und dass dies ihre erste Reise in die Welt der 21 war, kam mir mehr als gelegen. Von alldem wusste sie natürlich noch nichts, aber es würde viel mehr Spaß machen, wenn sie es herausfindet...

Die Kartengeberin war eine Frau namens Christie, eine weibliche Amazone mit Hüften, die weit über die Spielfläche hinausragten, und Schultern, die von den vielen Stunden, die sie über den Tisch gebeugt verbrachte, chronisch ein wenig nach vorne gebeugt waren. Sie war auf ihre Weise hübsch, aber sie hatte ihren Platz im Club bei den Karten und nicht auf der Bühne gefunden. Ich lächelte sie zur Begrüßung an und verkündete: „Wir haben hier eine Blackjack-Jungfrau."

„Ach, wie schön!", rief sie aus. Christie war eine dieser Frauen mit einer natürlichen, fürsorglichen Ausstrahlung. Sie besaß eine Herzlichkeit, die man innerhalb der geheimen Mauern nur selten findet, und ich sah, wie sich Tabbys Unsicherheit unter Christies freundlichem Blick aufzulösen begann. „Es ist nicht schwer, Schatz. Es ist hauptsächlich Glück mit ein wenig Geschick."

„Außer man kennt ein paar Tricks", wandte ich ein.

„Nein, seien sie kein schlechtes Vorbild, Mr. Driscoll", Christie erhob mahnend den Zeigefinger.

„Der Zug ist bereits abgefahren", neckte Tabby mich mit

ihrem frechsten Blick.

Ich hob eine Augenbraue und unterdrückte ein Grinsen. Es war offensichtlich, dass sie darauf wartete, dass ich mit einem eigenen Spruch zurückkam, aber ich hielt mich zurück. Ich hatte etwas anderes im Sinn, was sie noch früh genug herausfinden würde.

Ich schob Christie ein paar Hunderter zu und verteilte die Chips zwischen Tabby und mir, während ich eine Hand in meine linke Tasche steckte. Ein kleines, glattes Etwas kam meinen Fingern entgegen, und ich fummelte subtil daran herum, um den runden Vorsprung an der Spitze zu finden. Tabby bemerkte es nicht.

„Sind die zwei hier noch frei?" hörte ich in meinem Rücken. Ich drehte mich um und blickte in Tripp Lubbocks Gesicht, neben ihn eine Frau, die ich vom Sehen kannte. Ihr Name war Aurora, glaubte ich. Da ich nicht unhöflich sein wollte, aber auch nicht gerade erfreut über Tripps Anwesenheit war, setzte ich mein „Schön-Dich-Zu-Sehen"-Gesicht auf. „Natürlich."

„Wie ich sehe, haben Sie Ihren reizenden Gast beim letzten Mal nicht verscheucht", bemerkte er und nahm den Stuhl neben mir, ohne sich die Mühe zu machen, seiner Begleitung behilflich zu sein.

Tabby lächelte ihn höflich an. „Schön, Sie zu sehen." Der Austausch gefiel mir nicht, aber sie löste ihren Blick sofort wieder von seinem, und ich wusste, dass sie nicht so an ihm interessiert war wie er an ihr.

Christie begann, uns mit Karten zu beschießen, und ich ignorierte meine, um mich zu Tabby zu beugen. „Du willst, dass die Summe deiner Karten einundzwanzig ist oder so nah wie möglich an einundzwanzig herankommt", sagte ich ihr. „Im Moment bist du bei dreizehn. Du kannst eine weitere Karte riskieren, um zu versuchen, auf einundzwanzig zu kommen, aber wenn du überziehst, bist du pleite und verlierst automatisch das Blatt. Oder du kannst warten und hoffen, dass der Dealer nicht näher an einundzwanzig ist als du."

„Klingt nicht so kompliziert", sagte sie. Sie sah zu Christie auf. „Ich möchte noch eine Karte, bitte."

Ich grinste breit. Ihr Elan gefiel mir, ihre Bereitschaft, sich auf Dinge einzulassen, selbst wenn sie ihr völlig fremd waren, aber ich betete auch, dass Christie ihr eine Neun oder höher gab. Wenn sie verlor, würde mein Spaß beginnen.

König.

„Fuuucckk! Aaahh"

Mein Finger drückte auf den Knopf des Geräts in meiner

Tasche, und Tabbys ganzer Körper zuckte, als hätte sie einen Stromschlag bekommen. Christie, Tripp und Aurora drehten sich fragend zu ihr um, und mehrere Mitglieder, die in der Nähe standen, blickten in unsere Richtung. Ich drückte den Knopf erneut, und Tabby entspannte sich leicht.

„Alles okay bei Dir, Sweetheart?" fragte Christie ehrlich besorgt.

Eine Sekunde lang antwortete Tabby nicht. Stattdessen sah sie mich mit großen, glasigen Augen an, und ihr Mund stand gerade so weit offen, dass ihr Atem herauszischte und mein Kinn streichelte. „Ja", sagte sie. Ihre Stimme war leicht atemlos, und sie sah Christie nicht an, als sie es sagte. Ihr Blick war fest auf mich gerichtet. Ich hob unschuldig eine Augenbraue, aber sie fiel nicht darauf herein.

„What the fuck?" zischte sie.

„Ich weiß wirklich nicht, was du meinst, meine Süße", wies ich sie ab und zwang meinen Mund, stoisch zu bleiben, obwohl mir ein selbstgefälliges Lachen in der Kehle aufstieg.

Wir spielten die Runde zu Ende, und es schien, als würde Tabby es auf sich beruhen lassen. Als Christie unsere zweite Runde ansetzte, musterte mich Tabby jedoch aus dem Augenwinkel. Nach einem kurzen Blick auf ihre Karten sagte sie zögernd: „Noch eine, bitte."

Christie gab ihr eine Sieben. „Tut mir leid, Darling." Ich drückte den Knopf erneut, und Tabby zuckte heftig zusammen. Diesmal gelang es ihr, sich ruhiger zu verhalten, aber mir entging nicht, wie sehr sie ihren Kiefer zusammenbiss und die Lippen zwischen die Zähne presste, um keinen Laut von sich zu geben. Die oberen Rundungen ihrer Wangen fingen an, sich blassrosa zu färben, was selbst in der schwachen Beleuchtung sichtbar war. Meine Leistengegend begann zu pochen.

Die dritte Runde gewann Tabby. Ich war zwar enttäuscht, dass ich die Gelegenheit verpasst hatte, mein kleines ferngesteuertes Spielzeug weiter zu testen, aber die Art und Weise, wie Tabby aufleuchtete und nach ihrem Erfolg mädchenhaft in die Hände klatschte, war Trost genug. Diese Frau bezauberte mich zutiefst immer wieder aufs Neue.

„Glückwunsch", murmelte ich.

„Danke!", rief sie ein wenig zu laut. Dann wurde ihr Blick misstrauisch und sie senkte die Stimme. „Hey ... warte mal. Diesmal ist nichts passiert."

„Ich weiß nicht, was du meinst, Schätzchen", wiederholte ich. Ich wandte mich meinen eigenen Karten zu, aber ich spürte, wie sich ihr anklagender Blick in meine Schläfe bohrte.

Dann wurde das vierte Blatt ausgespielt. Noch bevor Christie die gewünschte Karte ablegte, tippte ich auf den Knopf. Das war es wert. Die Karte fiel um, und Tabby stieß ein geflüstertes Stöhnen aus, das nur ich hören konnte. Ihr Brustkorb hob und senkte sich ein wenig schneller, während ihre Atemzüge flacher wurden, und die Röte in ihren Wangen verwandelte sich in eine sanfte Röte. Ich ließ sie gewähren. Ihr Ausatmen wurde schneller und schneller, und sie packte meinen Arm so fest, dass ich sicher war, dass ihre Nägel die gleichen Abdrücke auf meiner Haut hinterließen wie auf den Sitzen meiner Limousine, obwohl sie mich durch Jacke und Hemd festhielt. Sie so geil zu sehen, machte mich steinhart, und ich erwog, ihr vorzuschlagen, dass wir einfach zu ihrem Hotel zurückkehren sollten, anstatt für die Auktion zu bleiben.

„Stopp“, keuchte sie verzweifelt. Ihre Augen waren flehend und an den Rändern wässrig vor Erregung. „Ich ... komme ...“

Ich drückte den Knopf, um das Gerät auszuschalten, und sie schnappte nach Luft. Christie sah uns verwirrt an, während Tripp fasziniert auf seiner Unterlippe kaute.

„Du lässt mich vibrierende Unterwäsche tragen!“, flüsterte sie mir barsch ins Ohr.

Ich strich ihr Haar mit der Nase beiseite, leckte mit der Zungenspitze über den Rand ihres Ohres und flüsterte zurück:

„Ich weiß wirklich nicht, was du meinst, Süße."

Kapitel 19

Tabby

Ich war komplett am Ende. Genauso gut hätte ich am Rande einer Klippe stehen können, so wie ich mich fühlte. Als wäre mein Gleichgewicht gestört und ich würde auf meinen Untergang hinunter starren. Mein Körper sehnte sich danach zu springen, schrie förmlich nach dem erlösenden Sprung in den Abgrund, aber mein Verstand war fest entschlossen, einen kühlen Kopf zu bewahren und die Fassung zu bewahren. Es war wahrscheinlich der schwierigste Kampf, den ich je gegen mich selbst geführt hatte, und den ich gleichzeitig liebte und hasste.

Mein Gesicht brannte vor Erregung. Ich war sicher, dass ich knallrot war, und es hätte mich nicht im Geringsten gewundert, wenn mir Schweißperlen vom Haaransatz bis zum Kinn getropft wären. Der Raum zwischen meinen Beinen war ebenso warm, und ich hatte Angst, dass ich eine Pfütze auf dem Sitz hinterlassen würde. Meine Glieder zitterten, meine Augen konnten sich nicht mehr richtig konzentrieren, und praktisch jeder Nerv in meinem Körper wurde von elektrischen Impulsen durchflutet, die es mir unmöglich machten, meine Muskeln zu kontrollieren, und mich zu Miniaturkrämpfen an den seltsamsten Stellen zwangen.

Ein Orgasmus wäre gleichzeitig das Schlimmste und das Allerbeste, was mir in diesem Moment hätte widerfahren können.

Dass es sich um solch einen Slip mit eingenähtem Vibrator handelte, war mir im Hotelzimmer wirklich nicht aufgefallen. Zu sehr war ich überrascht und angetörnt, dass Owen mir Unterwäsche gekauft hatte, die ich für ihn tragen sollte. Dabei hatte ich so etwas ein paar Mal gesehen. Einmal, als Heather mich zu einer dieser Sexspielzeug-Partys geschleppt hatte, und einmal, als ich in einen Pornoladen gegangen war, nachdem ich achtzehn geworden war. Nur weil ich es konnte.

„Also gut, Leute, holt euch noch einen Drink und spielt eure letzten Hände zu Ende! Die Auktion fängt gleich an!“ Ich erkannte in der Stimme, die aus den gut versteckten Lautsprechern kam, dieselbe Frau, die die letzte Auktion, an der ich teilgenommen hatte, moderiert hatte, und ich hätte in diesem Moment nicht dankbarer für ihre Existenz sein können. Ihre Stimme zu hören, wirkte wie ein sofortiges Antiaphrodisiakum. Sie klang keineswegs abstoßend, aber sie holte mich ein wenig auf den Boden der Tatsachen zurück und gab mir den Moment, den ich brauchte, um mich zu sammeln.

Owen bedankte sich bei unserer Kartengeberin und gab ihr ein Trinkgeld in Form eines Chips, dann drehte er sich auf seinem Sitz zu mir um. „Soll wir von hier verschwinden? „

Die Hoffnung in seinem Gesicht war nicht zu übersehen, genauso wenig wie die massive Beule in seiner Hose. Das kleine Spiel, das er gerade mit mir gespielt hatte – ein sehr effektiver Crash-Kurs in Blackjack, wenn ich das mal so sagen darf – hatte ihn offensichtlich genauso erregt wie mich, und ich konnte das Verlangen in seinem Blick sehen.

Was er konnte, konnte ich schon lange.

„Nein. Ich will noch bleiben und die Versteigerung gucken."

Eigentlich wollte ich nicht nur bleiben, um ihn leiden zu lassen. Ich wollte wirklich zusehen, weil es mich immer noch in den Fingern juckte, mehr über den Club und die Mitglieder zu erfahren. Es gab so Vieles, das ich nicht wusste, und es schien, als ob ich zusätzliche Informationen nur dann bekommen würde, wenn ich sie selbst durch sorgfältige Nachforschungen herausfände.

Es ist ihm hoch anzurechnen, dass Owen seine Fassung viel besser bewahren konnte als ich die meine. „Wie du willst", sagte er lässig. Wäre da nicht das Zelt in seiner Hose gewesen, hätte ich geglaubt, dass er wirklich damit einverstanden war, noch eine Weile hier zu bleiben.

Wir schlüpften in den Ballsaal, während die meisten Männer die Bar stürmten, um sich für die Dauer der Auktion einen Drink zu sichern, und ergatterten einen großartigen Aussichtspunkt im vorderen Teil des Saals. Auf der Bühne waren noch keine Frauen zu sehen, die Scheinwerfer leuchteten in einer geordneten Reihe auf den Boden, und die einzige Frau, die ich außer mir im Raum sah, war die Auktionatorin. Sie nickte Owen zur Begrüßung mit einem höflichen Lächeln zu, aber sie sprach ihn nicht an, und ich fühlte mich in überraschendem Maße bestätigt. Es war, als ob sie wusste, dass ich mit ihm zusammen war, und das respektieren wollte. Zu schade, dass die Männer im Club nicht die gleiche Reaktion auf meine Anwesenheit bei Owen zeigten, denn die Blicke, die ich von ihnen erntete, waren nicht von platonischer Natur.

„Wissen die Frauen in der Auktion also von den *dunklen und gefährlichen* Interessen des Clubs?“ fragte ich Owen, um das Wasser zu testen.

Er sah aus dem Augenwinkel zu mir hinunter, und ich sah Misstrauen in seinem Gesicht. Er wusste, was ich vorhatte. „Ja“, antwortete er mit hörbarer Schärfe. „Sie haben alle das

Dokument unterschrieben."

„Aber nicht jeder hat die gleichen Absichten?" fragte ich.

„Im weitesten Sinne und für einen unwissenden Dritten haben wir das. Aber wenn du mich nach meiner fragst, nein. Unsere Interessen sind individuell."

„Was sind deine?"

Ohne Vorwarnung wurde meine Leistengegend von neuen Vibrationen erschüttert, und meine Knie gaben ein wenig nach. Instinktiv legte ich eine Hand auf meinen Schoß und verschluckte mich fast an meiner Zunge, als ich versuchte, mein Stöhnen im Zaum zu halten. Es hörte so schnell wieder auf, wie es angefangen hatte, und ich schob meine Augen verschwommen wieder zu Owen hinauf.

„Womit hatte ich das jetzt verdient?" verlangte ich zu wissen und wackelte leicht mit den Hüften, um das Höschen neu zu justieren.

Er lächelte nur sein boshaftes Lächeln. Dann beugte er sich zu mir herunter und küsste mich so zärtlich auf die Stirn, dass ich vor lauter Überraschung fast wieder zusammenzuckte. Die Geste war so unschuldig süß und das erste Mal, dass ich mir nicht sicher war, wie ich sie auffassen sollte. Spielte er mit mir oder nicht?

Es war nicht wichtig.

Ich hielt meinen Mund, als die Auktion begann. Die Geberin ging mit ihren Karten herum und reichte sie den teilnehmenden Männern, und ich bemerkte, dass Howie unter ihnen war. Er schaute mit fieberhaftem Durst auf die Bühne, sein Blick wanderte von Frau zu Frau, und wieder spürte ich, dass diese Bühne kein Ort war, an dem ich mich jemals wiederfinden würde. Davor zu stehen, mit Owens Hand an meiner Hüfte, war jedoch ein Ort, an dem ich mich viele Male gerne wiedergefunden hätte.

„Hast du deinen Freund schon gesehen?“ fragte ich. Er sah mich verwundert an, und ich reckte mein Kinn in Howies Richtung. Er blickte sich um, dann wandte er sich mit einem Nicken wieder mir zu.

„Er hat mir gesagt, dass er kommen würde“, murmelte er. „Ich hätte allerdings nicht gedacht, dass er mitbieten würde.“

„Hat Howie die gleichen Vorlieben wie du?“ Ich konnte mir das nicht verkneifen.

Owen lachte laut auf, und zwar so laut, dass sowohl die Anwesenden als auch die Frauen auf dem Bahnsteig auf ihn aufmerksam wurden. „Nein“, sagte er, als sein Lachen verstummt war. „Ganz im Gegenteil."

„Was sind seine?" erkundigte ich mich mit gespielter Ahnungslosigkeit.

Wieder summte das Höschen zwischen meinen Schenkeln auf. Das ständige Quälen meiner Klitoris, das ich seit unserer Ankunft erlebt hatte, begann seinen Tribut zu fordern. Jedes Mal, wenn er sein mächtiges Spielzeug über meine Lust benutzte, trieb er meine Erregung weiter und weiter. Ein gewaltiger Orgasmus für die Ewigkeit schwebte bedrohlich nahe über mir, und ich hatte Angst, dass er kommen würde, während ich von einer Horde fremder Männer umgeben war.

Als meine Hüften zuckten, schoss mein Kopf nach oben, und ich nahm versehentlich direkten Augenkontakt mit einer der Frauen auf. Sie schaute mich unverwandt an, studierte mich praktisch, und ich stellte mit Schrecken fest, dass sie wahrscheinlich wusste, was vor sich ging. Zumindest musste sie wissen, dass ich kurz vor einem Orgasmus stand. Bevor ich jedoch ihre Reaktion auf die Szene, die ich unwillkürlich machte, abschätzen konnte, strahlte sie mit ihren Augen zu Owen und fixierte ihn genauso zielgerichtet wie mich. Der Ausdruck in ihrem Gesicht veränderte sich. Da war ein sichtbarer Wunsch und ein Hoffnungsschimmer, und ich erkannte eine Wolke von Eifersucht unter der aufgemalten

Oberfläche. Ich habe Owen nicht gefragt, wer sie war. Ich konnte es nicht. Wenn ich meinen Mund aufmachte, würde ich stöhnen.

Er schaltete die Vibration aus und gab mir einen zweiten Kuss auf die Stirn. Ich hatte meinen Blick noch nicht von der Frau gelöst, und ich sah, wie sich ihr Mund angewidert nach unten verzog, als er es tat. Daran gab es keinen Zweifel. Sie kannte ihn, und sie war nicht glücklich, ihn mit mir zu sehen.

„Warum tun diese Frauen das?" fragte ich leise. Ich wollte nicht direkt fragen, wer sie war, vor allem, weil ich nicht sicher war, ob ich dieses besondere Geheimnis wissen wollte, aber ich dachte mir, dass die Frage etwas Licht auf sie und den Club werfen würde.

„Die Gründe sind unterschiedlich", erklärt er. „Einige hoffen, auf diese Weise wertvolle Kontakte zu knüpfen. Andere gehören wohltätigen Stiftungen an und finden wohl, dass dies ein besserer Weg ist, um an Spenden für ihre Organisationen zu kommen. Es gibt einige wenige, die keine anderen Ambitionen haben, als wohlhabend zu heiraten, und das gibt ihnen diese Chance. Die Motivation zur Teilnahme hängt von der jeweiligen Frau ab."

Ich analysierte seine Verehrerin genauer. Sie war weder

niedlich noch hübsch oder schön, zumindest meiner Meinung nach, aber sie war unbestreitbar sexy. Wie die Art von Frau, die Männer zwar in Pornos sehen, nicht aber zu Hause und schon gar nicht bei ihrer Mutter haben wollen. Ihre Titten waren praktisch nicht vorhanden, aber ich konnte beim kleinsten Dreh feststellen, dass sie einen großartigen Arsch hatte. Mit ihrem makellosen Haar, ihrem Make-up und ihren Nägeln schien sie sehr gut in den Club zu passen. Ich konnte mir allerdings nicht vorstellen, dass sie Owens Typ war.

Verdammt, wem wollte ich etwas vormachen? Ich wollte nicht glauben, dass Owens Typ irgendetwas anderes sein könnte als ich.

Kapitel 20

Owen

Tabbys Neugierde, was mögliche sexuelle Vorlieben der Clubmitglieder anging, mich eingeschlossen, war nicht nur für sie ein spezielles Thema. Denn bei jeder Frage, die sie mir stellte, verspürte ich einen Stich der Vorfreude. Mein Plan für den Slipvibrator hatte nur bis zum Blackjack-Tisch gereicht, aber ihr dabei zuzusehen, wie sie jetzt versuchte zu stehen, während ihre Klitoris attackiert wurde, war so viel erregender. Ich war zwar nicht scharf darauf, ihre Fragen zu beantworten, aber ich war begeistert davon, wie ihre Unterlippe zu zittern begann, während sie sich an einem unterdrückten Stöhnen verschluckte.

Jetzt waren nur noch drei Frauen auf der Bühne, darunter Pippa. Ich hatte gespürt, wie sie mich anstarrte, seit sie in dem ihr zugewiesenen Rampenlicht stand, und ich war mir sicher, dass es auch Tabby nicht entgangen war. Doch Pippa hätte genauso gut Teil der Wand sein können, denn ich hatte sie nicht ein einziges Mal angesehen. Wie konnte man von mir erwarten, dass ich sie zur Kenntnis nahm, wenn ich eine errötende, keuchende, sture Nymphe an meiner Seite hatte, deren Höschen dank meiner unbeholfenen Zuwendung mit Sicherheit durchnässt sein würde?

„War das auch dein Plan mit mir? Mich da oben auf die Bühne zu stellen, als wir das erste Mal hier waren?"

Die Frage warf mich aus der Bahn, und ich war einen Moment lang sprachlos. Von außen betrachtet schien es eine völlig vernünftige Frage zu sein, und es war ein Gedanke, der mir bei unserer ersten Begegnung mit ihr durchaus in den Sinn gekommen war, vor allem, als sie so liebenswert versucht hatte, mir vor allen Leuten die Hose zu waschen. Jetzt war mir das Konzept fremd. Ich hatte nicht das geringste Interesse daran, Tabby in einem dieser Scheinwerfer stehen zu sehen, reif für die Ausbeute des Glücklichen, der die besten Karten hatte. Schließlich war es unvorstellbar, dass sie nicht die erste Auserwählte sein würde.

„Ich müsste lügen, wenn ich sagte, ich hätte nicht kurz darüber nachgedacht", gestand ich ihr.

„Warum hast du deine Meinung geändert?"

Auch das ließ mich zögern, aber nicht aus demselben Grund. Ich zögerte, die Wahrheit zu sagen. „Ich hatte andere

Absichten", sagte ich.

„Wann?"

„Als ich realisierte, dass du zu sehr etwas Besonderes bist, um dich zu teilen." Ich ließ meinen Blick zu ihr schweifen, während das Tier in mir nach Beute schnupperte. „Ich hatte meine eigenen egoistischen Interessen zu befriedigen."

„Und welche Interessen wären das?", fragte sie neugierig und klimperte mit den Wimpern, um Naivität vorzutäuschen.

Ich drückte die Fernbedienung in meiner Tasche, und Tabby brach sofort zusammen. Ihr Oberkörper schoss nach vorne und drückte ihren Hintern gegen mich, während ihre Knie nachzugeben drohten. Ich schlang meine Hand um ihre Mitte, um sie aufrecht zu halten, und spürte, wie sich ihr Brustkorb mit hektischen Atemzügen zusammenzog. Ihre Haut fühlte sich heiß an, mikroskopisch kleine Schweißperlen begannen an ihren Schläfen zu glänzen, und da sie mit dem Rücken an meiner Brust lag, konnte ich spüren, wie ihr Herzschlag zitterte. Im Handumdrehen hatte ich meine Hand unter ihrem Rock und schob das ungenügende Höschen beiseite, um einen Finger in sie zu stecken. Sie krampfte sich um mich, und ich wusste, dass es nur noch Sekunden waren, bis sie explodierte.

Doch ich wollte nicht, dass andere an ihrem Rausch teilhaben würden. Er sollte nur für meine Augen bestimmt sein. Ich verringerte meinen Druck, sie aber zitterte weiter. Ihre Nägel klammerten sich an meine Hand, die immer noch über ihrem Bauch lag, um sie stabil zu halten, und ihre Atmung entspannte sich allmählich wieder.

Als Amanda das Ende der Auktion verkündete, drehte sich Tabby zu mir um. Ihr Gesicht war immer noch erhitzt und ihre Augen glänzten. „Ich bin jetzt bereit zu gehen", flüsterte sie.

Ich hätte nicht schneller reagieren können. Seit wir den Blackjack-Tisch verlassen hatten, war ich bereit, sie allein zu erwischen, und zu wissen, dass sie jetzt in einem solchen Zustand zitterte, dass die leichteste Berührung ihrer Vagina sie wahrscheinlich in die Unendlichkeit katapultieren würde, ließ das Blut mein Gehirn verlassen und wie ein Tsunami in meine Leistengegend stürzen. Ich machte mir nicht die Mühe, mit irgendjemandem zu reden oder mich zu verabschieden, sondern ergriff ihre Hand und begann, mich durch den vollen Ballsaal zu kämpfen.

Gerade als wir die Rezeption erreichten und ich die kühle Nachtluft schon riechen konnte, wurden wir abrupt aufgehalten. Und zwar durch die letzte Person, die ich jetzt sehen wollte.

„Ich hab mich gefragt, ob wir vielleicht mal reden könnten!"

Pippas Stimme war piepsiger als gewöhnlich und auch die Finsternis in ihren Augen verhieß nichts Gutes.

„Hallo Pippa."

Tabby war erstarrt. Ich konnte es an der Art und Weise spüren, wie sich ihre Finger zwischen meinen verkrampften. Sie schenkte Pippa ein höfliches Lächeln, aber die übliche Wärme, die sie ausstrahlte, war wie weggewischt. Ich schwankte, ob ich ein kurzes, betont höfliches Gespräch mit Pippa führen sollte, um den Anstand zu wahren, oder ob ich einfach an ihr vorbeischreiten und Tabby so schnell wie möglich in die Limousine bringen sollte.

Dann war die Zeit der Entscheidungen auch schon vorbei. Pippa streckte Tabby eine Hand aus und sagte in ihrer besten Roboterstimme: „Ich bin Pippa Marquardt."

„Hey", reagierte Tabby knapp. Ihre Stimme war so höflich wie ihr Auftreten, aber sie nahm Pippas Hand nur zögerlich, als hätte sie Angst, sich etwas einzufangen. „Ich bin Tabby Rickard."

Pippa gab ein kleines Geräusch von sich, das verdächtig nach einem belustigten Schnauben klang, und ich warf ihr einen warnenden Blick zu. Leider war das zwielichtige Mädchen zu sehr auf Tabby konzentriert, um mir Beachtung zu schenken.

Ihre Lippen waren zu einem dünnen, listigen Lächeln verzogen, als sie sagte: „Hab dich hier noch nie gesehen."

Tabby beeindruckte mich in dieser Situation. Sie verstand es, ihre Contenance zu bewahren und gleichzeitig ihren bissigen Witz zu vermitteln. Ich fand es auch gut, dass sie nicht verriet, dass sie nur ein einziges Mal im Club gewesen war, denn ich wusste, dass es Pippa verrückt machen würde, wenn sie sich fragen würde, wie oft die Mitglieder Tabby begehrt hatten, während sie nicht da war, um sie zu begehren. „Dann müssen wir uns wohl verpasst haben."

Pippa legte argwöhnisch ihren Kopf schief. „Bei der Auktion warst du aber nicht." Es war halb Frage, halb Vorwurf.

Und wieder zeigte sich Tabby von ihrer besten Seite, als sie freundlich erwiderte: „Ich bin keine Frau, die bei Auktionen mitmacht."

Die unterschwellige Kränkung entging Pippa nicht, die ihren Kopf zurechtrückte und nun mir direkt in die Augen blickte. „Man kann wohl sagen, dass es eine besondere Art von Frau braucht, um das zu tun. Die Auktion ist wirklich nicht für jeden geeignet", sagte sie. Obwohl sie mir in die Augen sah, war es offensichtlich, dass sie Tabby immer noch in das Gespräch verwickelte, da sie ihren Körper ein wenig von mir abwandte.

Diesmal reagierte Tabby nicht. Ich bewunderte sie auch für ihr Schweigen. Die meisten Frauen in der Oberschicht unserer Gesellschaft betrachteten Beleidigungen über irgendetwas Persönliches – ihren Stil, ihren Reichtum, ihren Ehemann, die Wahl ihres Geschirrs oder sogar ihren Namen – als Kriegserklärung. Hätte Pippa jemandem wie Amanda gegenüber eine solche Anspielung gemacht, hätte sie den Club mit dem Absatz einer ihrer Jimmy Choo Pumps im Hinterkopf verlassen. Danach wäre Pippa monatelang von allen wichtigen gesellschaftlichen Ereignissen ausgeschlossen worden, während ihre gesamte Vergangenheit auf Leichen im Keller durchsucht worden wäre, bis sie entweder in eine andere Stadt ziehen und neu anfangen oder ihre Krallen ausfahren, sich wehren und hoffen musste, ihren Platz zurückzuerobern. Als Kind hatte ich einmal gehört, dass Männer mit Fäusten und Frauen mit Worten kämpften. In unserer Geschäftswelt kämpften Männer mit Klagen und Übernahmen, um den finanziellen Ruin herbeizuführen, und Frauen kämpften mit nicht verschickten Einladungen und gut platzierten Gerüchten, bis sich das Opfer wegen eines alkoholbedingten Übergriffs auf eine Nachbarin auf der Titelseite wiederfand. Tabby war jedoch nicht Teil dieser speziellen Welt, und ich war erstaunt darüber, wie viel Klasse sie zeigte.

„Nun, Owen. Ich bin froh, dass wir uns doch noch gesehen haben! Ich habe nämlich etwas Neues über dich und alles andere gelernt."

„Was meinst du damit?"

Sie deutete mit der Handfläche nach oben auf Tabby.

„Na, ich wusste gar nicht, dass du auf Frauen stehst, für die du nichts zahlen musst." Tabby sagte immer noch nichts, aber ihre Finger wurden so steif, dass sie anfingen, meine schmerzhaft zu drücken. Ich wusste, dass Pippa extrem eifersüchtig werden konnte, aber ich hatte gehofft, dass sie eine unschuldige Frau wie Tabby verschonen würde.

Auch ich lerne etwas Neues über dich, dachte ich.

„So ist es mir sogar lieber", sagte ich eisig.

Da ich ihr keine Gelegenheit geben wollte, ihre verbale Tirade fortzusetzen, schlüpfte ich mit Tabby im Schlepptau an ihr vorbei und fügte über meine Schulter in einem Tonfall, der an die Arktis erinnerte, hinzu: „Schönen Abend noch."

Kapitel 21

Tabby

Ich fühlte mich zerrissen.

Das Verlangen, das Owen im Club in mir aufgestaut hatte, war verschwunden, weggespült wie ein Steinchen bei Flut. Es hatte etwas für sich, dass Frauen ihre eigene Version von Kavaliersschmerzen haben, denn mein Geschlecht kribbelte bis zum Schmerz, aber ich hatte absolut kein Interesse daran, die Stimulation fortzusetzen, um ein körperliches Bedürfnis zu befriedigen, denn meine geistige Erregung hatte sich völlig aufgelöst.

„Ich wusste gar nicht, dass du auf Frauen stehst, für die du nichts zahlen musst."

Die Worte rollten immer wieder in meinem Kopf herum, bösartige kleine Murmeln, die gegeneinander krachten, so dass mir der Kopf weh tat und mein Magen schmerzte. Es war zwar bloß ein einfacher Satz, aber er war schwer und bitter und nicht im Geringsten zu vergessen.

Riley Flowers

Als die Limousine durch die Straßen von New Orleans fuhr, sagte ich kein Wort. Abgesehen vom Rascheln des Stoffes, wenn ich mir ein Bein stieß, oder dem Klirren des Eises in Owens Glas, herrschte Schweigen. Ich hatte nichts zu sagen, obwohl ich eine Million Fragen zu stellen hatte. Die Ablenkung durch das vibrierende Höschen, mit dem er mich während der Auktion ständig gequält hatte, hatte das Beobachten unmöglich gemacht, so dass ich, was die Geheimnisse des Blackjack Clubs und die seiner Mitglieder anbelangte, noch immer kein Stück schlauer war. Zu allem Überfluss hatte der Auftritt dieser Pippa Marquardt noch viel mehr alarmrote Fragezeichen aufleuchten lassen. Diese konzentrierten sich jedoch auf ein bestimmtes Clubmitglied und nicht auf das gesamte System, und das missfiel mir umso mehr.

Dabei waren wir gar nicht zusammen. Ich hatte kein Recht, ihn auszufragen nach Pippas Andeutungen.

Oder hatte ich es doch?

Ich meine, immerhin schliefen wir miteinander. Wir verbrachten mehr und mehr Zeit miteinander. Verdammte Axt, wir hatten sogar genau auf dem Sitzpolster, auf dem ich gerade saß, wilden Sex gehabt. Vermutlich hätte all das als Rechtfertigung ausgereicht.

Andererseits, wir waren *nicht* zusammen! Meinen

Vorstellungen nach hatte demnach jeder sein eigenes Leben und es bestanden keinerlei Verpflichtungen. In der Vergangenheit war ich damit gut gefahren, aber Owen war nicht wie meine früheren Romanzen. Diese Beziehung war bisher die Ausnahme von jeder Regel gewesen.

Aber wir dateten. Oder etwa nicht? Mein Gott, ich war so durcheinander. Also wir waren auf vier Dates. Andererseits, waren es wirklich Dates? Der Foto-Job war nicht wirklich romantisch, aber das Mittagessen hatte sich wie ein Date angefühlt. Mich zur Hochzeit von Grace zu begleiten, war definitiv ein Date. Mit mir in den Club zu gehen... nun, ich hatte es als Date betrachtet, aber das stand zur Debatte. Und dann war da noch der heutige Abend, der ein phänomenales Abendessen beinhaltete, und das war unbestreitbar ein Date. Also hatten wir zumindest zwei Dates und zwei „Vielleicht", was immer noch bedeutete, dass wir uns trafen. Berechtigte mich das nicht dazu, ein paar unbequeme Fragen zu stellen?

Die Kettensäge in meinen Gehirnwindungen pochte bis in meine Schläfen und ich lehnte meinen Kopf zurück gegen den Sitz. Das Leder fühlte sich auf meiner Haut zu vertraut an und erinnerte mich an jenen Nachmittag, als ich dieses Leder auf meinem Rücken und meinem Hintern und meiner Brust und meiner Stirn gespürt hatte. Ein großer Teil von mir wollte immer noch, dass Owen Stephan für die Nacht entließ und auf mein Zimmer kam. Ungewissheit hin oder her, sein sexuelles Können war so virtuos, dass ich mich danach so sehr sehnte wie ein Kettenraucher nach seiner ersten Morgenzigarette, und meine Klitoris hatte keinerlei Zweifel.

Das, was Pippa gesagt hatte, konnte ich dennoch nicht einfach so vergessen. Selbst, wenn Owen mich auf mein Zimmer brachte, hätte ich nicht einfach so zur Tagesordnung übergehen können. Oder auch *Nacht*ordnung. Für sie war ich scheinbar eine Bedrohung, was Owen anging, und ich hatte keinen Zweifel daran, dass sie alles dafür getan hätte, dass ich ihm eine Ohrfeige verpasst und wütend abgestampft wäre, nur damit sie eine Chance hatte, an seiner Seite zu stehen. Wenn wir ihr auf der Straße begegnet wären und es keinen Blackjack Club gegeben hätte, hätte ich ihm von meiner Theorie erzählt, und den Rest des Abends damit verbracht, ihn darüber zu necken, dass man eine dicke Brieftasche braucht, um eine Frau zu bekommen. Bei der Fülle an Unbekannten über den Club und Owens Rolle darin und nun der Andeutung, dass er sich lieber mit Prostituierten abgab, war ich eher erschüttert als amüsiert.

Als die Limousine vor dem Ritz-Carlton zum Stehen kam, hatten wir noch kein Wort miteinander gewechselt. Doch wie es sich gehört, stieg Owen aus der Limousine und winkte Stephan zurück ins Auto, damit er mir selbst heraushelfen konnte.

„Vielen Dank für das Abendessen", sagte ich. Was auch immer seine Geheimnisse waren, zumindest ein Dankeschön war ich ihm schuldig.

„Aber klar doch", war seine sanfte Antwort.

Woran denkst du gerade?

Das hätte ich ihn so gerne gefragt, aber ich war zu feige. Sein Gesicht war so schwer zu lesen. Ich glaubte, irgendwo in seinen Augen Wut zu sehen, und als er mich ansah, war da eine unwiderlegbare Vorsicht, aber darüber hinaus hatte ich keine Ahnung. Meine Unsicherheit wuchs und wuchs.

Das Flugticket, das er mir geschickt hatte, um nach New Orleans zu kommen, war ein One-Way-Ticket gewesen, und ich hatte keine Ahnung, wann er mich wieder nach Hause schicken wollte. Wieder verspürte ich den Drang, ihn zu fragen, ob er mitkommen wollte, falls er nur eine Nacht für mich geplant hatte. Ich wollte morgen nicht mit einem Haufen Fragen und Gefühlen für ihn nach Chicago zurückkehren, die noch verworrener waren als bei meinem letzten Rückflug. Trotzdem ertönte Pippas Stimme wieder in meinem Kopf, und ich wusste, dass mein Herz in diesem Moment nicht mehr tun konnte, als ihm eine gute Nacht zu wünschen.

„Ich hatte gehofft, dass du mich morgen begleiten würdest", sagte er, bevor ich etwas sagen konnte. „Mein Restaurant hat eine Neueröffnung, und das letzte Mal hat dir das Essen gefallen."

Ich blinzelte. Offensichtlich wollte er, dass ich mindestens einen weiteren Tag blieb, aber das Angebot erfüllte mich nicht mit der gleichen Vorfreude, die ich bei seinen früheren Bitten verspürt hatte. Ich war hin- und hergerissen. Mit ihm zu gehen bedeutete, dass ich eine Umgebung hatte, in der ich mich unterhalten konnte, um die Themen anzusprechen, die mich bedrängten, aber es bedeutete auch, dass ich möglicherweise noch etwas anderes an ihm entdecken würde, das mir einen leichten Brechreiz verursachte.

Er beugte sich ein wenig vor, um mir direkt ins Gesicht zu sehen. „Wenn dir ein Abendessen mit mir nicht reichen sollte ... deine Fotos werden ausgestellt und für alle sichtbar sein", beharrte er mit einem schwachen Lächeln auf seine Lippen.

„Ja", stimmte ich zu. Es wäre kindisch gewesen, ihn abzuweisen, nur weil ich Angst hatte, noch mehr unappetitliche Informationen zu erfahren. Schließlich war die Wahrheit die Wahrheit, ob ich sie nun erfuhr oder nicht, und ich würde mir keinen Gefallen tun, wenn ich im Dunkeln tappte. „Sehr gerne sogar."

„Großartig.“ Er beugte sich zu mir, aber anstatt mich auf den Mund zu küssen, wie ich erwartet hatte, legte er seine Lippen sanft auf meine Stirn. Es war dieselbe romantische Geste, bei der ich früher fast in Ohnmacht gefallen wäre, aber jetzt fühlte sie sich fast gezwungen an. Die gesamte Stimmung zwischen uns hatte sich durch einen einzigen Satz einer mir völlig fremden Frau verändert.

Als ich zurück in mein Zimmer stapfte, bemerkte ich, dass meine Schritte schwerer waren als sonst. Jeder Schritt war wie ein dumpfer Schlag, und selbst das fröhliche Klacken meiner Absätze auf dem Marmorboden konnte mich nicht davon überzeugen, dass ich mir das alles nur einbildete. Das war es nicht. Irgendetwas hatte sich definitiv verändert, und wenn ich morgen wieder mit ihm ausgehen wollte, musste ich mich damit auseinandersetzen.

Mein Herz brauchte Antworten.

Die Suite wirkte kleiner, als ich sie betrat. All das kunstvolle Dekor, die plüschigen Sitzgelegenheiten und das makellose Feng Shui waren wie eine Kulisse für meine mürrische Stimmung. Ich ging geradewegs ins Schlafzimmer, starrte auf die Bettdecke, die vor Stunden noch genau das Outfit gezeigt hatte, das ich jetzt trug, und begann, mich auszuziehen. In einem Paralleluniversum waren es Owens Hände, die das teure

Kleid über meine Kurven gleiten ließen. Es waren seine Finger, die die Riemen um meine Knöchel lösten und mir die Schuhe von den Füßen zogen. Seine Berührung strich über meinen Nacken, um den Verschluss der Diamantkette zu öffnen.

Nicht aber in diesem Universum. Hier war ich allein mit meinen Gedanken und Zweifeln. Noch vor wenigen Stunden war meine Welt auf den Kopf gestellt. Wie konnte sich das Alles so schnell wieder ändern?

Als ich unter die Decke schlüpfte, hatte sich in meinem Bauch ein neuer Knoten gebildet. Die Knoten, die ich zuvor erlebt hatte, waren verdrehte Nerven, Keimlinge der Hoffnung und sich windende Knospen der Erregung. Dieser Knoten jetzt war ekelerregend, eine gefühllose Leere, die sich irgendwie schlimmer anfühlte, als von einer Million Gefühle auf einmal überrollt zu werden. Die Momente mit Owen waren bis zu diesem Zeitpunkt wie ein Traum gewesen, aber jetzt war alles mit einem Schlag zu meinem Albtraum geworden.

Ich schlief lange Zeit nicht ein.

Kapitel 22

Owen

Der Wagen ruckelte leicht, als die Ampel auf Grün schaltete und ich auf das Gaspedal trat. Mein Handy rutschte vom Armaturenbrett, fiel auf den leeren Beifahrersitz und prallte in den Spalt neben der Mittelkonsole. Ich fluchte leise vor mich hin, aber ich war nicht verärgert, dass ich das Ding nicht mehr sehen konnte. Ich war in den letzten sechzehn Stunden schon ein paar Mal kurz davor gewesen, es gegen die Wand zu werfen.

In meinem Bemühen, meine Gefühle über die schreckliche Wendung der Ereignisse von gestern Abend in den Griff zu bekommen, hatte ich mein Telefon als Schuldigen ausgemacht. Alles begann mit diesem verdammten Anruf von Pippa. Sie hatte mir gesagt, dass sie im Club sein würde, und wie ein Idiot hatte ich sie in ihrer Eifersucht gewaltig unterschätzt und Tabby trotzdem dorthin gebracht. Ich hätte es wissen müssen! In den letzten Jahren gab es schon ein paar Vorfälle mit Pippa. Ob aus Arroganz, blindem Vertrauen oder einer Fehleinschätzung heraus, ich hatte das Miststück unterschätzt und gegen mein

Bauchgefühl gehandelt.

Was sie gesagt hatte, machte mich wütend. Um meines Stolzes willen wollte ich das nicht leugnen. Selbst wenn Tabby nicht anwesend gewesen wäre, hätte ich Pippas Worte als beleidigend empfunden. Ich habe meine Affären zwar auf den Club beschränkt, mit dieser einen kürzlichen Ausnahme, aber meistens standen die Frauen, die ich mit nach Hause nahm, gar nicht zur Versteigerung. Wenn ich genau darüber nachdachte, hatte ich im Laufe meiner siebenjährigen Mitgliedschaft nur an etwa einem Dutzend Auktionen teilgenommen, und wenn man bedenkt, dass die Auktionen zweimal bis dreimal pro Woche stattfanden, war ein Dutzend ja wohl kaum erwähnenswert.

Meine Gefühle waren jedoch nicht der Kern des Problems. Zu dieser Erkenntnis war ich irgendwann gegen Sonnenaufgang gekommen, nachdem ich stundenlang in meinem Zimmer herumgelaufen war. Ich war nicht wütend, weil ich beleidigt war, sondern weil Pippas Verleumdung Tabby genauso getroffen hatte, wie sie es sich erhofft hatte. Die gesamte Fahrt zurück zu Tabbys Hotel verbrachte ich schweigend, aber ich konnte natürlich spüren, wie sehr es sie beschäftigte. Als sie dann auf meine Einladung derart zurückhaltend reagiert hatte, stieg tatsächlich ein Anflug von Panik in mir hoch. Ich hatte völlig vergessen, ihr die teuren Kleider vom Leib zu reißen und ihren schönen Körper zu verwöhnen. Das Einzige, was ich wollte, war zu wissen, dass sie okay war.

Und dass wir okay waren.

Diese Frau hatte mich in ihren Bann gezogen, dessen war ich mir jetzt bewusst. Vielleicht war das das einzig Gute an dem Chaos gerade. Ich war mir sicher, was meine Gefühle für Tabby angingen. Vorbei die Zeit des Vielleichts und des Verdrängens. Es war ihr Name, der auf meinem Herzen stand, und ich wollte nichts lieber, als die letzte Nacht wiedergutzumachen.

Die Idee kam mir, als ich aus einem kurzen Schlaf erwachte. Ich erinnerte mich an ihre Bemerkung im Restaurant, dass sie keinen Wert auf Materielles legte, und schritt zur Tat. In meinem riesigen Kleiderschrank fand ich, umzingelt von meinen unzähligen Anzügen, eine Jeans, an der vorwurfsvoll sogar noch das Etikett hing. Die Wahl eines Hemdes war einfacher, denn ich wollte immer noch gut aussehen, und so wählte ich ein einfaches silbernes Button-down-Hemd aus einer der vielen Möglichkeiten. Nach einer ausgiebigen Dusche schlüpfte ich in meine Schuhe und sprang in meine Limousine, um mich von Stephan zu einem Mietwagen fahren zu lassen.

Die einzige Chance, die ich hatte, war es, ihr den Mann zu zeigen, der ich *wirklich* war.

So saß ich nun also in diesem einfachen Honda Civic eilig in Richtung ihres Hotels. Ohne Stephan, ohne Champagner, selbst ohne eine Krawatte. Alles gefühlt zum ersten Mal seit einer halben Ewigkeit, und ich mochte dieses unerwartete Gefühl.

***

Ihr Gesicht verzog sich, als ich unter dem Vordach des Parkhauses vorfuhr und sie erkannte, dass ich es war, der hinter dem Steuer des einfachen Fahrzeugs saß. Ich stieg aus, ging auf die Beifahrerseite und öffnete ihr die Tür. „Ihr Wagen", sagte ich ritterlich zur Begrüßung.

„Danke." Ich konnte die Verwunderung in ihrer Stimme hören, als ich ihr half, auf den durchgesessenen Stoffsitz zu rutschen.

Mit einem lauten Knall zog ich die Tür hinter mir zu und hörte sie sagen, dass sie sich nie hätte vorstellen können, mich hinter dem Lenkrad eines Hondas zu finden. „Eigentlich nicht mal überhaupt hinter einem Lenkrad. Brauchst du Hilfe?"

„Ich stecke voller Überraschungen. Und nein danke", scherzte ich. Mein Gehirn zog eine Grimasse und erinnerte mich an die Bemerkung von Pippa.

„Den Eindruck habe ich auch“, antwortete Tabby, und es freute mich, dass in ihrem Ton kein bisschen Unmut zu hören war. Sie streckte die Hand aus und zupfte an meinem Hosenbein. „Du trägst auch eine Jeans. Ich dachte, du kämst in italienischer Wolle aus dem Mutterleib.“

„Hören Sie mal gut zu, meine Teure“, fing ich an. „Du warst es doch, die mir letzte Nacht davon erzählte, dass du auf dieses ganze High-Society-Ding nicht stehst. Nun bekommst du, was du wolltest! Ein ganz normales Date nämlich!“

Sie kicherte. Ein Geräusch, wie Musik in meinen Ohren. „Gut, aber wenn du anfängst, mir von jedem Fußballspiel zu erzählen, das es gibt, oder von den ekelhaften Methoden, die du und deine Freunde herausgefunden haben, um ein Bier zu öffnen, werde auch ich ganz normal. Ok?“

„Ach ja? Was würde denn passieren?“

„Ich würde einer Freundin texten, dass sie mich mal ganz dringend anrufen und einen Notfall vortäuschen soll, um mich aus einem Horror Date zu befreien.“

Ich brach in schallendes Gelächter aus. „Sag mir nicht, dass Frauen das tatsächlich tun!“ rief ich durch mein Lachen hindurch aus.

Tabby weitete die Augen und nickte feierlich mit dem Kopf,

als sie sagte: „Oh, ja. Die ganze Zeit über. Meine beste Freundin Heather hat mich so oft anrufen lassen, dass sie jetzt nur noch ein C schreibt und ich weiß, dass ich ihr aus der Patsche helfen soll."

„Was ist mit dir?" fragte ich, ließ meinen Blick von der Straße ab, um sie zu mustern. „Und wie oft hast du Männerherzen auf diese Art gebrochen?", fragte ich noch immer kichernd.

„Zweimal", gestand sie, während sie ein Peace-Zeichen machte. „Und beide Male, weil die Jungs genau das taten, wovor ich dich gerade gewarnt habe."

Die Spannungen von gestern Abend schienen verschwunden zu sein. Vielleicht hatte ich zu viel hineininterpretiert oder Tabby hatte nur gewartet, bis wir im Restaurant waren, um ernsthaft zu werden, aber so oder so war der Rest der Fahrt durch und durch angenehm und entspannt. Ich hatte ein so gutes Gefühl bei unserer erfrischenden Dynamik, dass ich mich, als ich in eine Parklücke fuhr und das Auto abstellte, umdrehte und dreist meinen Mund auf ihrem platzierte. Sie wich nicht zurück. Ich schob meine Zunge zwischen ihre Lippen und spürte das vertraute Pochen in meinem Schwanz, als ihre Zunge als Antwort über meine strich. Alles fühlte sich wieder richtig an.

Ich umklammerte leicht ihre Taille, als ich sie in das Restaurant führte, wo ich sofort von einer der Angestellten in Empfang genommen wurde. Ich hatte zwar viele der Mitarbeiter kennengelernt, aber mit der Einstellung des Personals hatte ich nichts zu tun, und ich kannte das Mädchen nicht, aber sie schien mich zu kennen. Ihre Haltung richtete sich auf, ihr Lächeln hellte sich auf, und ihre Stimme hob sich um ein oder zwei Töne, als sie sich vorstellte. „Hallo, Mr. Driscoll. Ich bin Sarah, und ich werde heute Abend Ihre Gastgeberin sein. Wir sind so froh, Sie heute Abend zu sehen. Darf ich Sie zu Ihrem Tisch führen?"

„Vielen Dank", sagte ich, während Sarah sich umdrehte und uns in den eleganten Speisesaal führte. Eine Hand steckte ich in meine Hosentasche, mit der anderen kitzelte ich Tabby.

„Stoppppp!" zischte sie. „Die Leute gucken schon!"

„Und?" forderte ich sie heraus und schärfte meine Nägel wieder an ihren Rippen. „Ich bin einer der Investoren. Das macht mich zu einem Ehrengast. Wenn ich wollte, könnte ich dich auf jeden dieser Tische werfen und dich bis zum nächsten Sonntag kitzeln, und niemand würde ein verdammtes Wort darüber verlieren."

Sie hielt sich den Mund zu, um einen Aufschrei zu

unterdrücken, und griff nach meiner Hand, um mich davon abzuhalten, sie weiter zu quälen.

„Ich könnte dich auch auf einen Tisch werfen und noch ganz andere Dinge mit dir anstellen", fügte ich leise grinsend hinzu.

Ihre Lippen schoben sich nach oben, und sie schlug mir halbherzig mahnend gegen den Arm. Ich kicherte daraufhin und blieb hinter Sarah stehen, als sie sich umdrehte und auf einen leeren, schön gedeckten Tisch deutete. „Da sind wir!", verkündete sie.

„Danke", sagte ich, holte meine Hand aus der Tasche und reichte ihr einen losen Zwanziger. Ihre Augen weiteten sich anerkennend, und sie wartete, bis Tabby und ich uns niedergelassen hatten, um uns die Speisekarten zu reichen und uns ein angenehmes Essen zu wünschen.

„Weißt du", murmelte Tabby weise, „ein Durchschnittsmann hätte ihr kein Trinkgeld gegeben."

Ich verzog das Gesicht und erwiderte: „Und du verschwendest deine Zeit mit solchen geizigen Typen?"

„In letzter Zeit nicht", lachte sie.

Ein Mann stürzte mit einem Krug Wasser in der Hand auf unseren Tisch zu. „Wie geht es Ihnen heute Abend?", fragte er in gebrochenem Englisch, nahm zuerst Tabbys leeres Glas und schüttete eine großzügige Menge Eiswasser mit Zitronenscheiben hinein.

„Sehr gut, danke", sagte ich ihm freundlich. „Und wie geht es Ihnen?"

„Sehr gut, Sir. Sehr gut."

„Passiert irgendetwas Besonderes in Ihrem Leben?"

Er lächelte irritiert und schüttelte den Kopf. „Oh, nein, Sir. Ich arbeite nur."

„Nun, in dieser Wirtschaftslage ist das schon viel wert", versicherte ich ihm. „Machen Sie weiter so."

Sein jungenhaftes Strahlen verbreiterte sich, und er senkte den Kopf, bevor er davonhuschte. Tabby lehnte sich amüsiert über den Tisch und flüsterte hörbar: „Ein Durchschnittsmann bei einem ganz normalen Date hätte auch nicht nach seinem Leben gefragt."

„Du siehst, ich bin ein Rebell!" antwortete ich spielerisch.

Sie lachte und lehnte sich zurück, dann veränderte sich ihr Gesicht langsam. Ihre Augen funkelten noch immer, aber ihr Kiefer wurde hart und ihre Wangenknochen wurden hart. Ich wusste, was kommen würde, bevor es kam, aber ich weigerte mich, die Augen zu verschließen und meine üblichen vagen Antworten zu geben. Ob es mir nun gefiel oder nicht, ich hatte mir meine Gefühle für Tabby eingestanden, und mich jetzt zu verschließen, würde im Grunde einen Neustart der Spannungen von gestern Abend garantieren.

„Also", sagte sie, verschränkte ihre Finger ineinander und beobachtete mich genau. „Ich habe gehört, dass du gerne für deine Frauen bezahlst."

Kapitel 23

Tabby

Meine Hände fühlten sich schwer an. Der Knoten in meinem Magen, der sich gestern Abend gebildet hatte, war jetzt eher wie ein geschwollener Ballon, der darauf wartete, zu platzen. Ich wollte die Worte zurücknehmen, sobald ich sie gesagt hatte, aber sie waren bereits da draußen im Universum und hingen zwischen Owen und mir. Er war bei allem, was mit dem Club zu tun hatte, so zurückhaltend, dass ich mir nicht vorstellen konnte, dass er bereit war, darüber zu sprechen.

Ich war mir auch sicher, dieses heikle Thema anzusprechen, würde eines der letzten Dinge sein, bevor er aus meinem Leben treten würde.

Aber das spielte keine Rolle. Ich brauchte Gewissheit, und wenn er nicht bereit war, irgendwelche Geheimnisse preiszugeben, musste ich das auch wissen. Sicher, es bestand die Möglichkeit, dass ich früher als erwartet mit einer zermürbten Seele nach Chicago zurückkehren würde, aber so war das Leben. Es würde andere geben, Männer, die bereit waren, sich ganz und gar mit mir zu teilen. Nicht wie Owen, aber es gab auch niemanden wie Owen.

Zu meiner Überraschung stützte er seine Unterarme auf die Tischkante, beugte sich näher zu mir und sagte: „Ich weiß, du hast Fragen. Schieß los."

Da war sie also... die Erlaubnis, die Vorhänge zurückzuziehen und in das Leben des größten Geheimniskrämers der Welt zu blicken. Ich hätte die Gelegenheit ergreifen und ihn mit Fragen überhäufen sollen, aber ich war wie gelähmt. Mein Gehirn schrie mich an, ich solle etwas fragen, bevor er es sich anders überlegt und wieder dicht macht, aber mein Mund war trocken und ich konnte keinen zusammenhängenden Satz bilden. Wer war dieser Mann mit den Jeans und dem Honda und der Bereitschaft zu teilen?

War es möglich, dass ihn meine Wahrnehmung von ihm wirklich interessierte?

Ich hatte keine Zeit, wieder zu lernen, wie meine Zunge funktionierte, bevor wir unterbrochen wurden. „Ich habe mich schon gefragt, ob ich Sie heute Abend sehen würde", sagte der Kellner mit vornehmer Verbeugung, seine Hände hinter dem Rücken verschränkt. Es war offensichtlich, dass sie sich kannten.

„Ich musste sicherstellen, dass mein Geld gut angelegt ist", scherzte Owen. Dann griff er nach meiner Hand. „Ich möchte dir mein Date vorstellen, Tabby Rickard. Tabby, das ist Sam."

„Freut mich, Sie kennenzulernen, Miss!" rief Sam. Er war ungestüm und überschwänglich, und er strahlte eine ehrliche Fröhlichkeit aus, die heutzutage nur noch selten zu finden ist. In seinem Auftreten war kein bisschen Falschheit zu erkennen.

„Ich freue mich auch, Sie kennenzulernen", antwortete ich mit einem aufrichtigen Lächeln.

Owen grinste mich von der anderen Seite des Tisches an. Ich hob neugierig eine Augenbraue, aber er gab mir keinen Hinweis auf den Grund seines Grinsens und fragte stattdessen Sam: „Wie geht es Patty? Geht es ihrer Boutique gut?"

„Oh, ihr geht's großartig! Einfach großartig!" schwärmte Sam und warf den Kopf zurück und schüttelte ihn wild. „Ich könnte nicht glücklicher sein, sie zu haben, und sie weiß das auch!"

„Und Kel? Freut er sich darauf, wieder zur Schule zu gehen?"

„Am Tag nach seiner Heimkehr war er ganz aus dem Häuschen", erzählte Sam mit der gleichen Kopfbewegung. „Ich sagte ihm: 'Sohn, nutze deinen Urlaub jetzt, denn wenn du erst einmal deinen Abschluss hast, wirst du dich nie wieder entspannen können!',,

Wieder musste ich lachen, Owen hob seinen Blick zur Decke. „Ist das nicht wahr?", bemerkte er. „Es freut mich zu hören, dass es dir gut geht, Sam."

„Ah das tut es. Und wie steht es bei Ihnen, Sir? Was macht das Business?"

Als Owen und Sam sich kurz über Owens Karriere unterhielten, sah ich fasziniert zu. Zwischen den beiden Männern schien eine echte Freundschaft zu bestehen, nicht die Art von Freundschaft, die aus Kinobesuchen und gemeinsamen Drinks besteht, sondern die Art, die aus ehrlichem Interesse am Wohlergehen des anderen erwächst. Es war eine Beziehung der Reinheit, des guten Herzens und der Menschlichkeit. Ich war fasziniert. Es war das erste Mal, dass ich Owen mit einem Angestellten auf einer Ebene interagieren sah, die über grundlegende Höflichkeiten hinausging – vielleicht mit Ausnahme von Stephan – obwohl ich wusste, dass sie nicht durch das, was sie zueinander sagten, sondern durch das, was sie nicht taten, freundlich waren.

Sam nahm unsere Getränkebestellungen auf, verneigte sich dann und ging davon, so dass Owen und ich wieder allein waren. Noch immer war ich besorgt, dass die Gelegenheit, ihm all meine Fragen zu stellen, nun verpasst worden war, aber ich war auch in den herzerwärmenden Austausch vertieft, dessen Zeuge ich gerade geworden war.

„Wie lange kennst du ihn schon?“ erkundigte ich mich stattdessen, nachdem Sam verschwunden war.

„Etwa drei Wochen.“ Meine Augenbrauen schossen überrascht in die Höhe. „Er wurde eingestellt, kurz bevor du nach New Orleans zur Hochzeit deiner Cousine kamst.“

„Wow. Ich hätte schwören können, ihr kennt euch seit Jahren.“

Owen lächelte vage, aber er gab keine weitere Antwort. Meine Angst vor einer verpassten Gelegenheit kehrte mit voller Wucht zurück, aber sie war umsonst. „Du hast also Fragen?“

„Ja“, sagte ich langsam. Ich war geneigt, langsam und vorsichtig zu beginnen, aber das würde nur Zeit verschwenden, und ich musste den Dingen auf den Grund gehen, also stürzte ich mich kopfüber hinein. „Was hat Pippa gestern Abend gemeint?“

Er zögerte nicht. „Ich habe auf Pippa geboten, als sie das erste Mal in den Club kam, und danach noch ein paar Mal. Damals schien sie noch harmlos zu sein. Inzwischen habe ich erfahren, dass sie extrem eifersüchtig und beeindruckend manipulativ ist. Aus irgendeinem Grund mag sie keine anderen Frauen an meinem Arm, und sie scheint den falschen Eindruck zu haben, dass ich mich für sie entscheiden würde, wenn alle anderen Optionen wegfielen. Was sie wirklich wütend macht, ist, wenn ich mit einer Frau zusammen bin, die nicht an der Auktion teilgenommen hat, weil sie nur begehrt ist, wenn sie auf der Bühne steht. Wenn sie im Club auftaucht, ohne mitzumachen, wird sie allein gelassen, während andere Frauen wie heiße Ware weggeschnappt werden, und das macht sie wütend. Gestern Abend warst du eine dieser Frauen, und du warst mit mir zusammen, also war sie entschlossen, einen Weg zu finden, mich schlecht aussehen zu lassen und so dein Interesse und ihre Konkurrenz auszuschalten."

„Es war also nichts Wahres dran?" fragte ich zweifelnd. „Willst du mir sagen, dass sie einfach etwas erfunden und in die Welt gesetzt hat, in der Hoffnung, dass es hängen bleibt?"

„Ich habe schon für Frauen bezahlt, wenn man das bei den Versteigerungen so nennen kann", sagte er unbeirrt. „Nicht annähernd so oft, wie Pippa es klingen ließ, aber es ist vorgekommen. Sie war eine der wenigen, die immer einen Scheck erhielt- natürlich für die Wohltätigkeitsorganisation ihrer Wahl."

„Aber du hast keine Nutten auf der Straße gekauft?"

drängte ich.

Owen gluckste und schüttelte seelenruhig den Kopf. „Nein."

Erleichterung machte sich in meinem Bauch breit und löste den Knoten auf. Ich war jetzt Feuer und Flamme. Er beantwortete meine Fragen, ohne auch nur auszuweichen, und ich hatte eine ganze Ladung davon. Ich rutschte auf meinem Stuhl nach vorne, senkte meine Stimme und fragte kühn: „Was sind Howies Interessen?"

Er sah mich einen Moment lang an, dann zogen sich seine Mundwinkel zu einem amüsierten Grinsen nach oben. „Fragst du, weil du die Hinweise auf meine Interessen herausfinden willst, oder weil du die von Howie wissen willst?"

„Ja", lachte ich.

Er musterte mich noch für einen langen Moment, bevor ich das Einlenken in seinem Gesicht sah. „Howie mag es, verletzt zu werden."

Ich starrte ihn an. Ich war mir nicht sicher, ob ich ihn richtig verstanden hatte. „Verletzt?"

„Ja. Gepeitscht, geschlagen, getreten, versohlt, gewürgt. Er sehnt sich nach Schmerz."

„Oh mein Gott", murmelte ich. Ich hatte schon von solchen Dingen gehört, von Domina und all dem, aber ich hatte noch nie jemanden getroffen, der auf so etwas stand. Zumindest nicht, dass ich wüsste. „Also... du tust anderen gerne weh?"

Owen runzelte die Stirn und fragte: „Wie kommst du darauf?"

„Weil du gesagt hast, dass Howies und deine Fantasien gegensätzlich sind. Wenn er gerne Schmerzen bekommt, teilst du dann gerne aus?"

Ich war mir nicht sicher, auf was für eine Antwort ich gehofft hatte. Bisher hatte er keine Anzeichen dafür gezeigt, dass er mich zum Weinen bringen oder Striemen auf meinem ganzen Körper hinterlassen wollte, aber er könnte das Verlangen um seines Geheimnisses willen unterdrückt haben. Zugegeben, ich war von der Idee leicht angetan, weil sie so neu war. Die Verlockung war jedoch von Angst überschattet, und ich war mir ziemlich sicher, dass ich nicht darauf aus war, Schmerzen zu ertragen, wie er es vielleicht wollte.

„Nein." Das Wort war wie eine Wohltat für meine Seele, und ich entspannte mich sofort. Das Rätsel um seine eigenen Interessen bestand zwar immer noch, aber es kam mir plötzlich nicht mehr ganz so wichtig vor. Allein die Gewissheit, dass er mir nicht den Hintern versohlen oder mich blutig peitschen wollte, war schon eine Erleichterung. Das musste sich in meinem Gesicht gezeigt haben, denn er beobachtete mich mit demselben Ausdruck, mit dem man eine lustige Fernsehsendung betrachtet. „Ich bin ... vielschichtiger als das."

„Inwiefern?"

Genau in dem Moment kam Sam zurück mit unseren Drinks auf einem Tablett in seinen Händen. Er stellte sie ab, trat dann zurück, sah zwischen uns hin und her und fragte schließlich: „Hatten Sie genug Zeit, die Speisekarte zu studieren?"

Ich hatte noch nicht einmal einen Blick auf die Speisekarte geworfen, ebenso wenig wie Owen, aber er antwortete: „Ich habe gehört, Nikolai möchte das Fondue testen lassen."

„Oh ja, und Sie werden die Ehre haben, die Ersten zu sein!" jubelte Sam erfreut.

„Perfekt. Dann nehmen wir das." Damit nahm mir Owen die Karte ab und reichte sie an den Kellner weiter. „Ach, bevor ich es vergesse. Ist Rafael heute da?"

„Heute leider nicht, Sir. Seine Frau liegt in den Wehen und es könnte jeden Moment so weit sein."

„Das hat er mir auch gesagt, als ich ihn letzten Mittwoch

gesehen habe", nickte Owen. „Grüßen Sie ihn das nächste Mal von mir, wenn er hier ist, ja? Und sagen Sie ihm, dass der Korb, den ich geschickt habe, schon eingepackt war, ich bin also nicht dafür verantwortlich, sollte der Inhalt nichts taugen."

„Das werde ich, Sir", lachte Sam.

Sobald Sam außer Hörweite war, wiederholte ich, „Ein Korb?"

„Rafael ist einer der Barkeeper hier. Tatsächlich hat der Job dank meiner bescheidenen Mithilfe. Vorher hat er im Blackjack Club hinter dem Tresen. Auf jeden Fall bekommt er jetzt – hoffentlich bald – sein erstes Kind, also bat ich meine Assistentin, ihm und seiner Frau einen dieser kitschigen Baby Körbe zu schicken. Mit Windeln, Flaschen und was weiß ich", erklärte Owen.

Ich hatte von Anfang an gewusst, dass Owen ein Mann der Überraschungen ist, aber diese Nacht hat alles übertroffen. Gerade als ich dachte, ich würde ihn langsam verstehen, hielt er eine völlig neue Seite für mich zum Entdecken bereit. Um ehrlich zu sein, fand ich diese neue Seite genauso sexy wie die andere.

„Du scheinst dich wirklich sehr um die Leute zu kümmern, die für dich arbeiten", sagte ich nicht ohne Bewunderung. „Ich mein ... auch wenn sie nicht direkt für dich arbeiten. Aber du weißt schon, was ich sagen will."

„Wenn es etwas gibt, das ich schon früh in meiner Karriere gelernt habe, dann, dass man sich nur dann gewollt, gebraucht und glücklich fühlen kann, wenn sich die Menschen um einen herum gewollt, gebraucht und glücklich fühlen", sagte er. „Und das gilt auch nicht nur für die Arbeit. Es ist nett, wichtig zu sein, aber es ist noch wichtiger, nett zu sein."

Kapitel 24

Owen

Während des gesamten Essens war ich sehr aufgeregt. Obwohl das Essen fantastisch und der Service tadellos war, wartete ich unendlich lange auf den Moment, in dem Tabby sich daran erinnerte, wo wir im Gespräch über Howie aufgehört hatten, und mich nach mir fragte. Ehrlich gesagt, fand ich es gar nicht so schlimm, meinen Fetisch zu gestehen, und ich hatte das in der Vergangenheit auch schon oft getan, aber das war das erste Mal, dass ich ihn jemandem erzählen musste, dessen Reaktion mir wirklich etwas bedeutete. Wenn sie negativ reagierte, oder schlimmer noch, wenn sie mich überhaupt nicht mehr sehen wollte, wusste ich, dass mich das härter treffen würde als alle anderen negativen Reaktionen, die ich im Laufe der Jahre erlebt hatte.

Die Frage kam jedoch nicht zur Sprache. Wir unterhielten uns während des Essens so mühelos, dass nie der Moment kam, in dem sie mir in die Augen sah und den Wunsch äußerte, es zu erfahren. Natürlich wusste ich bereits, wie sehr sie wollte, dass ich es ihr sage. Das hatte sie immer mal wieder deutlich gemacht. Aber dieser Abend war ihre Chance, es ein für alle Mal herauszufinden, und dennoch verbrachte sie das Abendessen damit, über das Essen, Chicago und ihre letzten Fototermine zu sprechen. Als wir aufstanden, um zu gehen, merkte ich, dass ich ein wenig enttäuscht war. Ich hatte mich so gründlich darauf vorbereitet, ihr alles zu erklären, dass mir nicht in den Sinn gekommen war, dass wir abgelenkt werden könnten, und ich hatte das Gefühl, dass wir die ganze Sache umschifft hatten.

Wie enttäuschend, mir brannte es unter den Nägeln.

Ich führte sie zum Honda und half ihr hinein, wie es sich für einen Gentleman gehört, dann stieg ich selbst ein. Ich hatte nicht die Absicht, sie heute Abend in den Club mitzunehmen. Es gab sowieso keine Auktion, und das schien das Einzige zu sein, was sie an diesem Ort interessierte. Ich startete den Wagen und beobachtete sie aus dem Augenwinkel, als ich vorschlug: „Wenn du es sehen willst, würde ich dir gerne mein Haus zeigen. Es ist wahrscheinlich genau das Richtige für dich, mit der ganzen Kreativität in dir und allem."

„Im Ernst?" Ihr ganzes Gesicht leuchtete auf wie ein Weihnachtsbaum, und ich konnte das Bedauern in ihren Augen sehen, dass sie ihre Kamera nicht mitgebracht hatte. Ich hatte keine Ahnung, was sie für Vorstellungen hatte, aber eine innere

Stimme sagte mir, dass sie so oder so nicht enttäuscht sein würde, wenn sie es sah. „Liebend gerne sogar!"

Die meiste Zeit der Fahrt schwiegen wir, im Gegensatz zum vorherigen Abend jedoch aus Gründen, die nicht unterschiedlicher hätten sein können. Es gab kein Unbehagen oder keine Spannungen zwischen uns, es sei denn, die sexuelle Spannung zählte, in diesem Fall war sie so präsent wie immer, und ich konnte die Aufregung spüren, die Tabby neben mir ausstrahlte, als wir aus den Kommerz-Vierteln in die ruhigeren Nachbarschaften mit weitläufigen Gärten und einladenden Veranden fuhren. Mir kam der Gedanke, dass sie New Orleans bei ihrem letzten Aufenthalt wahrscheinlich nicht richtig gesehen hatte, und ich beschloss, dass ich dieses Mal ihr persönlicher Reiseleiter sein musste.

„Da wären wir", sagte ich und bog in die Einfahrt ab. Am geschlossenen Eisentor hielt ich an und lehnte mich aus dem Fenster, um den Zugangscode einzugeben.

„Du nimmt mich auf den Arm, oder?" rief sie.

Ich hielt inne, als ich mit dem Zeigefinger auf die nummerierten Knöpfe tippte, und sah sie an. „Wovon redest du? Ich bin heute Abend vielleicht ein Durchschnittstyp, aber ich weiß immer noch, wo ich wohne", scherzte ich.

„Keine Chance, dass du hier wohnst", argumentierte sie mit einem heftigen Kopfschütteln. „Niemals. Das muss ein Museum oder so etwas sein, oder eines dieser Plantagenhäuser, die man für Hochzeiten vermietet."

„Tatsächlich war die letzte Hochzeit, die hier stattfand, im späten neunzehnten Jahrhundert", erklärte ich ihr süffisant und lehnte mich näher zu ihr, als sich die Tore langsam öffneten. „Es waren ein Arzt im Ruhestand und eine junge Schullehrerin. Ein ziemlicher Altersunterschied, aber anscheinend hatten sie vier Kinder und waren sehr glücklich."

„Na klar", sagte sie und rollte mit den Augen. Sie wies mit einer Hand auf die Windschutzscheibe. „Wer könnte denn hier leben und *unglücklich* sein?"

Ich lachte. Ich hatte nicht wenige Abende in diesem Haus verbracht, an denen ich aus dem einen oder anderen oberflächlichen Grund deprimiert, morbide oder geradezu hasserfüllt auf die Welt war. Aber jetzt, wenn ich die emporragenden Säulen und die verschnörkelten Fenster betrachtete und das fröhliche goldene Licht, das auf den smaragdgrünen Rasen fiel, Tabby neben mir, konnte ich mir nicht vorstellen, dort weniger als glücklich zu sein.

„Bist du bereit?" fragte ich.

„Gott, ja!“ Sie war so rein und mädchenhaft, dass die Gefühle, die ich in diesem Moment empfand, von der ganz unschuldigen Sorte waren – verspielt und anbetend und schwindlig. Ich wollte sie kitzeln und die Schreie hören, die sie im Restaurant unterdrückt hatte. Ich wollte sie hochheben und über meine Schulter werfen und sie meinen Mitarbeitern vorstellen, nur um sie in Verlegenheit zu bringen, so dass ihre Wangen rot wurden. Ich wollte mit ihr auf dem weichen Gras ringen, bis wir atemlos waren, und stundenlang in die Sterne starren.

Was war nur los? Diese Frau machte mich noch zum Vorzeigeromantiker.

Die Tür, eine von zwei, die einen ziemlich imposanten, aber verzierten Eingang bildeten, öffnete sich, bevor wir sie erreichten. Mein Butler, David, trat zur Seite, als wir eintraten, und ich stellte ihn sofort vor, während er unsere Mäntel entgegennahm. Tabby begrüßte ihn mit ihrer typischen Freundlichkeit, und Dieter antwortete höflich, dann fragte er, ob ich etwas brauche, und verließ das Foyer, nachdem ich ihm gesagt hatte, dass es mir gut geht.

„Wow“, flüsterte sie, und das Wort sprudelte aus ihr heraus wie Wasser.

Ihr Gesicht war zur Decke geneigt, die drei Stockwerke

hoch und mit einem Wandgemälde bemalt war, das von einem sommerlichen Sonnenuntergang in Louisiana inspiriert war. Es war ein gewagtes Werk, das viele Jahre, bevor ich das Haus gekauft hatte, hinzugefügt worden war. Ich sah, wie sie mit den Fingern in der Luft strich, als würde sie die Bewegung des Auslösens einer Kamera nachahmen. Als sie schließlich den Blick abwandte, um die hoch aufragende Doppeltreppe zu betrachten, hörte ich, wie sie zischend die Luft zwischen ihren Lippen einsaugte.

„Hast du manchmal das Gefühl, dass du hier drin sehr vorsichtig sein musst, weil sonst eine Wache kommt und dich anschreit?", flüsterte sie.

Ich lachte, und der Klang hallte von den porträtgeschmückten Wänden wider. „Ich nicht, aber ich weiß, dass einige meiner Mitarbeiter es tun."

„Wie viele Angestellte hast du denn?" fragte sie und sah mir dabei zum ersten Mal wieder in die Augen.

„Etwa 15, je nachdem." Ich drehte mein Kinn in Richtung eines der beiden riesigen Torbögen, die in angrenzende Räume führten. „Willst du einige von ihnen kennenlernen?"

Tabby nickte und erlaubte mir, ihre Hand zu nehmen. Ihre Augen waren groß, als ich sie in einen alten Salon führte, durch einen schmalen Korridor und in eine Küche, die größer war als die von Nikolai. Mehrere Hausangestellte wuselten herum, darunter mein Koch, meine Haushälterin und Stephan.

„Tabby, das ist Arturo, mein persönlicher Koch und derjenige, der es mir ermöglicht, mich fit zu halten. Arturo lächelte und schwenkte einen Spachtel. „Und das ist Marie Boudreaux. Ohne sie wäre dieser Ort ein trauriges, schmutziges Andenken an die Geschichte, das den Elementen zum Opfer fällt."

Marie eilte mit ausgestreckten Händen herbei und nahm Tabbys freie Hand dazwischen. „Oh, meine Liebe, es ist mir ein Vergnügen, Sie kennenzulernen", schwärmte sie. „Ich wusste nicht, dass Sie kommen würden. Bin ich froh, dass ich heute die Laken gemacht habe. Brauchen Sie etwas Besonderes? Ein Gänsefederkissen vielleicht?"

„Nein, nein, alles gut. Danke!" Tabby lächelte. Es überraschte mich nicht, dass sie und Marie sich auf Anhieb gut verstanden, denn sie teilten den gleichen Esprit. Trotzdem wollte ich sie da rausholen, bevor Maries Plappermaul mehr verriet, als ich wollte. Ich hatte nicht allzu viel über Tabby gesprochen, seit ich sie zum ersten Mal getroffen hatte, aber Marie war der Typ, der alles aufschnappte, was verbal oder anderweitig geäußert wurde, und ich war sicher, dass sie wusste, dass dieses Mädchen der Grund für mein außergewöhnliches Verhalten in der letzten Zeit war.

„Stephan kennst du ja bereits", schloss ich die kleine Vorstellungsrunde. Er verneigte sich und die Tour konnte fortgesetzt werden. „Komm mit, ich zeig dir die nächste Etage."

Ich war erregt, fast schon auf beängstigende Weise. Sie in meinen Räumen zu haben, war deliziöser, als ich es mir je hätte vorstellen können. Ihr Duft, der durch meine Flure wehte, ihr Lächeln, das meine weitläufigen Räume erhellte, und ihr liebes Wesen, das meine Arbeiter bezauberte, passten so perfekt zusammen, als wäre sie schon immer da gewesen. Und es brachte mich dazu, sie zu wollen. Wirklich sehr.

Ich brauchte sie jetzt.

In dem Moment, als ich sie in mein Schlafzimmer führte, schloss ich die Tür hinter uns. „Hier also ist das sagenumwobene Schlafzi–"

Ich unterbrach sie, indem ich sie an der Taille packte, sie an mich zog und meinen Mund auf den ihren presste.

Kapitel 25

Tabby

Alles um mich ging in Flammen auf. Die Luft war heiß, meine Haut glühte, mein Mund war staubtrocken. Ich brannte von innen heraus, und ich genoss jedes Flackern der metaphorischen Flammen. Die Zweifel und Bedenken, über die ich gestern Abend stundenlang gegrübelt hatte, waren durch seine Geste des „Durchschnittsmannes" und unser Gespräch im Restaurant so weit besänftigt worden, dass sie sich zu einem lodernden Verlangen verdichteten, einem Bedürfnis nach körperlicher und emotionaler Befreiung. Ich hatte mich an meine Sorgen angekettet, und es waren die Hände auf meinen Hüften, die mich befreien würden.

Unsere Arme verschlungen sich im Kampf darum, wer den anderen zuerst ausziehen würde können. Seine Fingerspitzen rückten vor über meinen Brustkorb unter mein Top. Ich riss sein Hemd aus seiner Jeans und vergrub meine Nägel tief in seinem Muskelberg am Rücken. Unter einem Feuerwerk aus herrenlosen Knöpfen und Schweißperlen vereinigten sich unsere Münder. Seine Hände glitten unter meinen BH und streichelten meine Brüste. Als er mit seinen Daumen über die weiche Haut meiner Brustwarzen fuhr, drückte mein Becken unwillkürlich gegen ihn und ich stöhnte in seinen Mund. Gierig biss er in meine Unterlippe und engumschlungen tanzten wir rückwärts in Richtung des Betts. Ich packte sein Hemd mit beiden Fäusten, um es ihm über den Kopf zu ziehen, aber er unterbrach unseren Kuss, packte meine Handgelenke und warf mich zurück auf die samtweiche Bettdecke. Unweigerlich tauchte kurz ein unscharfes Bild von Marie in meinem Kopf auf. Durch die Dunkelheit hindurch sah ich, wie er sich das Hemd von seinem durchtrainierten Oberkörper riss, und dann richtete sich sein Blick wieder auf mich. Ein Grinsen zeichnete sich auf seinen Lippen ab, und das jagende Alphatier in ihm kam zum Vorschein.

Er ließ sich so langsam neben meinen Füßen auf das Bett fallen, dass es fast eine Qual war, ihm zuzusehen und darauf zu warten, was er als Nächstes vorhatte. Sein Zeigefinger glitt über die Oberseite meines bestrumpften Fußes, was mir einen Schauer entlockte, und dann streifte er den Schuh mit einer einzigen mühelosen Bewegung ab. Nachdem er die Aktion mit dem anderen Fuß wiederholt hatte, kroch er wieder auf mich zu. Sein Gesichtsausdruck war ausgehungert, obwohl ich wusste, dass es kein Essen war, nach dem er sich sehnte.

Ich stützte mich auf die Ellbogen und versuchte, mich von seiner einschüchternden Art nicht beeindrucken zu lassen.

Er hielt inne, hob eine Braue. Seine Augen funkelten glühend. Plötzlich umschloss er meinen Knöchel mit seiner Hand und zog daran, warf meine Arme unter mir weg und ließ meinen Rücken mit einem dumpfen Aufprall auf die Matratze knallen. Ich schrie erschrocken auf, aber genauso schnell, wie er mich hingelegt hatte, schob er mein Top bis zum Hals hoch und klemmte meine Arme in dem verdrehten Stoff ein, sodass sie hilflos über meinem Kopf lagen. Als ob nichts geschehen wäre, kehrte er zu seinen mühsam langsamen Bewegungen zurück. Mit einem Knie und einer Hand auf beiden Seiten meines Körpers kroch er nach oben, bis er auf Höhe meines Schlüsselbeins war. Ich spürte seinen Atem auf meiner Haut, kühl gegen den adrenalinhaltigen Schweiß, der sich dort zu bilden begann. Er zupfte mit beiden Händen am unteren Teil meines BHs, hielt seine Augen auf die meinen geheftet und drehte die Körbchen um, so dass die Brüste darunter zum Vorschein kamen. Dann senkte er seinen Kopf, küsste eine Spur in der Mitte zwischen den Brüsten und nahm eine Brustwarze in seinen Mund. Ich stöhnte voller Hingabe. Ja, er hatte noch seine Angestellten im Haus, aber das war mir in diesem Moment völlig egal. Nachdem er mich in der letzten Nacht so erregt hatte, war ich wild und unersättlich vor Lust. Sollten sie uns doch hören.

Seine Lippen umschlangen den Rand meiner Brustwarze, saugten an ihr, um sie zu versteifen, und jedes leichte Schnippen seiner Zunge ließ meine Nerven flattern. Die Furchen seiner Zähne kratzten unvorhersehbar, als er den Sog verstärkte. Ich krümmte mich auf dem Bett und kämpfte gegen die Fesseln meines Oberteils an, um mich zu befreien, während ich versuchte, die Kontrolle über die lustvollen Schocks zu behalten, die von meiner Brust bis in mein Innerstes rasten. Als ob der Kampf nicht schon schwierig genug wäre, griff er nach unten und riss den Bund meines Rocks bis zu den Knien herunter. Der Ruck, den die Bewegung verursachte, ließ seinen Mund enger werden, und ich wimmerte unter dem unerwarteten Gefühlsschub. Einen Sekundenbruchteil später hatte er mir den Rock bis zu den Knöcheln gezogen und meine Füße aus dem Stoffknäuel befreit. Er warf das lästige Kleidungsstück über die Bettkante, während er weiter saugte, knabberte, neckte und flatterte.

Da meine Brüste frei lagen und mein Rock weg war, war das Einzige, was mir noch einen Anschein von Anstand gab, mein Slip. Das Biest wollte das nicht zulassen. Er packte sie genauso aggressiv wie den Rock, riss sie herunter und entblößte mich vor der Welt. In der Sekunde, in der die Unterwäsche von seinen Fingern auf den Boden fiel, ließ er meine Brustwarze los, drückte meine Schenkel auseinander und presste seinen Mund um meine nackte Klitoris.

Nichts hatte sich bisher so unglaublich angefühlt. Er fuhr mit der geschickten Spitze seiner Zunge filigran über die Oberfläche der Nerven, dann drückte er die flache Seite seiner Zunge nach unten, um lange, druckvolle Streicheleinheiten über die gesamte Zone zu verteilen. Ich kribbelte von Kopf bis Fuß und wollte mich mehr denn je aus meinem Kleider-Gefängnis befreien, denn ich musste mich mit aller Kraft an etwas festhalten, um nicht das letzte bisschen Kontrolle zu verlieren, das ich noch besaß. Mein Inneres bestand aus Wellen, Sturzfluten und Wogen und allem, was dazwischen lag. Ich hätte die Augen schließen und glauben können, ich befände mich auf einem Schiff, das unaufhaltsam auf dem Meer hin und her schaukelte – ein sehr, sehr vergnügliches Schiff.

Etwas strich über meine Schamlippen, und ich erkannte schwach, dass es sein Finger war. Langsam drang er in mich ein, ohne mit seinem Mund auch nur einen Takt zu verpassen. Ich spürte, wie der erste Fingerknöchel, dann der zweite in meine Höhle eindrang und sich nach oben drehte, bis die Fingerkuppe gegen meinen G-Punkt drückte. Dann fing er langsam an und steigerte sich Stück für Stück, indem er den Finger über diesen gesegneten Punkt gleiten ließ. Ich war high durch den sich aufbauenden Orgasmus. Der Blutstrom zu meinen Genitalien gab mir die Illusion, dass etwas in meinem Inneren anschwoll und ein Gewicht mit sich brachte, das zu schwer war, um es zu tragen. *Ob ich wohl implodieren würde?* Owen hatte jedoch offensichtlich keine solche Sorge, denn er fuhr mit seiner Zunge hin und her und auf und ab über meine Klitoris, während sein Finger meinen süßen Punkt immer und immer wieder liebkoste.

Ich drückte meine Hüften in die Matratze, ohne mir dessen bewusst zu sein, denn ich war völlig überwältigt von der sich steigernden Ekstase in mir. Bevor ich einen weiteren Atemzug tun konnte, kam ein riesiges, übernatürliches Etwas vom Himmel herab und riss mich mit einem schnellen Griff aus der Welt. Es war der stärkste Orgasmus, den ich je erlebt hatte, ohne Ausnahme. Meine Arme, meine Beine, meine Finger, mein Mund – alles zitterte heftig, und ich konnte sogar spüren, wie meine Stimmbänder bei einem Stöhnen, das ich nicht hören konnte, heftig vibrierten. Das Vergnügen hatte mich gepackt und wollte mich nicht mehr loslassen. Mein Höhepunkt war so intensiv, dass ich nicht einmal bemerkte, wie Owen mit seiner freien Hand seine Hose auszog, während er seinen köstlichen

Angriff auf meinen Körper fortsetzte. Erst als ich auf der Bettdecke nach hinten rutschte, merkte ich, dass er in mich eingedrungen war, sein Schwanz dick und hart wie Granit. Das Gefühl, ausgefüllt zu sein, trug nicht gerade dazu bei, meine Sinne wiederzuerlangen, zumal ein zweiter Orgasmus aus mir herausgerissen wurde, bevor der erste überhaupt abgeklungen war.

Er schoss nach vorne und stieß mich mit seinem dicken Schaft an, dann zog er sich zurück und ich stöhnte bei dem Verlust auf. Er tat es wieder. Und wieder. Mein G-Punkt pochte bei jedem Stoß, als er ihn wiederholt streichelte, und mein Kitzler sang zu den Fingern, die er in Abwesenheit seines Mundes über ihn rieb. Ich wusste, dass ich stöhnte, weil ich spürte, wie sich meine Kehle bewegte, aber ich konnte vor lauter Blut in meinen Ohren keinen Ton hören, obwohl ich sicher war, dass ich so laut war, dass jeder im Haus mich hören konnte. Seine Lippen suchten meine, entweder um mich zum Schweigen zu bringen oder um an meiner Glückseligkeit teilzuhaben, und ich kam ihm begierig entgegen. Er schwebte einen Zentimeter über mir, wobei sein Brusthaar die übersensibilisierten Brustwarzen streifte, und ich trank gierig den Geschmack seines Mundes ein.

Schneller, immer schneller vereinigte er seine Hüfte mit

meiner, und ich wurde von Gefühlen überflutet, die die Menschheit sicher noch nie zuvor erlebt hatte. Meine Lippen kribbelten dort, wo sie auf seine trafen. Meine Brustwarzen verhärteten sich, wo sein Haar sie küsste. Mein Kitzler tanzte, wo seine Finger ihn streichelten. Und natürlich brannte und pulsierte und tropfte meine Pussy bei jedem einzelnen Stoß. Ich spürte die Warnung in meinem Magen vor einem bevorstehenden dritten Orgasmus, und ich begann zu befürchten, dass ich es nicht mehr aushalten würde.

Wie ein Metronom hallte das Klatschen unserer nassen Körper bei jedem Aufprall durch den Raum. Er schwoll förmlich in mir an, sein Umfang traf von allen Seiten auf meine Wände, und ich hörte ein Stöhnen aus den Tiefen seines Zwerchfells. Der nächste Stoß ließ mich über die Kante fliegen, und er legte sich auf mich, während auch er in sein Nirvana stürzte.

Keine Ahnung, wie viele Minuten oder Stunden vergangen, bevor ich wieder die Kontrolle über meine tauben Beine hatte, um mich aufzusetzen. Owen lag neben mir, ein Finger drehte stillschweigend seine Kreise um meinen Bauchnabel, ich konnte seine Atmung hören.

„Soll ich ... gehen?“, fragte ich heiser.

Voller Verwunderung schaute er mich an. „Wie bitte?"

„Willst du, dass ich gehe? Zurück ins Hotel. Du weißt schon."

Ein Schmunzeln zeichnete sich auf seinen Lippen ab, und ich sah, wie die Augen der Bestie hinter den seinen hervorlugten. „Nur wenn du sehen willst, wie ich bin, wenn ich ein sehr, sehr unglücklicher Mann bin", knurrte er.

Ich zitterte und stellte mit Erschrecken und leichtem Entsetzen fest, dass sich mein ganzer Körper bei der Vorstellung, herauszufinden, wie er als sehr, sehr unglücklicher Mann war, erregte. Aus Höflichkeit, und vielleicht auch ein bisschen teuflisch, forderte ich ihn heraus: „Bist du sicher? Ich könnte zurückgehen. Du könntest dieses große, breite Bett ganz für dich allein haben."

„Sweetheart, ich weiß nicht, ob du es mitbekommen hast, aber müde bin ich noch lange nicht", warnte er. „Mach nur weiter so, und ich werde dich benutzen, um mich zu erschöpfen."

Das Grinsen, das ich zu verbergen suchte, schlich sich ins Freie, und ich legte mich wieder hin und kroch unter die Bettdecke. Er folgte mir und zog mich an sich, seine nackte Vorderseite drückte bequem gegen meinen nackten Rücken, und ich fragte mich etwas, das mein Herz zum Hüpfen brachte.

Könnte das etwas Echtes sein?

Kapitel 26

Owen

Der süße Geruch von Ahornsirup waberte in meine Nase und erfüllte unvorbereitet meinen Kopf mit längst vergessenen Kindheitserinnerungen. Es war ein wärmendes, angenehmes Bild von vielen Sonntagen in unserer Familienhütte, und beflügelte meinen Gang, als ich die Treppenstufen hinaufschlich.

Als ich den Treppenabsatz erreichte, klapperte das Tablett verräterisch in meinen Händen, und ich fluchte, es möge endlich still sein. Meine Schritte wurden zum Glück von meinen nackten Füßen auf dem harten Boden gedämpft, obwohl meine Pyjama-Hose leise surrende Geräusche von sich gab, als ich den Flur entlang ging. Dann betrat ich das Zimmer, in dem schlafend die Frau auf mich wartete, die sich in meinem Bett zu einem Burrito zusammengerollt hatte.

Was für ein Anblick.

Ihr dunkelblondes Haar lag auf dem Kissen unter ihrem schlummernden Kopf, und ihre Wimpern waren über die oberen Wangenränder verteilt. Ihre Lippen waren leicht geöffnet, und ich hörte die leisen Atemzüge der Ruhe, die sie ausstieß. Ich konnte ihre Silhouette unter der Bettdecke ausmachen und spürte sofort ein Jucken in meinen Handflächen, um mit meinen Händen über diese herrlichen Kurven zu streichen.

Ich ging zu ihrer Seite des Bettes und stellte das Tablett so behutsam wie möglich auf dem Nachttisch ab, wobei ich darauf achtete, über den Kleiderhaufen zu steigen, der im Weg lag. Als ich nicht länger warten konnte, ließ ich mich neben ihr auf die Matratze sinken, beugte mich hinunter und drückte meine Lippen auf ihre Stirn. Sie bewegte sich nicht. Hartnäckig wanderte ich zu ihrer Wange hinunter und drückte ihr einen zweiten Kuss auf. Diesmal stöhnte sie auf und drehte sich um. Ich schob meine Hände unter die Decke, kuschelte mich hinter sie und fuhr mit meinem stoppeligen Kinn über ihren Hals. Sie verzog ihr Gesicht und wimmerte: „Ich schlafe!“

„Tja, jetzt nicht mehr“, neckte ich sie.

Ich kraulte sie wieder mit meinem groben Bart, und sie schleuderte ihren Fuß nach hinten. Er traf mein Schienbein und brachte mich zum Lachen.

„Du rüttelst ganz schön kräftig am Ohrfeigenbaum, weißt

du das?"

Ihre Augen waren immer noch geschlossen, und sie machte keine Anstalten, aufzustehen, aber ich stützte mich auf einen Ellbogen und spähte trotzdem über sie hinweg. „Ach, ja? So willst du also spielen?"

„Ich will gar nicht spielen. Ich will schlafen."

Sie warf ihren Arm träge nach mir, dem ich leicht ausweichen konnte, bevor ich in die weiche Stelle direkt unter ihrem Ohr knabberte. Ihr ganzer Körper zuckte, und sie rollte sich mit einem Quieken auf den Rücken und schlug mit den Händen nach mir. Ich ließ nicht locker und kratzte und knabberte weiter an der Stelle, bis sie nur noch zitternd kicherte, dann zog ich mich zurück und grinste auf sie herab.

„Hey! Aufwachen!"

Tabby blickte mich durch ihre schlaftrunkenen Augen an. „Neeeein."

Ich kroch wieder aus dem Bett und zog mich an das Ende des Bettes zurück. Ich riss die Decken hoch, schnappte mir den erstbesten Fuß und klemmte ihn unter einem meiner Arme fest. Sie versuchte, sich loszureißen, aber ich rührte mich nicht. Ich hielt meine Finger drohend an die Sohle, schaute auf sie herab und wiederholte streng: „Los! Aufwachen!"

„Wehe! Das wagst du nicht!" rief sie mit aufgerissenen, panischen Augen und einem zweiten Versuch, sich zu befreien.

„Wach auf, oder ich wecke dich auf", beharrte ich. Ich brachte meine Finger näher, bis die Spitzen ihre Haut berührten. Sie versteifte sich. „Es ist mir egal, wie du dich entscheidest. Entweder ich kitzle dich zu Tode oder du wachst auf. Ich gewinne so oder so."

„Ja, verlieren kannst du auch nicht besonders gut, oder?"

„Ganz schlecht, das stimmt."

Ich grinste wieder breit und strich mit meinen Nägeln von der Ferse bis zu den Zehen über sie. Sie brach in lautes Kichern aus und wälzte sich auf dem Bett, wobei sie die Laken um ihren Körper wickelte. Ich hörte so schnell auf, wie ich angefangen hatte, und zwinkerte ihr zu. „Also, wie lautet deine Entscheidung?"

„SCHON GUT!!! Ich stehe auf", nörgelte sie. „Es macht dir eindeutig *zu* viel Spaß, mich zu kitzeln."

„Wusstest du, dass das Kitzeln eine völlig ehrliche Reaktion auslöst?", antwortete ich müßig, griff nach dem Tablett und brachte es auf ihren Schoß. „Es ist primitiv."

„Es ist sadistisch", konterte sie.

Ich schenkte ihr ein böses Lachen. „Das auch."

Tabby lehnte sich über das Frühstück, das ich, natürlich, mit Hilfe von Arturo zubereitet hatte, und nahm einen tiefen Atemzug. „Oh mein Gott, das riecht so gut!" Ihre Augen wanderten von in Butter getränkten Pancakes, über den dampfend heißen Tee hin zum Porridge mit Apfel und Zimt. „Ich weiß nicht mal, womit ich anfangen soll!"

„Wie wärs hiermit", sagte ich und stach in die Pfannkuchen. Ich führte ihr den vor Sirup triefenden Bissen zum Mund. Ich erntete ein leises Brummen der Zustimmung und das Buffet war damit offiziell eröffnet. Es war das erste Mal überhaupt, dass ich gemeinsam mit einer Frau im Bett frühstückte und so in den Tag startete. Selbst wenn wir nicht sprachen, weil unsere Münder voll waren, fühlte ich mich mit ihr verbunden, fast so, als müssten wir nicht einmal sprechen, um unsere Gefühle mitzuteilen. Es genügte, ihren Gesichtsausdruck zu beobachten, um mir zu sagen, wie sehr ihr die Pfannkuchen schmeckten, wie seltsam sie das Porridge fand und wann sie satt war. Es war surreal, als hätte ich über Nacht magische, hochsensible Sinne erlangt.

Als wir fertig waren, erhob ich mich mit dem Tablett in der Hand. „Im Bad liegen saubere Handtücher, und Marie hat auch ein neues Outfit für dich dagelassen. Wenn es dir gefällt, bekomme ich das Lob, denn ich habe ihr gesagt, was sie aussuchen soll."

Tabby musste lachen. „Ich werde dran denken." Sie nickte in Richtung des Tabletts. „Du schaffst das allein?"

„Meine Hände sind ja nicht gebrochen." Sie errötete ein wenig, und ich fuhr fort: „Ich weiß, im Fernsehen und in Filmen werden Häuser mit Hauspersonal als diese geschäftigen Orte dargestellt, an denen sich die Angestellten abrackern und die Hausbesitzer auf ihrem Hintern sitzen. Das ist wahrscheinlich in einigen Fällen wahr, aber in diesem Haus tue ich, was ich kann. Die Aufgabe meines Personals ist es, das Haus sauber, ordentlich und in Schuss zu halten, und nicht, hinter meiner Faulheit her zu räumen."

„Das ist ... wow", sagte sie, offensichtlich ein wenig verlegen. „Ich meine, das klingt nach einer guten Einstellung. Das freut mich – vor allem für deine Angestellten."

„Ja, es sind Menschen und keine Sklaven. Aber jetzt geh unter die Dusche, damit ich danach eine gute Ausrede habe, wieder schmutzige Dinge mit dir anzustellen."

Das Tablett samt den Überresten brachte ich schnell zurück in die Küche zu Dominique, einem weiteren Hausmädchen.

Ich hätte mich vielleicht um meinen eigenen Abwasch

kümmern können, aber ehrlich gesagt hatte ich kein einziges Mal mehr abgewaschen, seit ich bei meinen Eltern wohnte. Dann ging ich die Treppe wieder hinauf und den Flur hinunter zu meinem Schlafzimmer. Ich hörte die Dusche laufen, also öffnete ich die Badezimmertür und spähte hinein, um mich zu vergewissern, dass Tabby alles zu ihrer Zufriedenheit vorfand.

Ihr unbekleideter Körper streckte sich unter dem Dampf des Wassers, die Arme nach oben gestreckt, die Hände kämmten durch ihr Haar. Ich fuhr mit meinen Augen die Rundungen ihres Hinterns nach, glitt bis zu ihren Füßen hinunter und wanderte dann wieder nach oben, um die Form ihrer nackten Brüste zu bewundern. Das Bild war durch das Milchglas verzerrt, aber ich sah genug, um das Blut in meiner Leistengegend in Wallung zu bringen.

Ich hatte bereits eine Latte, also zog ich rasch meine Hose aus und ging zur Dusche. Sie zuckte überrascht zusammen, als ich die Tür öffnete, aber ihre Augen strahlten, als ich eintrat. Aus der Nähe und unzensiert war sie noch schöner. Tropfen rieselten von ihren Schultern über ihre Brust und baumelten an den Spitzen ihrer Brustwarzen. Ihr kleiner Streifen Schamhaar sah weich und glänzend und einladend aus. Die Wölbung ihres Bauches war glitschig vor Feuchtigkeit, und der Dampf hatte ihr Gesicht so gerötet, wie ich es mochte.

Ich streichelte ihre Rippen mit meinen Handflächen und ließ sie bis zu ihren Hüften hinab. Dabei ließ ich mich auf meine Knie sinken. Ich hörte, wie sie scharf einatmete, als sie meine Absicht erkannte, und ich drückte meine Nase gegen ihren Schoß. Sie spreizte ihre Füße und drängte mich zu sich, und ich kam ihr entgegen.

Ich begann an ihrer Klitoris und strich zart mit meiner Zunge darüber und zog Kreise um sie herum. Mit einer Hand suchte sie Halt an der Duschwand, um sich abzustützen, aber ich wollte es ihr nicht so leicht machen. Ich beugte mich vor und umkreiste die Perle mit meinen Lippen, wobei ich sie gerade so weit zurückzog, dass die schüchterne Kugel unter ihrer Schutzhaut hervorkam. Dann dirigierte ich eine Sinfonie auf ihr. Stürzend, schwebend, schwankend, manövrierte ich meine Zunge in alle Richtungen in willkürlichen Schritten, um sie auf Trab zu halten. Die Hand, von der sie gehofft hatte, sie würde ihr helfen, das Gleichgewicht zu halten, verhedderte sich in meinem Haar, und sie zog grob daran. Es machte mir nichts aus. Ich liebte den Mangel an Kontrolle, den sie hatte, die Art, wie sie an meinen Strähnen zerrte und wie sich ihre Zehen in die Fliesen krümmten. Und ich wollte mehr.

Sie war schon nass von der Dusche, aber ich konnte ihre Erregung wittern. Ich konnte auch mich selbst an ihr riechen, was meinen Schwanz wie ein überlastetes Herz pochen ließ. Vorsichtig fuhr ich mit meiner Zunge zwischen ihre Falten und tauchte ein, rollte nach oben und leckte über den schwammigen Bereich der Nerven. In meiner festen Umklammerung bäumte sie sich kurz auf, ihre Hand zog meinen Kopf fester an sich. Ich wiederholte die Bewegung und stupste mit meiner Nase ihren Kitzler an. Ihr ganzer Körper reagierte mit einem Ruck und ein Stöhnen entglitt ihrem Mund.

Immer schneller und schneller, bis sie zusammenbrach und ihre Schreie in ohrenbetäubender Lautstärke von den Badezimmerwänden widerhallten. Als ich aufstand, keuchte sie immer noch, und auf ihrer Stirn waren, von Wassertropfen kaum zu unterscheiden, Schweißperlen zu sehen.

„Jetzt", murmelte ich an ihrem Ohr, „machen wir dich sauber".

Kapitel 27

Tabby

Mein Aufenthalt in New Orleans dauerte noch drei weitere Tage an und es waren mit die schönsten, aufregendsten, wunderbarsten Tage meines Lebens. Die verbleibenden Nächte verbrachte ich in Owens Haus, wo wir uns immer und immer wieder liebten, bis ich vor lauter Erschöpfung in seinen Armen einschlief. Er hingegen war unersättlich und hätte wahrscheinlich jedes Mal bis weit nach Sonnenaufgang weitermachen können.

Jedoch lehnte er meinen Vorschlag ab, mein Zimmer im Ritz-Carlton zu stornieren.

„Aber ich bin doch nur hier. Mein Kram ist hier. Warum also brauche ich es?“ protestierte ich, denn es fühlte sich wie die reinste Geldverschwendung an.

„Weil, wenn du genug von mir hast, hast du einen Rückzugsort“, war seine knappe Antwort.

Es war unmöglich zu sagen, ob er scherzte, denn er lächelte

nicht, aber seine Augen funkelten, und ich wollte weiter darüber diskutieren. Doch schließlich machte er mich fertig und zwang mich, das Thema fallen zu lassen, indem er mich auf dem Rücksitz seiner Limousine etwa eine Stunde lang mit seiner Zunge folterte, bis ich einwilligte, das Thema fallen zu lassen.

An einem besonders pittoresken Tag zeigte er mir mehr von New Orleans. Während die Sonne sein dunkles Haar küsste und sich seine Muskeln unter seinem Shirt anspannten, konnte ich die kulturellen Sehenswürdigkeiten der Stadt kaum wahrnehmen, aber ich tat mein Bestes. Ich zog meinen Pullover an, als wir durch das französische Viertel schlenderten, und er mir etwas über die Geschichte des Stadtteils erzählte. Ich machte Unmengen an Fotos mit meiner Kamera, während er sich zurücklehnte und beseelt zusah. Nach Einbruch der Dunkelheit bestand er auf Barhopping durch die Bourbon Street, und wir hielten an einem der Stände an, an denen allerlei Krimskrams verkauft wurde, vieles davon in Neonfarben leuchtend und blinkend. Ich musste so lachen, als Owen sich eine Brille aussuchte, die wie der Times Square leuchtete.

Der folgende Tag hieß *„Owens Tag"*, sehr kreativ, ich weiß. Von all der Zeit, die wir gemeinsam verbrachten, war er wohl mein Lieblingstag. Wir starteten im Morgengrauen – genauer gesagt um halb acht, was offenbar für einen Businessmann

„Ausschlafen" bedeutete, für eine Selbstständige, wie ich es war, einen furchtbaren Witz darstellte. Anschließend brachen wir auf in das allererste Restaurant, in das Owen jemals investiert hatte. Es war zierlich, irgendwie schrullig eingerichtet, verströmte aber dennoch unglaubliche Gemütlichkeit, und vor allem hatte ich noch nie in meinem Leben ein so köstliches Frühstück gehabt. Von da an sehnte ich mich für den Rest meines Aufenthaltes nach dem Bananas Foster French Toast. Stephan sammelte uns ein und brachte uns zurück zu Owens Anwesen, damit wir seinen Wagen nehmen konnten. Es war nicht der Honda, welchen er zugab, für mich gemietet zu haben, sondern ein Porsche. Da ich aber wirklich keine Ahnung von Autos habe, war ich nicht so sehr beeindruckt, wie er erwartet hatte.

„Ich verstehe einfach nicht, warum jemand zwei Jahresgehälter für ein Auto ausgeben kann."

Er lehnte an der Beifahrertür und hob mein Kinn. „Von Null auf 100 in zwei Komma fünf Sekunden, Süße. Das ist der Grund."

„Ach stimmt ja. Hatte vergessen, wie wichtig es ist, schneller an der roten Ampel zu sein", erwiderte ich nicht ohne ein sarkastisches Grinsen.

„Ich hoffe, du weißt, dass ich mitschreibe, wie oft du mich

auf den Arm nimmst", warnte er. „Bis jetzt steht deine Strafe bei fünf Schlägen auf deinen Hintern." Als sich mein Geschlecht erwärmte, klopfte er an den Türrahmen und fügte hinzu: „Wenn es dich beruhigt, dieses Ding verbraucht weniger Sprit als ein Prius."

***

Wir fuhren zur Tulane University, wo er studiert hatte, und wir schlenderten Arm in Arm über den Campus. Er zeigte mir verschiedene Gebäude, in denen er Kurse besucht hatte, sowie die Orte, an denen Streiche und Party-Pannen passiert waren. Ich erfuhr zufällig von einem Mädchen, mit dem er zusammen war, was mich überraschte, weil er vorher nichts von einer Beziehung erzählt hatte.

„Und dort bin ich mal nach einem Bier zu viel eingeschlafen", sagte er und zeigte dabei auf eine simple Bank. „Als ich am nächsten Morgen aufgewacht bin, war es so arschkalt, dass ich dachte, mindestens einer meiner Finger hätte amputiert werden müssen. Zu meinem Glück kam Holly hier vorbei und packte mich zusammen mit ihrer heißgeliebten Wärmflasche in ihr Bett."

„Holly?“ Ich war neugierig. Schon an seinen Worten erkannte ich, dass es sich nicht um ein beliebiges Mädchen handelte, das er gelegentlich gesehen hatte.

Sein Gesicht erstarrte für eine winzige Sekunde. „Ja.“ Ich konnte hören, wie seine Stimme zitterte. „Meine Freundin vom College.“

Ich starrte ihn einen langen Moment lang an und versuchte abzuschätzen, ob es sich lohnte, ihn zu drängen, mehr herauszufinden. Er betrachtete die Bank mit einer Mischung aus Nostalgie und Wut. Ich war mir sicher, dass es nicht die Bank war, die Letzteres auslöste. Mein innerer Columbo zog seinen Trenchcoat enger, und ich versuchte es mit: „Wart ihr lange zusammen?“

„Ein paar Jahre.“ Umständlich verrenkte er seinen Hals in einer etwas unbeholfenen Geste nach hinten. „Sie wohnte da drüben.“

„Was ist passiert?“

Er zuckte mit einer Schulter, in seinen Augen spiegelte sich matt die Bank wider.

Mir wurde klar, dass dieses Mädchen ein großer Teil, wenn nicht sogar der Auslöser dafür war, warum er sich für romantische Begegnungen an den Blackjack Club gewandt hatte. Es fügte auch ein weiteres Teil des Puzzles hinzu, warum er unbedingt wollte, dass ich mit ihm in den Club ging. Wenn ich mich diesem Teil seines Lebens nicht anpasste, wenn ich das Stillschweigeabkommen nicht unterschrieb, war ich nicht nur ein Risiko für seinen Ruf, sondern auch für sein emotionales Wohlbefinden. So wie sie es gewesen war.

Um die Stimmung des restlichen Tages nicht weiter in trüben Erinnerungen versinken zu lassen, beschloss ich, das Thema zu wechseln. Er führte mich in eines der Hauptgebäude und stellte mir einen Biologieprofessor vor, zu dem er nach wie vor noch Kontakt hatte. Ein paar Anekdoten später fuhren wir vom Campus in ein nahe gelegenes Viertel namens Broadmoor und hielten vor einem kleinen, verblassten Haus im spanischen Stil. Zuerst dachte ich, er würde mir erzählen, dass er dort aufgewachsen war, bevor mir einfiel, dass er aus Maine stammte, und meine Neugierde war geweckt. Wir waren kaum aus dem Auto gestiegen, als die Eingangstür aufflog und mit einem *Knacken* gegen die holzvertäfelte Wand schlug, und eine Frau, die mindestens ein Jahrhundert alt war, vielleicht auch zwei, schlurfte auf die halb geschlossene Veranda.

„Wenn ich du wäre, würde ich das Auto da nicht stehen lassen!“ krächzte die alte Dame. „Die Kids aus der Nachbarschaft klauen alles, was nicht bei drei auf den Bäum–

wer ist das?"

Owen nahm meine Hand und führte mich an das Grundstück, das durch ein schiefes Maschendrahttor versperrt war. Als er es öffnete und mich hindurchließ, verkündete er laut: „Nur dein liebster Unkrautstecher der Welt!"

Ihre Hausschuhe klatschten gegen das verrottende Holz der Veranda, als sie zur Treppe kroch und sich am Geländer festhielt. „Oh, Howie!", röchelte sie.

„Sehr witzig", erwiderte Owen mit falscher Bitterkeit. Er stieg die zwei Stufen zu ihr hinauf, ließ meine Hand los und umarmte die alte Frau fest. „Wie geht es dir, Maw?"

„Gut genug", lachte sie und ich konnte sehen, wie sich ihre müden Finger an seinem Rücken festhielten. „Wie geht's dir, honey?"

„Besser, jetzt, wo ich dein schönes Gesicht gesehen habe." Sie schlug ihn von sich weg, als wäre er eine lästige Fliege, was Owen und mich zum Lachen brachte. Er griff nach mir, umfasste mit seiner Hand meine Hüfte und zog mich sanft nach vorne. „Maw, das ist Tabby. Tabby, das ist Eugenia Spring, in dieser Gegend besser bekannt als Maw."

Ich streckte sofort eine Hand aus. „Hallo", sagte ich und fühlte mich plötzlich ein wenig schüchtern. Eugenia – oder eher

Maw – hatte trotz ihrer gebrechlichen und gealterten Statur eine sehr imposante Ausstrahlung, als würde sie jemandem ordentlich den Hintern versohlen und später Kekse für ihn backen.

Außerdem war es offensichtlich, dass Owen einen besonderen Platz für diese Frau in seinem Herzen hatte, und ich wollte keinen schlechten Eindruck machen.

„Hab seit ein paar Jahren die Arthritis, mein Kind", sagte sie und schüttelte ihren Kopf. Schnell und überrascht zog ich meine Hand zurück, aber sie machte wieder ihre „Husch-Husch"-Geste. „Keine Sorge, mir sind Umarmungen eh viel lieber!"

Wir umarmten uns kurz, und ich spürte ihre Hände auf meinem Rücken, so wie sie es bei Owen getan hatte. Ich fühlte mich in ihrer Gegenwart etwas entspannter, obwohl ich mich immer noch fragte, wer sie war.

„Weißt du, seit ich diesen Trottel kenne, hat er noch nie eine junge Frau mitgebracht, um sie mir vorzustellen", sagte Maw zu mir und ließ sich in einen klapprigen Schaukelstuhl zurücksinken. Die gebogenen Holzfüße knarrten bei jedem Wippen gegen die Veranda. „Dachte fast, er wäre schwul, als er mit seinem Freund Howie auftauchte. Aber ich kannte meinen Owen gut genug, um zu wissen, dass er einen besseren

Geschmack als diese Hühnerleber hätte, wenn er schwul wäre."

Ich schnaubte vor Lachen, und Owen schob seine Hand von meiner Taille nach unten, um mir im Gegenzug subtil in den Hintern zu kneifen. Ich zwang mich, den Aufschrei zu unterdrücken und stammelte: „Ich habe Howie kennengelernt. Er ist ... interessant."

„Interessant? Ja ... schätze, das ist er, wenn man es so nennen will, wenn jemand Kopfüber in die Hecke einer alten Frau rennt. Hätte fast die Cops gerufen, wenn Owen nicht gewesen wäre! Gebettelt hat er", lachte sie. „Hab den Jungen aber blechen lassen für das kopfförmige Loch. Ja, das hab ich!" Mit der Müßigkeit eines langen Lebens schaute sie zu Owen und musterte ihn eindringlich. „Dass sich jemand wie du mit so einem überhaupt abgibt. Hätte fast deine Mom angerufen ein paarmal ... einfach um zu fragen, was ihr da einfällt ..."

Maw stieß eine Reihe von säuerlichen Bemerkungen aus, und ich musste mir das Lachen verkneifen, das in meiner Brust aufstieg. Sie war eine Persönlichkeit, und es war mir völlig klar, warum Owen sich so sehr für sie zu interessieren schien. Ich fragte mich schon, ob sie seine Großmutter oder eine andere Verwandte im fortgeschrittenen Alter war, als Owen mich aufklärte.

„Ich lernte Maw an meinem ersten Tag am College kennen", erklärt er. „Sie war auf dem Campus und verkaufte Selbstgebackenes, weil sie dachte, das würde den Erstsemestern bei ihrem Heimweh helfen. Ich kann nicht für alle sprechen, aber mir hat es geholfen. Ich kaufte eine Tüte Kekse von ihr, aß drei und verlangte für das ganze Jahr einen wöchentlichen Vorrat."

Still und im Einklang mit dem Wipp-Rhythmus ihres Schaukelstuhles nickte Maw, und ich schaute gespannt zwischen beiden hin und her.

„Ob du es glaubst oder nicht, ich war nicht immer so wohlhabend wie jetzt", fuhr er fort und blähte seine Brust dramatisch auf. Maw schnippte mit der Hand nach ihm und ich rollte mit den Augen. „Da ich mir also nicht jede Woche eine Tüte Kekse und die anderen wunderbaren Leckereien, die sie gebacken hat, leisten konnte, haben wir uns geeinigt. Ich kam rüber und jätete ihren Garten im Tausch gegen Kekse. Wenn ich Brownies oder einen Kuchen oder etwas anderes wollte, musste ich andere Aufgaben erledigen."

„Ziemlich fairer Deal, fand ich", stimme Maw ein.

„Natürlich findest du das", schoss Owen grinsend zurück. „Du hast deinen Dachboden entrümpelt, deine Fenster geputzt, deine Türen aufgehängt und deine Glühbirnen ausgewechselt bekommen.“

„Und *du* hast Cookies bekommen.“ Sie warf ihm einen strengen Blick zu.

„Ja, hab ich. Unzählige Lebensweisheiten inklusive.“

Wir verbrachten noch ein paar Stunden bei Maw und gerne hörte ich mir ihre Geschichten und, wie Owen sagte, Lebensweisheiten an. Anschließend fuhren wir weiter zu einem von Owens Restaurants. Ich ergriff die Gelegenheit, um ihn zu fragen, warum er Holly damals nicht Maw vorgestellt hatte.

„Sie hatte es nicht verdient“, sagte er, ohne darüber nachzudenken. „Und Maw hätte mir gesagt, dass sie nicht gut genug für mich wäre.“

„Heißt das denn, ich bin gut genug?“ fragte ich und wackelte mit den Augenbrauen auf und ab.

Er gluckste. „Oh, ja. Du bist sogar *zu gut.*“

Etwas tief in meinem Herzen krampfte sich zusammen, und ich spürte, wie die schwache Röte der Freude meine Wangen erhitzte. Ich wünschte, ich könnte diesen Moment festhalten. Festhalten, wie er mich ansah.

Als der dritte Tag anbrach, spürte ich, wie sich das Elend breit machte. Ich wollte nicht weg. Die Zeit mit Owen war die freieste, wildeste und glücklichste, die ich je erlebt hatte, und der Ort, an dem ich mein ganzes Leben verbracht hatte, erschien mir plötzlich kalt und abweisend, als meine Abreise immer näher rückte. Als wir am Flughafen zum Check-In fuhren, fühlte sich jeder Schritt an, als hätte ich tausend Pfund schwere Gewichte an den Knöcheln. Ich wollte bleiben.

„Also", murmelte er und legte dabei einen Arm um mich, während Stephan mit meinem Gepäck kämpfte. „Ich hatte eine Idee."

„Aha? Was denn für eine?"

„Du könntest für mich arbeiten."

Ich verstand kein Wort. „Wovon redest du?"

„Du könntest für mich arbeiten", wiederholte er geduldig. „Du könntest nach New Orleans ziehen und als offizielle Fotografie wärst du für die Dokumentation aller meiner Grundstücke, Immobilien, Restaurants etc. verantwortlich. Verdammt, ich hab auch schon überlegt, ob ich nicht auch in –"

„Owen", unterbrach ich ihn langsam, mein Kopf schüttelte sich wie ferngesteuert, während meine Augen zu Boden blickten. „Ich kann das nicht."

„Klar kannst du. Ich zahl den Umzug, den Flug. Ich zahl für alles! Und ich garantiere dir, du verdienst mehr als aktuell."

Es war verlockend. Zu verlockend, und das nicht wegen des Geldes. Aber keine noch so große Fantasie konnte in diesem Moment meinen Realismus außer Kraft setzen, und ich schüttelte erneut den Kopf. „Ich kann nicht. Einer der Vorteile meines Berufs ist es, mein eigener Chef zu sein. Ich meine, ja, ich habe Kunden, aber ich bin im Großen und Ganzen niemandem außer mir selbst Rechenschaft schuldig. Das möchte ich nicht aufgeben."

Stumm studierte er erst mein Gesicht, küsste dann meine Nase. „Gut. Für den Moment. Glaube nicht, dass dieses Thema damit vom Tisch ist."

Ich versank in seinen Armen, wollte ein letztes Mal seine Wärme fühlen „Klingt fair."

Er zog mich enger in seine feste Umarmung, und ich atmete seinen Duft ein. Ich hatte keine Ahnung, wann ich ihn wiedersehen würde. Ich wusste, dass er mich jederzeit ausfliegen würde, wenn ich ihn darum bitten würde, aber ich war nicht der Typ, der um etwas bittet, und ich hatte eine Menge Arbeit, die ich aufholen musste, wenn ich meine Miete bezahlen wollte. Schließlich und widerwillig trennten wir uns. Stephan stand mit meinem Gepäck an der Seite, bereit, es für mich hineinzutragen.

„Schnapp dir nicht die erste Frau, die du siehst, nur weil du vergessen willst, wie sehr du mich vermisst“, stichelte ich. Es war nur ein halber Scherz.

Er sah mir tief in die Augen und murmelte: „Die einzige Frau, die ich aufreißen werde, bist du, wenn du das nächste Mal nach Louisiana zurückkommst.“

Er küsste mich leidenschaftlich, gab mir einen Klaps auf den Hintern und verabschiedete sich von mir. Als ich in den Flughafen ging und Stephan darauf bestand, mein Gepäck zum Check-In zu schleppen, läuteten Owens Worte in meinem Kopf wie Glocken. Das war etwas Besonderes. Es gab nur ihn und mich, sonst niemanden.

Gott, fühlte sich das gut an.

Kapitel 28

Owen

„Was hast du an?“

Ich konnte hören, wie sie sich am anderen Ende der Leitung verschluckte. „Könntest du bitte noch einfallsloser sein?“

Lachend saß ich mich aufs Bett und schaute mich beiläufig im Spiegel an. Das Spiegelbild, was mir entgegenblickte, sah glücklich aus. Ein Anblick, der mich fast ein bisschen peinlich berührte, sodass ich den Blick schnell abschweifen ließ.

„Hey, ist nicht mein Fehler, dass du mich mit einer Dauererektion zurückgelassen hast“, lachte ich.

Ich konnte förmlich sehen, wie sie mit den Augen rollte bei diesem Spruch. „Du weißt ja, wenn's länger dauert als vier Stunden, ab zum Doktor mit dir! Ich hab Stories gelesen über Typen, denen Nadeln in den Penis gestochen werden mussten und noch mehr Horror.“

„Wenn du die Stimmung killen wolltest, lass mich dir sagen:

Voller Erfolg!", sagte ich noch immer kichernd.

Obwohl ich in den ganzen zwei Wochen seit Tabbys Rückkehr nach Chicago nicht wirklich einen Steifen hatte, fühlte es sich so an. Jede Nacht schlief ich mit einem dicken Pochen in der Leistengegend ein, während mir Bilder von ihrem Körper, der sich in meinem Bettzeug verheddert hatte, durch den Kopf gingen. Versuche, die Situation allein zu lösen, hatten nichts gebracht, und obwohl die Cybersex-Sitzungen, die wir über Skype hatten, meine Unruhe für diese Momente linderten, fühlte ich mich schnell wieder unerfüllt, wenn wir uns verabschiedeten und die Verbindung unterbrachen. Es gab einfach keinen Ersatz für Tabby, weder virtuell noch anderweitig.

Dabei war es nicht nur ihr Körper, nach dem ich mich sehnte. Oft griff ich aus dem Nichts nach meinem Handy, nur um ihr eine kurze Nachricht zu schicken über irgendetwas Belangloses, und ihre Antworteten erhellten jeden Tag aufs Neue. Arturo hatte mir vor ein paar Tagen Pancakes zum Frühstück gemacht, und der Geruch des Sirups weckte in mir die Sehnsucht, ihr verschlafenes Stöhnen wieder zu hören, wenn ich versuchte, sie zu wecken. Die Fahrt durch das French Quarter auf dem Weg zu meinem Büro war trostlos, und selbst der Besuch bei Maw weckte in mir ein wenig Wehmut. Ich wünschte mir, jeden Moment einen Blick auf ihr Lächeln erhaschen zu können, oder zu sehen, wie sie aufgeregt ein Foto nach dem anderen knipste, oder zu spüren, wie sie ihre Hand in meine legte.

Ich vermisste sie.

Es war ein Eingeständnis, das mich erschauern ließ. Es war unendlich lange her, dass ich nach einer Person derart verlangte. Ich hatte niemanden mehr vermisst, seit ich ein kleines Kind war und meine Eltern ihre erste und einzige Reise als Pärchen unternahmen, eine Woche in Atlantic City. Es hatte Zeiten gegeben, vor allem am Anfang, nachdem ich von zu Hause ausgezogen war, in denen ich mir gewünscht hatte, in meinem eigenen Haus aufzuwachen und nicht in einem Wohnheim mit einem Haufen Leute, die ich nicht kannte, aber diese echte Sehnsucht hatte ich seit vielen, vielen Jahren nicht mehr gespürt. Jetzt tat ich es, und es gefiel mir nicht, aber es hatte auch etwas Tröstliches, zu wissen, dass ich jemanden vermissen konnte.

Nein, ich vermisste nicht einfach nur *jemanden*. Ich vermisste Tabby. Ein kleiner, aber feiner Unterschied beim Formulieren eines Gedankens.

„Tanktop und Boxershorts."

„Hm? Was?"

„Du wolltest wissen, was ich anhabe. Ein Tanktop und Boxershorts", sagte sie.

„Huh." Ein Bild blitzte in meinem Kopf auf, und in meiner Hose entstand ein Zelt. „Diese Boxershorts gehören besser mir."

„Klar, hab ich aus deinem Wäschekorb gestohlen. Ich finde, schmutzige Unterwäsche hat einen viel markanteren Geruch als saubere."

Ich wünschte mir fast, sie würde die Wahrheit sagen. Die Vorstellung von Tabby, die sich in meinen Boxershorts auf ihrem Bett zusammenrollte, war überraschend sexy. „Du hast wirklich eine Vorliebe dafür, das Sinnliche in etwas Groteskes zu verwandeln", informierte ich sie.

„Nun, du hast mich beschuldigt, deine Unterhose gestohlen zu haben", wich sie aus. „Wenn du es unbedingt wissen willst, ich habe sie aus einem Discounter im Walmart. Boxershorts sind viel bequemer als Slips, wenn man zu Hause faulenzen will."

„Das also heißt, du trägst nichts darunter?"

„Genau das heißt es, Mister", antwortete sie mit ihrer besten Coverversion meines Untertons.

Ich stöhnte auf. „Es wäre so einfach für mich, eine Hand in einen dieser weiten Beinausschnitte zu stecken und dich kommen zu lassen, bis du mein Handgelenk durchnässt."

Sie konnte ihr winziges Keuchen nicht verbergen, aber sie klang so kühl wie immer, als sie sagte: „Wenn Du einen Arm hast, der sich tausend Meilen weit ausstrecken, mehrere Schlösser knacken und irgendwie meine Beinöffnungen finden kann, bist du im falschen Geschäft, mein Lieber."

„Moment", warf ich ein. „Ich muss meinen Zettel finden."

„Deinen Zettel?"

Ich grinste ins Handy. „Deine frechen Sprüche summieren sich exponentiell, mein Schatz. Wenn das Hochrechnungen für die Umsätze des nächsten Jahres wären, würde ich meinen bisher größten Scheck ausstellen."

Wieder hörte ich ein Einatmen auf ihrer Seite des Gesprächs, und mein Schwanz zuckte. Was hätte ich gegeben, um diesen Atem in diesem Moment in meinem Ohr zu hören. „Du hast mich gerade mit deinem Investment-Humor angesteckt", sagte sie. „Ich hoffe, dir ist klar, dass du einen neuen Tiefpunkt erreicht hast."

„Ich habe noch nicht einmal angefangen, gewisse Punkte zu erreichen", scherzte ich. Sie lachte leise, und mir lief ein Schauer über den Rücken, als ich es hörte. „Gute Nacht, Süße."

Ihre Stimme wurde weicher. „Gute Nacht, Witzbold."

Ich beendete den Anruf mit einem dümmlichen Teenagergrinsen im Gesicht und einem leichten Gefühl im Magen. Seit ihrer Abreise hatten wir uns schnell angewöhnt, jeden Tag miteinander zu schreiben und jeden Abend entweder per Voice- oder Videocall zu sprechen, aber ich hatte immer noch das gleiche Hochgefühl, wenn wir auflegten, wie ich es in der Highschool hatte, nachdem ich mit meinem Schwarm telefoniert hatte. Es war so peinlich, dass ich vor dem Schlafengehen nicht einmal mehr mein eigenes Spiegelbild sehen konnte, aber das war es wert.

Ein Klopfen an der Tür holte mich zurück in die Realität. Dabei war es bereits nach 23 Uhr, normalerweise eine Uhrzeit, zu der ich nicht gestört werden wollte. Es sei denn, es war ein Notfall. Ich öffnete die Tür und vor mir stand mein Butler.

„Entschuldigen sie die späte Störung, Mr. Driscoll, aber Sie haben einen Besucher", sagte David entschuldigend. „Ich habe ihr empfohlen, eine Nachricht für Sie zu hinterlassen und sich morgen früh mit Ihnen in Verbindung zu setzen, aber sie besteht darauf, Sie zu sehen. Es könne nicht warten."

Mein Herz sprang mir in die Kehle. Ich hatte gerade mit

Tabby gesprochen, aber es war ein Telefonat und kein Videoanruf gewesen. Hatte sie mir vorgegaukelt, sie sei zu Hause im Bett, während sie in Wirklichkeit in New Orleans war und unten in meinem Foyer auf mich wartete? Dieser Gedanke war zu schön, um wahr zu sein, aber ich war neugierig, es herauszufinden.

„Kein Problem, David", versicherte ich ihm und die Vorfreude in meinem Magen wuchs und wuchs. „Ich empfange sie."

Mein treuer Butler nickte und tat einen Schritt zur Seite. Ich lief den Flur entlang hin zur Treppe. In dem Moment, als ich am Treppenabsatz ankam, löste sich jegliche Vorfreude in Luft auf. Es war nicht Tabby. Es war Pippa.

„Sieh dich an", sagte sie bewundernd, als ich die Treppe hinunterstieg. Ihr Blick schweifte über meine hemdlose Brust und die locker sitzende Pyjamahose. „Ich habe dich noch nie so lässig gesehen."

„Was willst du?" fragte ich betont kalt, und verschränkte dabei meine Arme.

„Dich", lautete ihre unmissverständliche Antwort.

Ich blinzelte nicht. „Und?"

„Und hier bin ich." Sie stemmte die Hände in die Hüften und drehte sich hin und her, damit ich sah, wie eng ihr Paillettenkleid an ihrem geschwollenen Hintern klebte.

„Ja. Hör zu. Bin leider nicht interessiert." Ich hatte keine Lust, mich um Höflichkeiten zu kümmern.

Sie zischte und warf ihr Haar über ihre Schulter. Ich bemerkte mehrere kleine Flecken an ihrem Hals, die verdächtig nach Bräunungsspray aussahen. „Warum, weil du denkst, dass du mit der einfachen Jane, die du in den Club mitgebracht hast, noch nicht fertig bist?", stieß sie hervor. „Bitte. Du weißt genauso gut wie ich, dass sie nichts für dich ist. Ich weiß, was du magst. Ich weiß, wie ich dir geben kann, was du brauchst. Du kannst mir nicht erzählen, dass sie dir geben kann, was du willst, so wie ich es kann."

Mein Blut begann zu kochen. Ich spürte, wie es in meinen Adern kochte, brodelte und mit sengender Hitze aufplatzte. Pippa konnte über mich sagen, was immer sie wollte, dass ich Prostituierte mochte oder jede andere Verleumdung, die ihr einfiel, aber zu hören, dass sie so schlecht über Tabby sprach, versetzte mich in einen Strudel der Wut, wie ich ihn in den letzten Jahren noch nie erlebt hatte.

„Wer sagt, dass du mir jemals geben konntest, was ich wollte?" knurrte ich. „Du warst wie Schokolade von der Stange.

Zweite Wahl, aber in der Not musste es reichen."

Ihr falsch gebräuntes Gesicht begann sich zu röten, aber anders als Tabbys Wangen, die sich rosa färbten, fand ich das Bild eher abstoßend als verlockend. Sie machte einen Schritt nach vorn, wobei das Klicken ihres Plateauabsatzes an die Decke prallte und wieder zurückschallte. „Weißt du was? Wenn du deine Zeit damit verbringen willst, einen Kobold zu vögeln und deinen Ruf zu zerstören, dann tu dir keinen Zwang an. Ich dachte nur, ich tue dir einen Gefallen und werfe dir eine Rettungsleine zu. Du weißt, dass jeder im Club über deine Schlampe redet, oder? Es ist nur eine Frage der Zeit, bis ihr das Geld und der Glamour zu Kopf steigen und sie dich für einen von ihnen verlässt."

„Du gehst jetzt besser."

Ich habe meine Stimme nicht erhoben. Ich habe nicht einmal in normaler Lautstärke gesprochen. Mein Tonfall war leise und meine Worte waren grob, aber der Befehl hallte durch das Foyer, als hätte ich ihn aus vollem Halse gebrüllt.

Pippa starrte mich eine Sekunde lang abschätzend an, dann zischte sie erneut. Sie drehte sich um und stürmte aus dem Haus, ohne sich die Mühe zu machen, die Tür hinter sich zu schließen. Ich beobachtete ihren Rückzug und ihre schwingenden Hüften, und zum ersten Mal in meinem Leben fühlte ich mich durch meine Verbindung mit dem Club angewidert.

Kapitel 29

Tabby

Der Alltag in Chicago, den ich zurückgelassen hatte, als ich Owens Einladung annahm, hatte mich mittlerweile wieder eingeholt. Allerdings mit einem glühenden Unterschied jetzt. Ich wachte noch immer auf, hatte meinen heiligen Morgentee und zwei ziemlich gottlose Scheiben Toast, duschte, putzte mir die Zähne, benutzte artig Zahnseide, machte mich fertig, machte Tausende von Fotos für einen neuen Kunden, quatschte mit Heather, telefonierte unterwegs mit meiner Mutter, kam nach Hause, kopierte die Fotos auf meinen Rechner, machte eine erste Vorauswahl, schaute Netflix über meinem Abendessen, las ein Kapitel in meinem Buch, und ging schlafen.

Aber *er* war da.

Owen war einfach überall. Natürlich nicht physisch – das wäre natürlich das Schönste auf der Welt gewesen – aber er war da. Jeder Morgen startete mit einer Nachricht von ihm, manchmal versaut, aber immer süß. Während ich meinen Darjeeling Tee schlürfte, beschrieben und deuteten wir uns gegenseitig die Überreste unserer Träume der letzten Nacht. Unter der Dusche verfolgten mich noch immer Bilder davon, wie er mich in seiner Dusche mit seinem Mund verwöhnte. Ich machte lächerliche Fotos von meinem *„Outfit of the day"*, das auf meinem Bett lag, oder manchmal Fotos von mir selbst in den Klamotten, die ich ausgewählt hatte, und er machte Kommentare dazu, wie ich aussah – oder wie er mir alles vom Leib reißen würde. In den Pausen zwischen den Shootings erzählte ich ihm, was ich fotografiert hatte oder wie der Kunde war, und er erzählte mir, wie viele unangenehme Anrufe und E-Mails er bisher vermieden hatte. Meine Anrufe mit Heather wurden immer wieder von einem leichten Vibrieren in meinem Ohr unterbrochen, das von eingehenden Nachrichten zeugte. Mein Abendritual bestehend aus Abendessen und Netflix hatte an Bedeutung verloren. Statt Dan, Serena und Chuck zuzuhören, war mein Fernseher stumm geschaltet, meine Aufmerksamkeit gefangen im Whatsapp Chat mit Owen. Mein Buch lag vorwurfsvoll auf meinem Nachttisch, und das Letzte, was ich vor dem Einschlafen tat, war, seine männliche, selbstbewusste Stimme zu hören und manchmal zu sehen, wie er mich über meinen Laptop angrinste.

Heather reagierte mit einer Mischung aus Eifersucht und Verärgerung über meine plötzliche Distanz. Eines Tages stürmte sie abends in meine Wohnung und hämmerte an die

Tür, bis ich antwortete.

„Wo warst du?“ schnappte sie, als sie ohne zu fragen in meine Wohnung stürmte.

„Uh ... hier?“ sagte ich und zeigte auf meine Umgebung.

„Früher haben wir uns ständig gesehen. *Die ganze Zeit.*“ Sie warf ihre Handtasche auf den Boden, warf sich auf meine Couch und verschränkte die Arme vor ihrer Brust. „Jetzt höre ich kaum noch was von dir. Was ist los, Schwester?“

Ich schloss für sie die Wohnungstür und schlenderte zum Wohnbereich hinüber, wo ich mich am anderen Ende des Sofas niederließ. „Ich habe davon gehört, aber ich versuche so zu tun, als ob ich es nicht wüsste, weil ich nicht mehr sechzehn bin“, scherzte ich.

Heather war nicht amüsiert. Sie starrte auf mein Handy, als es aufleuchtete und „1 neue Nachricht“ anzeigte, und zeigte mit dem Finger beleidigt in seine Richtung. „Da warst du also, nicht wahr? Im La-La-Ich-hab-einen-Mann-Land?“

„Gearbeitet hab ich auch noch“, verteidigte ich mich.

„Daran, seinen Schwanz zu kriegen vielleicht“, entfuhr es Heather.

Ich fuhr mir mit den Fingern durch mein Haar. Es juckte

mich in den Fingern, Owens Nachricht zu lesen, aber Heather war zu Recht sauer auf mich, weil ich ihr so oft einen Korb gegeben hatte wegen Owen. Ich wollte nicht respektlos sein und sie in ihrer Schimpftirade unterbrechen.

„Ich weiß, ich weiß", gab ich zu und schämte mich ein wenig für mein Verhalten. „Es ist nur... ich habe ihn seit über einer Woche nicht mehr gesehen und ich habe das Gefühl, ich werde verrückt. Ich will ständig mit ihm reden, als ob ich nicht genug von ihm bekommen könnte. Je mehr ich mit ihm rede, desto mehr will ich mit ihm reden. Das ist krank, oder? Ich weiß, das ist keine Entschuldigung dafür, dass ich mich in letzter Zeit wie eine schlechte Freundin benommen habe, aber ich schätze, ich weiß nicht so gut damit umzugehen, wie ich dachte."

Sie starrte mich an, während ich auf irgendetwas von ihr wartete. Ein Zeichen von Verständnis vielleicht, oder ein freundschaftlicher Ratschlag im Allgemeinen. Aber es kam nichts. Stattdessen starrte sie mich weiter bloß an. Als ich das Schweigen nicht länger ertragen konnte, fragte ich äußerst schlagfertig: „Was?"

Sie atmete aus. „Gott, er muss ja wirklich unfassbar gut sein im Bett."

Nun war ich es, der die Worte fehlten. „Huh?"

„Der Typ hat dich ja komplett auf links gedreht", erklärte sie und rutschte ein wenig näher an mich heran. Der Unmut stand ihr immer noch in den Augen, aber die aufgeregte, sich sorgende Heather war in den Vordergrund gerückt. „Man wird nicht gaga wegen Typen, Tab, egal wie gut sie sind. Dafür gibt es nur eine Erklärung. Er besorgt's dir bis dir die Titten abfallen, und jetzt hast du Gefühle entwickelt."

Trotz des nicht ernsten Untertons war ich ein wenig beleidigt. „Du willst jetzt echt nicht sagen, ich wäre nur mit ihm zusammen, weil der Sex so gut ist, oder?"

„Nein, ich will damit sagen, dass der Sex so gut war, dass er dich in seinen Bann gezogen hat. Es ist der andere Mist, der lustige, der kluge und der gutaussehende, der dich am Haken hält."

Ehrlich gesagt, lag Heather ja gar nicht so verkehrt. Der Sex war tatsächlich nicht von dieser Welt. Aber ich war immer noch nicht scharf auf die Idee, dass Owens *Fähigkeiten* der Grund für unsere Beziehung waren. Natürlich, wenn ich zurückdenke, könnte es so gewesen sein, aber es war trotzdem nicht so romantisch, wie ich es mir gewünscht hätte.

„Es tut mir wirklich leid, Heather", entschuldigte ich mich erneut. „Du bist meine beste Freundin, und ich hätte unsere

Freundschaft niemals so vernachlässigen dürfen wegen eines Typens."

Sie begegnete meinem Blick, beugte sich vor und stützte die Ellbogen auf ihre Knie. „Vergiss das mal. Ich bin sauer, dass du mich nicht auf dem Laufenden gehalten hast, was zwischen dir und dem mysteriösen Sexmonster aus New Orleans vor sich geht."

„Okay, lass es mich wieder gut machen." Ich schenkte ihr ein schuldbewusstes Grinsen. „Ich werde dir jedes kleine Detail verraten, das du wissen willst, wenn du mir erlaubst, diese eine Nachricht ganz schnell zu beantworten."

Sie strahlte. „Abgemacht."

***

Damit war unsere Freundschaft wiederhergestellt und die nächsten Stunden verbrachten wir mit einer Flasche Wein und einer Auswahl an Owens und meinen Bettgeschichten. Als Heather wieder davondüste, war alles zwischen uns ausgeräumt. Erstaunt sah ich erst da die Uhrzeit und realisierte, dass es ungefähr die Zeit war, zu der ich normalerweise ins Bett ging. Ich hatte Owen gesagt, dass ich eine Freundin zu Besuch hatte und eine Weile nicht erreichbar sein würde, aber ich war trotzdem ein bisschen unglücklich darüber, dass keine verpassten Anrufe auf dem Display meines Handys auf mich warteten. Die kleine Disney Prinzessin in mir hatte gehofft, dass er mich so sehr vermisste, dass er meine Warnung „Ich werde eine Weile nicht sprechen können" ignoriert hätte.

So griff ich mein Smartphone, schlenderte leicht angeschwipst in Richtung Schlafzimmer, und machte mich bettfertig. Als ich in der warmen Bettwäsche lag, wählte ich seine Nummer.

„Ich hab dich vermisst", empfing mich seine tiefe Stimme.

Sein dunkles Timbre war so sexy und doch so romantisch, dass mir sofort ein Schauer über den Rücken lief. „Hast du?" fragte ich, meine Stimme ein wenig höher als sonst. Er hatte eine Art, mich wieder in eine Jugendliche zu verwandeln.

„Du hast ja keine Ahnung", antwortete er mit einer Stimme wie ein knisternder Kamin in einer einsamen Waldhütte. „Ist deine Freundin weg?"

„Ja. Wir hatten etwas Stress ... wegen dir, um ehrlich zu sein. Naja, eher wegen mir, weil ich mich viel zu wenig bei ihr gemeldet hatte in letzter Zeit. Und sie war beleidigt, dass ich ihr so wenig von uns erzählt habe."

„Klingt fast so, als wäre sie eifersüchtig", sagte er.

„Genau, du hast ordentlich Konkurrenz!"

Drei Klopfgeräusche schallten durch die Wohnung, so laut, dass es sich anhörte, als ob sie direkt neben meinem Ohr wären. Ich hielt inne und starrte die Tür an. „Ich glaube, Heather ist zurück. Bleib dran", sagte ich zu Owen. Ich balancierte das Handy zwischen meinem Gesicht und meiner Schulter, während ich zur Tür ging und durch den Türspion spähte. Ich hatte mich in meiner Wohnung noch nie unsicher gefühlt, aber ich war nicht naiv, und es war ein gewisser Trost zu wissen, dass im Notfall jemand direkt erreichbar war.

Doch ich konnte niemanden sehen.

„Hm ... komisch", flüsterte ich verunsichert.

„Hmm?" Alles in Ordnung?" fragte Owen.

„Ich hätte schwören können, es hätte geklopft. Aber hier ist niemand."

Ich drehte meinen Kopf von einer Seite zur anderen, in der Hoffnung, einen Arm oder eine Schulter zu entdecken, aber alles, was ich sah, war ein abgenutzter Teppichboden, eine schlechte Tapete und die Tür meines Nachbarn von der anderen Seite des Flurs.

Er antwortete nicht, und ich fragte mich, ob ich zu leise gesprochen hatte, als dass er mich hätte hören können. Ich beschloss, das Risiko einzugehen, schloss den Riegel auf und entriegelte die Tür. Ich schwang sie auf, aber niemand war zu sehen. Und dann sah ich um die Ecke.

Da war er. Groß, dunkelhaarig und mit hungrigen Augen.

Kapitel 30

Owen

„Hey du", sagte ich mit einem Lächeln auf den Lippen.

Tabby starrte mich an, ihre bezaubernden Augen waren so groß wie Teller und ihr Mund hing offen wie bei einer Comicfigur. Ich konnte nicht sagen, ob sie atmete oder ob sie die Atmung ganz eingestellt hatte, aber ich dachte mir, ich warte, bis ihre Lippen blau anlaufen, um sie aus ihrer Starre zu reißen. Dann stieß sie ein ziemlich ersticktes Glucksen aus und keuchte: „Ich glaube, ich habe zu viel getrunken."

„Das passt perfekt für das, was ich vorhabe", sagte ich mit einem Schmunzeln.

Sie trat vollständig hinter ihrer Tür hervor und enthüllte ein T-Shirt, das zu groß für ihre Figur war, wobei der Saum der karierten Shorts unten herausschaute. Ihre Arme, Beine und Füße waren nackt, und nach einem Monat, in dem ich sie nicht von Angesicht zu Angesicht gesehen hatte, war ich begierig darauf, jeden Zentimeter dieser nackten Haut zu lecken und zu küssen. Ihr Haar fiel locker über ihre Schultern und schwang um ihr Gesicht, während sie ungläubig den Kopf schüttelte. Die Brille, die ich seit unserem ersten Treffen so bezaubernd fand, drohte von ihrer Nasenspitze zu fallen, aber sie machte sich nicht die Mühe, sie wieder an ihren Platz zu schieben. Ich war froh darüber. Ich hatte ihre Macken und perfekten Unvollkommenheiten vermisst.

„Ich möchte glauben, dass du wirklich da bist", sagte sie. Sie sprach immer noch ins Telefon, als wäre ich in Louisiana und sie sähe einen Doppelgänger. „Aber ich bin mir ziemlich sicher, dass ich die Weißwein-Halluzinationen habe."

„Würde ein Doppelgänger das hier machen?" Dann schritt ich vor, schwang meine Arme um sie, und zog sie nicht zu zaghaft an mich heran. Ich musste ihre Lippen schmecken.

Und sie schmeckten himmlisch. Das Erstaunlichste war vielleicht die Erkenntnis, dass, obwohl ich definitiv erregt war, die Körperlichkeit des Kusses kaum der beste Teil war. Es war sie in ihrer ganzen Tabby-Natur an meiner Seite zu haben, zu wissen, dass ich eine ihrer bissigen Bemerkungen direkt aus ihrem Mund und nicht über das Telefon hören konnte, Zeuge der verschiedenen Emotionen zu sein, die sie durchlebte, als sie mich unangekündigt an ihrer Tür sah.

„Okay, du bist definitiv echt", sagte sie mit verschlossenen Augen, als ich einen Schritt zurück tat.

Anstatt zu antworten, küsste ich ihre Nasenspitze.

Noch immer war sie wie benommen und griff umständlich nach meinem Handgelenk, um mich in ihr Apartment zu ziehen. „Immer hereinspaziert!"

Ich folgte ihr sofort und griff hinter mich, um den Griff meiner Tasche zu fassen. Als ich ihre Wohnung betrat, fühlte ich mich, als wäre ich aus der Realität in meine Fantasie gesprungen. Es war genau so, wie ich es mir vorgestellt hatte, mit etwas Hilfe von den vielen Videochats. Fotos aller Themen und Stile – schwarz-weiß, abstrakt, Porträt, minimalistisch – waren auf jedem verfügbaren Zentimeter der Wand angebracht, soweit das Auge reichte. Die Farben explodierten förmlich, von der purpurroten Couch über die aprikosenfarbenen Lampenschirme bis hin zur türkisfarbenen und meergrünen Tagesdecke. Ein leichter Hauch von Vanille und etwas Blumigem lag in der Luft, und obwohl der Raum klein war, fühlte er sich alles andere als erdrückend an. Er fühlte sich an wie Tabby – warm, tröstlich und exzentrisch.

„Aber was machst du hier überhaupt?" fragte sie und schloss die Wohnungstür. Straßenlärm fand dennoch seinen Weg zu uns in die Wohnung.

„Ich freue mich auch, dich zu sehen“, neckte ich sie.

Sie drehte sich wieder zu mir um, die Hände in die Hüften gestemmt und mit leerem Blick. „Tut mir leid“, entschuldigte sie sich schnell. „Ich bin wirklich froh, dich zu sehen, wirklich, ich habe nur nicht erwartet, dich zu sehen. Und...“, sie gewann das muntere Blitzen in ihren Augen zurück, „du hast mich zu Tode erschreckt. Ich wusste nicht, ob du ein Krimineller bist, der darauf wartet, sich auf mich zu stürzen, wenn ich die Tür öffne oder so.“

„Das mit dem Kriminellen hängt davon ab, mit wem du sprichst, aber ich gebe zu, dass ich mich auf dich stürzen möchte.“ Ich blitzte sie mit einem hellen, übertriebenen Strahlen an.

„Uh huh. Also?“ ließ sie sich nicht abwimmeln. „Was verschafft mir die Ehre?“

„Da ist so ein neuer, aufstrebender Koch aus Chicago, den ich mir mal genauer anschauen wollte. Vielleicht greif ich ihm unter die Arme, wenn alles passt. Mal sehen.“

Tabby gab ein ungläubiges Geräusch von sich und hob die Hände von den Hüften, um die Arme vor der Brust zu verschränken. „Du bist hier, um einen neuen Koch zu testen?“, wiederholte sie. Ich konnte mir ein Grinsen als stummes

Eingeständnis nicht verkneifen. Ein Lächeln flatterte über ihre Lippen. „Lügner."

„Ach ja?" forderte ich sie heraus und schritt auf sie zu.

„Ach ja!" Sie reckte ihr Kinn in die Höhe wie ein Kind, das nach Süßigkeiten auf dem obersten Regalbrett greift.

Ich stürzte nach vorne, um sie zu packen, aber sie sprang gerade noch rechtzeitig aus der Reichweite. Ich senkte die Augenbrauen, um einen grimmigen Ausdruck anzunehmen, knurrte und ging in die Hocke, um mich auf sie zu stürzen. Sie kicherte, ein aufregendes Geräusch aus Aufregung und Nervosität, und kämpfte sichtlich damit, mehr Platz zwischen uns zu bringen oder sich zu behaupten. Ihre Überlegungen dauerten zu lange. Ich stürzte mich auf sie und packte sie an der Taille, bevor sie die Chance hatte zu entkommen. Ich hörte die Auswirkungen des Alkohols in ihrem entzückten, erschrockenen Quieken, als ich sie leicht anhob und über meine Schulter warf.

„Ach, hab ich gesagt, dass ich meine Strichliste mit deinen ganzen frechen Bemerkungen dabei hab?" Meine Hand schoss auf ihren Hintern auf meiner Schulter und entlockte ihr ein Quieken. „Heute ist der Tag gekommen, um mich zu rächen!"

„Nein!", heulte sie durch tiefe, rollende Wellen

unkontrollierten Lachens.

Sie versuchte, sich loszureißen, schlug mit den Beinen wild um sich und stieß mit den Knien gegen meine Rippen, aber ich wollte nicht nachgeben. Es war ein Monat – dreißig verdammte Tage – her, dass ich sie in die Finger bekommen hatte, und ich wollte nicht wegen eines kleinen Zappelns loslassen. Ich durchquerte die Miniaturwohnung in langen Schritten. Als ich an der Couch vorbeikam, versuchte sie, nach der Rückenlehne zu greifen, aber ich riss sie weg und rollte mit dem Kopf voran auf das Bett. Sie purzelte in einer Kugel von meiner Schulter und krabbelte auf das andere Ende der Matratze. Wir starrten uns an, wie Sumo-Ringer, die kurz vor dem Kampf standen, und ihr ganzer Körper bebte vor Kichern, das sie nicht unterdrücken konnte.

Oh Gott, ich hatte so eine Latte.

Ich schnaubte und stürzte mich auf sie. Tabby schoss nach hinten, aber ich erwischte sie am Knöchel, bevor sie ganz vom Bett krabbeln konnte. Mit einem schnellen Ruck zog ich sie zu mir und kroch auf sie drauf.

„Das hättest du wohl gern", murmelte ich und ließ mich hinunter, um sie unter meinem Körper zu fangen. „Du gehst nirgendwo hin."

Tabby ergab sich: „Okay, okay!“ Ihre Augen waren feucht von Tränen, und ihre sinnliche Unterlippe zitterte vor Adrenalin.

Ich nahm die Lippe zwischen meine Zähne und saugte sanft daran. Sie beruhigte sich unter meinen oralen Liebkosungen, und als ich mich tiefer in ihren Mund wagte, reagierte sie begierig. Ich glitt mit meiner Hand an ihrer Seite hinauf zur Wölbung ihrer Brust unter dem Baumwollhemd, während unsere Zungen tanzten, und genoss den Segen, den es bedeutete, sie wieder zu spüren. Ihre Arme legten sich um meine Schultern, und ihre Fingernägel zeichneten Spuren in meinem Nacken, die einen Teil der Leidenschaft freisetzten, die sich zwischen uns aufbaute.

„Owen“, atmete sie heftig und zog sich von mir zurück, um mir ins Gesicht zu sehen.

Ich leckte ihr über die Kieferpartie. „Hm?“

„Ich möchte, dass du es mir zeigst.“

Eine Sekunde lang rührte ich mich nicht. Die Bitte war so vage, dass sie sich auf alles Mögliche hätte beziehen können, aber ich hatte den leisen Verdacht, dass sie etwas ganz Bestimmtes im Sinn hatte – etwas, von dem ich sowohl hoffte als auch befürchtete, dass sie es meinte. Ich hob meinen Kopf, um zu ihr hinunterzuschauen und ihr Gesicht zu studieren. Sie blinzelte nicht, hatte keine Miene verzogen. Stoisch, sogar. Jetzt gab es keine Scherze mehr.

„Dir was zeigen?" fragte ich, während sich ein kribbeliges Gefühl in meinem Bauch zusammenbraute.

„Worauf du stehst."

Das war es. Seit wir uns kennengelernt hatten, waren wir immer am Rande des Gesprächs geblieben, aber wir hatten ihm nie direkt ins Gesicht gesehen. Im Laufe der Zeit, in der ich Tabby traf, hatte ich mich selbst und meine besonderen Vorlieben auf unzählige kleine Arten verwöhnt, aber ich hatte die große Mehrheit meiner dunkleren Begierden in einen metaphorischen Schrank geworfen und den Schlüssel versteckt, bis der richtige Moment kam, sie wieder ans Licht zu bringen.

Doch Tabby hatte ihn gefunden und wartete nun darauf, dass ich den Schrank öffnete.

„Ich weiß, dass du neugierig bist", begann ich vorsichtig, „aber du hast ja keine Ahnung, worauf du dich da einlässt."

„Stimmt." Sie rutschte auf dem Bett nach oben, bis sie sich auf ihre Ellbogen stützen konnte. Ich lehnte mich seufzend auf meinen Fersen zurück. „Aber ich weiß, warum ich frage, und das ist alles, was zählt. Zumindest ist das alles, was für mich zählt."

Ich richtete meinen Blick auf den ihren. „Okay. Warum fragst du?"

Ihre Augen wurden weicher, und ein kleines Lächeln umspielte ihre Lippen. „Weil ich dich kennenlernen möchte, und zwar komplett in all deinen Facetten."

Sie traf mich genau da, wo es weh tat – am emotionalen Hebel. Es war eigentlich eine ziemlich interessante Konstellation. Wäre sie nur eines der Club-Mädchen gewesen, hätte ich sie sofort in das große, böse Geheimnis eingeweiht, sobald ich sie in mein Schlafzimmer bekommen hätte, und ich hätte keine Skrupel dabei gehabt, denn es waren absolut keine Gefühle im Spiel. Doch bei dieser Frau hier war es anders, ich war zurückhaltend. Vielleicht war ich sogar ängstlich. Leider war meine Faszination für die Psychologie meiner Probleme im Moment kaum etwas, dem ich mich hingeben wollte.

Ich zog jedoch in Erwägung, ihrer Bitte mehr nachzukommen, als ich es in der Vergangenheit je getan hätte.

„Tu mir einen Gefallen", sagte ich. „Sag das Wort 'rot'."

Sie legte verwirrt den Kopf schief, gehorchte aber. „Rot."

„Gut. Nicht schwer, oder? So einfach, dass es fast schon albern ist?" Sie nickte. Ich schob mich zu ihr und legte meine

Hand auf ihren Mund. „Und jetzt sag es noch einmal, damit es auch unmissverständlich klar ist."

„Rot", murmelte sie zwar, aber doch deutlich lauter als zuvor.

„Ein bisschen härter als vorher, aber immer noch ein Kinderspiel, ja?" fragte ich. Ich hielt ihr die Hand über den Mund, während ich sprach, so dass sie nur nickte, anstatt gegen meine Handfläche zu antworten. „Okay, halt die Luft an."

Tabby sah mich fragend an.

„Ich mein es ernst. Halte die Luft an und atme erst aus, wenn es absolut nicht mehr anders geht", befahl ich.

Sie atmete tief ein, ihre Schultern hoben sich mit dem Anschwellen ihrer Lunge, dann erstarrte sie mit aufgeblasenen Wangen.

„Lass sie nicht raus", sagte ich wieder. Dann schob ich meinen Zeige- und Mittelfinger durch ihre Lippen und Zähne, bis ich fast die Öffnung ihrer Kehle erreichte. Sie würgte sofort durch das aggressive Einführen, aber ich zog mich nicht zurück. „Sag es."

Ihr Gesicht färbte sich so rosa wie Nelkenblätter, und sie gab einen völlig unverständlichen Laut von sich, der nicht im

Geringsten an „rot" erinnerte. Ich hob die Augenbrauen, rüttelte leicht an meinen Fingern und forderte sie mit meinen Augen auf, es noch einmal zu versuchen. Das tat sie, aber das Wort war immer noch nicht zu verstehen. Alles, was ich hörte, war eine Art brummendes Stöhnen.

Ich zog meine Finger aus ihrem Mund und sagte ihr, sie solle wieder atmen. Sie atmete in einem Schwall aus, und ihre Wangen färbten sich durch die Erleichterung über den neuen Sauerstoff. Ich wartete, bis sie sich gesammelt hatte, bevor ich es ihr erklärte.

„Der letzte Teil war das beste Beispiel, das ich dir geben konnte, um dir zu zeigen, wie es ist, Teil meiner ‚Vorlieben' zu sein", sagte ich ihr nüchtern. „Es erfordert höchstes Vertrauen und absolute und unerschütterliche Ehrlichkeit, denn du wirst dich verlieren. Buchstäblich, Tabby. Du wirst deinen eigenen Namen nicht mehr kennen. Alle grundlegenden Funktionen, die du täglich als selbstverständlich ansiehst, wie Atmen und Sprechen, werden dir genommen und in meine Hände gelegt, und wenn es deine Absicht ist, alles von mir zu erfahren, werde ich mich nicht zurückhalten. Es wird keine Gnade geben."

Sie schwieg, und ich war nicht in der Lage, ihren Gesichtsausdruck zu lesen. Ich schaute ihr tief in die Augen und versuchte verzweifelt, ihr zu vermitteln, wie wichtig es war, dass sie es verstand, wenn wir weitermachen wollten. Sie schaute mich ohne den geringsten Anflug von Unsicherheit an.

„Wenn du mich also immer noch kennenlernen willst in all meinen Facetten", fuhr ich sehr deutlich fort, „dann frag mich noch einmal."

Tabbys Wimpern legten sich über ihre Wangenknochen. Sie setzte sich aufrechter hin und legte die Hände in den Schoß. Als sie ihre Augenlider wieder öffnete, sagte sie mit der gleichen Klarheit: „Ich möchte, dass du es mir zeigst."

Kapitel 31

Tabby

Das einzige Licht im Apartment war das orange Licht der Straßenlaterne, das schwach durch das Fenster schimmerte. Ich hatte am ganzen Körper Gänsehaut und ich zittere stoßweise. Die Decken unter mir waren mein einziger Luxus. Am Fußende des Bettes lag der Pyjama, den ich ausziehen sollte. Ich war übermäßig wachsam, die Augen weit aufgerissen, um die kleinsten Bewegungen zu sehen, die Ohren gespitzt, um die kleinsten Geräusche zu hören. Vorfreude floss durch meine Adern.

„Du wirst für mich schreien."

Aus den Schatten des Zimmers trat Owen, komplett entblößt und sichtlich erregt ... und doch war diese Person gar nicht Owen. Seine blitzenden Augen waren dunkel, verschleiert, unheilvoll. Der geschwungene Mund, von dem ich gelernt hatte, witzige Sprüche und anzügliche Drohungen zu erwarten, enthielt immer noch unausgesprochene Versprechen, mir das letzte Quäntchen Verstand zu rauben, das ich besaß. Jede Spalte seines muskulösen, gemeißelten Oberkörpers signalisierte mir Warnungen, als er sich durch das schummrige Licht am Fenster vorbeischlich, und die Muskeln, die sich in seinen Armen anspannten, drängten mich, jetzt zu verschwinden, solange ich noch die Chance dazu hatte.

Ich kam nicht weg. Ich war gefesselt, an den Ort gefesselt, wo ich mit den Händen an den Seiten und leicht gespreizten Schenkeln lag.

„Du wirst deinen Körper verlassen, weil du ihn nie besessen hast.“ Er erreichte die Bettkante, und ich spürte, wie seine Finger auf meiner Fußspitze ruhten. „Du gehörst zu mir.“

Seine Finger tippten ... einmal, zweimal, dreimal.

„Ich möchte dir etwas zeigen und du wirst keinen Mucks machen. Verstanden?“

Wie ferngesteuert nickte mein Kopf. Ich hatte bereits das Gefühl, dass mein Geist meinen Körper verlassen hatte und ich über dem Äther schwebte, um die Verführung zu beobachten.

Er hob seine Hand, dann kratzte ein Fingernagel an meiner Ferse. Ich zuckte zusammen, aber der Druck, den er ausübte, war noch im Rahmen meiner Toleranzgrenze. Der Nagel wanderte nach Norden, drang in das empfindliche Fußgewölbe ein, und ich zog meinen Fuß fast instinktiv weg. Er hielt meinen

Knöchel nicht fest und warf mir nicht einmal einen Blick zu, um mich daran zu erinnern, dass er mein Schweigen befohlen hatte. Das Ausbleiben einer Bestätigung war vielleicht noch beängstigender als die strenge Beschreibung der Strafe, die ich erhalten würde, wenn ich ihm nicht gehorchte. Es deutete darauf hin, dass er mir ein gewisses Maß an Kontrolle über mich selbst ließ, anstatt sie mir ganz zu nehmen, und in einer verblüffenden Offenbarung wurde mir klar, dass ich die Kontrolle über meinen Körper exponentiell mehr in seine Hände legte als in meine eigenen.

Der Nagel wanderte höher, glitt experimentell über meinen Fußballen und glitt in die Falte unter meinen Zehen. Ein Lachen stieg in meiner Kehle auf, und ich schluckte schwer, um es herunterzuwürgen. Er war noch nicht fertig. Ein zweiter Finger gesellte sich zu dem ersten, tanzte über meine Zehenkuppen und tauchte in das Gewebe dazwischen ein, und das Tempo steigerte sich. Mich überkam das lähmende Bedürfnis zu kichern, meiner Kitzeligkeit irgendwie freien Lauf zu lassen, aber das durfte ich nicht, und die unbekannte Strafe machte mir mehr Angst als die Verweigerung des Reflexes.

Schneller und schneller malträtierten mich seine Finger. Zuckungen und Stöße rasten mein Bein hinauf bis zu meiner Scham, und ich spürte, wie die Feuchtigkeit zwischen meine

Falten glitt. Ich war dabei zu zerbrechen. Ich spürte, wie es in Wellen kam, wie sich bestimmte Fäden lösten. Als hätte er das gespürt, holte er seine andere Hand herunter, und mit einem Mal fuhren zehn Finger über meine Sohle.

Ich brach auseinander und schrie vor unterdrücktem Lachen. Mein Knie schoss nach hinten, um meinen Fuß von seinem Angriff zu befreien, und meine Oberschenkel gingen in Flammen auf. Owen reagierte nicht. Er sah mir stoisch zu, wie ich kicherte, bis das letzte Glucksen von meinen Lippen verklungen war, ohne auch nur einen Hauch von Interesse zu zeigen. Als ich mich beruhigt hatte und ein wenig Schluckauf bekam, legte er beide Hände um meine Beine auf das Bett und beugte sich näher vor.

„Du hast mir so lange gehorcht, wie du konntest", sagte er nüchtern. „Du warst in der Lage, deine körperlichen Reaktionen zu kontrollieren und dich an die einzige Vorgabe zu halten, die ich dir gab. Dein Geist und dein Körper waren uneins, und du hast hart um deinen Geist gekämpft. Aber du hast verloren."

Die Angst flatterte in meinem Bauch, und ich erinnerte mich an die Strichliste. Wenn er mich jetzt bestrafen würde, würde ich mit Sicherheit sehr leiden.

„Ich habe dir schon einmal gesagt, dass Kitzeln eine

unwillkürliche Reaktion hervorruft, dass es etwas Animalisches ist", fuhr er fort. „Erinnerst du dich?"

„Ja", flüsterte ich erwartungsvoll.

„Das ist, worauf ich stehe, gewissermaßen. Unfreiwillige, natürliche, unverfälschte Reaktionen. Mein Genuss besteht darin, dich weit über die Grenzen des Verstehens und der Kohärenz hinauszuführen. Vernunft, Logik und rationale Reaktionen sind fortschrittliche Bewältigungsmechanismen, die wir entwickelt haben, um die Welt um uns herum und unseren Platz darin zu verstehen, aber der Körper ist sehr wohl in der Lage, diese Mechanismen außer Kraft zu setzen, wenn er dazu gezwungen wird. Unsere ursprüngliche Natur übernimmt die Kontrolle, wenn unser Überleben in Gefahr ist." Seine Erklärung war auf den ersten Blick lehrreich, aber das Schnurren in seinem Unterton machte sie noch bedrohlicher, eine Vorahnung dessen, was kommen würde. Der Raum zwischen meinen Beinen war so feucht geworden, dass die Luft, die ihn küsste, sich kalt anfühlte, und ich zitterte sowohl vor Kälte als auch vor schrecklicher Erregung.

Owen lehnte sich über mich, bis seine Augen auf gleicher Höhe mit meinen waren und ich den Geruch von Minze in seinem Atem wahrnahm. In seinem Blick loderte Feuer, als er seinen Mund auf meine Lippen senkte, und ein Zittern durchlief mich, als er sich zur Seite bewegte und mit seiner Zunge an meinem Ohr entlangfuhr.

„Ich werde dir einen Orgasmus nach dem anderen aus deinem hilflosen Körper reißen“, murmelte er leise. „Ich werde dich kommen lassen, immer und immer wieder, bis du nur noch ein zitterndes, wildes Tier bist. Und wenn ich fertig mit dir bin, wenn du nicht mehr kannst, wenn du an deiner Zunge erstickst und mehr zitterst als ein Verbrecher auf dem Weg zum elektrischen Stuhl, dann werde ich dich nehmen und noch einmal von vorne anfangen.“

Wenn ich die Möglichkeit gehabt hätte, hätte ich vor lauter Lust gestöhnt, aber ich hatte keine Gelegenheit dazu. Er schloss seine Lippen um meine, zog meine Zunge mit seinen Zähnen in seinen Mund und steckte zwei Finger in meine Vagina.

Das unerwartete Eindringen und die Vibrationen der Lust, die es auslöste, ließen mich verstummen, und ich hatte Mühe, einen beruhigenden Atemzug durch die aufgeblähten Nasenlöcher zu bekommen. Owen brach den Kuss barmherzig ab, als er mit seinen Fingern nach oben fuhr, um meinen süßen Punkt zu begrüßen.

„Du bist schon so feucht für mich“, knurrte er, und ich konnte seine Bestätigung hören. Dann aber fügte er fast spöttisch hinzu: „Das wird eine lange, lange Nacht, wenn du so kurz vor dem Höhepunkt stehst."

Ich stöhnte auf, und er nickte, Anerkennung leuchtete in seinen Augen.

„Du umklammerst meine Finger bereits wie einen Rettungsring", schmunzelte er. „Oh, Sweetheart, das wird so viel Spaß machen."

Er ließ seinen Daumen nach oben zu meinem Schamhügel gleiten, während er weiterhin meinen G-Punkt massierte, und ich wimmerte, als er den Sternenhimmel über meiner Klitoris zurückschob, um die winzige, darunter verborgene Kugel zu reiben. Ich war erstaunt, wie erregt ich bei so wenig einleitender Stimulation war. In meinem Bauch hatte die Gymnastikroutine des Purzelns und Springens bereits begonnen, was mir andeutete, dass ich kurz vor einem Orgasmus stand, und alles, was Owen getan hatte, war mir seinen Fetisch näherzubringen.

Irgendwie wusste er, dass ich auf die Kante zusteuerte, und ich konnte an dem Funkeln in seinen Augen erkennen, dass er davon erregt war. Ich hatte keinen Zweifel daran, dass er jedes Wort, das er mir sagte, ernst gemeint hatte. Er würde mich unerbittlich kommen lassen, und ich würde in seinen mächtigen Händen nur noch die Hülle einer Frau sein. Ich konnte mir nichts Schrecklicheres, Verrückteres oder Erregenderes auf der

Welt vorstellen.

Sein Daumen begann, über die Oberfläche der Perle zu gleiten, zog nach unten, als wolle er die Finger treffen, die sich in mir vergraben hatten, und die Muskeln in meinen Beinen verhärteten sich. Ich war so nah dran, baumelte über der Klippe und blickte in den Abgrund darunter, nur einen leichten Stoß davon entfernt, in mein bevorstehendes Verderben zu stürzen. Und er wusste es. Er wollte, dass ich falle. Er war hungrig auf meinen Untergang.

„Lass dich von mir nicht aufhalten, Kätzchen", raunte er. „Ich habe noch nicht einmal angefangen."

Er beugte sich vor und strich mit seiner Zunge über meine Brustwarze, bevor er sie zwischen seine Zähne nahm.

Ich zerbrach.

Meine Eingeweide umklammerten einander mit teuflischer Kraft. Das Vergnügen schoss durch jeden Nerv meines Körpers. Die Brustwarze, die er geleckt hatte, erhob sich, um seinen Mund zu treffen, während sich mein Rücken wölbte und meine Hüften sich zurückzogen. Ich flog.

„Good Girl", hörte ich dumpf sein Lob. Ich erschauderte, als der Orgasmus abebbte, und schaute mit verschwommener Sicht auf ihn herab. Seine Finger hatten gnädig für ein paar

Sekunden innegehalten, aber das Grinsen auf seinen Lippen war ein sichtbares Zeichen dafür, dass ich naiv war, Dankbarkeit zu empfinden. Ohne Vorwarnung begann er, mich von innen und außen zu streicheln und zu liebkosen, und er befahl fest: „Noch einmal."

So kurz nach meinem Höhepunkt war ich überempfindlich, und ich wälzte mich auf dem Bett, um mich von ihm zu lösen. Er packte eine meiner Hüften mit seiner freien Hand und hielt mich mit einem selbstgefälligen Kopfschütteln fest. Ich heulte auf, alles in mir vibrierte, aber noch bevor das Geräusch meine Kehle verlassen hatte, wurde ich kopfüber in einen zweiten, unendlich viel intensiveren Orgasmus geschleudert.

Meine Beine wurden nach hinten geschoben, so dass meine Knie bis zu meinen Schultern reichten, und ich wurde entleert. Heißer, glitschiger Speichel traf auf meine Schamlippen, als er die Falten in seinen Mund saugte. Seine Zunge fuhr in mich hinein, wo eben noch seine Finger gewesen waren, und die mit meinem Gleitmittel benetzten Finger glitten anstelle seines Daumens über meine Klitoris. Die Empfindungen waren doppelt so überwältigend, und ich musste meine Hände gegen die Matratze schlagen, um mich davon abzuhalten, ganze Büschel von Haaren aus seiner Kopfhaut zu reißen. Seine Zunge wirbelte herum und traf jeden Zentimeter meiner

Wände, eine Bewegung, die er mit den Fingern, die meine Klitoris abtasteten, wiederholte. Aber was mich zum dritten Mal in Anspruch nahm, war, als er mich mit dem animalischen Verlangen eines Tieres auf der Jagd anknurrte.

Ich hatte keine Ahnung, wie lange er mich schon verführte, aber wenn mein Körper ein Indiz war, würde ich auf Stunden tippen. Das war allerdings nicht möglich, denn das natürliche Licht der Nacht hatte sich nicht im Geringsten verändert. Mitten im vierten Orgasmus wurde mir klar, dass es wahrscheinlich noch keine zehn Minuten her war, und schon waren meine Glieder wie Gelee. Die Chancen, dass ich eine ganze Nacht voller Höhepunkte überleben würde, waren minimal.

„Oh, du wirst doch wohl nicht schon genug haben, oder?“ ermahnte er mich, als der fünfte Sprung in die Vergessenheit mich nach Luft schnappen und fast schlaff werden ließ. „Du bist zu so viel mehr fähig.“

„Ich nicht“, protestierte ich schwach durch meine bebenden Lippen. Ich hatte ja nicht einmal genug Energie, meinem Widerspruch ein Verb hinzuzufügen.

„Ich würde es begrüßen, wenn du nicht so negativ über die Frau sprichst, die mich so scharf macht.“ Er beugte sich vor, und eine Wolke rauchiger Erleichterung durchwehte mich in der Pause. Ich hörte, wie er die knarrende Schublade in meinem Nachttisch herauszog und das klappernde Geräusch seines Raschelns darin. Als er sich wieder aufsetzte, präsentierte er selbstgefällig das einzige Sexspielzeug, das ich besaß. Einen rosa Kugelvibrator und die dazugehörige Fernbedienung.

Wäre ich nicht so erschöpft gewesen, hätte ich ihm das alles sofort aus der Hand gerissen. Doch so konnte ich nicht mehr tun, als zu fragen, woher er wusste, dass *das* da drin war.

„Schätzchen, jeder weiß, dass die Schublade des Nachttischs der Ort ist, an dem Frauen ihre Geheimnisse aufbewahren." Er schnippte mit dem Finger, und das Summen nahm den Platz seiner Stimme ein.

Die Kugel wurde flach gegen meine Klitoris gepresst, und er manövrierte meine Beine über seine Schultern und ließ sie über seinen Rücken gleiten, damit er seinen Mund ganz in meinem Schoß vergraben konnte. Ich keuchte auf, als er seine Zunge wieder durch meine Lusthöhle wandern ließ. Die kurze Pause, die er mir verschafft hatte, während er den Vibrator holte, hatte irgendwie dafür gesorgt, dass die Nerven, die durch die Überstimulation taub geworden waren, sich wieder erholten, und ich war jetzt viel empfindlicher als zuvor. Hinter meinen Augen flackerten Lichter auf. Ich stöhnte heiser, wiegte meine

Hüften unwillkürlich gegen die Schockwellen und begegnete seinem Lecken Schlag auf Schlag.

Diese Euphorie ergriff mich schneller als die anderen. Innerhalb von wenigen Sekunden schrie ich meine Lust an die Decke, klammerte mich mit aller Kraft an mein Bettlaken und wand mich wie in einem Remake von ‚Der Exorzist'. Owen machte keine Pause, verpasste keinen Takt, wurde nicht einmal langsamer. Tiefer und tiefer drang er mit seiner Zunge ein, strich immer wieder über meine gesegnete Stelle, während er meinen Kitzler zwischen seinen Fingern zwickte und rollte. Mir wurde für eine Sekunde schwarz vor Augen, fast wie in dem Moment, wenn ich zu viel Alkohol getrunken hatte, und als ich in die Realität zurückkehrte, war ich wie gelähmt.

„Du lässt mich noch nicht hängen, oder?" stöhnte Owen. Genug Zeit, damit ich Luft holen konnte, dann setzte er wieder ein.

Es geschah etwas mit mir, das ich nie für möglich gehalten hätte. Mein Körper opferte gewissermaßen seine Bedürfnisse. Owens Aussage, dass er mich über meine Widerstandsgrenze hinweg treiben wollte, drängte sich mir in den Vordergrund, und mir wurde klar, dass er mir das alles nicht nur gesagt hatte, um mich über seinen Fetisch aufzuklären. Er hatte es genau für diesen Moment gesagt, den Moment, in dem ich anfing, meinen

Verstand zu verlieren und hinter den Vorhang meines primitiven Ichs blickte. Er wusste, dass ich mich daran erinnern würde und dass es wie Glocken in meinen Ohren klingeln würde, wenn er mir mit jedem Orgasmus die Kontrolle entriss, und dass es mein Abgleiten in die Unbegreiflichkeit umso süßer machen würde.

Ich spürte kaum, wie seine Zunge wieder eindrang, als der Vibrator mich erneut in Ekstase versetzte. Bilder blitzten über das Panorama meines Bewusstseins. Dunkle, gefährliche Augen. Schwarze Lederpolsterung. Spielkarten. Gedämpfte Geräusche strömten aus mir heraus, so leicht und konstant wie der Strom des Mississippi. Meine Glieder krümmten, schlugen um sich und verrenkten sich auf eine Weise, die meine Yogalehrerin beeindruckt hätte. Die Bestie, die ich in Owen sah, als er sich nach mir sehnte, hatte seinen Körper verlassen, um meinen zu verschlingen, und ich spürte, wie sich ihre Zähne in mein Wesen bohrten.

„Ja", flüsterte er. Es war, als spräche er das Wort mit mehreren Silben aus. „Deine Augen werden schwächer, mein Schatz. Ich nehme dich."

Ich sank tiefer. Das bisschen Farbe, das ich in dem unbeleuchteten Raum wahrnehmen konnte, verdunkelte sich, bis ich nur noch Schwärze sah, als hätte man den Stoff, der über die Clubwände drapiert war, über mein Gesicht gelegt. Ich bemerkte nicht, wie Owens Finger mein Kinn packten, bis er mein Gesicht mit einem Ruck gegen das Kopfende des Bettes hob. Ich war blind, aber ich konnte seinen Atem auf meinen Wangen spüren.

„Sag mir, dass du mir gehörst", hauchte er.

Ich wusste nicht, ob ich den Mund aufgemacht hatte. Ich wusste nicht, ob ich ihm gehorchte. Erst als er wieder an mein Kinn rüttelte, wurde mir klar, dass ich überhaupt nichts gesagt hatte.

„Sag es mir", beharrte er. „Ich muss wissen, dass du noch da bist."

„Du hast mich." Meine Worte waren nichts als Luft.

Er ließ mein Kinn grob los, biss mir genüsslich in die Schulter und stieß seine ganze Länge in mich hinein. „*Jetzt* hab ich dich", stöhnte er. „Komm."

Ich kam. Hart, und wie aufs Stichwort. Er berührte mich nicht einmal, abgesehen von seinem Schwanz, der tief und unbeweglich in meinem Inneren vergraben war. Mein Körper gehörte jetzt offiziell ihm.

Er fing an, seine Hüften hin und her zu bewegen, stieß ganz

hinein und zog sich ganz zurück. Meine Sinne schwanden, aber meine Nerven flammten auf, und ich brach geistig zusammen. Ich hatte nicht die geringste Ahnung, ob er mit mir Liebe machte oder nicht. Das Einzige, dessen ich mir bewusst war, war die totale und absolute Inanspruchnahme meiner Existenz durch die gefräßigen Götter der Lust und Erotik. Ich war nicht einmal mehr ein Mensch, denn Menschen fliegen nicht durch den Raum und gleiten nicht über existenzielle Ebenen. Es gab keine Transzendenz für den Sterblichen, nicht von dieser Art, wo gleichzeitig nichts und doch alles geschah, und die Toten zwischen den Sternen tanzten und es keine Worte gab.

Das Letzte, woran ich mich erinnerte, war ein reinweißer Lichtblitz, der mich in die Seele traf. Das Nächste, wovon ich wusste, war, dass ich auf der Seite lag, das Laken bis zu den Schultern hochgezogen, und eine feste Wärme an meiner Wange. Etwas streichelte langsam und sanft mein Haar von der Kopfhaut bis zu den Spitzen. Ein schwacher Duft von Eau de Cologne umwehte meine Nase bei jedem Einatmen.

„Bist du wieder da, Süße?“

Seine Stimme, warm und tief, war Zucker in meinen Ohren. Ich blinzelte zweimal und bemerkte, dass ich ganz vergessen hatte, wie man spricht. Erst da wurde mir klar, dass mein Kopf auf Owens Brust lag. Wir waren verschlungen im Bett, nackt und schweißgebadet. Er fuhr mir mit den Fingern durch die Haare, die wohl besänftigendste Geste, die er machen konnte, seine andere Hand ruhte leicht auf meiner Hüfte.

„Ich glaube schon." Meine Stimme war heiser, entweder weil ich sie durch übermäßiges Stöhnen und Schreien verletzt hatte oder weil ich im Grunde vergessen hatte, wie mein ganzer Körper funktionierte. Stück für Stück fügten sich die Geschehnisse, seit er vor meiner Tür aufgetaucht war, zu einem Ganzen zusammen, aber ein großer Teil fehlte meiner Erinnerung völlig. Ein furchtbarer Gedanke kam mir in den Sinn. „Oh mein Gott, bin ich mitten im Sex ohnmächtig geworden?"

Er gluckste, drehte meinen Kopf ganz leicht und zeigte zum Fenster. „Tabby, sieh dir den Himmel an."

Sonnenaufgang. Mir fehlten satte acht Stunden in meinem Gehirn, und wie viel von diesen acht Stunden auf Sex statt auf Schlaf entfiel, wusste ich nicht.

„Gott!" rief ich aus. „Es tut mir so leid!"

Ich versuchte, mich aufzurichten, aber meine Glieder ließen mich im Stich. Ich konnte nicht einmal meinen Körper von ihm wegbewegen. Seine Arme legten sich um mich, und er schüttelte fest den Kopf.

„Auf keinen Fall, Süße. Du musst wieder einschlafen. Vertrau mir."

„Aber was ist mit dir? Du warst die ganze Nacht wach, nicht wahr?" Er nickte. „Du musst erschöpft sein. Schlaf. Ich werde etwas zum Frühstück machen."

„Wenn du herausgefunden hast, wie du das Frühstück machen willst, wenn du dich nicht einmal von alleine umdrehen kannst, lasse ich dich aufstehen", sagte er. „Bis dahin bleibst du genau hier."

Ich wollte protestieren, aber um ehrlich zu sein, war ich zu erschöpft. Meine Energie war aufgebraucht, und ich hatte kaum noch genug, um zu sprechen – und das nach Stunden des erholsamen Schlafs. Ich seufzte und kapitulierte. Er hatte ja sowieso recht. Ich war auf keinen Fall in der Lage, aufzustehen, geschweige denn zu kochen.

„Schlaf", drängte er, drückte mir einen zarten Kuss auf die Stirn und strich mir wieder über das Haar. „Ich gehe nirgendwo hin."

Und ich auch nicht.

Kapitel 32

Owen

„Kannst du mir bitte die Mappe da geben?"

Ich schluckte den Schluck Tee hinunter und griff nach einer schwarzen Mappe auf dem Couchtisch. Tabby hielt mir erwartungsvoll die Hand hin, den Blick auf den Bildschirm ihres Laptops geheftet.

„Danke", sagte sie leise, als ich sie ihr reichte. „Und den lila Ordner?"

Auch den schnappte ich mir und drückte ihn ihr in die Hand, oben auf die Mappe.

„Und einen Stift", fügte sie hinzu.

„Sonst noch etwas?"

„Ja, ist der gestreifte Aktenordner dort drüben?" Als ich nicht antwortete, blickte sie auf und sah, dass ich sie angrinste. „Du machst dich über mich lustig, nicht wahr?"

„Immer!" lachte ich und küsste die Fingerkuppen, die

vergessen vor mir in der Luft hingen, bevor ich den Stift und den hoffentlich letzten Ordner holte. Sie lächelte, und ich freute mich, wie rosig ihr Gesicht glühte.

Meine spontane Reise nach Chicago hatte fast eine Woche gedauert. Der Koffer mit den Sachen, die ich mitgebracht hatte, hatte sich in einer Ecke von Tabbys Wohnung neben ihrer Kommode niedergelassen, und die Kleidung, die ich während meiner Zeit dort gekauft hatte, hatte eine ganze Schublade bekommen – ein wunderbares Kompliment, wenn man bedenkt, dass sie ohnehin nur sehr wenig Stauraum hatte. Ohne die Notwendigkeit von Telefonanrufen oder Skype-Chats hatten wir eine neue Schlafenszeit-Routine eingeführt, die immer damit endete, dass sich ihr Körper an meinen schmiegte und ich den besten Schlaf meines Lebens hatte. All die Jahre, die ich damit verbracht hatte, mir einzureden, dass Monogamie langweilig und Bindung unnatürlich sei, waren im Grunde genommen umsonst, denn ich wachte jeden Morgen mit einem besseren Gefühl auf als am Vortag. Ich konnte mir einen Tag ohne Tabby nicht mehr vorstellen.

Wenn jemand, den ich in New Orleans kannte, mich jetzt gesehen hätte, wäre ich mit Fragen überschüttet und mit Urteilen überhäuft worden. In meinem Freundes- und Bekanntenkreis ging man davon aus, dass ich mich, wie andere finanziell und gesellschaftlich Gleichgestellte, weigerte, weniger als einen Fünf-Sterne-Lebensstil zu führen. Man erwartete von mir, dass ich in den besten Restaurants speiste, Anzüge trug, die den Gegenwert der Studiengebühren kosteten, und den besten Sitzplatz in jedem Flugzeug verlangte, das ich nahm. Wohlhabend zu sein bot eine Reihe von Freiheiten, die den weniger Glücklichen nicht zur Verfügung standen, aber es brachte auch eine Reihe von unausgesprochenen Regeln mit sich. In einer Studiowohnung zu wohnen und aus einem Koffer und einer Schublade zu leben, wäre aus einem anderen Grund als einem wohltätigen Zweck völlig inakzeptabel gewesen.

Was die Leute in meiner Oberschicht jedoch nicht wussten, war, dass ich mich in Tabbys Einzimmerwohnung unendlich viel wohler fühlte als in meinem riesigen Anwesen. Ich war in einer bescheidenen Umgebung aufgewachsen und fand einen beschaulichen Lebensstil viel einladender als ein prunkvolles Anwesen. Ich konnte zwar nicht sagen, dass ich viele der Vorzüge, die mir der Reichtum brachte, nicht mochte, aber vieles von dem, was ich besaß, war nur zum Schein da. Mit Tabby in Chicago zu sein, erlaubte mir, diesen Teil meines Lebens zur Seite zu schieben und mein wahres Ich zum Vorschein kommen zu lassen.

Und genau das tat ich.

Die Nacht meiner Ankunft war unübertrefflich. Endlich kannte ich die Definition von Schönheit... Tabbys Gesicht, als sie ins Nirvana abtauchte und sich an meiner Hand verlor. Und ich wusste, welche Freude es war, sie zurückzubringen und zu sehen, wie das Licht in ihren Augen wieder aufleuchtete, als ich sie an meine Brust kuschelte und ihr ohne Worte sagte, was sie mir bedeutete. Seitdem hatten wir noch mehrere Nächte wie diese, zusammen mit Nächten, die denen ähnelten, die wir vor meiner Enthüllung *meiner Natur* geteilt hatten. Ich hatte in ihrer Gegenwart immer noch oft eine rasende Erektion, obwohl ich sexuell weit mehr als erfüllt war, aber meine ständige Erregung fühlte sich nicht mehr wie eine Last oder ein Ärgernis an. Vielmehr war es wie ein endloses leichtes Vorspiel – aufregend, voller Vorfreude und köstlich zu spüren.

Tabby lächelte die ganze Zeit, und ihre Wangen wurden mit jedem Tag eine Stufe heller. Ihre Freundin Heather durfte ich kennenlernen und wir verstanden uns auf Anhieb so gut, so dass Tabby praktisch auf Wolken schwebte. Aber wer mochte nicht ihre beste Freundin, die so aufgeschlossen war, wie man es nur sein konnte, und eine sehr eigensinnige Meinung hatte, hinter der sich aber ein gutes Herz verbarg. Als wir uns ein paar Tage später zu dritt auf ein paar Drinks trafen, gerieten Heather und ich in einen gutmütigen, aber heftigen Streit über die Bedeutung einer eher vagen Nachricht, die sie von ihrer neuesten männlichen Errungenschaft erhalten hatte. Auch hier schien Tabby überglücklich zu sein. Ich fand schließlich heraus, dass ich der erste Freund war, den Heather wirklich mochte, und Tabby hatte einen so besonderen Platz in ihrem Herzen für ihre Freundin, dass es sie genauso berührte, wenn ich Heather gut behandelte, wie wenn ich sie gut behandelte.

Es war nur noch eine Woche bis Weihnachten und wir waren gerade dabei, einen kleinen Weihnachtsbaum in Tabby Apartment zu dekorieren, als mein Handy klingelte. „Sorry, dauert nur eine Sekunde", entschuldigte ich mich, ehe ich einen Blick aufs Display warf. Es war Howie.

Kommentiert [A1]: macht zeitlich keinen großen Sinn

„Fuck, fuck, fuck. Owen, du musst sofort zurück", sagte er sofort, als ich ranging.

„Was ist los?" fragte ich. Ich konnte mir nicht vorstellen, welche Katastrophe sich in Howies Welt ereignet haben könnte, die ihn so in Panik geraten ließ.

„Es gibt eine Story über den Club. Überall in den Klatschblättern. Überall!"

Ich musste mich verhört haben, denn es war schlichtweg unmöglich. Es war unmöglich, dass die Boulevardzeitungen auch nur eine Randnotiz über den Club veröffentlichten. Selbst wenn man die Stillschweigeabkommen beiseite lässt, hatte jeder,

der mit dem Club zu tun hatte, zu viel zu verlieren, wenn seine Geheimnisse nach außen drangen. Ich versuchte, mich auf meine Atmung zu konzentrieren, denn obwohl ich spürte, wie sich meine Lunge in der Brust ausdehnte und zusammenzog, bekam ich keinen Sauerstoff.

„Wovon sprichst du? Was für eine Story denn?"

Er räusperte sich und trug dann vor: „SEX GEGEN SPENDE: *New Orleans' Elite deckt Prostitutionsring mit Wohltätigkeit.*' Es ist raus, Owen. Alles davon. Mit Namen und allem."

Mein Mund war trocken wie die Sahara, als ich mich räusperte. „Wie?"

„Im Artikel berufen die sich auf eine anonyme Quelle, aber ..." ich konnte hören, wie schwer Howie schluckte, „im Club gehen Gerüchte um, dass es sich um Tabby handelt."

Meine Augenbrauen schossen so schnell in die Höhe, dass meine Stirn schmerzte. „Das ist lächerlich!" bellte ich.

„Sie ist die einzige Person, die seit langer, langer Zeit dort ist und noch nie an einer Auktion teilgenommen hat", erklärte er. Er klang fast entschuldigend, aber ich konnte auch einen Hauch von Anschuldigung in seinen Worten hören. „Sie ist die Einzige, die nichts zu verlieren hat, wenn sie an die Presse geht."

„Bullshit, sie hat die Vertraulichkeitserklärung unterschrieben", zischte ich und umklammerte mein Telefon so fest, dass ich Gefahr lief, es in Stücke zu reißen.

„Du weißt so gut wie ich, dass die Zeitungen, Zeitschriften und TMZ ihr viel mehr zahlen werden, als sie ein Gerichtsverfahren kosten würde", erklärte Howie. „Plus die Bekanntheit. Wie ich schon sagte, sie hat keine anderen Karten auf dem Tisch. Sie muss sich keine Sorgen machen, wegen ihrer Aufnahme in den Club ihre Karriere oder ihren Ruf zu verlieren, im Gegensatz zum Rest von uns."

Ich kannte Howie schon viele Jahre. Wir waren zusammen aufgewachsen, und wir hatten viel zusammen durchgemacht. Zum ersten Mal wollte ich ihm die Kehle herausreißen. Ich wusste, dass er nur auf eine vernünftige Erklärung reagierte, aber ich hasste ihn dafür, dass er mein Urteilsvermögen anzweifelte und Tabbys Charakter in Frage stellte. Sogar die Andeutung, sie würde uns alle für Geld verraten, war beleidigend, und ich wusste, dass sie völlig unwahr ist. Verdammt, ich hatte ihr angeboten, sie mit einer beträchtlichen Gehaltserhöhung einzustellen, und sie hatte mich abgewiesen. Tabby war vieles, aber Geldgier gehörte einfach nicht dazu, und ich war wütend, dass man ihr das überhaupt unterstellen würde.

„Sie war's nicht", schnappte ich. „Lass mich ein paar Nachforschungen anstellen und nachdenken. Ich melde mich später bei dir."

Dann legte ich auf. Ich stand mit dem Rücken zu Tabby, aber ich konnte spüren, wie sie mich musterte. Ihre Neugier und ihre Besorgnis strahlten quer durch den Raum bis zu mir. Gerade als ich mich so weit gefasst hatte, mich umzudrehen und ihr zu erzählen, was ich erfahren hatte, klingelte mein Handy erneut, diesmal wegen einer eingehenden SMS.

Es war ein Bild von der Schlagzeile, die Howie mir vorgelesen hatte. Der Absender war Pippa.

Kapitel 33

Tabby

„Was ist los?“ fragte ich vorsichtig. Zwar konnte ich sein Gesicht nicht sehen, aber sein Rücken war so angespannt, dass sich die Muskeln wölbten.

Erst langsam drehte er sich um. Als ich seinen Blick sah, überkam mich ein kalter Schauer. Irgendetwas Schlimmes musste passiert sein. Er sah düsterer aus als an dem Abend, an dem seine frühere Affäre ihren Auftritt hatte.

„Es gibt einen Bericht“, sagte er durch zusammengepresste Lippen, „über den Club.“

„Was denn für einen Artikel?“ Es war keine besonders kreative Frage, aber ich war mir nicht sicher, was ich sonst fragen sollte. Ich wusste, dass jede Art von Publicity über den Club eine schlechte Sache war, wenn man bedenkt, wie zurückhaltend sie mit ihren Aktivitäten umgingen. Ich konnte nur hoffen, dass der Artikel die großzügigen Spenden der Mitglieder an all diese Wohltätigkeitsorganisationen hervorhob.

„Eine Enthüllungsgeschichte“, sagte er mir.

Ich wartete auf weitere Informationen, aber welche Informationen brauchte ich denn noch? Ein Enthüllungsbericht war ein Enthüllungsbericht. Die Geheimnisse waren aufgedeckt worden. Das war genug.

„Inklusive Namen. ‚*Sex gegen Spende*‘ oder so ähnlich. Es heißt darin, wir seien ein Prostitutionsring, der sich hinter dem Deckmantel von Wohltätigkeitsspenden versteckt.“

Urplötzlich fühlte sich der Laptop auf meinem Schoß viel zu schwer für meine Oberschenkel an. Ich schob ihn auf das leere Sofakissen neben mir, ohne mich darum zu kümmern, dass er zur Seite kippte, und klemmte meine zitternden Hände zwischen meine Schenkel. Schreckliche Gedanken schossen mir durch den Kopf. Wenn Owens Name unter denen war, die erwähnt worden waren, könnte er möglicherweise ernsthaft angeklagt werden. Ein reicher, angesehener Investor, der in einen Prostitutionsring mit anderen reichen, angesehenen Leuten verwickelt war, klang wie das perfekte juristische Gewitter. Obwohl ich mir sicher war, dass alle Mitglieder genügend Geld hatten, um ein Traumteam von Anwälten zu engagieren, konnte ich mir nicht ausmalen, was das bedeuten könnte. Es bestand die Möglichkeit, dass er alles verlieren würde. Was, wenn ihm sogar eine Gefängnisstrafe drohen würde?

„Scheiße, das tut mir leid“, flüsterte ich.

Er schaute mich einfach weiter an, anstatt den Raum zu durchqueren und sich neben mich zu setzen, wie ich es gehofft hatte. Es war sein Chaos, aber ich brauchte in diesem Moment egoistischerweise Trost. Ich konnte den Gedanken nicht ertragen, dass seine Welt um ihn herum in Flammen aufging, und ich konnte die Möglichkeit nicht ertragen, ihn nur noch durch dickes Glas und mit einem Telefon am Ohr zu treffen.

„Scheinbar haben ein paar Mitglieder dich im Verdacht.“

Ich wurde ganz still. Ich war nicht in der Lage zu verarbeiten, was er mir gerade gesagt hatte. Sie hatten mich im Verdacht? Sie konnten doch auf keinen Fall denken, dass ich damit irgendetwas zu tun hatte ...

„Du bist die einzige Person mit einem Motiv. Ihre Worte, nicht meine“, fuhr er gnadenlos fort.

„Motiv?“ Das Wort war mir fremd auf der Zunge. „Was für ein Motiv könnte ich denn haben, hm?“

„Geld.“

Einfach so wurde ein einfacher Begriff schmutzig und abstoßend. In meinem Nacken stieg Hitze auf, und ich schnappte unabsichtlich nach Luft: „Will du mich veraschen?"

„Du hast bei keiner Auktion mitgemacht. Du bist die Einzige, die nichts zu verlieren hat, wenn sie den Club outet, und wenn man bedenkt, was die Boulevardpresse für so eine Geschichte zahlt, hast du einen großen Scheck zu gewinnen." Schließlich bewegte er sich in einem langsamen, schwerfälligen Gang auf mich zu. Die Hand, die nicht sein Telefon hielt, war zu einer Faust geballt, und ich konnte sehen, wie er sich zurückhielt, um nicht auf das nächste Möbelstück zu schlagen. Er ließ sich auf das Ende der Couch fallen, das am weitesten von mir entfernt war, und erklärte: „Das hat Howie mir mitgeteilt. Das ist nicht, was ich denke."

„Und was denkst du?" Ich verlangte eine Antwort.

Er begegnete meinem Blick, und obwohl in seinem Gesicht sichtbare Wut tobte, wurde er weicher. „Ich weiß, dass du es nicht warst." Etwas anderes verschmolz mit seinen Zügen – war es Bedauern? „Ich muss dir etwas sagen."

Wieder spürte ich das schreckliche Gefühl des Grauens, aber ich biss die Zähne zusammen und bereitete mich darauf vor, einem weiteren Wirbelsturm zu trotzen. „Okay?"

„Pippa war bei mir zu Hause, bevor ich hierher geflogen bin", gab er zu. Er blinzelte nicht, und seine Augen wichen keine Sekunde von den meinen. Es war, als wollte er, dass ich seine Gedanken las, damit er die Worte nicht aussprechen musste. „Sie hat versucht, mich zu verführen."

In meinen zweieinhalb Jahrzehnten hatte ich noch nie einen Moment wie diesen erlebt. Die Wände schmolzen um mich herum. Ich war wie betäubt. Und zwar so intensiv, dass diese Taubheit mir körperlich wehtat. Meine Muskeln weigerten sich, sich zu bewegen, nicht einmal, um sich wieder aufzurichten, und ich konnte nicht sagen, ob die Zeit ganz stehen geblieben war oder ob sie sich lediglich auf ein Schneckentempo verlangsamt hatte.

„Es ist nichts passiert." Er sagte es leise, aber mit fester Entschlossenheit.

Ich starrte ihn an. Ich sah ihn an, aber ich sah ihn nicht. Sein Kopf hätte genauso gut unsichtbar sein können, denn irgendwie konnte ich die Maserung des Fotos an der Wand hinter ihm erkennen. In was für eine beschissene Welt voller Intrigen war ich da eigentlich hineingerutscht?

„Tabby." Er rückte näher an mich heran und legte seine Hand auf mein Bein. „Ich habe nicht mit ihr geschlafen."

„Warum hast du mir dann erst jetzt davon erzählt?" fragte ich und schaffte es endlich, meine Zunge zu Silben zu formen.

„Weil nichts passiert ist, also hielt ich es für unwichtig", antwortete er stoisch. „Warum ich es erst jetzt erwähne? Ich glaube, Pippa war es, die den Medien die Informationen über den Club gegeben hat."

Ich schüttelte den Kopf. „Woher willst du das wissen?"

„Ist bisher nicht mehr als nur ein Gefühl, aber ich bin mir sicher. Sie hat meine Abweisung nicht besonders gut aufgenommen."

Hinten in einer Ecke sah ich den Karton mit den Christbaumkugeln und der Krippe meiner Mutter. Ein paar einsame Lamettafäden hingen über den Rand.

„Es wär besser, du gehst."

Er zog sich leicht zurück. „Warum?"

„Weil das ein großes Problem für dich sein wird und du es von hier aus nicht in Ordnung bringen kannst", sagte ich und drückte seine Hand. „Du musst zurück nach New Orleans und mit den Leuten reden und alles klären, damit dein Ruf nicht beschädigt wird."

Ich war mir nicht sicher, ob ich ihn beleidigt hatte oder nicht. Um ehrlich zu sein, war es mir egal. Plötzlich war mir alles egal. Meine Gefühle waren verschwunden, vergraben im Verborgenen, um mich vor einem Herzschmerz zu schützen, von dem ich nicht wusste, ob ich ihn ertragen konnte. Allein beim Gedanken, wie diese hochnäsige Bitch versuchte, Owen zu verführen, wurde mir schlecht. Aber konnte ich ihm glauben, dass in dieser Nacht nichts passiert war? Immerhin hatten sie eine Vergangenheit, und Owen und ich führten eine Fernbeziehung, außerdem hatten wir uns noch nicht offiziell aneinander gebunden... Ich schüttelte den Kopf.

Warum machte ich das? Wollte ich, dass er mich betrogen hat?

Aber ich war davon ausgegangen, dass wir exklusiv waren, als er mir auf dem Flughafen in Louisiana sagte, ich sei die einzige Frau, die er wollte. Ich brauchte nicht lange zu suchen, um zu wissen, dass allein der Gedanke, wie er dagegen verstoßen hatte, löste den hohlen Schmerz in meiner Brust aus.

Owen ging in dieser Nacht. Mein Bett hatte sich noch nie so leer angefühlt.

Kapitel 34

Owen

Mein Leben mutierte zu einem einzigen Blinken. Die Benachrichtigungsleiste in der Ecke meines Computerbildschirms blinkte mit einer neuen E-Mail nach der anderen. Das Lämpchen an meinem Festnetztelefon im Büro leuchtete öfter rot als die Fenster im Rotlichtviertel in Amsterdam. Mein Handy leuchtete so oft auf, dass ich es zweimal täglich an die Steckdose anschließen musste, um es aufzuladen. Ich wurde mit Anrufen, SMS, E-Mails und Sofortnachrichten überschüttet – alle versuchten, mich zu erreichen, außer der einzigen Person, von der ich etwas hören wollte.

Diese Person aber wollte nicht mit mir sprechen. Seit ich vor zwei Tagen in New Orleans gelandet war, hatte ich sie fast stündlich angerufen. Ohne Erfolg. Alle Sprachnachrichten wurden ignoriert. Ich wusste nicht einmal, ob sie wütend auf mich war, weil ich den Pippa-Besuch verschwiegen hatte, oder weil sie mir nicht glaubte, dass nichts passiert war, oder weil sie etwas Abstand zwischen uns bringen wollte, nachdem sie erfahren hatte, dass man ihr die Schuld an der Hitze im Club gab.

In einigen meiner düsteren Momente kam mir sogar der Gedanke, dass mein Fetisch der Auslöser für ihre kalte Schulter war. Ich musste mich daran erinnern, dass sie nicht nur darum gebeten hatte, ihn zu erleben, sondern dass sie sich auch danach noch mehrmals bereitwillig mir unterworfen hatte.

Ich vermisste sie. Mehr noch, ich brauchte sie. Und zwar hier an meiner Seite, denn ich hatte es mit einem Monster zu tun, von dem ich nicht wusste, ob ich damit umgehen konnte. Und ich musste wissen, dass sie mich nicht hasste, dass sie mich noch wollte.

Der Zeitungsartikel schlug in New Orleans ein wie eine Bombe. Die Story war überall und schnell sollte sich herausstellen, dass sie nur der Anfang war. Jede andere Nachrichtenagentur in der Stadt und im Umland griff die Geschichte auf, und sie begann, sich landesweit zu verbreiten wie ein Virus.

Warum auch nicht?

Wenn man in das öffentliche Interesse an einer Nachricht investieren könnte, hätte ich schon längst einen riesigen Scheck in diese Richtung ausgestellt, selbst wenn es meinen eigenen Untergang bedeutet hätte. Mittlerweile belagerte die Presse mein Büro und es war unmöglich für mich, dieses zu verlassen, ohne von einer Menschenmenge bombardiert zu werden, die groß genug war, um als Publikum für eine Rockband zu dienen, die zu ihrer ersten Tournee aufbrach.

Und das war noch mehr Blinken, das ich ertragen musste ... Kameras, die mir ins Gesicht blitzten. Ich fand es toll, dass Tabby Fotografin war, aber ich fing schnell an, es zu hassen, wenn ich fotografiert wurde.

Howie reagierte ganz anders auf die Publicity. Während ich mich so weit wie möglich zurückhielt und die Kommunikationskanäle geschlossen hielt, wurde er Dutzende Male zitiert, wie er die Paparazzi anschrie, während er von einem Mitglied zum anderen durch die Stadt rannte. Er war Anwalt, und zwar ein guter, was zu unserem Vorteil, aber auch zu unserem Nachteil war. Er kannte das Gesetz und war dabei, einen hervorragenden Fall zu unseren Gunsten zusammenzustellen, wenn die Polizei unvermeidlich eine Untersuchung einleiten würde. Bislang hatte sie sich zurückgehalten, weil eine beträchtliche Anzahl von Mitgliedern sie im Laufe der Jahre mit Geld, neuer Ausrüstung und allgemeiner Unterstützung versorgt hatte. Aber er war sehr reizbar, denn es bestand eine gute Chance, dass ein Prozess seine Karriere für immer ruinieren würde, ganz gleich, ob wir freigesprochen würden oder nicht.

„Hast du überhaupt eine Ahnung, wie viele Karrieren von Juristen einen Prozess gegen sich selbst überleben?" verlangte er eines Nachmittages von mir zu wissen. „Wenige! Sehr wenige! Wahrscheinlich fünf in der Geschichte der Menschheit! Wie sind bitte die Chancen, dass ich der sechste wäre?"

„Nun, dein tägliches Anschreien von Pressereportern dürfte nicht unbedingt hilfreich sein", sagte ich genervt. Ich hatte gar nicht die Energie, seine Hysterie über den Vorfall zu teilen. Natürlich war ich besorgt, aber mehr wegen Tabby und ihrem Mangel an Kommunikation beschäftigt. Jedes Mal, wenn mein Handy mit einem eingehenden Anruf aufleuchtete, stürzte ich mich fast mit klopfendem Herzen darauf, in der Hoffnung, ihren Namen zu sehen. Bis jetzt ohne Erfolg.

„Sie stacheln mich an", schnauzte er. „Sie versuchen, mich dazu zu bringen, vor ihren Augen das Gesetz zu brechen. Sie *wollen*, dass ich einem von ihnen ins Gesicht schlage, nur damit sie aus dem ganzen Debakel eine noch größere Sache machen können."

„Aber natürlich wollen sie das. Das ist ihr Job, Howie."

„Ja, ich habe auch einen Job zu erledigen, aber ich werde doch nicht ihr Leben zerstören, um das zu tun," schoss er.

Mir war nicht danach, ihm zu antworten. Er war in letzter Zeit so leicht reizbar, dass es nur zu einer Explosion führen würde, wenn man seinen Tiraden mit Logik begegnete, und dafür hatte ich keine Geduld. Ehrlich gesagt, machte ich mir keine allzu großen Sorgen darüber, angeklagt und vor Gericht gestellt zu werden. Der Blackjack Club war Macht. Es gab keinen einzigen Mann in unseren Reihen, der nicht in der Lage gewesen wäre, jemanden zu bestechen, wenn es nötig gewesen wäre, und unsere Organisation hatte sich im Laufe ihres Bestehens die richtigen Freunde gemacht. Wären die Anschuldigungen gegen uns haltbar gewesen, hätte ich wahrscheinlich anders darüber gedacht, nicht zuletzt, weil es unmoralisch gewesen wäre, Polizisten und Ermittler zu bestechen, um den Fall zu begraben, aber es gab keine Anschuldigungen. Wir waren nicht Gastgeber eines Prostitutionsrings. Jede Frau, die jemals durch diese Tür gegangen war, hatte dies aus eigenem Antrieb getan, genau wie die Unterzeichnung des Stillschweigeabkommens und die Teilnahme an der Auktion. Die einzigen finanziellen Nutznießer waren die Wohltätigkeitsorganisationen. Es gab keinen Austausch von Geld gegen sexuelle Dienste. Es war nicht einmal erforderlich, dass die Frauen mit ihren Bietern schliefen

– obwohl dies meistens der Fall war, weil die Frauen ihre eigenen persönlichen Ziele verfolgten. Das Illegalste, was in diesen schwarzen Wänden geschah, war das illegale Glücksspiel.

Das, was mir wirklich Sorgen machte, war die Frage, wie es dann weitergehen würde. Jedes Mitglied musste sich um die Stabilität seines Unternehmens, seiner Position oder seiner Karriere fürchten, nachdem sich der Rauch verzogen hatte und wir mit den Trümmern zurückgeblieben waren. Ich bildete da keine Ausnahme. Ein großer Teil der Anrufe und E-Mails, die ich erhielt, stammte von Partnern, die Antworten suchten.

Wie aufs Stichwort klingelte mein Handy.

Leichter Schwindel. Gänsehaut. Schwerelosigkeit.
Verlustangst.

„Howie, ich muss da rangehen", sagte ich und unterbrach einen langen Anfall von Geschwafel. Er winkte abweisend mit der Hand und stürmte ohne ein weiteres Wort aus dem Büro. Ich ließ meinen Finger über das grüne Telefonsymbol gleiten, hielt das Gerät an mein Ohr und fragte ungläubig: „Hallo?"

„Hi." Ihre Stimme war leise, ein wenig emotionsloser, als mir lieb war, aber es war ihre. Der vertraute Klang flatterte in mein Gehirn und tanzte hinunter zu meiner Brust, die sich seit Tagen schrecklich leer anfühlte.

„Hey", erwiderte ich.

Sie atmete tief und langsam ein, dann sagte sie: „Wir müssen reden."

Kapitel 35

Tabby

Es kam mir vor, als hätte ich seit Monaten nicht mehr mit Owen gesprochen, und als ich seine leicht verzerrte Stimme hörte, überkam mich eine Fülle von Gefühlen. Auf einmal wurde mir klar, wie sehr ich ihn vermisst hatte, wie verletzt ich mich wegen der ganzen Sache mit Pippa fühlte und wie besorgt ich darüber war, dass der Club öffentlich geworden war. Mir stiegen tatsächlich Tränen in die Augen, das Ergebnis davon, dass ich seit dem schrecklichen Morgen, an dem Owen den Anruf erhalten hatte, alles in eine winzige Tasche meiner Seele gestopft hatte.

„Bist du okay?" Die Sorge in seiner Stimme war so greifbar, dass ich fühlte, ich könnte einfach meine Hand ausstrecken und sie berühren, wie sie aus seinem Mund entsprang.

„Ja", murmelte ich. „Mir geht's gut."

Was für eine Lüge. Mir gings beschissen. Die Erschöpfung vom nächtlichen Hin- und Herwälzen hatte indigoblaue Tränensäcke unter meinen Augen hinterlassen, ich hatte mehrere Aufträge verschoben, weil ich mich nicht dazu durchringen konnte, meine Wohnung zu verlassen, und ich erholte mich gerade von einem Kater, nachdem ich versucht hatte, meine Unzufriedenheit Abend lang wegzusaufen. Schlimmer noch, die Niedergeschlagenheit, die ich empfunden hatte, nachdem ich erfahren hatte, dass Pippa zu Owen gegangen war und er es vor mir verheimlicht hatte, war nicht im Geringsten verschwunden. Sie hatte sich sogar noch vergrößert, seit er gegangen war, ein riesiger Ballon des Nichts, der mich ausfüllte und keinen Platz für irgendetwas Substanzielles ließ, irgendetwas, an dem ich mich festhalten und mit dem ich mich stabilisieren konnte.

Ich war wütend, dass Pippa zu Owens Haus gegangen war, aber ich konnte ihm keinen Vorwurf machen. Meine kurze Begegnung mit dem Miststück hatte ausgereicht, um mir zu zeigen, dass sie absolut die Art von Frau war, die jemandem in seinen eigenen vier Wänden mit den Absichten einer Hure auflauern würde. Was ich ihm aber sehr wohl vorwerfen konnte, war, dass er sich dazu entschieden hatte, mir all das zu verschweigen. Wir haben jeden Abend miteinander telefoniert. Es gab keinen Grund in der Welt, warum er es nicht hätte erwähnen können, vor allem, wenn nichts passiert war, wie er behauptete. Meine Großmutter sagte immer, dass Menschen, die nichts zu verbergen haben, auch nichts verbergen. Meine

Zweifel waren zu groß, als dass ich das alles abtun konnte.

Zu allem Überfluss hatte ich nicht die Möglichkeit gehabt, die Sache loszulassen. Owen war nicht mehr der Einzige, mit dem ich mich herumschlagen musste. In meinem Posteingang tauchten E-Mails von unbekannten Adressen auf, und sie waren so beunruhigend, dass mir schon nach der ersten E-Mail übel wurde. Die meisten waren wortlos, nur Bilder, aber die verpixelten Bilder waren erdrückend.

Howyoulikethat.jpeg – Owen und Pippa Doggystyle im Bett

Howyoulikethat2.jpeg – Pippa mit gespreizten Beinen, während Owen sie fingerte

Becarefulwhatyouwishfor.jpeg – wieder die beiden beim Sex, Pippas Gesicht lusterfüllt

Zuerst schloss ich die Mails in dem Moment, wo mein Gehirn verstand, was ich da vor mir hatte. Mit der Zeit und der Flut an Nachrichten wurde ich aber Stück für Stück emotionsloser und begann, sie mir genauer anzuschauen. Sie schienen alle von derselben Nacht zu stammen und wirkten wie Standbilder aus einem Video. Zumindest war die

Kameraposition jeweils unverändert. Jeder Blickwinkel war derselbe, die Beleuchtung unterschied sich nicht von einem Bild zum nächsten, und obwohl sie nackt waren, gab es keine besonderen Merkmale wie frische Kratzer oder eine Abweichung in der Wahl von Pippas Ohrringen, die auf eine Datumsänderung hindeuten würden. Seltsamerweise gab mir das ein gewisses Maß an Trost. Darüber hinaus sah Owens Haar – und vielleicht habe ich mir zu viel erhofft – deutlich kürzer aus als bei seiner Ankunft in Chicago, aber das konnte auch einfach an der Kombination von Winkel und Beleuchtung liegen.

Wie dem auch sei, ich musste ihm davon erzählen.

„Hast du zufällig Pippas E-Mail-Adresse?“ fragte ich.

Einige lange Sekunden konnte ich das Rauschen in der Leitung hören. „Warum?“

„Weil ich ständig E-Mails bekomme von einer mir unbekannten Adresse.“ Dabei versuchte ich, jegliches Anzeichen von meinen Gefühlen aus meiner Stimme zu verbannen, weil ich mehr daran interessiert war, den Dingen auf den Grund zu gehen, als einen emotionalen Zusammenbruch zu erleiden. „Das sind Bilder von dir mit ihr. Im Bett. Beim Sex.“

Wieder nur Rauschen, dennoch konnte ich seine Wut

spüren. Es klang unmöglich, aber ich konnte definitiv hören, wie seine Wut anstieg, obwohl er kein Wort sagte. Dann befahl er in tödlich ruhigem Ton: „Schick sie mir."

Ich klickte mich durch meinen Account und schickte Owen die schlimmste Mail. Ich sagte nichts, als er sie vermutlich öffnete und die Bilder betrachtete, aber mein Magen drehte sich vor Nervosität hin und her. Seine Reaktion hatte großes Gewicht, und ich wartete gespannt darauf, sie zu hören.

„Würdest du noch mit mir reden, wenn ich einen Auftragskiller anheuerte?"

Ich lachte. Ich wollte nicht, aber es schoss aus mir heraus, weil sein Kommentar so trocken wie unvorbereitet kam. Einmal angefangen, konnte ich mich gar nicht mehr einkriegen. Es schien Jahrtausende her zu sein, dass ich so frei einfach nur lachen konnte. Ich lachte, bis mir die Luft wegblieb und ging dann über zum lautlosen Kichern.

„Nein", sagte ich durch meinen Schluckauf, mit Freudentränen auf meinen Wangen. „Hab auch schon darüber nachgedacht."

„Du musst wissen, dass die Fotos sehr, sehr alt sind", sagte er dann wieder ernst. „Im Ernst, wir sprechen hier von Jahren. Sie tut scheinbar alles, um mich fertigzumachen, und das bedeutet auch, dich anzugreifen."

Ich verschluckte mich an einem letzten Kichern, bevor ich mich wieder auf das düstere Thema konzentrieren konnte. „Gibt es dafür nicht eine einfache Lösung? Sag dem Club einfach, dass sie die Ratte war. Dich zurückzubekommen ist auf jeden Fall ein Motiv, und diese E-Mails beweisen, dass sie auf eine Art Rache aus ist, nicht wahr?"

„Der Club ist zu sehr auf dich fixiert, um zu glauben, dass Pippa die ganze Organisation gefährden würde, nur um mir zu schaden", erklärte er. „Sie werden einfach denken, dass ich versuche, dich aus dem Schussfeld zu nehmen."

„Aber ich sollte gar nicht da sein", argumentierte ich.

„Das weiß ich. Du weißt das. Sogar Howie weiß das." Ich konnte mir vorstellen, wie er in hilfloser Frustration mit den Schultern zuckte. „Leider sind das Männer, deren ganzes Leben in Rauch aufgeht, wenn diese Situation nicht schnell und ausreichend geklärt wird, und sie brauchen einen Sündenbock."

Wie ein Lichtschalter, der sich einschaltet, kam mir eine Idee in den Sinn. „Wird der Club geschlossen, bis sich das alles gelegt hat?"

„Nein, das wäre ein Schuldeingeständnis. *The Show must go on*, wie man so schön sagt. Mit ein paar kleinen Änderungen.

Jetzt war ich ganz Ohr. „Was für Änderungen denn?“

„Kein Sex nach den Auktionen. Die Ladies and Gentlemen werden in aller Öffentlichkeit daten – wie bei anderen Wohltätigkeitsveranstaltungen eben auch.“

Ich rieb sprichwörtlich meine Hände. Meine Idee könnte tatsächlich eine Chance haben. „Würde es helfen und meine Unschuld beweisen, wenn ich an einer Auktion teilnehmen würde?“

Er antwortete nicht sofort, und ich grinste vor mich hin. Das war teilweise ein Scherz. Ich hatte nicht das Verlangen, irgendjemanden im Club zu daten. Andererseits, wenn ich dadurch meinen Namen reinwaschen und Owen aus der Schusslinie nehmen konnte, weil er angeblich einen Maulwurf in ihre geheimen Mauern eingeschleust hatte, könnte das einige Vorteile haben.

Als er antwortete, konnte ich die Bestie im Hintergrund lauern hören. „Wenn ich dich jemals auf dieser Bühne sehe, sorge ich dafür, dass du eine Woche lang nicht stehen kannst“, knurrte er.

Meine Pussy zuckte, aber die Dringlichkeit in seiner Stimme wirkte eher wie eine Aufforderung, die Idee durchzuziehen, als sie abzulehnen. Es würde nicht nur meine Unschuld beweisen, sondern mir auch die Gelegenheit geben, Pippa von Angesicht zu Angesicht zu sehen und meine Zweifel darüber, was in der Nacht, in der sie Owen besuchte, passiert war, ein für alle Mal aus der Welt zu schaffen. Ich wusste, dass ich bei der Auktion mit großer Wahrscheinlichkeit von jemand anderem als meinem dunkelhaarigen Prinzen ersteigert werden würde, aber die Waage neigte sich stark auf eine Seite, und es war nicht die, die mir mehr schlaflose Nächte und schreckliche, lebhafte Bilder in den Kopf setzte. Außerdem würde ich nach dem, was Owen gesagt hatte, nicht mit dem Höchstbieter schlafen müssen. Es sei denn, der Mann würde es nach unserem Date erzwingen. Der Gedanke ließ mich erschaudern.

Ich holte tief Luft und festigte meine Entschlossenheit. „Wie schnell kannst du mich nach New Orleans bringen?"

Kapitel 36

Owen

Auch wenn alles in mir sagte, dass dies eine vollkommene Schnapsidee wäre, veranlasste ich, dass Tabby am nächsten Tag noch nach New Orleans flog. Ich wartete am Flughafen auf dem Rücksitz meiner Limousine auf sie, genau wie bei ihrem letzten Besuch, aber die Nerven, die in meinem Magen herumschwirrten, waren von anderer Art. Ich war nicht aufgeregt. Das soll nicht heißen, dass ich sie nicht sehen wollte, denn das wollte ich sehr wohl, mehr als ich jemals jemanden in meinem Leben sehen wollte, aber die Art des Besuchs war mir ein Graus. Sie hatte jedoch darauf bestanden, entweder auf meine oder ihre Kosten zu kommen, und ich wollte auf keinen Fall zulassen, dass sie ihren Flug selbst bezahlt, also gab ich nach und kaufte das Ticket.

Das Thema war für mich allerdings noch nicht durch. Bis zum Einlass in den Club waren es noch etwa sieben Stunden, und ich wollte jede Sekunde davon nutzen, sie von ihrer waghalsigen Idee abzubringen.

Meine allergrößte Sorge war ihre Sicherheit. Die Mitglieder waren wütend, und ein großer Teil von ihnen hielt sie wirklich für die Schuldige an der explosiven Enthüllung unserer Gesellschaft. Sie überhaupt dorthin zu bringen war schon riskant, aber ihr zu erlauben, vor ihnen aufzustehen und sich selbst zu opfern, war unvorstellbar. Sie würden sie bei lebendigem Leibe auffressen – in jeder Hinsicht, und ich mochte keine Interpretation.

„Ich brauche deine Hilfe", sagte sie ohne Vorrede, als sie aus dem Flughafen kam und sich meinem Auto näherte, einen dicken Pullover um ihren dünnen Körper gewickelt. Wie üblich nahm Stephan ihr das Gepäck ab und verstaute es ordentlich im Kofferraum, während ich ihr ins Auto half.

„Womit?" fragte ich in der leisen Hoffnung, sie hätte ihren Plan verworfen und war auf der Suche nach Anlagetipps.

Sie schob sich um den geschwungenen Sitz herum, um Platz für mich zu machen, und streifte ihren Rock über die Knie. „Ich habe mir von Heather ein paar Kleider geliehen, und du musst mir helfen, das beste für heute Abend auszusuchen."

Mein in elendig vielen schmerzvollen Physiotherapiestunden massierter Kiefer wurde im Handumdrehen wieder zu Granit. „Du hättest dir nichts leihen brauchen von ihr. Wir hätten shoppen gehen können und ich hätte dir etwas gekauft."

„Diese hier hättest du mir niemals gekauft", widersprach sie mit funkelnden Augen. Sie holte ihr Handy aus der Innentasche ihrer Handtasche und öffnete die Fotogalerie. Der Anblick von Tabbys wohlgeformter Figur in einem engen saphirfarbenen Kleid mit so vielen Ausschnitten um die Taille, dass es eher wie ein passender Zweiteiler aussah als ein einziges Kleidungsstück, begrüßte mich. „Was denkst du?"

Ich runzelte so tief die Stirn, dass es sogar wehtat. „Habe ich schon erwähnt, dass du danach eine Woche lang nicht mehr stehen kannst?", erkundigte ich mich. „Wenn dich das nicht davon abhält, das durchzuziehen, kann ich dir versprechen, dass ich es einen Monat lang mache, wenn du das trägst."

„Du missverstehst mich scheinbar. Ich will nicht deine *Erlaubnis*, sondern bloß deine *Meinung* zum Outfit", sagte sie trotzig.

Ich schaute ihr direkt in die Augen, um ihr zu zeigen, wie ernst ich es meinte. „Meine Meinung ist, dass ich dich schreien werden lasse, bis du ohnmächtig wirst."

Sie legte die Stirn in Falten. „Gut." Sie ließ ihren Finger über den Bildschirm gleiten und drehte das Telefon zu mir, um mir das nächste Bild zu zeigen. Dieses Kleid war konservativer, wenn auch nur knapp, mit einem Rock, der dort endete, wo ihr

Hintern begann, und so vielen roten Pailletten, dass es genauso gut zu den Rubinpantoffeln hätte passen können, die Dorothy in *Der Zauberer von Oz* trug. „Wie wäre es mit dem hier?"

„Besser", sagte ich. „Was sonst noch?"

Das dritte Bild zeigte ein Stück, das man nur als Dessous bezeichnen konnte, und das vierte war der voluminöse Stil eines japanischen Schulmädchens mit einem so tief ausgeschnittenen Dekolleté, dass ihre Brustwarzen ständig Gefahr liefen, herauszurutschen. Ich seufzte und schaute sie mitleidig an.

„Würdest du mir einfach erlauben, mit dir shoppen zu gehen?" bat ich. Wenn sie einverstanden wäre, könnte ich einen Weg finden, den Einkaufsbummel so lange hinauszuzögern, dass wir möglicherweise das Zeitfenster verpassten, in dem sie sich für die Auktion registrieren konnte.

„Owen ..."

Ich seufzte. „Das rote."

Sie lehnte sich auf dem Sitz zurück und steckte ihr Handy wieder in ihre Handtasche. Ich war wahnsinnig hungrig nach ihr und wollte sie am liebsten an Ort und Stelle vernaschen, um sie für mich zu beanspruchen, bevor sie zu haben war, aber die Art und Weise, wie ihre Beine gekreuzt und ihre Arme ziemlich fest an ihre Seiten geklemmt waren, ließ mich vermuten, dass sie anderes im Sinn hatte.

Womöglich hatte sie auch noch Zweifel wegen der Sache mit Pippa.

„Weißt du, dass ich dich sehr vermisst habe?", sagte ich. Ich wollte ihre Reaktion testen, aber ich meinte es auch ernst.

„Ich hab dich auch vermisst", erwiderte sie und schenkte mir ein kleines Lächeln. Sie war also nicht mehr sauer auf mich, aber es ging eine gewisse Zurückhaltung von ihr aus. Ich verwarf den Gedanken, ihr den Rock hochzuziehen und meinen Mund zwischen ihre Beine zu schieben, zugunsten einer sanften Zuneigung und griff nach ihrer Hand. Sie zog sie nicht zurück. Ich hob sie an meine Lippen und drückte einen sanften Kuss auf den obersten Knöchel ihres Zeigefingers, wobei ich ihre Reaktion genau beobachtete. Sie lächelte wieder. Ich küsste den zweiten Finger, dann den dritten. Ihre Mundwinkel zuckten, und ich fragte mich, ob sie zu dem leisen Lachen ansetzte, das ich so sehr liebte. Wenn ja, wollte ich es wenigstens einmal hören, bevor wir bei mir zu Hause ankamen und ich sie mit weiteren Argumenten gegen einen Besuch im Club heute Abend bombardierte. Ich knabberte spielerisch an ihrem kleinen Finger. Der süße, süße Klang eines zarten Lachens kam von ihren Lippen, und in diesem zarten Moment war meine Welt wieder in Ordnung.

Zufrieden damit, den Rest der Heimfahrt ihre Hand in meiner zu halten und ihren Duft einzuatmen, ging ich die verschiedenen Gesprächsthemen durch, die ich in meinem Kopf gesammelt hatte. Als wir in meinem Schlafzimmer waren, fing ich an, sie aufzulisten.

„Diese Männer sind mächtige Leute, Tabby", informierte ich sie düster. „Sie haben wichtige Beziehungen weit und breit, und sie könnten dir ernsthaft schaden. Auf vielerlei Weise."

„Zum Beispiel?" Sie war damit beschäftigt, die Kleider aus ihrem Koffer zu holen und sie auf meinem Bett auszulegen, um sie nebeneinander zu betrachten. Offensichtlich war meine Wahl in der Limousine tatsächlich nicht mehr als nur eine Meinung gewesen.

Das anstößige blaue Kleid lachte mich aus. „Für den Anfang können sie dafür sorgen, dass du nie wieder einen Auftrag bekommst oder dass dein Ruf in den sozialen Medien zerstört wird. Du wirst dir einen anderen Karriereweg suchen müssen, und selbst das könnte schwierig werden."

„Und dann ist da natürlich noch die Sache mit dem Auftragskiller, um den man sich sorgen muss", scherzte sie leichthin.

Mein Blick verhärtete sich, als ich ihn ihr zuwandte. „Das ist nicht lustig. Oder unrealistisch."

Sie zuckte mit den Schultern und schüttelte das rote Kleid aus, dann trat sie zurück, um es zu betrachten. „Das wird kein Problem sein, wenn sie merken, dass ich nicht diejenige bin, die mit der Presse gesprochen hat", wies sie mich ab. „Was hast du noch?"

„Weil das nicht genug ist?"

Ihre Augen hätten nicht weiter in den Kopf zurückrollen können.

„Nun, aus demselben Grund", fuhr ich fort, „wird wahrscheinlich jeder, der heute Abend da ist, vermuten, dass du verkabelt bist, und versuchst, Beweise für deine angebliche Unschuld zu sammeln."

„Daran habe ich schon gedacht, und dafür sind die hier da", verkündete sie und wedelte mit der Hand über die verstreuten Outfits.

„Ja, und das bringt mich zu meinem nächsten Punkt." Sie hob eine fragende Augenbraue, und ich senkte meine Stimme einen Ton. „Ich will nicht, dass ein anderer Mann dich bekommt."

Zum ersten Mal, seit sie den Gedanken überhaupt geäußert

hatte, hielt Tabby tatsächlich inne und dachte über meine Worte nach. Sie sah mich einen langen Atemzug lang nachdenklich an. Dann versprach sie: „Ich gehöre nur dir.“

Kapitel 37

Tabby

Der Gang in den protzigen Empfangssaal war dieses Mal ganz anders als die letzten beiden Male. Ich kam zwar durch dieselbe Tür, Arm in Arm mit Owen, schlängelte mich durch die gleiche Menge zur gleichen Bar und wartete, während Owen uns wie immer ein paar Drinks bestellte, aber die gesamte Atmosphäre war anders. Statt des entspannten, leicht schwirrenden Klimas der Geselligkeit und der Heimlichkeit war der Club von einer so dicken Spannung erfüllt, dass ich im Grunde durch Wackelpudding watete. Die Augen richteten sich anerkennend auf mich statt auf Owen, und die Blicke waren weniger lüstern als vielmehr aggressiv. Ich hatte zwar nicht unbedingt geglaubt, dass Owen übertrieb, als er mir wiederholt gesagt hatte, dass die Mitglieder bereit waren, mit Fackeln und Heugabeln auf mich loszugehen, aber jetzt spürte ich es am eigenen Leib und wünschte mir fast, ich hätte seine Warnungen beherzigt.

„Komm mit“, raunte Owen als er mir einen dringend

benötigten Cocktail gab und meldete mich zähneknirschend – zusammen mit sich selbst als Bieter – für die Auktion an. Er nahm mich am Ellbogen und führte mich in den nachtclubähnlichen Raum, in dem ich noch nie gewesen war. Heute Abend war er leer, aber noch immer dröhnte die Musik und schwenkten die Lichter über einer Tanzparty ohne Gäste herum.

„Ich kapier es nicht", sagte ich zu Owen, als wir außer Hörweite der anderen Mitglieder waren. „Warum sind all diese Männer hier? Ich hätte gedacht, dass sie sich bedeckt halten und den Club um jeden Preis meiden wollen, seit die Leute von seiner Existenz wissen."

Er schmunzelte leicht und schüttelte den Kopf. „Den Club zu meiden, deutet darauf hin, dass man etwas zu verbergen hat", erklärte er. „Deshalb wird es heute Abend auch eine Auktion geben. Wenn wir alles stoppen, sieht es so aus, als wären wir bei etwas Schlimmem erwischt worden. Wenn wir normal weitermachen, sieht es so aus, als wäre uns der Artikel egal, weil wir ja nichts Unrechtes tun."

„Senden wir nach der Logik aber nicht die falschen Signale aus? Ich meine, sollten wir nicht eher in der Menge sein als uns hier zu verstecken? Denn ich habe doch nichts Falsches getan!"

Das Stirnrunzeln in seinem Gesicht war von dunkler

Belustigung durchzogen, und ich konnte sehen, wie meine Logik ihn erregte. Ohne ein Wort zu sagen, drückte er mir die Hand auf den Rücken und führte mich wieder in den Empfangsraum.

Als ich die finsteren Blicke auf den vielen Gesichtern sah, wollte ich auf einen der Blackjack-Tische klettern und in die Menge schreien, dass ich es nicht getan hatte, dass ich sie nicht vor der Presse geoutet hatte, aber ich wusste, dass eine solch impulsive, große Geste sinnlos war. Die einzige Chance, meinen und Owens Namen reinzuwaschen, bestand darin, die Auktion durchzuziehen, auch wenn ich mich jetzt, wo ich die verschiedenen Stadien des Ekels, der Wut und des Hasses um mich herum miterleben konnte, deutlich weniger zuversichtlich fühlte. Der Plan war auch noch nicht in Stein gemeißelt, denn die ganze Sache würde scheitern, wenn mein Hauptverdächtiger nicht auftauchen würde.

Doch ich sah Pippa nirgendwo.

Die Chance, dass sie gar nicht auftauchen würde, war sicher groß. Vielleicht hatte sie einfach beschlossen, auf diesen einen Abend zu verzichten. Und da sie die Hauptverdächtige in meinen Augen war, die die geheime Existenz des Clubs in Flammen aufgehen ließ, hatte sie wahrscheinlich noch nicht die Absicht, wieder am ‚Tatort' zu erscheinen. Um ehrlich zu sein, wenn ich es gewesen wäre, die alles erzählt hätte, wäre ich nicht einmal in den Radius von einer Meile gekommen, sondern hätte mindestens das Land verlassen.

„Kannst du ihr nicht texten?“ flüsterte ich in Owens Ohr. „Vielleicht kannst du herausfinden, ob sie heute aufkreuzt.“

Ungläubig schaute er mich an. „Du *willst*, dass ich diesem Miststück schreibe?“

„Nun, es ist ja nicht so, dass du es tust, um sie abzuschleppen“, schnauzte ich und ärgerte mich über mich selbst, weil ich den Vorschlag überhaupt gemacht hatte.

„Ja, ich glaube nicht, dass ich ihr eine SMS schicken muss.“ Er deutete mit der Hand, die sein Glas hielt, quer durch den Raum. „Sie ist da hinten.“

Ich folgte seinem Fingerzeig und stellte fest, dass er Recht hatte. Sie stand in einer Gruppe von Männern, mit flatternden Wimpern und offenem Mund, der ein schmerzhaft falsches Lachen zeigte. Sie drückte wiederholt ihre Finger gegen den Unterarm des Jüngsten in der Gruppe, eines Mannes, der nicht älter als ich gewesen sein konnte, und schwang jedes Mal die Hüften, wenn sie sich einem anderen zuwandte. Als ich sie ansah, empfand ich eine tiefe, durchdringende Abscheu. Die Bilder von ihr und Owen, die sie geschickt hatte, spielten in meinem Kopf eine Diashow ab, und meine Nägel gruben sich in meine Handflächen.

„Auf geht's", zischte ich.

Als ich mich nach Pippa umdrehte, griff Owen nach mir und riss mich an der Taille zurück, wobei er mich mit seinem ganzen Arm festhielt. Durch den Ruck schwappte, wie eine Hommage an unsere erste Begegnung, Flüssigkeit über den Rand meines Glases.

„Bist du verrückt geworden?", zischte er mir ins Ohr. „Du kannst nicht einfach da rüber stürmen und alles in die Luft jagen."

Natürlich hatte er Recht, aber ich wollte es mir nicht eingestehen. „Alle müssen die Wahrheit erfahren. Sie müssen wissen, dass sie diejenige ist, die sie geoutet hat, nicht ich."

„Ja, das müssen sie. Das werden sie auch!", stimmte er zu. Seine Stimme war wie samtiger Stahl, sein Griff um mich unnachgiebig. „Und dass du in einem Raum voller Leute, die dich teeren und federn wollen, eine Szene machst, ist nicht der Weg, um die Wahrheit ans Licht zu bringen. Sie werden denken, dass du versuchst abzulenken, und die Schuld jemand anderem in die Schuhe schieben willst. Du musst bedenken, dass deine Glaubwürdigkeit hier gleich Null ist. Handfeste Beweise oder ein Eingeständnis sind das Einzige, was die Meinung dieser Leute ändern kann."

„Ich weiß, ich weiß", grummelte ich.

Sein Arm lockerte sich um meine Körpermitte. „Du wirst die Auktion machen müssen." Ich konnte hören, wie viel Mühe es ihn kostete, das zu sagen. „Und du musst Pippa dazu bringen, vor einem Zeugen zu sagen, dass sie hinter allem steckt."

„Aha cool. Soll ich vielleicht noch ein Heilmittel gegen Krebs erfinden, oder so?" fragte ich sarkastisch.

„Es ist nicht unmöglich." Er drehte mich zu sich um und schaute mich mit einem fernen Blick an. „Es ist weit hergeholt, aber nicht unmöglich. Vielleicht kannst du sie vor Beginn der Auktion zum Reden bringen, wenn ein paar andere Frauen dabei sind. Ich bin sicher, dass sie sich freuen wird, dich mit ein paar verbalen Erniedrigungen niederzumachen."

„Ja, da bin ich mir auch sicher, aber ich bezweifle, dass sie schwachsinnig genug ist, um es so laut zu tun, dass es jemand mitbekommt."

Owen kicherte. „Bei dieser Frau ist alles möglich, wenn es um ihre Eitelkeit geht."

Ich sah mich im Raum um, in der Hoffnung, ein großes

Neonschild zu sehen, das auf etwas hinwies, das mir helfen könnte, Pippa für ihr Verbrechen festzunageln. Aus den unsichtbaren Lautsprechern ertönte die sanfte Stimme des Auktionators: „Guten Abend, meine Herren. Die Auktion wird in fünfzehn Minuten beginnen. Die Damen sollten sich in fünf Minuten im Versammlungsraum einfinden, also beendet bitte eure Drinks und Gespräche, Mädels."

Eine Glühbirne leuchtete in meinem Kopf auf. Buchstäblich. Ich sah tatsächlich eine Glühbirne vor meinem geistigen Auge aufleuchten. Ich packte Owen am Hinterkopf, riss ihn zu Boden und murmelte: „Ich habe eine Idee. Kannst du dir ein Mikrofon besorgen? Kein normales Mikrofon. Ich brauche eines von diesen winzigen Ansteckmikrofonen, die der Auktionator benutzt."

Er zog sich zurück und starrte mich nachdenklich an. Auf seinem Gesicht dämmerte es, dass er verstanden hatte. Er küsste mich auf die Stirn und verschwand ohne ein weiteres Wort im Ballsaal.

Kapitel 38

Owen

Kein Mensch war im Ballsaal, nicht einmal Amanda, aber das war ein Vorteil für mich. Ich ging zur Seite der Bühne, wo Amandas Podium stand. Es war derzeit in Dunkelheit getaucht, was meiner Tarnung zugute kam, aber bei der Suche nach einem so winzigen Gerät wie dem Mikrofon, das Tabby brauchte, ein Hindernis darstellte. Ich streichelte die Regale und fuhr mit meiner Hand über Stifte, Papierblöcke und andere Gegenstände, die ich nicht allein durch Berührung identifizieren konnte. Ich überlegte, ob ich mein Handy zücken sollte, um die Umgebung zu beleuchten, aber ich wollte keine Aufmerksamkeit auf mich lenken.

Meine Handfläche strich über etwas Kleines und Glattes. Ich kniete mich hin und holte den Gegenstand aus dem Fach heraus. Es war ein Mikrofon, das eher wie ein Bluetooth-Kopfhörer aussah. Ich richtete mich auf, steckte es samt meiner Hand in die Tasche und kehrte in den Empfangsraum zurück.

Tabby stand mutterseelenallein an der Wand und wirkte wie

ein Fisch auf dem Trockenen. Ich konnte es ihr nicht verdenken. Wäre die Geschichte in den Nachrichten nicht erschienen, hätte ich meinen letzten Dollar darauf verwettet, dass sie von Mitgliedern umgeben gewesen wäre, wenn ich sie allein gelassen hätte. Jetzt aber war sie eine Ausgestoßene. Ich hielt es nur für ein Wunder, dass sie nicht mit Anschuldigungen überfallen wurde. Ich schlich mich an mehreren Gruppen bekannter Gesichter vorbei zu ihr und offenbarte ihr einen Blick auf das Mikrofon, das ich gestohlen hatte.

„Wo kann ich es anbringen?“, flüsterte sie und blickte an ihrem Körper hinunter. Sie trug das rote Kleid, von dem ich gehofft hatte, dass sie es wählen würde – auch wenn es meinen Partnern mehr verriet, als mir lieb war. Doch nun schien es keine Möglichkeit zu geben, das Gerät versteckt daran zu befestigen. Natürlich war das ihre Absicht gewesen, als sie so ein luftiges Outfit wählte – um jeden Verdacht zu zerstreuen, dass sie sich verkabelt hereinschleichen könnte – aber jetzt mussten wir kreativ werden.

Ich zog sie zurück in den Tanzraum, weit weg von den jagenden Augenpaaren. Sie begann, an ihrem Kleid zu zupfen, und ich fuhr mit meinen Fingern zwischen ihrem Saum und ihren Schenkeln hin und her.

„Nicht jetzt!“ schimpfte sie.

„Oh bitte, Süße," ich rollte mit den Augen. „So ein Idiot bin ich nicht."

„Nun, wir können es sowieso nicht dort unten anbringen. Wir müssen sicherstellen, dass es alles aufnimmt, was jemand zu mir sagt, und mir gefällt der Gedanke nicht, dass alle Jungs hier hören können, wie sich mein Gang anhört."

Ich war zufällig mit diesem Punkt einverstanden, also wanderten meine Hände nach oben. Die Naht, an der ihr Träger auf das Mieder traf, erregte meine Aufmerksamkeit. Sie war dick, mit einer kleinen Stoffüberlappung, und eine Stelle, an der sich das Paillettennetz vom Rest gelöst hatte, hinterließ einen winzigen Fetzen. Ich war plötzlich sehr froh, dass sie sich Kleider von Heather geliehen hatte, denn wenn ich mit ihr einkaufen gegangen wäre, wie ich es ihr angeboten hatte, hätte sie auf keinen Fall so ein beschädigtes Second Hand Dress getragen.

„Hier", sagte ich und schob den Haken um den Riemen und steckte das Mikrofon zwischen das geteilte Netz und den seidigen Stoff darunter. „Da ist jetzt allerdings eine kleine Beule."

Sie schaute auf mein Werk hinunter, packte dann ein paar der Pailletten am oberen Ende des Risses und zog daran. Die Fäden lösten sich und der ungesicherte Stoff kräuselte sich, so dass der Eindruck entstand, die Ausbeulung sei nur ein Symptom des Risses und nicht das Produkt eines Fremdkörpers.

„Wow. Du hast ein Talent dafür, Dinge zu ruinieren."

Tabby lächelte, aber ohne ihre natürliche Leichtigkeit. Es wirkte angestrengt. Ich konnte schwören, dass sie langsam sehr nervös wurde. Ihre Augen waren nicht mehr so konzentriert und huschten ein wenig zu schnell zu jeder Bewegung, die sie wahrnahm. Als ich mich ein wenig beugte, um sie direkt anzuschauen, wandte sie den Blick ab. Ich nahm ihr Kinn zwischen Daumen und Zeigefinger, um ihr Gesicht zu meinem zu zwingen.

„Du musst das hier nicht machen, wenn du nicht willst", sagte ich eindringlich. „Wir können sofort von hier verschwinden."

„Nein, das können wir eben nicht", war ihre Antwort, während welcher sie versuchte, mit ihrem Kopf trotz meines festen Griffs zu schütteln. „Du sagtest doch selbst, diese Männer sind zu allem fähig. Ich muss meine Unschuld beweisen. Unsere Unschuld."

„Ich komm schon klar. Du bist nicht dafür verantwortlich, das hier auszubaden. Ich weiß, dass du mit all dem nichts zu tun hast."

Wieder lachte sie, dieses Mal kehrte ein Schimmer ihres wahren Wesens zurück. „Ich will aber helfen."

Für eine Sekunde musterte ich ihr Gesicht. Hätte ich das allerkleinste Anzeichen von Angst erkannt, ich hätte ihr sofort das Mikrofon vom Leib gerissen und hätte sie aus dem Club rausgebracht. Ich jedenfalls fühlte mich alles andere als wohl mit der Situation, aber was konnte ich dieser starrsinnigen Nymphe noch entgegensetzen, um sie umzustimmen?

Alles, was mir entgegenblickte, war pure Entschlossenheit.

„Na gut", knurrte ich. „Vergiss nur nicht, das Ding da anzuschalten, bevor du loslegst. Nicht, dass alles umsonst war."

Als Amanda die teilnehmenden Damen in den Versammlungsraum rief, küsste ich Tabby innig, gab ihr einen Klaps auf den Hintern und sah zu, wie sie mit den anderen Frauen, einschließlich Pippa, zögerlich durch den Ballsaal ging. Mir wurde ganz mulmig zumute.

Eine lange Minute lang hörte ich nichts außer dem leisen Summen von Gesprächen und dem Klirren von Gläsern auf der Theke. Ich dachte ernsthaft darüber nach, dorthin zurückzustürmen und Tabby aus der Sache herauszuholen, als ein schrecklicher, kreischender Schrei aus den Lautsprechern ertönte. Die Gespräche verstummten. Als das Geräusch verebbte, drang eine erste Stimme kristallklar durch den Raum.

„Hätte echt nicht gedacht, dass du dich nochmal hier her trauen würdest."

„Warum? Ich hab nichts gemacht", sagte Tabby hörbar cool und selbstbewusst.

„Du bist nichts als Abschaum, das weißt du, oder? Allein, dass du schon wieder hier bist, beweist das doch", zischte Pippa. Ihre Stimme war ein raues Flüstern, aber das überraschend leistungsfähige Mikrofon machte ihre Stimme für die vielen männlichen Ohren im Empfangsraum mehr als hörbar.

Ich konnte hören, wie Tabby abfällig schnaubte. „Ist das der Grund, warum du in Owens Haus aufgetaucht bist? Weil du es nicht ertragen kannst, dass er diesen Abschaum dir vorzieht?"

„Es ist mir *scheißegal*, mit wem er seine Zeit verbringt!"

„Da hab ich aber anderes gehört", antwortete Tabby gefährlich ruhig. „Man sagt, du hättest dich an ihn rangeschmissen. Und weißt du was? Er hatte keinen Bock auf dich."

Es gab ein unbekanntes, schlurfendes Geräusch, und als Pippas Stimme wieder zu hören war, klang sie lauter. Ich vermutete, dass sie einen bedrohlichen Schritt auf Tabby zuging, und mir stellten sich die Nackenhaare auf. „Wenn ich du wäre, würde ich jede Sekunde mit ihm genießen, die du noch hast. Schon sehr bald wird er erkennen, dass er jemand besseren verdient und dich rausschmeißen, wie es sich für Abschaum gehört", fauchte es ins Mikrofon.

„Ach so jemanden wie dich etwa?"

„Du und ich ... wir zwei spielen nicht mal in derselben Liga, Bitch." Entweder war sie noch näher herangekommen oder sie erhob ihre Stimme, denn Pippa hörte sich an, als wäre sie jetzt im Raum mit der Schar der Mitglieder. „Keine Chance, dass Owen Driscoll jemanden wie dich wirklich lieben könnte. Hässlich, pleite, ein Niemand."

Ich hörte ein Kichern, das so perfekt getimt war, dass ich fast vor Stolz strahlte.

„Aber das tut er doch, Pippa. Und genau deshalb versuchst du jetzt alles, um ihm zu schaden, richtig?"

„Weißt du was? Ihr beiden passt perfekt zueinander. Du denkst, du bist unbesiegbar, aber das bist du nicht!" Ich spürte es kommen, das Geständnis, und ich hielt mein Getränk so fest umklammert, dass ich das Glas knacken hören konnte.

„Hast du deshalb der Presse vom Club erzählt? Wegen Owen?"

Pippa lachte ihr bitterstes Gelächter. „Schaut so aus, als ob das nichts gebracht hätte, hm? Ansonsten wären weder er noch die ganzen anderen reichen Arschlöcher da draußen wohl nicht hier und würden um die Wette bieten, wer jemanden flachlegen kann."

Ich sah mich um, beobachtete die Gesichter der „Arschlöcher" um mich herum und freute mich über die Wut, die ich dort sah.

„Du hast also der Presse einen Tipp gegeben, um sie alle zu treffen?" fragte Tabby, und ich war so verdammt stolz auf sie, dass ich vor Stolz platzen könnte.

Wieder dieses bittere, fast unmenschliche Gelächter. „Alle, ja, aber vor allem den Bastard, den du fickst. Ich hoffe, mein kleiner Plausch mit der Presse wird ihm zeigen, dass er genauso angreifbar ist wie jeder andere. Und ich hoffe, das Einzige, was dir bleibt, ist ein Mann, der alles verloren hat."

Das war es. Einfacher, als ich es mir hätte vorstellen können.

Ich sah mich im Raum um. Kein einziger Mann bewegte sich. Niemand sprach. Alles war still.

Und dann brach die Hölle los.

Kapitel 39

Tabby

Ich konnte das Geschrei aus dem Hinterzimmer hören, wo die Frauen und ich uns versteckt hielten, und ich konnte mir ein Lächeln nicht verkneifen. Pippa starrte mich mit den Händen auf ihren breiten Hüften an.

„Du bist also nicht nur hässlich, sondern auch ein Psycho“, spuckte sie. „Warum zur Hölle gaffst du mich so an?“

„Glückwunsch, Pippa.“ Ich kramte in der improvisierten Tasche meines Kleides und holte das Mikrofon heraus. „Die Wahrheit hat dein ‚wahres Ich‘ gezeigt.“

Sie starrte das Teil eine Minute lang an, um herauszufinden, was es war. Dann wurde ihr ganzes Gesicht weiß. Ihre falschen Wimpern streiften ihre Augenbrauen, während sich ihre Augen in beängstigendem Ausmaß weiteten. Das einzige Geräusch, das sie von sich gab, war ihr schneller Atem.

„Ladies?“ Die elegante Auktionatorin steckte ihren Kopf in den Raum. „Es ist so weit.“ Sie klopfte jedem Mädchen freundlich auf den Rücken, als wir an ihr vorbeigingen. Ich blinzelte. Sie hatte also Pippas Geständnis nicht gehört, und alles sollte wie geplant weitergehen. Jetzt würde es interessant werden.

Der Ballsaal sah von der Bühne aus ganz anders aus. Ich war geblendet vom Scheinwerferlicht, das auf mich herabstrahlte, und konnte nicht mehr als verschwommene Silhouetten erkennen, aber der Raum fühlte sich irgendwie kleiner an. Es waren die Gesichter der Männer, allesamt leere Masken der Wut. An anderen Orten würden die Männer wahrscheinlich schreien und fluchen, aber hier... diese mächtigen Männer ließen ihre Wut ohne ein Wort heraus. Ihr Schweigen war erschreckender als alles andere.

Amanda blickte sich um, überrascht und unsicher, was den Stimmungswechsel der Zuschauer verursacht haben könnte. Dann schritt jemand an ihre Seite und flüsterte ihr etwas ins Ohr, was ich nicht verstehen konnte. Aber das musste ich auch gar nicht, denn ich konnte beobachten, wie schnell sich ihr Gesicht färbte. Mit wütendem Gesichtsausdruck schritt die Auktionatorin zielstrebig an mir vorbei und nahm Pippa am Arm. „Ich fürchte, ich muss Sie bitten zu gehen", sagte sie, und ihre Stimme klang dank des Mikrofons, das an ihrem Kleid befestigt war, tausendmal lauter.

Ich versuchte, unter all den unscharfen Gesichtern Owen ausfindig zu machen und seine Reaktion auf die Szene zu sehen, aber es war unmöglich, ihn in dem Meer von Wut zu finden.

„Das ist alles ein Missverständnis, Amanda", schnappte Pippa scharf, während sie von der Bühne gezerrt wurde. „Und fass mich nicht an! Was fällt dir ein?!"

Zwei stämmige Kerle in marineblauen Anzügen traten auf die Bühne, um Amanda zu flankieren, und Pippa gab auf. Der letzte Blick, den ich auf ihr Gesicht werfen konnte, zeigte glühend rote Wangen und glühende Augen, und dann wurde es still, bis das Knallen der Tür zur Straße im ganzen Club widerhallte.

Ich konnte mein eigenes Grinsen nicht unterdrücken. Es hat funktioniert! Ich habe meinen Namen rehabilitiert und den Maulwurf enttarnt. Owen musste sich nicht damit auseinandersetzen, dass ihm die Schuld an der Geschichte in den Nachrichten gegeben wurde, was eine Sache weniger war, um die er sich kümmern musste, während er den Schlamassel in der Öffentlichkeit aufräumte. Alles war in Ordnung. Oder es würde zumindest alles gut werden.

„In Ordnung, meine Herren, jetzt, wo wir aufgeräumt haben, ist es wohl an der Zeit, mit der Auktion zu beginnen", rief Amanda und nickte jedem der Männer zu.

Mir fiel das Herz in die Hose.

Shit.

Die Auktion! Ich stand immer noch auf einer Bühne vor Gott weiß wie vielen Männern, und jeder von ihnen konnte mich für die Nacht für sich beanspruchen. Obwohl Owen versprochen hatte, dass es keinen Sex geben würde, bis sich der Skandal gelegt hatte, fühlte ich mich immer noch verletzlich und, ja, auch angewidert.

Verzweifelt versuchte ich wieder, Owen in der Menge ausfindig zu machen. Ich wollte ihn im Stillen anflehen, einen Weg zu finden, mich aus dem Rampenlicht und in die Sicherheit seiner Limousine zu bringen. In dem blendenden Licht, das auf mich einprasselte, war es jedoch unmöglich, einen Mann von einem anderen zu unterscheiden, abgesehen von der schieren Körpergröße, und mir wurde klar, dass es keinen Ausweg geben würde.

„Gentlemen, bitte holen sie ihre Karten! Delilah, da drüben ist ein Herr, der seine Hand braucht. Wenn Sie eine Einundzwanzig haben, seien Sie nicht schüchtern. Rufen Sie es bitte klar und deutlich aus!“ rief Amanda und ging selbstbewusst vor der Schlange der Frauen hin und her.

The Xmas Bet

„Einundzwanzig!“ hallte eine Stimme durch den Raum.

Ich unterdrückte ein Stöhnen. Die Stimme war nicht die von Owen. Sie klang runder, nasaler und eindeutig reifer. Ich schloss die Augen und begann in meinem Kopf einen Sprechgesang. „Nicht ich, nicht ich, nicht ich, nicht ich, nicht ich.“ Ich verschränkte die Finger hinter meinem Rücken.

„Glückwunsch, der Herr! Sonst noch jemand?“ fuhr Amanda routiniert fort.

Auf ihre Frage hin gab es keine weiteren Rufe, also schwenkte sie ihren Arm und winkte. „Dann kommen Sie hoch, Dr. Donahue!“

Ein Arzt also. Nun, das war schon etwas vielversprechender. Ärzte mussten doch ein gewisses Maß an Umgangsformen und Mitgefühl für die Menschen haben, oder nicht? Wenn er mich auswählte, wäre er vielleicht bereit, mich vom Haken zu lassen ...

Als er nahe genug herantrat, erkannte ich ihn. Owen hatte mich ihm nie vorgestellt und auch nicht mit ihm gesprochen, als wir im Club gewesen waren, aber ich hatte ihn bei jedem Besuch gesehen. Er war ein korpulenter Mann mit einem sauren Mund und Augen, die zu klein für seinen Kopf schienen. Auf seiner Kopfhaut befanden sich Haarsträhnen, die quer gekämmt waren, um den Anschein zu erwecken, dass er keine Glatze hatte, aber er hatte mich nicht getäuscht. Er schaute gierig vom Boden auf, und mein Magen drehte sich um.

„Ich will die hier", sagte er und zeigte mit einem seiner dicken Finger auf mich.

Amanda öffnete den Mund, um mich zurechtzuweisen, aber bevor sie etwas sagen konnte, erhob sich eine andere Stimme aus dem schwarzen Fleck der Menge. „Dreißigtausend."

Mein Magen drehte sich erneut um, dieses Mal vor Freude. Es war Owen. Ich brauchte ihn nicht einmal zu sehen, um es zu wissen, aber er drängte sich nach vorne und stellte sich neben Donahue. Er machte sich nicht die Mühe, den Arzt oder Amanda zu würdigen, sondern hielt seine Augen auf mich gerichtet. Seine Lippen waren zu einer kalten Linie zusammengezogen, und sein Kiefer war so fest zusammengebissen, dass es schmerzhaft sein musste.

Ich sah den Jäger.

Er war wütend.

Sehr wütend.

„Tut mir leid, Mr. Driscoll, haben Sie ebenfalls eine Einundzwanzig?" fragte Amanda. Sie versuchte, trotz ihrer Unsicherheit selbstbewusst zu sprechen.

„Achtzehn“, entgegnete er, hob seine Karten hoch, damit sie sie sehen konnte, und schnippte sie mit Abscheu auf den Boden. „Aber fuck it. Dreißigtausend für Miss Rickard.“

Es gab eine lange Pause, in der Amanda jede von uns Frauen ansah, die in einer Reihe standen. Als sie zu mir kam, nickte ich ihr kurz zu und bat sie leise, weiterzumachen. Sie lächelte fast unmerklich, erwiderte mein Nicken mit einem eigenen und blickte zurück zu der Masse der Männer, die gespannt auf eine Reaktion warteten. „Nun, meine Herren, das ist eine Premiere für den Blackjack Club“, sagte sie fröhlich. „Ich weiß, Bieterkriege sind in der Regel nicht unsere Art, aber vielleicht sollten wir etwas Abwechslung in die vielen Artikel über unsere exquisite Gruppe bringen und für etwas Verwirrung sorgen. Was meinen sie dazu?“

Alle nickten, und Amanda schwenkte wild einen Arm durch die Lüfte.

„Wunderbar!“ schrie sie aus. „Für Dreißigtausend an Mr. Driscoll, also! Dr. Donahue, ein Gegengebot?“

„Fünfzig!“ bellte das gierige Gesicht.

„Einhunderttausend“, schoss Owen umgehend zurück.

Die Zahlen stiegen und stiegen, und Amanda hatte nicht einmal die Gelegenheit, das letzte Gebot zu rufen, bevor ein weiteres abgegeben wurde. Auch andere Männer meldeten sich zu Wort, traten vor und gesellten sich zu Owen und Donahue in der Nähe der Bühne, und ich flatterte vor Nervosität und Aufregung. Es war albern, aber mein Selbstwertgefühl schoss durch die Decke, als ich sah, dass so viele erfolgreiche Männer um meine Gesellschaft wetteiferten, und es wurde noch gesteigert, als ich sah, wie Owen jedes Angebot, das sie vorbrachten, abwiegelte. Er war fest entschlossen, mich zu bekommen.

Als Dr. Donahue dann eine völlig absurde halbe Million bot, hatte Owen offensichtlich genug von dem Spiel.

„Eine Million Dollar."

Er sagte es leise, fast ein Flüstern und kaum hörbar in dem Chaos, das sich abspielte. Die Horde wurde still, und einigen Frauen fielen die Kinnladen herunter. Amanda, mit all ihrer Raffinesse und Finesse, war zu aufgeregt, um zu sprechen.

„Das ist doch absoluter Schwachsinn!" wütete Dr. Donahue plötzlich. Er drehte sich um und stürmte aus dem Raum, wobei er sich an den Leuten vorbeidrängte, ohne auch nur ein Wort der Entschuldigung zu sagen.

Amanda konnte wieder sprechen und rief jubelnd: „Wir haben einen Gewinner!"

Kapitel 40

Owen

Noch immer rauschte das Blut in meinen Ohren, heiß und schnell und heftig. Ich schloss die Tür zu meinem Schlafzimmer und drehte mich langsam zu Tabby um, die auf das Bett plumpsen ließ.

„Was für eine Nacht", seufzte sie mit einem Lächeln.

Sie sah einfach umwerfend aus, als sie mich so anstrahlte, aber ich war nicht in der Stimmung für umwerfend. Ich war voller Adrenalin, eine wandelnde Masse aggressiver Energie, und es brodelte in mir. Ihr Gesicht verzog sich, als sie meinen Gesichtsausdruck beobachtete, und ich wusste, dass sie wusste, was Sache war. Ihre Schultern drehten sich nach innen, ihr Kopf sank einen Zentimeter, und sie zog ihre Knie an und schlang ihre Arme um ihre Beine wie ein Gürteltier, das sich zu einem schützenden Ball zusammenrollt.

„Du hast heute Nacht alles riskiert", sprach ich leise, um sie zu zwingen, genau zuzuhören. „Wenn Pippa nicht gestanden hätte, hättest du mit dem Mikrofon wie ein Spion ausgesehen."

Tabby sah verwundert aus. „Das war die einzige Wahl, die ich hatte. Du hast mir sogar geholfen, schon vergessen?"

„Ich hab dir geholfen, damit du nicht komplett durchdrehst und noch etwas Dümmeres anstellst." Ich trat näher ans Bett, jeder Schritt akkurat, gleichmäßig und genüsslich. Der Griff um ihre Knie festigte sich, das konnte ich sehen. „Und als du hattest, was du wolltest, hättest du von der Bühne verschwinden und zu mir kommen können."

Eine Strähne fiel ihr ins Gesicht, als sie wild den Kopf schüttelte. „Nein, das konnte ich eben nicht. Ich war angemeldet, also musste ich mitmachen."

„Sieh an, wir haben hier eine Streberin."

Ihre Beine fielen zur Seite und gaben den Blick auf ihr Dekolleté frei. Ihre Augenbrauen zogen sich vor Frustration zusammen, als sie sagte: „Ich verstehe nicht, warum du dich darüber so aufregst. Alles ist genau so gelaufen, wie wir es wollten, und ich bin hier bei dir und nicht irgendwo anders bei Dr. Donahue oder wie auch immer er heißt."

Sie hatte Recht. Es war genau nach Plan verlaufen. Aber trotzdem ... da war immer noch dieser emotionale Sumpf aus Wut und Angst, der in meinem Kopf herumklebte. Ein Beweis dafür, wie wichtig diese Frau für mich war. Ich war das nicht gewöhnt. Ich war es nicht gewohnt, zu fühlen. Ich war es nicht gewohnt, meine Gefühle zu artikulieren.

Und ich war schrecklich darin.

„Aber fast wärst du nicht hier“, zischte ich und machte die letzten Meter hin zum Bett. Ich schnappte ihre Handgelenke, bevor sie sich von mir losreißen konnte, und schleuderte sie rückwärts auf die Matratze. Ich hielt ihr die Arme über den Kopf und beugte mich hinunter, bis sich unsere Nasen berührten und sich unser Atem vermischte. „Und 'fast' ist für mich zu wenig.“

„Sorry“, murmelte sie.

„Ja, das wird dir noch leidtun.“ Meine Stimme war ausgetrocknet vor Erregung, und das Blut, das in meinem Kopf pochte, seit wir im Blackjack Club angekommen waren, floss nun wieder flussabwärts in meine Leistengegend. „Wenn es etwas gibt, das ich in dieser Beziehung nicht tolerieren werde, Schätzchen, dann ist es, dass du unnötige Risiken eingehst.“

Sie blickte mich böse an. „Das Risiko war absolut notwendig.“

Ich stürzte mich auf sie und biss ihr in den Hals. Sie kreischte auf, und ich tauchte wieder auf, um ihr direkt in die

Augen zu sehen. „Nicht alles davon."

„Nun, ich dachte schon. Alles ging so schnell."

„Dann lagst du falsch."

Ich kniff ihr in die schmollende Unterlippe. „Ich will nicht, dass du verletzt wirst, Tabby, und das nicht unbedingt aus einem ritterlichen Anstand heraus. Ich bin egoistisch. Allein der Gedanke, dass du leiden könntest, vor allem, weil du etwas Leichtsinniges getan hast, ist etwas, das ich nicht ertragen könnte."

Ihr Grinsen war so verführerisch. „Schade!" Sie stemmte ihre Hüften in die Höhe und versuchte, mich von sich zu stoßen.

Ich spürte, wie meine innere Bestie mit einem Brüllen erwachte. Mit einer Bewegung schob ich meinen Arm unter ihren Rücken, drehte sie auf den Rücken und riss ihren Hintern in die Luft. Ich hob ihren Rock bis zur Taille, riss ihr das Höschen vom Becken und klemmte ihre Klitoris zwischen meine Finger. „Verdammt, Tabby", stöhnte ich ihr von hinten ins Ohr. „Weißt du immer noch nicht, dass ich dich liebe?"

Sie stöhnte. Es war ein kratzendes Stöhnen, das ihre Stimmbänder zersplitterte und aus ihrem Mund wie ein Schrapnell in einer Staubwolke aufblühte. Die einzelnen Töne des klagenden Schreis trafen meine Sinne hart, und ich rollte ihren Kitzler zwischen den Ballen meines Daumens und Zeigefingers, um den Klang zu vertiefen.

„Du gehörst mir", flüsterte ich in ihr Ohr. „Du gehörst mir, und wenn ich dich jeden Tag daran erinnern muss, dann werde ich das tun."

Ein Rinnsal der Erregung floss über meine Handfläche, als ich meine Hand ausbreitete, um ihre ganze Lust zu umfassen und gegen das empfindliche Fleisch zu reiben. Tabbys Hände waren in meiner Bettdecke verkrallt, als würde sie bereits versuchen, sich zu beherrschen, aber ich hatte gerade erst angefangen. Ich hatte ihr versprochen, dass ich dafür sorgen würde, dass sie danach eine Woche lang nicht stehen würde, wenn sie an der Auktion teilnahm.

Und ich bin ein Mann, der sein Wort hält.

Ich fuhr mit zwei Fingern durch ihre Falten und pulsierte gegen die Stelle in ihr, die sie wild machte. Sie wurde lauter, und ihr Hintern hob sich meinen Bewegungen entgegen.

„Ah!", jammerte sie und ritt auf meiner Hand, was mich noch härter machte, und ich küsste die glatte Haut ihres Arsches, dann tiefer...

Der Druck, der sich um meine Finger aufbaute, machte sie

noch feuchter und die Geräusche meiner Finger, die sich in ihr bewegten, wurden noch erotischer. Ich kannte ihren Körper. Sie war kurz davor. Ihre Hüften sprangen nach hinten, ihr Bauch zog sich zusammen, und ihre Wände umklammerten meine Finger wie ein Schraubstock. Das Stöhnen, das sie von sich gab, und die hilflosen Zuckungen, die sie durchliefen, waren ein einmaliges Schauspiel.

Mein Gott, ich war in diese Frau verliebt.

„Mach dich bereit, Sweetheart", murmelte ich. „Es geht weiter."

Ich fuhr mit meinem Zeigefinger spiralförmig um ihre Innenwände, wobei ich darauf achtete, etwas mehr Druck auf das schwammige Nervenbündel hinter ihrem Schambein auszuüben. Gleichzeitig nahm ich jeglichen Druck von ihrer Klitoris und strich nur noch mit winzigen, federleichten Bewegungen über ihre gekrümmte Oberfläche. Noch bevor ihre Schreie vom ersten Orgasmus kamen, stürzte ich sie kopfüber in einen zweiten. Ihre Knie sackten unter ihr zusammen, und sie wälzte sich mit durchdringenden Schreien auf der Matratze.

Immer und immer wieder entriss ich ihr die Kontrolle, bis sie mich mit verschwommenen, glasigen Augen ansah. Dann nahm ich sie selbst, stieß meinen Schwanz in sie und brachte sie noch dreimal in die Utopie, bevor ich mich ihr mit meiner eigenen Endgültigkeit anschloss.

Sie ließ sich flach in die Kissen fallen, keuchend, aber kaum atmend. Ich hob sie sanft auf und legte sie wieder auf meine Brust, wobei ich ihre Stirn mit zarten Küssen und sanften Streicheleinheiten bedeckte. Sie war schlaff, bewegungslos, und ich nahm an, dass sie eingeschlafen war. Ich lehnte meine Wange an ihren Kopf und lauschte ihren Atemzügen.

Das hier war perfekt. Das war das Paradies ohne die Schlange und den Apfel. Ich hatte mich in die Nymphe verliebt, die damals im Casino erst gegen mich und dann in mein Leben gestolpert war. Sie war die Richtige.

Meine Weihnachtswette.

Und dann flüsterte sie: „Ich liebe dich auch."

Epilog

Tabby

Die Weihnachtsmusik schien noch lauter zu sein, als ich mich zur Gepäckausgabe begab, um mein Gepäck zu holen. Überall waren Weihnachtsmannmützen zu sehen, und das Lächeln strahlte, als der Heilige Abend alle in Freude versetzte.

„Was machst du da?"

Ich wirbelte herum, als ich die vertraute, aber völlig unerwartete Stimme hörte. Owen schritt zielstrebig auf mich zu, sein Mund war fest verschlossen, aber seine Augen tanzten. Er packte meinen Koffer und küsste mich schnell auf den Mund.

„Los, auf geht's", kommandierte er und konnte seine Freude nicht besonders gut verbergen.

„Warum? Was ist denn los?" fragte ich misstrauisch. Owen hatte mich noch nie im Flughafen bei der Gepäckausgabe abgeholt. Ich hatte mich daran gewöhnt, ihn jedes Mal, wenn ich nach New Orleans geflogen war, mit einem überheblichen Grinsen im Gesicht an seine Limousine gelehnt zu sehen. Sein schneller Gang und seine schlecht verstaute Aufregung waren definitiv ein Grund für Misstrauen.

„Beweg einfach deinen süßen kleinen Hintern, oder ich trage dich statt des Gepäcks."

Verzweifelt versuchte ich, mit ihm Schritt zu halten. Auf der Straße draußen warteten wie immer hunderte Taxis, noch mehr Familienkutschen und natürlich die mir so gut bekannte Limousine. Stephan erwartete uns bereits mit offenem Kofferraum, trotz des Stresses begrüßte er mich mit einem wissenden Lächeln.

Japp, hier ging definitiv etwas vor sich.

„Okay, sagst du mir jetzt endlich, was los ist?" fragte ich mit vager Hoffnung, als die Limousine losfuhr.

Er schüttelte bloß den Kopf, zog mich auf seinen Schoß und reichte mir ein Glas Champagner. „Nachfreude ist besser als Vorfreude", witzelte er und startete eine kurze Kitzelattacke auf meine Rippen. Ich konnte mich gerade noch davon abhalten, mein Getränk über uns zu schütten.

„Ich hab mir noch nicht einmal einen Knochen gebrochen. Bin mir ziemlich sicher, dass ich noch alle neun Leben habe. Da opfere ich doch gerne eines, um herauszufinden, warum du dich wie ein Wahnsinniger aufführst."

„Um Himmels willen, Frau, wir sind fünfzehn Minuten vom Haus entfernt", lachte er. „Halt die Klappe und küss mich."

Ich tat es, tief. Unsere Lippen verschmolzen miteinander, unsere Zungen trafen sich und unser Atem vermischte sich. Er schmeckte köstlich, wie immer, und mich überkam ein starkes Gefühl der Dankbarkeit, wieder bei ihm zu sein. Es war erst ein paar Tage her, dass wir uns das letzte Mal gesehen hatten, aber es war zu lange her.

Für jede Sekunde, die wir getrennt waren, vermisste ich ihn umso mehr.

Aus irgendeinem dummen Grund hatte ich die Hoffnung, ihn so oft zu sehen, würde mein ständiges Verlangen nach seiner Gegenwart lindern können. Ein Verlangen danach, ihn dabei zu beobachten, wie er mich hungrig anstarrte. Aber das tat es nicht. Jedes Mal, wenn wir uns trennten, hatte ich zunehmend Bauchschmerzen, und jedes Mal, wenn wir wieder zusammenkamen, wurde mir schwindlig. Es klingt wie ein Klischee, aber ich konnte mich des Gefühls nicht erwehren, dass ich vor Owen noch nie wirkliche Liebe erlebt hatte.

Wir lösten uns erst voneinander, als der schwere Wagen in der Einfahrt anhielt. Ich hatte kaum die Gelegenheit dazu, Luft zu holen, bevor Owen meine Hand ergriff und mich aus der

Limousine zog.

„Oh mein Gott, entspann dich doch mal!" versuchte ich ihn herunterzubringen.

„Weißt du was?" Er bückte sich, packte mich an der Taille und hob mich über seine Schulter. „Du bist zu langsam. So geht es schneller."

„OWEN!" kreischte ich durch ein Kichern hindurch und boxte ihm leicht auf den Rücken. „Lass mich runter!"

Er lachte nur und drückte seine Daumen in meine Oberschenkel nahe den Hüften und wirbelte sie herum. Mein Aufschrei verwandelte sich nun in einen wahrhaftigen Schrei und eine Reihe von sich wiederholenden, lachenden Bitten, er möge doch bitte aufhören und mich fallen lassen. Aber meine Schreie trafen auf taube Ohren. Ich spürte, wie seine Schultern als Antwort auf mein Gezappel bebten, während er auf den Eingang des pompösen Herrenhauses zuging. Als wir die Schwelle überschritten hatten, war ich mir sicher, dass er mich absetzen und aufhören würde, mich zu kitzeln, aber er ließ nicht locker und ging die Treppe hinauf und den Flur in die entgegengesetzte Richtung zu seinem Schlafzimmer hinunter.

Endlich hatte er ein wenig Mitleid und ließ von mir ab, als er eine Tür öffnete und mich in einen Raum führte, den ich noch nie zuvor betreten hatte. Ich schnappte nach Luft, Tränenspuren liefen mir die Schläfen hinauf bis in den Haaransatz, und ich brauchte eine lange Minute, um mich zu erholen, bevor ich mich umsah. Im Gegensatz zu seiner Ungeduld vorher stand er jetzt stoisch da und wartete.

Ich fing an, meine Umgebung zu mustern und sie war atemberaubend.

Was der Raum vorher vielleicht einmal war, wusste ich nicht, aber jetzt hatte er sich in den schönsten Schrein der Fotografie verwandelt, den ich je gesehen hatte. Vitrinen mit alten Kameras und verschiedenen Objektiven und Filmen waren wohlüberlegt an den Wänden platziert, und neben jeder Vitrine lag ein Abzug meiner eigenen Arbeit. Ein Bücherregal war von Regal zu Regal mit identischen schwarzen Mappen vollgestopft, alle leer und bereit, gefüllt zu werden. In der Mitte des Raumes stand eine bequeme Sitzgarnitur mit Büchern über berühmte Fotografen oder die Geschichte der Kamera, die allesamt ordentlich auf dem Couchtisch angeordnet waren.

„Schau mal da rein", sagte Owen und zeigte auf eine Tür, die ich beinahe übersehen hätte, weil ein Weihnachtsbaum meine Aufmerksamkeit erregte, der mit lauter kleinen Kameras und Objektiven geschmückt war. Es war hinreißend.

Kommentiert [A2]: Zeitlich nicht stimmig, müsste schon deutlich nach Xmas sein —> einfach weg?

Ich starrte ihn an, als ich die Türklinke drehte und hineinschaute.

Eine Dunkelkammer.

Der Mann hatte mir eine Dunkelkammer gebaut.

Mir fehlten die Worte. Ich war fassungslos, geradezu geschockt, aber ich fühlte mich auch außerordentlich geschmeichelt, dass er bereit war, eines der Zimmer in seinem idyllischen Haus für mich zu opfern. Und ich war ihm mehr als dankbar, denn ich musste meine Fotoausrüstung öfter als mir lieb war nach Chicago und zurück schleppen, und das war eine Qual für mich.

„Du musst verstehen, warum ich das gemacht habe“, sagte er und legte dabei einen Arm um mich. Er sah mir mit einem sehr ernsten Gesichtsausdruck in die Augen. „Ich kann diese Fernbeziehung nicht mehr. Ich brauche dich bei mir, Tabby. Die ganze Zeit, denn anscheinend bin ich ein bedürftiger Idiot, der es nicht erträgt, länger als zwanzig Minuten von dir getrennt zu sein.“

Ich lachte leise, denn ich konnte ihn so gut verstehen.

„Dieser Raum gehört dir und du kannst damit tun und lassen, was du möchtest. Aber ich hoffe, dass du ihn häufig nutzen wirst.“

Ich dachte, ich wüsste, was er meinte, aber ich wollte keine Vermutungen anstellen. „Du meinst, dass ich länger bleiben soll?"

Er legte den Kopf schief, und seine Hand wanderte nach oben, um meine Wange zu streicheln. „Ich meine, für immer."

Ich atmete heftig ein. Wenn die Überraschung mit dem Fotolabor schon eine Bombe war, dann war es eine verdammte Atombombe, als er sagte, er wolle, dass ich einziehe.

„Meinst du das ernst?", fragte ich außer Atem.

„Mache ich jemals Scherze?" stichelte er.

Und ich war einfach nur sprachlos.

„Ich zahle auch die Flüge nach Chicago und zurück, wann immer du willst, wenn du deine Familie oder Heather besuchen willst, aber ich brauche dich." Er ruckte mit dem Kinn. „Dieses Zimmer ist meine Bestechung."

„Bestechung?" Ich stichelte, mein Herz pochte in meiner Brust. „Und ich dachte, du wärst ein Mann, der lieber wettet."

Seine Augen verengten sich. „Ich höre ..."

Ich leckte mir über die Lippen. „Hast du einen Vierteldollar?"

Ein Lächeln kräuselte seine Lippen, als er eine Hand in seine Tasche steckte. „Ja. Was ist unsere Weihnachtswette?"

Kommentiert [A3]: wieder Weihnachten

Ich atmete tief ein und starrte auf die Münze in seiner Hand, die ich anflehte, auf meiner Seite zu sein. „Zahl, und ich ziehe bei dir ein."

„Und bei Kopf?"

Ich lachte. „Dann probieren wir eine andere Münze!"

Er lachte ebenfalls, seine Augen leuchteten, als er die Münze in die Luft warf.

Ich hielt den Atem an, als er sie in seiner Faust auffing und sie auf seinen Arm knallte. Langsam nahm er seine Hand weg.

Zahl.

Ich hatte nicht einmal Zeit zu jubeln, denn Owen zerrte mich auf den Boden, sein Mund auf meinem, während er mir die Kleider vom Leib riss.

Wir liebten uns, unsere Hände waren ineinander verschlungen, unsere Augen so fest miteinander verbunden wie unsere Seelen. Und als wir fertig waren, lag ich in seinen Armen, den Kopf auf seiner Brust, und hörte, wie sich sein Herzschlag wieder normalisierte.

„Ich liebe dich, Owen."

Er küsste mein Haar, griff nach meinem Kinn und drehte mein Gesicht nach oben, bis ich ihn ansah. „Ich liebe dich auch." Seine Lippen berührten meine Stirn. „Und ich werde immer, immer auf dich wetten."

ENDE

Liebe/r Leser/in!

Vielen Dank dafür, dass du mir deine kostbare Zeit geschenkt hast, um diesen Roman zu lesen. Es ist für mich nicht selbstverständlich, dass du das getan hast – es gibt schließlich so viele tolle Autoren und Bücher da draußen!

Ich hoffe, ich konnte dein Vertrauen rechtfertigen und dir hat dieses Buch gefallen. Falls dem so ist, *so freue ich mich riesig über eine kurze Bewertung auf Amazon!* Auf diese Weise kannst du mich am einfachsten unterstützen, da ich nicht die großen Werbeetats eines Verlages habe.

Über Riley

Riley Flowers ist eine passionierte Liebesroman-Autorin, deren Mission es ist, dich mit ihren Büchern aus dem Alltag heraus in andere Welten zu entführen. In ihren Geschichten finden sich eine Mischung aus eigenen Erlebnissen, Tagträumen und exotischen Fantasien wieder.

Riley schreibt bereits seit ihrer Jugend und hat sich nach einigen Jahren in der Geschäftswelt nun endlich dem Ruf ihrer Muse hingegeben, um sich ganz auf ihre Autorentätigkeit zu konzentrieren.

Für Feedback, Anregungen oder einfach nur um mal Hallo zu sagen, erreichst du Riley unter: rileyflowersautorin@gmail.com

Riley beantwortet jede Nachricht persönlich.

Riley auf Facebook: Riley Flowers

Riley auf Instagram: rileyflowers_autorin

Printed in France by Amazon
Brétigny-sur-Orge, FR

16935087R00261